千祥炳 全集 ·散文

천상병 전집·산문

千祥炳 全集 ・散文

천상병 전집・산문

평민사

千祥炳 全集 · 散文

초판1쇄 발행 · 1996년 4월 28일/ 개정판1쇄 발행 · 2018년 12월 26일/ 개정판2쇄 발행 · 2024년 4월 25일/ 지은이 · 천상병/ 펴낸이 · 이정옥/ 펴낸곳 · 평민사/ 주소 · 서울시 은평구 수색동 317-9 동일빌딩 202/ 전화 · 375-8571(代) 375-8573(FAX)/ 등록 · 제251-2015-000102호 ※잘못 만들어진 책은 바꾸어드립니다.

서울대 상대 재학 시절. 동창생인 김갑수씨와 함께 신설동 로타리에서 (필자, 오른쪽)

「현대문학」 신인상 수상식에서. 뒤쪽 맨 왼쪽이 필자. 앞쪽 한복 차림이 월탄 박종화 선생

(위) 1992년 춘천 이외수 씨 댁에서
(알) 시인 박희진 선생과 함께

(위) 슬하에 자식이 없어 외조카를 상
주로 내세운 故 천상병 시인의 빈소

(옆) 미망인 목순옥 여사

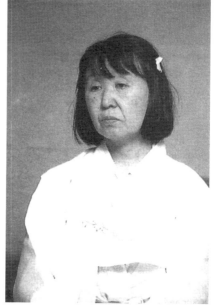

1994년 「천상병 기념관」 개관식. 앞쪽에서부터 시인 황명걸, 민영, 목순옥 여사, 도예가 주왕석, 시인 신경림

제2장 독설재건(毒舌再建) · 124

제 2 부 | 평론

제1장 비평의 방법 · 237

제2장 작가론 작품론 · 325

제 3 부 | 기타 산문

부록

평화만 쪼으다 날아가 버린 파랑새

천승세 | 소설가

천상병이 사람들의 세상에 온 후 예순세 해를 버르적거리다가 홀연 그 정한(情恨)의 땅을 버린 지도 이러구러 3년 세월을 꽉 채운 것 같다. 1천9백93년 4월 28일 ─ 의정부 시립병원 영안실 밖으론 달디단 봄비가 후질후질 내렸었고, 나는 그 감우(甘雨) 젖는 땅을 맨발로 걸으며, 죽은 천상병 곁에 줄곧 사흘 동안을 눅처져 있었으니까 말이다.

천상병의 글들이 한데 모여 그의 '전집'으로 묶인다니, 역시 혼돈의 난세를 아등바등 살고자 구절죽장(九節竹杖) 이리 짚고 저리 짚으며 헤매이는 나보다, 그 어지럽고 던적스러운 세상의 미련을 훌훌 털어 버리고 먼저 떠나가 버린 사람의 생애가 훨씬 편켔다는 생각이 든다. 따라서 천상병이 부럽다. 왜 이런 생각이 드는가 하면, 천상병이 살았었던 그 세월과 그가 떠난 뒤의 세월 — 그 경각의 세상 이치는 너무나 유별나게 뒤바뀌었기 때문이다. 그 적만 해도 우리들은 아름다움을 가꾸기 위해, 모듬살이의 화평함을 위해 서로 만났었지만, 오늘날은 상정(常情)의 끈도 필요에 따라, 편의함에 따라, 끊고 매듭짓는 '이별'과 '불화'를 위해 만나고 있다는 삭연한 생각이 앞 장을 치는 탓이다. 써먹을 만큼은 써먹은 선배의 '무용(無用)' 앞에서 자랑스러운 후배는 뒤돌아 서고, 이젠 함께 어깨짜 봐야 별 실득이 없을 후배의 단충(丹忠)도 뒤로 하고 오로지 제 명망(名望)에만 눈이 먼 선배가 당차게 등돌아 서는 세상 아닌가.

참말로 아름다왔었다. 천상병과 함께 살았었던 그 세월 —. 나는 그의 전집에다 '서문'을 얹는 위상보다, 그와 함께 살았었던 세월의 동무로서, 그의 참모습을 기리는 몫을 하고자 한다.

이 글만이 아니더라도 나는 천상병에 관한 글을 다문다문 써 왔었다. 그 적마다 천상병이 흔해빠진 '시대적 기인'은 결코 아니었다는 쪽으로 글의 핵심을 삼아 왔었다. 이 글 역시 마찬가지이다. 그가 흔해 빠진 '시대적 기인'이 아니었음을 명징하게 밝히자면 한 권의 책만큼한 분량이 필요하겠으나, 이번엔 천상병의 순수한 본연성(本然性)을 실증할 만한 몇 가닥의 추억만 보기로 들어 그를 구원(?)하고자 한다. 내 말이 틀린 것인지 옳은 것인지는 독자들이 재량껏 식별할 일이다.

1965년도 삼복염천의 계절이었다. 그 적의 천상병은 '구로동'에 있는 어느 하숙방에서 세월을 보내고 있었다. 그런데 그 불솥더위가 자글자글 끓는 어느날이었다. 천상병이 '우이동' 버스 종점 근처의 내 사글세 셋방을 헐레벌떡 찾아들었다. "이런 문디이 자슥!……
이런 조화도 있단 말이야?……제기랄, 제기라알!" 연신 되뇌이는 천
상병의 메기 입술 양 끝으로 허연 버케가 하글하글 끓어 댔다. 웬
난리인가 물었더니 두 말 자르고 '동아일보' 신문지 쪽을 들이 밀었
다. 뜻밖에도 '월남전 파병'에 끈을 댄 그의 글이 실려 있었다. 단숨
에 읽어 내렸었다. 지금의 기억으로는 확실치 않지만 대강 생각을
더듬컨대, "……대한민국도 불쌍한 나라이다……그런데 불쌍한 식
구들이 억박적박 어르는 남의 집 싸움에 아무 상관 없는 대한민국
의 사람들이 껴들었다……나는 남의 집 싸움에 군대를 파병하는 불
쌍한 나라의 지식인이다……싸움의 경우를 알 만큼은 알고 있는 사
람으로서 월남국민들에게 한없는 용서를 빈다", 하는 뜻을 담은 글
이었다. "잘 썼는데 뭐얼?" 하고 내가 물었다. 숨 한 가닥 내쉴 짬
도 없이 천상병의 불호령이 떨어졌다. "뭣이라꼬? 이 문디이 자
슥!……이 말들은 내가 썼던 말들이 아니라꼬!……제기랄, 제기라
알!"─그날의 사단을 간추려 얽동이면 이렇다. 그 적 '동아일보'
문화부 기자로 최 모가 있었다. 그가 천상병에게 글을 청탁했다.
'월남파병'에 대하여 시인으로서의 느낌을 쓰라는 원고청탁이었던
것이다. 천상병은 느낌의 진실을 거짓없이 썼는데, 그 최 모 기자가
잘못하면 천상병이 크게 다칠세라, 언턱거리가 될 만한 말들을 이
른바 순한 말로 수정해서 발표했던 것이었다. 그 짓도 진지한 우정
의 발로 아닌가. '월남파병'은 곧 국익이요 그 난리만 용케 견디면
대한민국은 그때부터 잘사는 나라가 된다 ─ 하는 믿음의 충만으로
세상이 달떠 있었을 때였으니까 말이다. 그러니 입방아 함부로 찧
어 댔다간 귀신도 모르게 죽을지도 모를 일, 그런 글을 흔쾌히 도맡
아 쓸 선비(?)들이 과연 몇이나 있었을까. 천상병은 그 사막스러운

세월을 살면서도 겁도 없이 그런 글을 긁적거렸고, 그 글의 진실이 제 진정이 아닌 다른 말로 고쳐져야 했던 세월을 분노하며 살았었다. 천상병은 무척 겁이 많았고, 그 겁 앞에서 벌벌 떨며 세상을 살았었다고들 산 사람들은 말한다. 정말 그런가. 천상병은 겁쟁이였었기에 목숨도 아랑곳않고 그런 글을 썼었던가.

1970년대 중반쯤이었을 것이다. 어느날 천상병이 내 앞에서 두 손바닥을 펴 보이며 의미심장한 물음을 던졌었다. "승세, 너 바른대로 대답해야 돼! 내 이 두 손이 그렇게 더럽니?" 무슨 뚱단지수작이람 하며 "왜? 깨끗하기만 하다!" 하고 엉너리쳤었다. "믿겠으! 내 친구 천승세의 말을 믿겠으!……그런데 이런 제기랄, 문디이 ○○○란 자슥! 이 더러운 자슥에게 어떤 아름다움으로 복수해야 한단 말가! 내 차암, 제기랄!" 천상병의 표정이 너무 참담해서 왜 그런가 하고 까닭을 물었다. "이게 뭐야! 밑도 끝도 없이 행인 천상병에께라고 썼는데 이 말의 뜻이 뭐시지?……이런 벨아묵을 자슥!" 천상병이 내미는 한 권의 책, 요즘 말로 '한참 붕붕 뜨는' 어느 시인의 시집이었다. 표지 안의 겉장(왜놈말로 도비라라 일컫는 쪽의 앞 장)을 펴 봤다. 거기에 써 있었다. '行人 千祥炳에게' 라고. 천상병은 이 '행인'이란 별호(?)를 놓고 씨근벌근 화뿔을 돋치고 있는 것이었다. "같은 길을 함께 가는 친구란 뜻 아니겠나?" 내가 무심코 대답하자 천상병의 노기는 한술 더 떴다. "요런 문디이 자슥! 내도 그렇게 생각했었다꼬. 그런데 그런 뜻이 전혀 아니지 뭐야, 이 문둥아. 신동문이 그러는데 바로 '거지'란 뜻이란 기다. ……마누라 덕에 사는 자가 내보고만 거지라꼬? 요런 악마가 어디 있으? 내는 그런지도 모르고 돈에다 책에다 횡재 만났다꼬 오히려 그 악마를 존경했지 뭐야, 요런 제기랄!" 그렇기도 하겠다는 생각이 들었다. 이른바 선비간의 관행이라면 '천상병 詞

伯'이란 통속구(?)나 '시인 천상병에게' 하는 어연번듯한 말도 있었거늘 구태여 '행인'이란 충격적 별호를 앞세울 필요는 무엇인가, 하는 불만이 익었기 때문이었다. 결국엔 '그 자의 위풍재는 거들럭거림으로 미루어 신동문의 해석에 걸맞는 뜻으로 쓰고도 남았겠다.'하는 추리에 가 닿았다. 그래서 거두절미하고 선언해 버렸었다. "아무한테나 손을 벌리니깐 그렇지! 그래서 못도 맘놓고 칠 나무 봐서 장도리질 하라는 말이 있잖나. 몰강스러운 나무는 못도 안 받는 법이야." 천상병은 끊임없이 자신을 반성하고 사는 사람이다. 하루 스물네 시간 동안 무엇을 잘했으며 어떤 때 잘못했었던가를 막걸리 한 사발 넘기는 짬에도 곰곰히 생각해 보는 사람이다. 그만큼 머리가 좋은 시인이다. 내 말끝에 순정적(?)으로 다짐해 버렸었다. "네 말이 틀린 말이 아니라꼬!……앞으로는 악마의 심장에다 대고 막걸리 한 사발 값만 도고 하는 구걸은 결코 않겠어! 이건 절대주 앞에서 목숨을 걸고 하는 맹세야!" 했었다. 잘은 모르겠지만, 대강 짚어 보건대 천상병은 그 뒤로 아무에게나 손을 벌리는 짓거리는 졸업(?)했다. 욕지거리를 먹을갑세, 그 돈을 받아 결코 부끄럽지 않은 '봉'만 골라 수금(?)을 했었다. 쉽게 말해서 '사람같은 녀석'의 주머니만 골라 풍년거지 노릇을 했었다는 말이다. 천상병의 구걸은 한마디로 운명적이였었다고 산 사람들은 쓰고 또 읊는다. 정말 그런가. 천상병은 천상 걸인 기질로만 생애를 무난히(?) 채웠었을까. 손만 내밀면 그 언제고 '돈'과 '경멸'을 한꺼번에 '주물럭 등심'으로 내놓을 수 있는, 그 기민한 시인을 끝까지 증오하면서까지.

1981년 추석을 몇 날 앞둔 날이었다. 나는 그때 강서구 '신정시민아파트'의 13평 사글셋방에서 가난의 절망고를 가슴 아리게 체험하며 살고 있었다. 가난한 삶 틈에서도 그날만은 허기진 뱃속을 통째

뒤흔들 만한 음식냄새가 셋방을 가득 채웠었던가 싶다. 까닭이 있었다. 나는 내 운명과는 전혀 무관한 어느 '무주고혼(無主孤魂)'을 위해 제사를 모셨었는데, 그 원혼의 차례상 채비를 하노라, 지지고 볶고 끓이고 굽고, 꽤나 혈성주분(血誠走奔)했던 것이다. 천상병이 그날을 잊을 리 없었다. "차례 지낼 테니 음식과 술이 준비돼 있겠지? 정각 6시에 신정동 종점에 가 닿을 테니 마중나와야 해, 요 문둥아 — 갈 갈 가알."하는 전화를 앞소식 삼고 쳐들어왔다. 물론 양초 한 자루 사 들지 않은 채 탐식성(?)의 '메기 주둥이'만 담보삼고 —. 차례상도 차리기 전에 주거니 받거니 '정주환배'가 어디 법도에 있을까만, "밥 안 됐으?…… 이런 제길할 술 없으?" 다그치는 천상병의 앙탈에 유구한 '조선법도'도 물타작마당의 뒷박질로 그냥 넘어가 버렸다. 나와 천상병은 취할 대로 골막하니 취해 버렸다. 한숨 깜박 시들었을까. 천상병의 남방산 갑각류 절규 뿐의 괴성에 나는 불현듯 깨어났다. "승세! 내 고민이 있어!……제기랄! 천벌을 받을 것 같다! ……정신차리고 내 말을 들어 봐, 이 문둥아!" 하는 엄절한 훈도(?)의 속사정은 다음과 같은 것이었다. 아내 목순옥이 하는 '청계천 골동품' 장사가 너무 잘 돼서 걱정이다, 별것도 아닌 골동품이 꽤 큰 값으로 팔린다, 이렇게 아내의 사업이 잘 되면 나는 본의아니게 부자가 될 조짐이 있다, 하루 용돈을 한 열배로 올려 받아야 옳은가 아니면 현상태에서 그냥 눈감아 줘야 옳은가, 그리고 풀지 못할 숙제가 하나 있다. 도대체 이 세상의 더러운 년놈들은 그 따위 물건들을 뭣 한다고 높은 값에 사들여 재산으로 삼는 것이냐, 그냥 선조들의 전통적 실증으로써 박물관에 진열하면 안 되나? 제기랄 — 이런 엉터리 세상이 어떤 명분으로 가능하단 말이냐 — 하는 따위의 불만이었다. 나는 사뭇 얼뚱아기 잠투새 같은 천상병의 고뇌(?)에 대해 조목조목 설명해 갔다. 네가 생각하는 것은 너무나 독선적인 망상이다, 네가 보기에 아내의 장사가 현상적으로 폭리를 취하는 것처럼 보일 것이나 그것은 몰라도 한참 뭘 모르는 말이다, 네 아내 목순옥은 오로지 서방 잘못 만난 죄로 경토 방방곡곡 싸댕기며 골동품을 모아대는 것이요, 그리고 그 골동품들은 네가 생각하는 대로 '별 것도 아닌 그 따위 물건'들이 아니라 그만한 값을 치러야 가질 수 있는 충분한 역사적 가치를 지닌 것들이다, 착한 마누라 덕에 꼴값 재며 사는 줄 알아라, 어디다 대고 흰소리냐 ─ 하는 불만을 중뿔 세우면서 말이다. 한동안 말이 없던 천상병이 그만 자겠으니 라디오를 달라고 했다. 라디오 볼륨을 높이면서 천상병이 말했다. "너같은 문디이 자슥은 상업방송 틀어 놓고 증권시세나 듣겠지. 나는 사회교육방송만 들으면서 잠을 청해 왔다꼬!⋯⋯참말로 근사하지 뭐야. 헤어져 소식없는 자식들을 부모가 찾고, 만날 길 없는 선조들을 부르며 손자들이 울고⋯⋯우주의 끝까지 울려 퍼질 복음이요 평화의 합창을 너같은 문디이 자슥이 우째 알 끼라꼬 ⋯⋯끄 끄으 끄으─", 천상병처럼 임기응변술에 능했던 사람이 없고, 천상병은 자신의 무능을 전략적으로 활용하며 어떤 남성도 체험 못할 가장 속 편한 세상을 살다 간 '복동이'라고, 산 사람들은 말한다. 정말 그럴까. 심중의 완벽한 협잡성 지혜로 삶의 편의를 의도하는 그 어떤 사람이 하필이면 한참 '잘 나가는' 아내의 사업을 놓고 '우주의 끝에서까지 울음 울' 현실적 고뇌를 만들 것인가.

억지로 기행(奇行)을 만들어 가며 제가 '기인'인 체 살아가는 악취미의 더퍼리는, 그들이 더욱 예술인들일 때, 문자 그대로 예사롭지 않은 문화걸인(文化乞人)에 불과하다. 정의 앞에서라면 또깍 부러질 수 있는 용기는 커녕 노글노글 휠 줄만 아는 비굴의 탄성을 가진 자들이 천상병을 한사코 '시대적 기인'으로 몰아 갔던 바, 천상병은 오랫동안 '기인', '괴물', '광인', 심지어는 '흉물'이란 폐악적 상징성으로까지 '문화걸인적' 보편성에 합당되기도 했다. 뿐인가. 상금도 유통되고 있는 어떤 사전의 천상병 앞풀이는 "상상할 수 없는 주벽과 방탕으로 생을 일관했다"는 천인공노할 수식구로 운문(運文)되고 있다.

오 절통하다. 천상병은 평범한 평화주의자였다. 천상병의 지상절대적 환희는 세상의 모든 아름다움과 평화를 '시인의 자유'로 읊을 수 있는 예술적 창의(創意)에 있었지 문학적 성과(成果)에 전도하는 '의도적 개선'의 용도로 추구된 적이 없다. 그래서 많은 문사들이 예술적 실익에 의거한 개인적 명분의 완전성(完全性)을 소망하고 있을 때 천상병은 생명의 상정적(常情的) 텃밭에 내려앉아 부리가 닳도록 평화를 쪼았을 뿐이다.

아 지금도 보인다. 열정의 신념(信念)에 도달하기 위하여 평화를 쪼으고 있는 천계(天界)의 파랑새, 그 순진무구의 천상병이.

1996년 3월 10일
김포에서

1. 『千祥炳 全集』은 제1권 詩, 제2권 散文으로 각각 나누어 전2권으로 기획되었다.
2. 본 散文 全集은 그동안 간행된 2권의 산문집 『괜찮다 괜찮다 다 괜찮다』(강천)와 『한낮의 별빛을 너는 보느냐』(영언문화사)에 실린 작품과 그리고 각 도서관에서 소장하고 있는 문예지를 뒤져, 발표는 되었으나 어디에도 묶이지 않고 묻혀 있던 몇 편의 산문을 찾아 추가하여 수록하였다.
3. 본문 체계는 제1부 수필, 제2부 평론, 제3부 기타 산문으로 나누어 실었다.
4. 선생의 全集을 엮어내면서 詩뿐만 아니라 산문도 더불어 자료 수집에 전력하였으나 시보다 더 산문의 자료수집이 더 어려웠다. 시의 경우는 대개가 문예지를 중심으로 발표된 것에 비하여 산문은 도서관에서조차 소장자료로서 보관이 어려운 사보 같은 것에 주로 실려 실상 작업이 불가능하였다. 앞으로 더 보강이 이루어져 한 권의 평론집과 한 권의 수필집으로 엮였으면 하는 바램이다.

散文

제1부
수필

제 1 장

우리들 청춘의 묘지

서울 부재

피차 살기 어렵기는 마찬가지다. 그런데 나라고 하는 작자는 한번 살아보겠다는 생각조차 아예 거부해 왔으니 사람 취급으론 개코나 조금도 다름없었다.

청춘의 혈기, 예술의 영원성, 하는 것들도 다 싱거워 식어지고, 이젠 쌀 한 홉의 값어치가 더 혈기적이요 영원적인 것이다. 이 섭리는 동서와 고금을 통틀어 사람을 지배해 왔다. 난들 어찌 '사람'이 아니겠는가.

예전의 일이다. 몇 작가들이 한자리 앉아서 놀 때에 모 씨가 이 세상에서 누가 제일 팔자가 좋을까라고 하니까 김종문 씨가 대뜸 저기 있잖아 저기라고 하면서 나를 손짓했다. 만좌홍소(滿座哄笑)를 사교계의 홍일점처럼 어느 자리에서나 받기를 좋아하는 나도 그때만은 숙연해지지 않을 수 없었다. 그 최고팔자씨의 심중평야(心中平野)에 갑자기 사양이 깃든 요즈음 생각하면 가슴 아픈 일이었다. 그 '최고'의 까닭은 내 아직 독신으로 부양할 가족이 없어 좋겠다는 것이었지만, 기타 등속의 잡다한 까닭도 있기는 있었던 것이다.

그런데 나는 올해부터 그 '최고팔자'의 감투와 관록을 섭섭한 대로 사양키로 했다. 그렇게 된 제일 큰 원인은 한 1년 2개월 동안의 내 서울 부재(不在)에 있는 것이다.

부산에 내려와 어머니와 형님이 꾸려 가시는 살림을 잠깐도 아니고 목격하다 보니 할 수 없이 '생활'의 절대성을 재인식 않을 수 없게 되었고, 뒤이어 쌀값에 대하여 비상한 관심을 집중하게 되었다.

우리 집안의 사정도 내 마음의 번복을 채찍질한 큰 까닭이었지만 또 다른 사정도 숱하게 많았다.

그 한 가지는 내 다정한 친구들의 동태이다. 지금 안장현, 구자운 두 사람의 시인께서 내부(來釜)하시와 생활이랍시고 차려 하시는데 말씀이 아니시다.

지나치는 김에 한번 들렸더니 장현이가 또 부인에게 신경질을 냅다 지르고 있다. 내가 들어서니 이 찬스라고 부인이 아래층으로 내려 가니까 애매한 나를 붙들고 야단이다.

"상병이 이 책들을 좀 봐. 며칠 전에 책가게에 들렸더니 새 책들이 많더군 응? 제기럴 한평생 접장노릇 뼈빠지게 해 봐야 한 달에 책 한 권 살 수 있어? 에라 싶어 이 책 저 책 갖고 싶은 걸 외상으로 집으로 보내라고 했더니 갖다 놓았어. 그런데 말이야 아직 한 달도 안 지났는데 책값을 달라고 왔다 응? 이런 빌어먹을 짓이 어딨어? 홧김에 책을 다 도로 가져가라고 고함을 쳐도 자식들 가져가지도 않는다.……운운."

장현을 사귄 사람은 알지만 말이 많다. 그런데 들으면 들을수록 그와 책가게 주인의 어느 쪽이 신경질을 내야 하며, 화를 내야 하며, 빌어먹을 짓을 했는지 알 동 말 동 해진다. 외상으로 책을 가져왔으면 대금을 치러야 한다는 천하공지의 자본주의 원리를 누가 위배했는지 그 분간을 그는 할 수가 없다. 말이 많기 때문이다. 그의 말대로 점원이 와서 책을 도로 가져갔더라면, 그는 아마 베트남의 애국승려처럼 온몸에 휘발유를 뿌리고 기름값을 애석하게 생각하면서도 쾌히 불을 질렀을 것이다.

그래도 그는 책값 고생이다. 먹고 지내는데 지장이 없는 놈의 고생은 옆에서 보기에도 스와니 강이 나오는 영화장면을 보는 것처럼 즐거운 것이다. 그런데 그 먹고 지내는데 정통으로 걸려 든 친구가 바로 우리의 서정시인 자운사백이다. 자운은 부산 K 신문사의 상임논설위원으로서 한 달에 만원 이상의 수입이 있는 신분이다. 그런데도 자운은 나와 매일같이 만날 때마다 언제나 "어이 담배 한 대 없어?" 하는 것이다. 만원 수입을 가진 놈이 한푼 수입도 없는 빈털털이에게 "어이 담배 한 대 없어?" 했댔어야 미국 같으면 벌써 민법 이하 전(全)법전 위반으로 당장에 철창을 내다볼 사건이다. 그러함에도 불구하고 내가 작년에 빌려 준 아리랑 한 갑을 연말에도 안 갚고 신년초에도 안 갚고 아직도 질질 끌고 있는 판이다. 화가 나서 대법원에 진정서를 써 보내겠다고 해도 그 소녀와 같은 눈깔을 살살 굴리면서 "해봐 해봐" 할 따름이다.

객지에서 고생하는 자운을 위해 자당님께서 하부(下釜)하셨는데, 방은 C화백의 빈 집 지키기로 공짜로 들어 있지만 당장 밥 지을 쌀이 없었던 모양이다.

늙은 자당님께서 한 되 두 되 얼굴을 붉히면서 가게에서 사 오시는 것이다. 그래서 보다 못해 나하고 이수관 형과 둘이서 쌀 좀 사서 집에 갖다 놓으라고 고함을 질렀더니 "쌀은 가게에 많어" 한다.

또 한 친구 최계락은 그 K신문사의 오랜 문화부장인데, 모처럼 받은 월급봉투째로 동료들과 심심풀이 '섰다'를 한 것까지는 좋은데 거금 4천원을 날렸다. 날린 것이 별탈이 없으면 좋겠는데 엄처시하의 그는 며칠 집으로 못 들어가 동분서주하다가 근근이 얼마를 구하여 드디어 입가했다는 눈물나는 참상(?)조차 나는 보았다.

내 친구들 꼴이 요모양 요꼴이니, 난들 어찌 정신차리지 않겠는가 하는 것이다. 살기 어려운 이 증거대상물들과 간간이 술자리에서 얼리는데 가만히 생각해 보니까 그 가운데서도 내가 그러한 개코의 표본이요 잘못하면 그 기념비가 될 가능성조차 내포하고 있는 것이었다.

상기와 같은 여러 가지 사정이 겹치고 겹치어 나는 부득이 일하지 않으면 안 되게 되었다. 그러다가 이번 1년 2개월 만에 모처럼 기회를 얻어 상경한 것이다.

그런데 서울서 오랫만에 만나는 악(惡)문우들마다 한다는 소리가 "안 죽고 살아 있었군" 한다. 그런 소리 들으면 당장에라도 죽어 봤으면 좋겠지만 죽으면 도저히 살아날 길이 없는 것을 알고 있으니 함부로 그럴 수도 없다. 속이 뒤틀리는 것을 참고 '나는 칠십두 살까지 살 테니까 그때까지 두고 두고 괴롭힐 것이니 두고 봐라'라고 속으로 혼자 다짐하는 것이다.

—『현대문학』1964년 3월

우리들 청춘의 묘지

수개월 전에 모지(某誌)에서 「청춘의 발산을 억제하지 말라」라는 글의 청탁을 받았을 때의 일이다. 청탁에서 적힌 그 글의 제목을 보자마자 나의 눈에 훤히 비쳐 오르는 길모퉁이 그 네온빛, 사람들의 표정이 있었다. 나와 내 친구들의 청춘이 물거품처럼 일었다 사라지곤 했던 그 자리가……. 명동이여.

태초에 말이 있었느니라지만, 내게는 명동이 있었느니라이다. 나의 서울 생활은 임시 수도였던 부산에서 환도하자마자부터니까 10년이 넘는다. 환도라곤 했지만 사실은 처음 서울행이었으니까 그때 서울역에서 내리자 눈에 비친 폐허된 앙상한 서울 거리의 광경은 촌놈에게 벌써 큰 위협을 주었다. 6·25의 참사를 고향 마산에서 아무것도 모르고 지냈던 나에게는 처음으로 6·25가 그 생태를 보인 것이나 다름이 없었기 때문이다. 나는 그날 기차에서 내리자마자 환도 초기에 문인 일동이 집산했던 '모나리자' 다방으로 직행했었다. 생각해 보면 이것이 나와 명동과의 관계의 첫 스타트이다.

그러니까 나의 서울은 나의 명동이었다. 그 당시의 명동은 지금의 시공관 근처의 모퉁이에서 퇴계로까지 아름드리 내다 보일 만큼 부서질 대로 부서져 있었던 것이다. 그무렵에 술 좋아하는 문인 선배에 끌려 자주 드나든 술집은 지금의 소공원 한복판쯤에 위치해 있었던 천정도 없는, 의자가 없어서 앉아 마시던 돌술집이었다. 황폐한 돌무더기 한가운데 모여 있던 선배들 속에 끼어 앉아서 그날의 나는 무엇을 하고 있었을까.

아무 생각도 나는 것이 없다. 여하간 이래저래 명동 바닥을 아침 대낮 저녁과 밤에 구애치 않고 쏘다니는 나의 서울은 막을 열었다.

최근에 와서는 비교적 낮엔 드나들지 않지만 그래도 밤엔 가끔 나와서 십 년간에 헤맨 발자취 그 유적을 상기하면서 대폿집의 오십 환짜리 한 잔을 들이키는 것이다. 우리에게는 서울은 명동이요 명동은 술의 별명이나 하등 다름이 없었다.

나와 다정했던 명동 술 동지들. 그들은 지금 군에 간 S, 군의관이 된 K, 접장을 하는 친구 A들이었다. 그들은 한결같이 문학과는 전연 인연이 없는 친구들이었으나 4,5년 전에는 아침부터 '명동'에서 만났고 만나면 술이었다. 돈이 있을 까닭이 없었다. 모두 빈털털이었는데 어떻게 그렇게 자주 아니 정기적으로 어김없이 술을 마실 수가 있었는지 한국의 기적이라고 하지 않을 수 없다. 그무렵 내가 우리는 돈이 한 푼도 없는데 왜 이렇게 술만 마실 수 있을까라고 술자리에서 말하니까 K 가라사대 "이 자식아! 그것도 몰라? 당구장에 가봐. 다마를 잘 치는 놈은 하루 종일 당구장에서 다마만 치잖아. 그 자식들이 돈이 많아서 그런 줄 알아? 다마를 너무 잘 치기 때문이야. 우리도 술을 너무 잘 마시니까 언제나 술이지."

사실 K의 말마따나 우리에게 술은 유일무이한 존재였다. 우리들은 자신의 존재를 추상적으로 추구하기를 꺼려 하는 대신 술을 마셨다. 술을 위해 우리들은 눈물겨웁게 헌신하였던 것이다. 그 몇 가지를 소개하면 S는 대학교수인 삼촌댁에 살고 있었는데, 그 삼촌의 생일날에 고모님이 (그러니까 삼촌의 누이) 축하 선물로 새로 삼촌의 옷 한 벌을 신조하여 S에게 갖다 드리라고 하였다. S는 그 옷을 삼촌에게 보이면서 "삼촌, 여기 삼촌에게 꼭 들어맞는 옷 한 벌이 있는데 어떻게 싸게 사십시오"라고 교묘히 그 옷을 삼촌에게 팔아서 우리 일동을 심야까지 통음케 했다.

그리고 A가 무슨 병인가에 걸려 입원하여 중태에 빠져 있을 때 우리 일동은 간병차 간 일이 있었다. 그러나 좀 어떠냐라는 말 한마디 하지 않고 병자의 머리맡에 놓인 사과니 깡통이니 과자니 주스니 하는 일체의 음식을 치우기에 바빴다. 그래도 예의를 지키느라고 술 사라는 말은 못했으나 하여튼 그 병실에 있었던 일체의 음식을 치운 뒤에 K가 비로소 병자인 A에게 위로의 말을 걸었다.

"좋은 기회다 임마. 객사하는 것보다는 이런 깨끗한 방에서 뒤지는 게 좋아. 그럼 잘 있어."

그러나 A는 뒤지는 일없이 살아났다. 살아나서 또 술을 마셨다. 우리중에서 A가 제일 돈이 많았다. 그의 집이 돈이 좀 도는 집안이라 무슨 핑계로 얻어 오는지 꽤 술값을 날라 왔다. 그 A에게 내가 "K 자식 요사이 연애를 하는 모양이야" 라고 하니까, 그 순간 눈빛이 달라지면서 "자식 빨리 실연해야 할 텐데"란다. "임마 왜 남이 모처럼 연애를 하는데 실연해야 말이야"라는 내 말에 그는 "그걸 몰라? 실연하는 놈은 술을 잘 사거든"

이따위 맹장들과의 계절에 아랑곳없는 명동 일대 답사는 십 년간 계속되었다. 남들은 돈 없는 우리가 왜 비싼 명동을 헤매다닐 수가 있는가 잘 모르겠지만 명동에는 비싼 집이 있는 반면에 또 아주 싼 집이 있다. 몽마르뜨라는 술집의 술값은 아마 서울에서 제일 쌀 거다. 몽마르뜨라고 하니까 파리나 그런 델 연상하겠지만 품팔이 지게꾼들이 저녁에 한 잔 하러 오는 골목집이다. 우리 친구들이 어쩌다 몽마르뜨라고 이름 지어 부르니까 오십을 넘은 지게꾼들도 저희들끼리 '몽마르뜨로 가세' 하게 되었었다.

그러니까 어쩌다 크게 얻어 걸리는 기적이 있는 날 이외의 나날은 우리는 명동 최저선을 헤매는 암흑의 명동이었다. 십 년이 지났다. 나는 '나의 10년'을 이렇게 명동에서 허송한 것을 결코 후회하지 않겠다.

왜?

우리들에게는 비록 술이 끝났지만 청춘은 있었다는 감상을 되씹기 위해서다. 청춘이란 대체 무엇일까. 명동 십 년에 나는 그 물음에 나대로의 답을 내릴 겨를도 없이 나의 청춘을 탕진하고 말았다. 오늘밤도 명동에 나가 볼까. 거기 우리들이 문지르고 밟고 때리고 부순 청춘의 에너지와 그 역을 찾아갈까. 20대가 없는 10대와 30대만의 내가 잃어버린 그 20대를 찾아가 볼까. 나에게는 내가 뭔지 모두 알 수 없게 되었다. 우리들 청춘의 묘지 명동이 오늘도 저문다.

외할머니 손잡고 걷던 바닷가

나는 며칠 전에 마산 고향에 내려갔었다. 정확히 말하면 의창군 진 동면이 내 어릴 적 고향이다. 하지만 마산도 내가 중학교(그 당시는 중 학교 육년제)를 다닐 때 살았으니 내 고향이나 다를 게 없다. 실로 몇 십 년 만에 찾아간 고향이었지만 워낙 바쁜 일정이었기에 돌아와 생 각하니 그냥 스쳐만 온 것이 아쉽고 후회도 된다. 좀더 오래 머물다 올걸 하는 마음에 뒤늦게 섭섭하기도 하다.

내 어릴 적 고향 진동은 할아버지와 아버지, 그리고 외가도 가까이 서 살았던 곳이다. 할아버지가 그곳에 살아계실 때는 천 석까지 하셨 다는 꽤나 부유한 집안이었다. 하지만 아버지는 그 많은 재산을 탕진 하고 일본으로 가셨다가 그곳에서 나를 낳으셨다. 그래서 내 출생지 는 일본 히메지(姬路) 시다. 그 후 네 살 때 한국으로 나와 어린 시절 을 진동에서 살았다. 하지만 나는 내 고향을 진동면이라고 말한다.

그 어린 시절에 나는 무척 귀여움을 받고 자랐다. 위로 형님이 계 셨는데도 아버지나 어머니는 나를 무척 귀여워하셨다. 더구나 외할머님까지도 나를 귀여워하여 이모님과 같이 외가에서 살다시피 했었다.

어린 시절 국민학교 이학년까지 살던 고향 진동의 기억은 지금도 생생하다. 뒤에는 산이 푸르고 앞에는 푸른 바다가 보이는 그런 곳이었다. 멀리 바라다보이는 바닷가에서 할머님의 손을 잡고 조개를 캐던 기억도 생생하다.

나는 어릴 적부터 몸이 약하여 늘 부모님의 가슴에 안타까움을 안겨 주곤 했었다. 어릴 적 별명은 머리만 크고 이마가 나왔다하여 '이망쟁이'(이마가 나왔다고 사투리로 쓰는 말)였다. 몸은 늘 약했다고 한다. 그런 까닭에 외할머님은 나를 더 애지중지하신 것 같다. 늘 내 손을 잡고 자주 바닷가를 거닐며 조개를 주워 주시곤 했다.

아들이 없는 외할머니는 우리 어머니가 맏딸이었고 어머니를 아들같이 사랑했다. 나는 그런 딸의 아들이었기에 더욱 귀여워하지 않았나 생각이 되기도 한다. 아무튼 나는 외할머니나 이모들이 그렇게 나를 애지중지 사랑해 주셨던 기억이 가끔 떠오를 때가 있다. 돌아가신 지 수십 년이 지났건만 인자하셨던 그 모습이 지금에도 내 가슴에 와 닿곤 한다.

또 한 가지 기억에 남는 일이 있다. 내가 일곱 살 때가 아닌가 싶은데 동네 형님과 내 형님이 산에 나무하러 간다고 하기에 어린 내가 그냥 졸졸 따라나선 적이 있다. 얼마를 걸어서 산을 올라갔다. 나무를 다 해서 동네 형님과 친형이 내려오는 길을 어린 내가 뒤따랐다.

그런데 그만 나는 발을 헛디뎌 굴러 떨어지고 말았다. 순간적인 일이었기 때문에 나는 죽었구나 하는 생각뿐이었는데 나뭇가지에 내 몸이 대롱대롱 매달려 살아났다. 그래서 나는 그 일을 하나님이 나를 살려 주신 첫 기적이라고 말 할 만큼 그날은 운 좋은 날이었다고 생각한다. 지금도 그때를 생각하면 소름이 끼친다. 그 후 나는 형님이 산에 가자고 해도 가지를 않았다. 그만큼 나는 겁쟁이었다.

그후 나는 일본으로 갔다가 중학교 이학년 때 마산 오동동으로 돌아와서 살았다. 마산중학교 이학년에 편입한 나는 학교 교정에서 내려다 보이는 바다를 바라보면서 많은 것을 배웠다. 내가 시를 쓰게 된 동기도 산과 바다가 있는 그런 곳에 살았기 때문이다. 운 좋게도 반에 있는 친구가 김춘수 선생님의 조카였다. 중학교 오학년 때 알게 된 그 친구를 통해 처음으로 나는 김춘수 선생이 시집 『구름과 장미』의 저자라는 것을 알게 되었다. 그래서 선생님께 그 시집을 빌려서 읽었다. 그때 나는 많은 감동을 받아 나도 시를 써야겠다고 마음을 굳혔다.

그러던 시절 어느 추석날 마을 뒷산에 올라가 멀리 바다를 바라보며 명상에 잠겨 있는데 어디에서 우는 소리가 들려왔다. 소리 나는 쪽을 향해 바라보니 무덤이 몇 개 있는데 사람들이 절을 하면서 울고 있는 것이었다. 그때 나는 죽음을 생각했고 무덤도 생각하며 그 느낀 감정을 옮겼는데 그것이 첫 추천시 〈강물〉이었다.

강물이 모두 바다로 흐르는 까닭은
언덕에 서서
내가
온종일 울었다는 그 까닭만은 아니다.

밤새
언덕에 서서
해바라기처럼 그리움에 피던

그 까닭만은 아니다.

언덕에 서서
내가
짐승처럼 서러움에 울고 있는 까닭은
강물이 모두 바다로 흐르는 그 까닭만은 아니다.

이 시를 김춘수 선생님께 보여 드렸더니 두고 가라고 하셨다. 그때가 마산중학교 오학년 때였다. 얼마 후 한 반 친구가 하는 말이 "야, 상병아! 너하고 똑같은 이름이 이 책에 나와 있더라"라고 하여 서점으로 달려가 보았더니 얼마 전에 김춘수 선생님께 드린 바로 그 시가아닌가. 하도 신기하여 다른 서점으로 또 달려가서 확인을 하였더니똑같아서 그때야 "참말이구나!" 하고 고함을 치며 기뻐했다.

그리고 그 〈강물〉을 유치환 선생님께서 추천해 주셨다는 것도 알았다. 지금도 나는 김춘수 선생님께서 유치환 선생님께 내 시를 드려서 추천이 된 것으로 알고 있다. 그런데 김춘수 선생님께서는 기억이 없으시다는 글을 몇 년전에 어느 문예지에 발표하셨다. 〈강물〉이 어느 분을 통해서 추천이 되었든 나는 행운을 잡았던 것이라고생각한다.

이렇게 나는 중학교 오학년 때 이미 문인의 길로 들어섰기에 대학은 문과로 가지를 않았다. 그래서 나는 대학 진학을 앞두고 어느 과를 선택해야 할까 고심하게 되었다. 그러던 중 어느 선배가 하는 말이 자기도 고민을 하다가 이런 방법을 썼노라고 하기에 나도 그렇게하는 길밖에 없구나 생각하고 종이에다가 학과를 쓴 다음 둘둘 말아서 던진 후 가장 멀리 가는 것을 집어 택하기로 했다. 그것이 바로 상과 대학을 가게 된 동기가 되었다.

지금 생각하면 어처구니없는 행동이었지만 그래도 그 시절은 좋았다. 대학에 들어가서는 교지를 만들기도 했다. 전 부총리셨던 조순 선생님으로부터 좋은 격려의 말씀도 들었던 학교생활이었다. 생활은 소설가이신 한무숙 선생님 댁에서 했다. 더욱이 한무숙 선생님의 남편인 김진홍 선생님은 대학의 대선배이신 분이었기에 나를 사랑해 주셨다.

또한 그때 같이 학교를 다녔던 한말숙 씨(소설가)는 한무숙 선생님과 자매였기 때문에 나로 인해 속을 많이 썩었으리라. 그리고 한말숙 씨와 같은 언어학과에 다니던 변인호 씨를 무척 좋아했다. 그때 난 상대에서 문리대로 강의를 들으러 갈 만큼 그녀를 보는 데 열심이었다. 아마 그때 나는 짝사랑을 하고 있지 않았나 생각된다.

52년 나는 〈갈매기〉로 모윤숙 선생님의 추천을 받아 추천이 완료되었다. 그 해 평론도 추천을 받았다 (조연현 선생님 추천). 그때는 6·25로 정말 암담한 시기였지만 나는 문학을 논하고 예술을 사랑한다며 무서울 것 없이 날뛰었다. 폐허가 된 서울, 명동 거리를 누비고 다녔다. 돌체, 르네상스, 갈채, 은성, 쌍과부집에서 나는 예술인들과 만나 울분을 토하고 열심히 책도 읽고 평하기도 했었다.

그러던 시절은 이제 다 흘러갔다. 무엇을 했는지? 고향도 잃어버린 수십 년의 세월, 돌이켜보면 참으로 많은 세월이 지났다. 동창들도 그 이후로 만나지 못하고 살았다. 내 생활이 다르고 그들의 생활이 달랐기에.

가끔 생각하는 친구가 몇몇 있지만 나와는 다른 바쁜 생활이니 가끔 가슴에 와닿을 뿐 선뜻 그 친구들을 찾아가지는 못한다. 워낙 나는 게을렀고 그들은 바빴을 테니 선뜻 나서지 못했으리라. 가끔 신문을 통해 모두 잘되어 있다는 소식을 듣는다. 그때 나는 그들의 행운을 빌며 미소를 지을 수밖에. 친구가 잘되면 나는 행복하니까.

나는 며칠 전에 다녀온 고향을 꿈속에서 헤매는 마음으로 생각한다. 72년에 지금의 아내와 결혼하여 부산에 있는 가족과 잠깐 진동 대티 마을 산소에 다녀온 후 십팔 년만에 다시 찾았던 산소. 내 나이 육십일 세. 환갑을 몇 달 전에 지냈어도 나는 아직도 여섯 살짜리(아내의 말)밖에 되지 못한 못난 사람이다. 고향을 버린 것도 아니고 부모님을 잊은 것도 아닌데 행동으로는 고향 산소에를 이십 년 가까이 찾아보지 못한 불효자이니 여섯 살짜리라는 말을 들어도 할 말이 없다.

가기 전에 고향은 많이 변했으리라 생각했지만 고향 뒷산은 그대로였다. 다만 마산에서 진동으로 넘어가는 도로가 넓게 포장된 것 외에는. 마침 진달래가 온통 울긋불긋 피어 있기에 오랜 추억이 되살아났었다. 그때는 몇십 리 되는 그 길을 걸어서 다녔다. 그 시절을 돌이켜보니 험한 길을 잘도 다녔구나 하는 생각이 든다.

역시 고향은 평화롭고 포근함이 함께 하는 곳이란 것을 알았다. 하지만 외할머니와 손잡고 다니던 바다는 찾아볼 수 없었고 마을은 변하여 외갓집을 찾지 못하고 말았다. 겨우 어림잡아 한 장의 기념 사진만 찍을 수밖에 없었다.

마산의 오동동도 마찬가지였다. 살던 집은 간 곳이 없었다. 상가로 변해 버린 그곳에는 옛 기억만 있을 뿐 무엇이 있겠는가. 변하지 않은 것은 내 모교 마산중학(마산고등학교)뿐이었다. 높은 곳에 자리잡아 전망이 좋은 모교, 그곳에 다시 가 보니 역시 바다가 바라보이는 좋은 곳이었다.

내가 다닌 모교가 자랑스럽기까지 했다. 정치인, 언론인, 예술인,

문인 등 많은 일꾼을 배출한 나의 모교. 내가 시를 쓰고 사춘기를 보낸 나의 자랑스러운 모교 앞에서 나는 사진 한 장으로 내 마음 속의 모든 것을 담고 교무실에도 들어가지 못한 채 시간에 쫓겨 돌아서 내려왔다. 언제 한 번 다시 찾을지. 그렇게라도 갔다 오니 조금은 위안이 되는 것 같다. 나도 모르겠다.

이렇게 나는 무심히 고향을 생각하면서도 행동으로 실천하지 못하는 사람이다. 부모를 생각하면서도 나처럼 몇십 년을 산소 한 번 찾아가지 않는 불효가 어디 있단 말인가. 부모님께 깊이 머리 숙여 빌 수밖에. 용서해 주십시오라고 밖에 할 말이 뭐 있겠는가.

우리는 예부터 예절 바른 동양의 자손, 오천 년의 역사를 가진 나라라고 자랑하며 살아왔다. 그런데 과연 지금의 기성 세대나 젊은 세대가 얼마만큼 예절 바른 생활을 하고 있는가 의심해 본다. 부모를 잘 모시는 자식이 얼마나 되며 부모의 말씀을 존중하는 자식이 과연 얼마나 될까?

나는 가끔 생각한다. 과연 예절 바른 아들딸은 얼마나 될까. 또한 부모는 자식에게 얼마나 모범이 되는 자리에 서 있을까라고. 서양 문명이 들어와 21세기라고 부르짖는 세상에 지금의 문명이 과연 좋은 문명이라고 할 수 있을까라고.

가끔 부모와 자식 간의 갈등 때문에 목숨을 끊었다는 기사를 대하게 될 때마다 나는 믿어지지가 않는다. 왜 그랬을까. 부모와 자식인데 왜 서로 사랑하지 못했을까. 나는 안타까워했었다. 자식과 부모가 서로 사랑하고 이해하지 못한다면 우리는 큰 실수를 범하고 있는 것이 아닐까.

한 가정이 화합하지 못하면 이웃이 화합하지 못하고 이웃도 화합하지 못한다면 나아가 더 큰 불행이 온다는 것을 왜 모른단 말인가.

남이 나를 사랑하기 전에 내가 남을 먼저 사랑한다면 무슨 불평이 온단 말인가. 그러니 한 가정에서부터 부모를 존중하고 사랑하며 모시면 부모 또한 자식을 어찌 사랑하지 않을까. 그러면 이웃도 사랑하게 될 것이며 이웃이 화합하면 우리 모두의 마음 또한 사랑으로 모든 것을 이해하게 되며 화해가 되어 머지않아 통일도 될 것이다. 그러면 지역이 어쩌고 하여 몇 사람의 정치인으로 인해 지역 감정을 초래하는 그런 모순은 없지 않을까.

욕심을 버리고 이해하며 사노라면 첫째 내 마음에 평화가 오고 복받는 게 아닐런지. 모두가 부모를 생각하듯 고향을 아끼고 사랑하면 정말 우리 나라의 역사를 자랑스럽게 이야기할 수도 있을 것이며 예의 바른 한국의 국민임을 떳떳하게 말할 수 있지 않을까.

육십이 넘은 지금에야 나는 조금은 철이 날 수 있으니 이것만이라도 다행이 아닐런지. 내 육십 년을 돌이켜보면 나도 별나게 제멋대로 인생을 살아왔다. 이십대에 문인이 되어 음악을 논하고 문학을 논하며 많은 술도 마셨다. 그로 인하여 몇 번의 병원 신세도 졌다. 그리고 다정한 친구로 인해 동백림 사건에 걸려 들어 심한 전기 고문을 세 번 받았고 그로 인해 정신병원에도 갔고 아이를 낳지 못하는 몸이 되었지만 나는 지금의 좋은 아내를 얻었다.

고문을 받았지만 진실과 고통은 어느 쪽이 강자인가를 나타내 주었기 때문에 나는 진실 앞에 당당히 설 수 있었던 것이다. 남들은 내가 술로 인해 몸이 망가졌다고 말하지만 잘 모르는 사람들의 추측일 뿐이다.

내가 71년 길에 쓰러져 정신 병원으로 가기 전 일 년 가깝게 심하게 앓아 누워 사경을 헤매었던 일. 나로서는 몇 번의 아픔을 당했었다. 정신병원에 육 개월 잠적해 있었을 때 많은 친구들이 내가 죽었다고 하여 안타까워했다. 그때까지 시집 한 권 내지 못함을 아쉬워하여 원고를 모아 유고집 『새』가 나왔던 일. 살아 있으면서 유고 시집을 만든 이변을 남겼고 그로 인해 남들이 말하듯 천사 같은 지금의 아내를 만나 십구 년을 편안하게 살 수 있었다. 지금의 아내가 없었다면 나는 이십 년의 생명을 이어올 수가 없었다고 생각한다. 무던히도 고생을 시켰다. 말로는 늘 "문둥아 문둥아" 하지만 속으로는 미안하고 감사하다는 생각으로 살아간다는 게 솔직한 심정이다.

더욱이 88년에는 간경화증으로 죽게 되어 일주일밖에 못 산다는 나를 춘천까지 데려가 입원을 시켜 놓고 하루도 빠지지 않고 오르내리며 간호를 해 주었던 고마움을 내가 어떻게 표현할 수 있겠는가. 아내 자랑하는 놈은 팔불출이라 하지만 나는 그런 팔불출이 된다고 하여도 아내 자랑은 해야겠다고 생각한다.

춘천의료원 원장 정원석 박사도 대학교 때 친구였다. 그 친구가 아니었다면 내 어찌 살아났으랴. 입원비까지 그 친구의 월급에서 내게 했으니 친구 중의 친구며 고마운 친구다. 나는 운좋게도 몇 번의 병원 생활을 하면서 김종해 박사(작고), 정원석 박사, 이렇게 좋은 박사분들의 백으로 다시 살아났다. 춘천의료원 내과 과장님과 내과에서 근무하신 젊은 의사 선생님, 내 대변 소변을 다 받아 주며 간호한 광래, 영민, 영진이 참으로 고마운 아이들이다. 그리고 카페 '귀천'을 지켜 준 혜림이, 주일이면 찾아온 친구들, 젊은 아가씨들에게 진 은혜를 지면으로나마 보답하는 마음을 전달할 수밖에.

또한 나를 위해 『도적놈 셋이서』란 책을 펴내 인지대를 아내에게 넘겨주어 오막살이라도 지으라고 승낙해 준 중광 스님과 이외수 동생, "계수 씨 가게를 하라"며 도와 준 강태열 형. 나는 다 손꼽을 수 없을 만큼 많은 사람들의 은혜를 입은 그런 사람이다.

지난 1월 14일 나는 회갑을 맞았었다. 내가 살아났다 하여 젊은 친구들과 아내가 주관이 되어 잔치가 벌어졌었다. 구상 선생님께서 바쁘신데도 찾아주셨고 김구용 선생님께서도 불편하신데도 찾아주셔서 내 생애 가장 흐뭇한 생일 잔치를 치렀다. 구상 선생님께서 하시는 말씀이 "천상병 시인이 회갑을 맞았으니 생각도 못했던 일이며 더군다나 이렇게 많은 미인들이 팬이라니 부럽기까지 하다"며 농을 하셔서 그 자리를 더 화기있게 만들어 주신 일에 그 얼마나 감사했는지 모른다.

　　내가 살아오는 동안 내 멋대로 버릇없이 살아온 탓으로 흔히들 나를 보고 "기인, 기인" 하는데 나는 도무지 내가 왜 기인인지조차 모른다. 남들이 나를 기인이라니까 기인인가 할 뿐 나는 기인이 아닌 것이다. 다만 평범한 사람일 뿐인데……

　　올해에는 비교적 밖으로 많이 다녔다. 원주에도 두 번 갔다. 한 번은 시 낭송회, 또 한 번은 주례를 서 달라는 부탁을 받고. 나는 주례만은 극구 거절을 했었다. 주례만은 자격이 없노라고, 주례는 아들딸 낳고 좋은 가정의 가장이라야 자격이 있는 거라고 했지만, 가만히 서 있기만 해도 좋다고 하기에 어쩔 수 없이 승낙을 했으니 그 결혼식이 얼마나 우스웠을까.

　　또 멀리 김해 가야 쇼핑에서 화랑 개관전으로 나의 시화전을 열어주었기에 김해도 갈 수 있었고 금년에는 많은 여행을 할 수 있었다. 내 건강이 많이 나아진 탓이겠지만 일주일밖에 못 산다는 몸이 여러 사람의 정성으로 되살아 이렇게 살아가고 있다니 정말 기적만 같다. 내가 건강한 것이 여러분들께 보답하는 길이기에 그렇게 좋아하던 막걸리도 끊고 가끔 맥주 한 잔으로 목을 축이며 내 건강을 보살피는 어리석은 자가 되어 있다.

요즘 나를 되돌아보면 나도 별 수 없구나라는 생각이 든다. 남들이 술을 조금 마시라고 하면 괜찮다고 큰소리치던 나였는데 며칠 전 최일순이 나를 보고 "선생님, 저 5월 13일날 결혼합니다. 주례 좀 서 주시고 제주도 신혼여행 가는데 사모님과 함께 선생님 좋아하시는 선배님들 모두 모시고 우리 제주도로 함께 가요"라고 하지 않는가. 그래서 나는 "요놈아, 신혼여행 가는데 내가 가서 뭐 할거냐, 요놈아"라고 했더니 "선생님 꼭 같이 가 주시는 게 소원입니다. 선생님은 제주도에도 못 가셨잖아요?"라고 했다.

글쎄 잘하면 나도 제주도에 신혼여행 아닌 여행이라도 갈 수 있을런지? 그러고 보면 실로 나는 남보다 특별한 삶을 살아온 놈인 것만은 사실이다. 그래서 기인이라고 하는 걸까?

— 『월간조선』 1990년 5월

하숙비로 술집을 찾던 학창 시절

　나는 예나 지금이나 돈에 대한 관념이 없는 사람이다. 돈에 대한 욕심도 없이 내 나이 육십이 넘도록 지금까지 이렇게 살아가고 있다. 어린 시절에는 비교적 부유한 가정에 태어나 부모님 덕분에 어려움 없이 살았다. 일본에서 태어나 그곳에서 국민학교와 중학교 시절을 보냈고 아버지가 건축업을 하셨기 때문에 어려운 살림은 아니었다.

　나는 늘 책을 읽고 또 읽고 했다. 언제나 책을 보는 게 내 유일한 일과였는데 더욱이 바로 집 앞에 시립 도서관이 있었기에 더 유리하지 않았나 생각이 든다. 도서관이라 하기엔 너무나 작아서 명색이 도서관이지 사실은 살림집을 겸한 아주 작은 집에 몇 평 안 되는 서재와 같은 방이었다. 그러나 내게는 유일한 안식처였고 내가 책을 많이 읽을 수 있었던 좋은 환경이 되어 주었던 곳이었다.

　하루는 학교에서 돌아와 여느 때와 마찬가지로 도서관을 갔었는데 그때 마침 관장이 외출 준비를 하고 있었다. 나를 보더니 반가워하면서 "잠깐 외출했다 돌아올 테니 이곳을 좀 지켜 달라"고 하면서 열쇠도 맡기며 있으라고 하지 않는가. 나는 쾌히 그러겠노라고 대답을 했다. 내 나이 열한 살에 단 몇 시간 동안이지만 도서관장이 된 기분을 한껏 누릴 수 있었다. 지금도 그때를 생각하면 기분이 좋아지곤 한다.

하루는 이런 일도 있었다. 학교에서 돌아와 방을 살펴 어머니를 찾았으나 눈에 띄지는 않고 부엌 쪽에서 연기가 나고 있었다. 웬일인가 하고 부엌으로 달려갔더니 어머니께서 무엇인가 태우고 계셨다. 나는 무엇인가 하고 내려다보았더니 이게 웬일인가! 내가 소중히 간직하고 있던 책들을 모두 부엌 바닥에 내려놓고 한 권 한 권 태우고 계시지 않는가! 나는 깜짝 놀라 어머니께 매달리며 "어머니 왜 책을 불에 태우세요?"라고 다급하게 물었더니 어머니 말씀이 "상병아! 너는 몸도 약한데 책만 읽고 있으니 눈도 나빠질 것이고 이러다가는 너의 건강도 말이 아닐 것 아니겠느냐. 그래서 책이 없으면 읽지 않을 것이니 태워 버리기로 결심을 했다"는 것이었다. 나는 죽을 힘을 다해 책을 빼앗아 울며 매달려 조금씩만 읽겠다고 애원했다. 내 생명과 같은 귀중한 재산은 바로 돈이 아닌 책이었으니 내 어찌 가만히 있었겠는가.

그 후 일본에서 중학교 이학년 때 나의 고향(아버지의 고향)인 마산으로 왔다. 마산에서 마산중학교 이학년에 편입을 하게 되었다. 그때는 중학교가 육년제였는데 마산에 살면서도 역시 책을 보는 나의 일과는 변함이 없었다. 학교에서 돌아오는 길목에 서점이 하나 있었는데 (지금은 그 서점의 이름을 잊어버려 생각이 나지 않아 아쉽다) 집에는 가지 않고 먼저 서점에 들르는 게 나의 첫번째 의무였다.

아버지께 말씀을 드리면 무슨 일이 있어도 꼭 책을 사 주시곤 했지만 그 책만으로는 채워지지 않아 자꾸 서점을 찾았다. 읽고 싶은 책을 한 권 들고 한 시간이든 두 시간이든 읽고 나 혼자만이 알게 표시를 하고 돌아와서는 다음날 또 가서 읽곤 했었다. 그러던 어느날 책방에서 책에 표시를 해 놓고 막 나오는데 주인 아저씨가 "학생!"하고 부르기에 나는 속으로 겁이 왈칵 났다. 아이고, 들켰구나 하는 생각에 가슴이 철렁 내려앉았다. 야단을 맞겠구나 하는 생각으로 되돌아서면서 "불렀습니까?"라고 했더니 "학생, 이 책을 집에 가져가서 보고 내일 가져오도록 해" 하시면서 내게 책을 건네 주지 않는가. 나는 너무도 고마웠다. 그때부터 보고 싶은 책을 내 마음대로 읽을 수가 있었다. 그러니 내게 무슨 돈이 필요했겠는가 말이다. 만약 지금 그분이 살아계신다면 뜨거운 마음의 감사를 드리고 싶은 심정이다.

나의 대학 시절은 서울에서 보냈다. 대학 일학년은 하숙 생활이었는데 부산 집에서 넉넉히 하숙비와 잡비를 보내 주신 덕분에 돈에 대한 귀중함을 모르고 살았다.

나는 중학교 육학년 때 『문예』지를 통해 나의 시 〈강물〉이 추천이 되었기 때문에 (유치환 선생님의 추천이었다) 내가 대학교를 다닐 때 학교에서 『문학탐구』라는 교지를 만들면서 이미 시인과 평론가로 행세를 하였으니 돈에 대한 구애를 받지 않았다. 돈이 없을 땐 원고를 쓰면 용돈이 나왔고 필요한 만큼 선배들에게 (문단 선배) 달라면 언제나 주셨으니 나는 아무것도 부러운 것이 없었다. 그러다가 삼학년 때부터 소설가이신 한무숙 선생님 댁으로 거처를 옮기게 되어 하숙비가 필요없게 되었다.

그 시절 한 가지 재미있는 기억을 더듬어 보니 옛 친구들과 함께했던 술자리가 생각난다. 비교적 풍족하게 보내 오는 하숙비가 필요 없으니 내 좋아하는 술을 마실 수 있어 더없이 기뻤다. 하숙비가 올라올 때면 으레히 친구들과 함께 조선 호텔 근처의 바를 찾았다. 늘

상 예쁜 아가씨들이 반겨 맞곤 했다. 술에 얼큰히 취해서 "너 오늘 이 돈 줄게, 나랑 함께 잘래?" 하고 농담을 던지면 모두 돈만 바라볼 뿐 누구 하나 내 따귀를 올려붙이는 아가씨가 없었다.

결혼을 하고도 나는 돈을 모른다. 생활에 걱정이나 책임도 없다. 72년도에 결혼을 했지만 그때부터 살림은 줄곧 아내가 맡아 잘 꾸려 나가고 있으니 내가 걱정을 할 필요가 뭐 있겠는가. 하루에 용돈도 내가 쓸 만큼은 주는데 내가 많은 돈이 왜 필요하겠는가. 하루에 용돈 이천원이면 나는 행복한 놈인데……. 출판사의 원고료나 모든 것은 아내가 맡아서 처리하니 골치를 앓을 필요도 없고 하루에 내가 즐겨 마시는 맥주 한 잔이면 나는 행복하다.

그러나 때때로 내가 지나온 길을 되돌아보면 너무도 욕심 없이 살지 않았나 하는 생각도 든다. 친구들도 여럿 있다. 가끔씩 나는 "왜 고작 방 한 칸의 보금자리밖에 없을까?" 후회도 하지만 게을렀던 나의 탓이니 또한 어찌할 수 없지 않은가. 나는 후배들을 만날 때마다 "이 초라한 가난뱅이 같은 시인이 되지 말고 좋은 직장도 갖고 좋은 글을 쓰는 문인이 되라"고 당부한다. 그러나 "돈이 전부가 아니라는 것도 꼭 명심하라"고 일러 준다. 낙타가 바늘귀를 통과하는 것보다 부자가 하늘 나라에 들어가기는 더 어려운 일일 테니 말이다.

돈이란 버는 것도 쓰는 것도 모두 잘할 줄 알아야 한다는 것이 돈에 대한 나의 지론(?)이다.

—『돈 포트폴리오』1990년 8월

절망과 인내의 시절

　그러니까 내가 시립 정신병원에 입원했던 게 71년 7월 말일이라 생각한다. 70년 겨울에 몹시도 쇠약했던 몸으로 부산 형님 댁에 갔다가 그곳에서도 몇 개월 병고를 겪고 겨우 나다닐 정도가 되니까 불현듯 서울 생각이 간절하여 부산 형님께는 아무 말도 않고 훌쩍 상경했으니 몸이 말이 아니었었다.

　몇 년도 아닌 이십 년이란 세월을 술과 인연을 맺어 대학 때부터 문인들과 어울려 때를 가리지 않고 술을 마시기 시작했으니 내 몸이 돌덩이가 아닌 이상 몸이 정상일 수가 없었을 것이다. 거기다가 식사를 전폐하고 며칠이고 술에 취한 상태가 한두 번이 아니었으니까, 그것이 내 생활의 반복이었으니 내 꼴인들 짐작하고도 남으리라 생각된다.

　술이 생기는 일이라면 어떤 일이든 거절을 할 줄 몰랐으니 그 술에 대한 미련 또한 아편 이상으로 묘한 매력이 있는 것만은 사실이다. 예를 들어 내가 부산시장(당시 김현옥 씨) 공보비서를 달고 있을 때이다. 시장 사모님께서 나를 중매를 서시겠다고 약속을 하시고 그 자리에 나를 초대하신 일이 몇 번 있었다. 그때 나는 상대 아가씨를 보는 게 목적이 아니고 그 자리에는 반드시 근사한 술상이 차려져 있기 마련이니 나는 그 술만 실컷 마시고 돌아오면 내 의무는 끝나는 것이었다. 그러기를 몇 번 거듭하니 그때야 내 속셈을 알아차리고 그 후로는 중매를 서겠다는 말씀을 입 밖에 내지 않았던 일도 있었다.

술이라면 이렇게 묘한 감정을 요리하는 마약의 생리라고 할까.

거기에 휘말리던 나는 좀체로 빠져나올 수 없는 구렁텅이에 빠지고 말았었다. 술값이 없으면 친구들을 찾아다니면 술은 어느 곳에서든 나를 반기며 취하게 만들어 주었으니 결국 내 몸을 엉망진창으로 만들어 올가미를 씌우게끔 되었다.

나중에 안 일이지만 쇠약할 대로 쇠약해진 몸으로 서울에 오긴 하였지만 얼굴빛이 커피빛같이 꺼멓게 되고 몸은 말할 수 없을 정도로 빈약해져서 걸음도 제대로 걷지 못했으니 서울까지 올라왔다는 게 기적일 정도라고 아내의 이야기를 들어서 알았을 정도로 그때는 상황을 파악 못할 정도였다. 지금 기억나는 것은 경찰백차에 실려 응암동에 있어야 되느냐고 버티며 고함을 질렀던 일 외엔 어떻게 해서 병원에 가게 되었는지 기억이 나지 않는다.

절망 속에서

병원에서 기저귀를 차고 있을 만큼 내 몸은 쇠약할 대로 쇠약해져서 사람들의 기억마저 잊어버린 채 간호원이 이름을 부르면 천상병이라는 이름과 시인이라고 대답했고, 어떤 시를 썼느냐는 물음에는 내 시 한 편을 대지 못했었다니 얼마나 내 몸이 악화되었던가는 짐작이 되고도 남는다. 그만큼 나는 내 자신에 대한 희망이나 삶에 대한 욕망은 그 당시 가져 볼 수 없을 정도로 절망적이었다.

다만 살려내야겠다는 끈덕진 인내와 사랑으로 돌봐 주신 김종해 박사님의 정성이 아니었던들 나는 지금의 아내하고는 새 생활을 누릴 수 없었을 것이다. 여러 의사 선생님과 간호원들까지 이미 생명을 구할 수 없는 폐인이라고 돌봐 주기를 꺼려 했지만 살려 보겠다는 하나의 힘이 나를 일깨워 주게끔 되었던 것이다. 내 평생을 두고 잊지 못할 분이라고 지금도 아내와 주고받는 말이다.

그 후 의식을 되찾은 나를 늘 아끼고 걱정해 주던 친구들의 따뜻한 사랑, 호주머니를 털어 시집을 펴내는 일, 모금을 해서 내 허약한 몸을 살과 피로 만들어 줄 만큼 정성어린 일들, 모두가 내 가슴을 에이는 고마운 일들이었다. 내가 다시 생명을 잇게 된 것은 결국 내 마음 자세보다는 끈덕진 여러 사람들의 성의에 되살아났다고 하여도 거짓이 아닐 것이다.

그 후 지금의 아내가 김종해 선생님의 권유와 십여 년 전부터 내 생활과 내 성격을 누구보다 잘 알고 있었던 탓으로 이해와 사랑으로 내 건강을 위해 일주일에 두 번 나를 찾아서 대화를 나누며 보살펴 준 덕이 아닌가 생각된다. 아내는 김종해 박사님과 처남의 친구 관계로 나보다 먼저 김 박사님을 잘 알고 있는 사이이기도 했기 때문에 나를 도와 많은 것을 알아 보살펴 주었던 것이다. 결국 내가 살아났다는 것은 나 아닌 다른 사람들의 도움으로 생명을 연장하게 되었던 것이다.

용케도 살아났다. 술은 다시 마시지 않겠다는 굳은 신념과 김 박사님과 아내와의 약속, 이 모두를 지켜야 하는 내 의무와 큰 올가미를 쓴 또 하나의 천상병으로 탈바꿈되어 의젓하게 결혼을 했던 것이다.
43년의 긴 여행이 끝났던 것이다.

인내로 물리친 술

결혼 후 아내와 나는 비둘기 모양 부부라기보다는 친구같이 남매
같이 늘 어디를 가나 그림자처럼 함께였다. 그러나 어쩌다 아내와 잠
시 떨어진 시간에 나 혼자 친구를 만나다 보면 지난 날 즐기던 술집
생각에 그만 나도 모르는 사이에 함정에 휘말리고 만다.

"술을 마시지 않는 상병이는 재미가 없다" "옛정을 생각해서라도
그럴 수 있느냐" 등등 나를 유혹하기 시작했다. 결국 난 그 묘한 매력
에 이끌려 한 번 두 번 씌워졌던 올가미를 벗어던지기를 계속한 것이
결국 자주 친구들과 어울려 설마 내 몸이 어떻게 될려고 하는 자부심
에 배짱이 생겼다. 으레 아내보고 일주일에 두 번은 술을 받아 달라
고 태연히 강요하게끔 되었다. 그럴 때마다 아내는 꼭 다짐을 한다.
술을 마신다면 벌로 시내에 함께 나가는 약속을 한 번씩 빼고 아내
혼자 나가는 벌을 주는 것이다. 그럴 때는 어쩔 수 없이 아내가 돌아
올 때까지 무료한 시간을 보낸다. 아내는 철저히 벌을 가하는 것이
다. 지금 생각하면 역시 아내의 말을 들었어야 했던 것이다.

나는 또다시 몸이 쇠약해져 잠을 못 잘 정도로 신경에 피로가 왔
다. 그래서 다시 병원 신세를 지고 말았다. 이번에는 국립 정신병원
이었다. 김종해 박사님께서 그곳으로 가셨기 때문에 아내가 나를 거
기에다 입원을 시킨 것이다.

두어 달 동안 병원에서 나들이를 갔다 온 사이 아내의 고생이 가슴

아프게 느껴 왔다. 진작 아내의 말을 들었던들 하는 후회가 찾아오기 마련이다. 병원비를 충당하기 위해 뛰어다녔을 수척한 아내의 얼굴을 바라보니 아무리 40여 년 동안의 고집도 그만 가슴이 뭉클하게 내 두 눈에 핑 도는 눈물이 남편이 되었다는 철이 든 생각에서일까? 어떤 위기에 처한대도 나는 내 몸을 지탱할 수 있는 마음의 자세를 이제는 허물어뜨리지 않겠다. 앞으로 이것을 토대로 열심히 무엇이든 내 힘으로 살아 가련다. 건강은 가장 중요한 것이다. 술은 절대 금물이다. 나답지 않은 말이지만 사실이다. 살기 위한 내 결심이라면 나를 아는 사람은 또 한바탕 웃을 것이다.

들꽃처럼 산 '이순(耳順)의 어린왕자'

내가 왜 일본에서 태어났는가 하면 천석꾼의 아버지가 일본인의 사기에 휘말려 재산을 다 날리고 일본에 건너가 살았기 때문이다. 일본에서 중학교 2학년 때 해방을 맞았다. 우리 식구는 곧 귀환해 마산에 정착했다.

마산중학교에 다니던 어느날 뒷산에 올라갔다가 사람들이 무덤 앞에서 우는 모습을 보았다. 그때 나는 '사람은 죽게 마련이구나' 라는 생각에 사로잡혔다. 그래서 덧없는 인생을 그린 〈강물〉이라는 시를 썼다. 나중에 이 시를 본 국어 교사였던 김춘수(金春洙) 시인이 감성의 뿌리가 살아 있다고 칭찬해 주었다.

중학교 6학년(지금의 고교 3년)이 되자 어느 대학을 갈까 망설였다. 적성에 맞는 문과를 택할까, 아니면 다른 학과를 택할까 고심하다 모든 학과를 종이쪽에 써서 멀리 날아간 것을 택하기로 했다. 그래서 선택된 것이 서울대 상대였다.

상대에 입학했지만 학과 공부보다 문인들과 어울리며 지내는 것이 일과였다. 청춘과 음악과 예술을 함께 논하였다. 음악감상실인 '르네 상스'나 '돌체'가 우리의 주된 본거지였다. 브람스 교향곡 4번을 들으며 많이 울기도 했다. 6 · 25를 전후하여 가난한 속에서 만났던 친구들. 그때의 다방과 술집에는 인정이 넘쳐흘렀다. 전후의 피폐상이 참담했으나 문학 동인지를 만들기 위해 떠들고 또 돈 문제로 허덕일 때면 다방과 술집은 사무실도 되고 더러는 재정 후원자도 돼 주었다. 그때 모였던 음악인, 화가, 모두가 한 가족이었다.

지금의 세대는 상상할 수 없으리라. 형편없이 가난했지만 우정과 인정이 흐르던 시대였다. 그 중 몇몇 친구들은 저 세상에서 산다. 모상원, 박봉우, 하인두, 더욱이 하나밖에 없는 친구이자 처남인 목순복이도 갔다.

지금의 아내와 결혼한 것도 처남 때문이었다. 30년 전 그는 하나밖에 없는 동생이라며 우리에게 인사를 시켜 주었는데 그날로 목순옥이는 여러 친구들의 공동의 동생이 되었다. 내가 입원할 때마다 와서 헌신적으로 간호해 주었고 그 인연으로 우리는 나중에 부부가 되었다.

대학 4학년 1학기의 어느날이었다. 권오복 학장이 "상과대학 5번 안의 학생은 한국은행에 공짜로 들어가게 되어 있다"며 내가 5번 안의 성적이라고 암시해 주었다. 그렇지만 나는 당시의 문예지인 『문예』에 유치환 선생님의 추천으로 시가 발표되고 52년에 추천이 완료되었기 때문에 정식으로 시인이 되어 있었다. 그래서 월급쟁이에는 아무 욕심이 없고 학교 다니기도 싫어 4학년 2학기는 사람들이 생각하면 이상하다고 하겠지만 나로서는 시인 이상의 욕심이 없었기 때문에 잘한 일이라고 생각한다.

지금 내 나이는 육십 하나, 환갑을 넘겼다. 내 환갑 잔치에는 구상 선생님, 김구룡 선생님이 오셔서 축하해 주었다. 돌이켜보면 나는 정말 평탄한 놈은 아니었다. 67년 7월 동백림 사건에 연루되어 내 인생은 사실상 끝났던 것이다. 그때 정보부에서는 나를 세 번씩이나 전기 고문을 하며 베를린 유학생 친구와의 관계를 자백하라고 했지만 죄 없는 나는 몇 차례고 까무러쳤을망정 끝내 살아났다.

지금의 내 다리는 비틀거리며 걸어다니지만 진실과 허위 중에서 어느 것이 강자인가 나는 알고 있다. 남들은 내 몸이 술 때문이라고 하지만 결코 술 탓만은 아니라는 것, 나만은 알고 있다. 나는 몇 번의 찢어지는 고통에서도 이겨냈다. 지금도 그때를 생각하면 몸서리쳐진다. 고문을 한 놈을 찾아 죽이고 싶은 심정일 때도 있었다. 그러나 나는 이겼으니 이것으로 만족한다. 6개월간 정보부에 갇혀 있다 풀려난 나는 고문의 후유증에다 극도의 영양실조로 거리에 쓰러졌다. 친구들의 도움으로 남부 시립병원으로 옮겨졌는데 이때 목순옥이 밤낮 없이 간호해 줬다. 71년에도 정신황폐증에다 영양실조로 쓰러져 서울 시립 정신병원에 입원했을 때도 간호가 극진했다. 이런 고마운 사람과 43세 때인 72년 5월 결혼했다.

나는 마누라도 좋지만 술도 멀리할 수 없어 한동안 매일 막걸리 두 되로 세 끼 식사를 대신했다. 아침에 두 잔, 낮에 두세 잔, 저녁에 또 두세 잔. 그러다가 88년 간경화증이란 사형선고를 받았다. 춘천의료원에 입원했는데 만삭의 임산부같이 배가 불러 1주일밖에 못 산다고 했다. 그런데 또다시 살아났다. 거기에는 친구인 정원식 내과 과장의 힘과 장모, 아내의 보살핌이 컸다. 그래서 나는 행복한 사람이라고 속으로 감사하며 〈행복〉이란 시를 썼다.

나는 세계에서

제일 행복한 사나이다.

아내가 찻집을 경영해서

생활의 걱정이 없고

대학을 다녔으니

배움의 부족도 없고

시인이니

명예욕도 충분하고

이쁜 아내니

여자 생각도 없고

아이가 없으니

뒤를 걱정할 필요도 없고

집도 있으니

얼마나 편안한가

막걸리를 좋아하는데

아내가 다 사주니

무슨 불평이 있겠는가.

    재작년부터 나는 아내에게서 매일 2천원씩 용돈을 타 쓴다. 이것으로 매일 수퍼에서 맥주 한 병, 아이스크림 하나를 사 먹고 토큰 서너 개와 담배를 산다. 그러고도 어떤 때는 돈이 남아 저축도 하는데 지금은 통장에 1백만원 가까이 들어 있다. 이 돈으로 장모님 장례비 30만원 정도를 떼어 낼 요량이고 나를 따라다니는 문학 청년 노광래 결혼식 비용으로 50만원을 쓸 생각이다. 나머지는 막내조카딸 결혼 선물을 사 주리라. 돈을 다 쓰면 계속 저축을 할 것이다. 10년 후에는 아내가 찻집을 그만두게 되니까 내가 저축한 돈으로 살아야 하지 않겠는가. 그리고 하루에 맥주 두 잔 이상은 마시지 않겠다. 간경화 치료를 받고 난 후 아내는 하루 주량을 맥주 두 잔으로 '언도' 했는데 나는 이것을 한번도 위반한 적이 없다. 그리고 열심히 시를 쓸 것이다. 천상(天上)의 친구들을 만날 때까지.

그리움

제일 처음의 그리움은 내가 어릴 때의 어머니에게서 배웠다. 자나 깨나 어머니였고 어머니 뒤를 쫓아가고파 했다. 무엇이든지 어머니 가 최고였고 어머니 아니면 만사가 헛일이었다. 그러니까 그런 시기 의 그리움의 대상은 어머니였다고 말할 수 있겠다. 이런 시기는 아주 어려, 한 다섯 살 여섯 살 때의 일이었을 것이다. 이무렵의 기억은 어 머니밖에 없는 것이다.

그러니까 일곱 살쯤 되었을 때 나는 주로 형님을 따라다녔다. 형님 은 나보다 다섯 살 위였다. 그 중에서도 나는 형님이 연을 날리는 것 을 아주 신기하게 바라보았다. 상쾌하리라 싶을 만치 그것은 신나는 일이었다.

나는 어릴 때 고향에서 자랐는데 그 고향에는 작은 냇가가 있고, 아이들은 그 냇가에서 연을 열심히 날렸던 것이다. 그러다가 나는 나 도 모르는 사이에 내 자신이 연을 날리고 싶어졌다. 그러나 실지로 내가 얼마나 연을 날렸는지 기억에는 하나도 없다. 아마 날려 보지는 못했을 것이 아닌가 하고 생각된다. 왜냐하면 한참 연을 날리고 싶었을 때 조금 지나서 나는 아버지 어머니를 따라 일본으로 건너간 것이다. 그래서 일본에서 본격적인 국민 학교 공부가 시작된 것이다. 하여튼 연은 그리움의 대상이었던 것이 된다. 그 다음에는 먹고 싶은 것이었다. 나는 국민 학교에 들어가자마자 무엇이든지 닥치는 대로 먹었고 먹고 싶어했다.

당시 이런 일도 있었다. 역시 일본에서의 일인데, 길을 가다가 어머니가 아이스크림 집에 들어가 아이스크림을 샀다. 여름이었다. 그런데 어머니는 산 아이스크림을 어린 아들에게 안 주고 집에 가서야 준다고 타이르시며 집까지 걸었다. 그런데 나는 가까운 집까지 참을 수가 없어 그 아이스크림을 달라고 간청하면서 울며 어머니 뒤를 쫄쫄 따라간 적이 있었다. 그만큼 나는 먹돌이였던 것이다. 그러다가 그것도 그리움의 대상에서 빠지고 차차 선생님에게 관심이 쏠리게 되었다. 선생님이 절대시되었던 것이다. 선생님의 말씀은 다 옳은 것이었고 선생님의 행동은 모두 다 정당한 것처럼 우러러보이게 되었다.

선생님의 뒤를 따라 줄곧 걸어간 적도 있었다. 선생님이면 다였던 것이다. 시키는 일이면 열심히 했고 말씀해 주시는 것도 너무나 고마운 생각이 들 정도였으니까 말이다. 이 '선생님 절대시'는 그리움과 다를지 모르지만 그 당시는 하여튼 선생님의 존재 그 자체가 그리움이었으니 할 수 없다. 이런 시기는 거의 국민학교를 졸업할 때까지 계속되었다.

그러다가 중학생이 되어 나는 독서병에 걸렸다. 독서의 의미나 의의를 알고 독서를 즐긴 게 아니라 그저 무턱대고 읽어 내려가는 것이다. 그러니까 책이 절대시되었다. 열심히 책을 사 모으기도 하였거니와 그래도 독서가 하고파서 나는 시립 도서관에 열심히 다녔다.

내가 살던 곳은 일본의 동경 남쪽의 지바껭(千葉縣)이라는 지방의 T라는 인구 삼만쯤 되는 조그마한 도시였다. 그러니 시립 도서관이라고 해봐야 지키는 사람이 가족과 함께 살고 있는 조그마한 집이었다. 내가 얼마나 열심히 다녔는가 하면 그 관장 겸 관원이 그 시립 도서관 전체의 열쇠를 내게 맡길 정도였으니까. 왜냐하면 온 가족을 데리고 목욕탕을 가기 위해서였다. 내게 열쇠를 맡길 만큼 내가 매일같이 열심히 그리고 정직하게 책을 읽었다는 증거이다.

내가 중학교 이학년 때 벌써 『아라비안 나이트』를 독파했으니 알조다. 이런 문학 서적보다도 내가 평소에 제일 즐긴 것은 역사였고 지리였다. 하여튼 이 독서병이 발전하여 나를 오늘의 문인으로 만든 것이라 생각한다.

그러다가 해방을 맞게 되어 나는 귀국해 마산중학교 삼학년에 편입이 되었다. 그토록 독서를 좋아한 버릇과 그리움은 마찬가지였다. 이렇게 책을 존중한 나에게 하나의 전기가 마련되었다. 교사가 바뀌어졌다. 그때까지의 국어 교사가 가고 후임에 김춘수라는 분이 오게 되었다. 알고 보니 이 김춘수라는 분은 시집을 가지고 있었던 시인이었던 것이다. 나는 곧 그 선생님을 찾아가 문학자의 제자가 되었다. 그래서 나도 시를 써 보아야지 하는 생각이 들어서 기회 있을 때마다 시 비슷한 것을 쓰게 되었다.

당시 『문예』라는 월간지가 나올 때였다. 『문예』지에는 추천 제도가 있었다. 신인들은 이 추천을 마치면 되는 것이었다. 그러다가 6·25가 터졌다. 나는 마산중학교(육년제, 중학교와 고등학교가 합친 것)를 졸업할 때 이 추천을 받았다. 시인이신 김춘수 선생님의 힘이 컸었다.

드디어 나는 문인이 된 것이다. 시인이 된 것이다. 처음 김춘수 선생님이 원고를 보냈다는 말씀을 들었을 때도 별로 문인이 될 길이 열렸구나 하는 생각이 나질 않았으나 막상 추천이 되고 보니 내 시가 처음으로 잡지에 게재되었다는 기쁨에 어쩔 줄 몰라하며 이 서점 저 서점에 가서 자꾸 뒤져 본 경험이 있다.

자, 문인이 되었다고 느꼈을 때의 그 기쁨이란 이루 말할 수 없었다. 지금으로 말하자면 고등학교 삼학년 때 문인이 된 것이다. 그러니 나는 잠도 잘 오지 않았다. 문인에 대한 강렬한 그리움이 드디어 실현된 셈이다. 그러다가 나는 이제 마흔여섯 살이라는 나이를 먹게 되었다.

그러면 요새의 그리움이란 무엇인가. 그것은 다름아니라 너무나 평범한 일이다. 아내는 매일 밤 잠들려고 할 때 가계부를 쓰는데, 들어온 돈과 나가는 돈 등 쓸 것이 너무나 많은 것 같았다. 그런데 그것을 쳐다보는 나는 되도록 적게 돈을 써야 한다는 생각이 간절히 나는 것이다. 벌기는 많이 벌어야 하겠고 해서 나는 평범한 생활인이 된 것이다.

이제 나의 그리움은 평범한 생활인에 있게 되었다.

해적

하얀색의 스마트한 여객선을 타고 싶을 때는 언제나 탈 수가 있다고 말하면 어리석은 내 서울 친구들은 "자식이 또 시작하네"라고 할지도 모른다. 기색 나쁜 녀석들이다.

반 년 남짓 넘어 부산 시내와 선창가의 소금 냄새 나는 세월을 파묻고 지냈다. 그동안의 나의 자기 반성과 인생 관조가 얼마 만큼 보탬이 되고 효용있는 것이 됐는지는 몰라도, 하여튼 그런 어리석은 자들과는 상관하지 말지어다 라는 고등 동물적 우정관이 섰다는 것만은 어김이 없으니 무턱대고 진실만 말해 줄 수밖에 없다.

한가한 어느날, 자운, 수관 두 형과 함께 자갈치 선창가를 어디 멋있는 술집이 없나 하고 어슬렁 기웃거리는 판이었는데 수관이 "저걸 타자!" 하면서 마치 피해 간 빚장이를 북극에 가서 만난 것처럼 쏜살같이 뛰어가는 것이다. 뜻밖의 일에 자운과 나도 넋없어져 뒤따라갔더니 많은 사람들이 탄 웬 배 위에 걸터앉아서 우릴 보고 얼른 타라고 재촉한다. 자운은 멋모르고 어줍잖게 기어오른다. 이 친구들은 어리석은 친구들이다. 왜냐하면 부산에 집이 있는 나는 가끔 내려오므로 그 둘보다 이곳 물정에 밝을 것은 뻔한 일인데 내 부산에 사는 상식에 의하면 그 배는 다대포까지는 가는 배였으니까.

이건 다대포까지 간다고, 소리 질러 배에서 내리라고 종용했으나 되려 벙긋이 웃기만 하고 마침 배도 떠날 채비인지라 요새 세상은 제 정신가지고 살기는 틀렸다 싶으면서 나도 탔다. 다대포 가서 이 멍텅구리 두 놈을 '보호' 해 줄 의무와 정의감이 내게 있다는 비장한 결의에 스스로 도취하면서…… 여기까지는 좋았는데 끝이 나빴다. 그 배는 다대포는커녕 송도까지도 안 가는, 그러니까 방파제도 지나가지 않는 그 못 미쳐, 실로 남부민동 선창가에 대이는 나룻배였던 것이다.

수관이 먼저 그 배의 목적지를 안 것은 서울서 내려온 그의 거처가 남부민동에 있었기 때문이다. 그러면 그렇다고 한마디 귀띔을 해 줄 일이지, 이래저래 친구들의 어리석음 때문에 나는 가끔 애를 태우는 일이 많다.

그래서 발견한 것이 여객선이다. 나룻배 따위가 무슨 여객선이냐고 함부로 말 못할 일이다. 한강 여타 등등의 시골 나룻배들과는 비교조차 안 된다. 엔진을 갖춘 배인 데다가 그 스타일이 날씬한 것은 물론 여객들의 앉을 자리도 명동 대폿집의 의자들보다 훨씬 깨끗하고, 그리고 특이한 것은 그 항로인 것이다. 6,7분 걸리는 항해 동안 비록 항만 안이지만 진짜 바다맛을 볼 수 있고 직할시 부산시가 멀리 보이는 것이 스크린에서처럼 펼쳐지는 위기는 모름지기 버릴 수 없다. 그리 적지도 않은 배는 30명 넘는 사람들이 타도 끄떡하지 않는다. 함께 타고 있는 사람 가운데 어쩌다 아름다운 여성이라도 타게 되면, 우리 함상의 상황은 상상하고도 남음이 있으리라 한다.

서울에서 이만한 감흥을 얻으려면 어찌 비교가 될지는 몰라도 인천합승을 타고 일사천리로 달린다든가, 케이블카를 여러 번 왕복하는 것에 해당할 것이다. 그러려면 최소한 백원의 비용은 들 테지만 우리의 여객선 삯은 놀랍게 단 3원, 왕복에 6원이다. 이런 싸구려 관광인데도 혼잡한 적은 거의 없으니 놀라운 일이다. 또 타고 싶으면 언제나 탈 수가 있다. 손님을 내리고 태우기만 하면 즉시로 떠나고 또 돌아오기 때문이다.

내 괴로운 유배 생활(?)에 있어 이 배는 나의 영광과 광휘의 상징이다. 모든 고전적 인식의 베일이 물거품처럼 사라지고 실체 인식의 심연이 수심 속에 명멸하는 때도 있었지만 그런 견유학적 만족보다 더 나를 매혹케 하는 것은 소위 선유(船遊), 즉 드링킹을 함상에서 거행할 수 있다는 점이다.

그날은 비가 내리고 바람조차 불어 물결이 세었는데도 배는 운행하고 있었다. 보통은 위험을 경계해서 그런 날은 쉬는 것이 일쑨데 무슨 까닭인지 여전했다. 호기도래(好機到來), 진로 소주를 겨드랑이에 끼고 자갈치 선창가 편에서 승선하였다. 아직 설명하지 않았지만 이 배의 선비는 이쪽 편에선 받지 않고 남부민동 하선장에서 내릴 때 주고 탈 때 주기로 되어 있는 것이다. 그러니까 몇 번 왕복한 채 내리지만 않고 그대로 앉아 있으면, 심지어 하루 종일 타고 3원이라는 계산이 된다. 그것도 자갈치 편에서 타고 자갈치에서 내리면 하루 종일 공짜도 될 수 있다는 가능성도 내포하고 있다. 그러나 이건 어디까지나 얌체 말씀이지 실제로 그렇게 하는 사람도 없고 그만큼 어리석은 선원들도 아닐테지.

하여튼 나는 배가 떠나자 선미 쪽에 마련된 일등석(?)에 앉아 의젓하게 마개를 뽑고 '일'을 시작했다. 바람 불고 비 내리는 어두운 구름 아래의 바다를 우리 여객선은 유달리 흔들리면서 가고, 나는 그 위에서 회심의 미소가 절로 나올 만큼 취해 갔다.

햇빛을 싫어하는 나는 이런 찌푸린 날씨가 여러 가지 의미에서 훨씬 좋다. 이윽고 남부민동에 도착하자 얼마 안 된 손님들은 내리고 또 얼마 안 된 손님들이 탔다. 물론 나는 현상 유지, 곧 배는 반대 방향으로 떠났다. 이제 본격적으로 드링킹. 벌써 조금 취해 있는 데다가 마셨으니 꽤 기분 전환 속도가 빨랐다.

그런데 차차 눈이 흐려지고 보이는 것들의 윤곽이 희미해 가더니 새로운 윤곽이 떠올랐다. 부산시는 간 곳 없고 제한 없는 대양이 돼 버렸고 다정한 우리 여객선의 모습은 한꺼번에 흐려지더니 거기 해적선이 나타나 있는 것이 아닌가. 비바람은 대폭풍으로 일변해 버린 지 오래고 그리고 나는 해적의 두목처럼 나도 모르는 사이에 선두에 머리칼을 날리며 서 있는 것이었다. 말할 것도 없이 이 현상은 나의 환각이었음에 틀림이 없다.

그러나 이 환각의 리얼리티는 어떤 현실의 리얼리티보다 그때의 나에게는 실재였다. 이같은 일은 우리 인생에 가끔 일어날 수 있는 일이다.

그 약골 해적이 할 수 없이 3원을 치르고 육지로 상륙하지 않으면 안 되게 되었다. 네 번 왕복을 한 동안 돈도 치르지 않고 버티고 있는 것을 본 선원이 내게 와서 이런 말을 서로 주고받았기 때문이다.

"아니, 이르기십니꺼? 왜 그럽니꺼?"

"글쎄 이쪽 아니면 저쪽에서 누구하고 만날 약속을 했는데 안 나타난단 말야."

천가지변 (千哥之辯)

　나의 아버지는 벌써 몇 년 전에 고향, 경상남도 창원군 진북면의 선산에 들어가 영원한 안식을 취하고 있는 터이지만, 거긴 아버지뿐 아니라 할아버지들의 무덤이 차례로 질서 있게 자리했다.

　나의 형제 자매는 형이 한 사람, 그리고 누이가 둘, 이렇게 나까지 합쳐서 넷이다. 그러니까 그 아버지 바로 아랫자리는 앞으로 내 형의 무덤이 될 평지요, 또 그 바로 밑자리는 나의 영원한 안식처가 될 것임에 추호의 틀림이 없는 것이다.

　그 어느 해, 아버님 장례식에 관한 일로 만추쯤이던가 하던 계절에 그 산 경사지의 돌 무더기 위에 서서 물끄러미 나의 그 영원한 안식처를 나무 사이로 보고 있으려니 문자 그대로 감개무량했었다. 그러나 그것은 내가 앞으로 꼭 죽게 된다는 죽음에 대한 부질없는 불안이나 공포 때문에가 아니고 돌아가신 아버님과 나와의 관계를 회상했기 때문이었다.

　그 '관계'는 악착한 상극으로 시작되었고 또 그런 식으로 끝을 맺었다. 왜 그렇게 됐는지는 아직 다 풀 수는 없지만 어머니를 피를 토하게끔 때리던 아버지에 대한 소년 시절의 복수심을 미련하게 나는 커서까지 발휘하고 있었는지도 모른다. 순수 증오라는 것이 있다면 그것은 곧 나의 아버지에 대한 감정이 될 것이다. 그러나 아버지 장례식에서 나는 유달리 많은 눈물을 흘렸다. 아마 잠재의식적으로 너무했다고 생각한 모양이다. 죽은 다음에야 뭘 어쩐다더니 내가 그 모델케이스감이다. 이젠 무엇으로도 속죄하기란 속수무책이니까 형이 상학적 속죄를 기약하는 도리밖에 없다.

어렸던 형과 나에게 아버지는 툭하면 족보를 끄집어 내어 보이고는 그 난해한 한자군을 풀이하곤 했다. 천가(千哥)에 대한 오해에 아들들에게나마 저항하고 싶었던 것이었던가. 그 유지를 받들어 평소에 하던 말씀을 여기에 글을 써서 효도랍시고 해 볼까 보다.

우리 형제는 족보에서 중조의 십사대 손이 된다. 누구로부터 십사대 손이 되는가 하면 천만리라는 이름의 우리 일족의 증조 할아버지 때부터이다. 천만리라는 이름이 좀 켕기지 않는 바 아니지만 실재의 인물이다. 일신사 간 『한국 인명 사전』에 이 분에 관한 설명을 사전대로 옮기면 다음과 같다.

> 중국 진양 사람. 호는 사암(思庵)으로 궁술과 마술에 뛰어나 무과에 장원하고 북로(北路)에 출전하여 진무사가 되었다가 임진왜란 때 이여송을 따라 우리 나라에 와서 왜적을 관산에서 쳐부수고 동래에 이르러 여러 전투에서 승전하였다. 그 후 우리 나라에 그대로 머물러 있음으로 조정에서는 화산군으로 봉하고 대보단에 자리를 잡아 살게 하다.

이 사전의 권위가 어떻게 되는지는 알 바 없으나 이것은 아버님이 나에게 말한 것과 같은 것이다. 이여송 제독 밑에서의 계급은 운량사였으니까 요즘으로 말하면 병참 참모에 해당하는 것일까. 그러나 이십만 대군의 병참 참모니까 관료 전제의 당시로는 괜찮은 직위였을 것이다. 더구나 종속국을 구원하러 원정 온 종주국의 대군의 간부였으니까 발언권도 상당했을 것이라고 나는 감히 추측한다. 실제로는 선조 대왕도 진린과 같은 해군 사령관 앞에서 쩔쩔맸다고 충무공 일지를 보면 적혀 있는 것이다.

그때의 이여송 군대는 6·25 때의 맥아더 원수 휘하의 미군과 비슷했던 것은 아니었을까. 명나라 군대의 구원이 없었더라면 우리 나라는 별수없이 패망과 파괴를 당하고 말았을 것이기 때문이다. 그러함에도 불구하고 요새 내 친구들이 입싸움이라도 하고 내게 지면 툭하면 상놈의 새끼라고 고함을 지르는 것은 배은망덕하기 이를 데 없는 소리다. 나의 십사대 조는 더구나 곽산 이외의 여러 전투에서 승리를 거둔 장군이라고 하니 요새 양반 족보를 은근히 자랑하는 우리들의 선조의 모가지를 그대로 붙어 있게 했던 일이 가끔 있었을 것이다. 이렇게 생각하면 상놈의 새끼라는 소리를 백 번 들어도 억울하지가 않다.

일제 시대 때 우리 집에 『사암공기(思庵公記)』라는 케케묵은 책자가 있었는데 이 책자도 이조 문헌집인가 뭔가 하는 서적에 엄연히 기록되어 있었다. 지금은 그러나 그 책이 없어(아마 아버지가 돈이 떨어졌을 때 돈 많은 천가에게 팔아 술값이나 했겠지) 상세한 것을 잊었지만 이 한국에 머물러 살게 된 오직 한 사람의 종주국 장군의 장례식에는 선조를 비롯한 지무백관(支武百官)이 재배하고 글을 지어 바쳤으니 나로서는 장쾌한 일이다.

그런데 이런 것보다 더 재미있는 일은 이여송이 우리 증조를 한국에 두고 떠날 때에 증조보고 물었다고 한다.

"그대와 그대의 자손까지만 부귀 영화를 누리기를 택하겠느냐 혹은 대대의 자손들이 씨를 뻗어 온 나라에 뿌리를 박기를 원하겠느냐?"

"그 후자를 원하겠나이다."

이렇게 서슴지 않고 대답했다. 그래서 어디서 어떻게 살면 그렇게 되리라고 이여송 제독이 가르쳐 주었다고 한다. 그러한 총명하고 지혜로운 양자택일 때문에 천상병이란 천가의 십사대 손이 이 어려운 나라에 뿌리를 박고 이렇게 골탕을 먹는지도 모른다.

생일

한때는 출입을 자주 했던 다방에도 요새는 좀처럼 가지지 않는다. 돈도 없고 아깝고 허전한 생각밖에 들지 않기 때문이다. 그런데 며칠 전 친구와 함께 낯익은 모 다방엘 가서 앉았는데 이쁘장한 마담이 와서 "전날 외상값은 언제 줍니까?"라고 했다. 그런 게 있었던 모양이다. 그래 "15일에 줄 테니 좀 있어요, 나 참"이라고 했더니 마담이 한다는 소리가 "15일에 주신다니 이 달 15일이 선생님 생일입니까?"란다.

그날 이후 내 생일날 생각이 날까봐 그 다방 근처에는 얼씬도 안하고 있지만은 생각하면 상당히 심각한 문제라 하지 않을 수 없다. 얼마 안 되는 찻집 외상값으로 말미암아 나는 나의 출생 기념일을 욕되게 했을 뿐만 아니라 잡념에 사로잡히기 쉬운 나는 내 생명의 의미로 그 사실을 승격(?)시켰기 때문이다.

사람들이 자의로나 타의로나 자기의 생일을 축하하는 것은 모름지기 뜻있는 일이다. 그날이 없었다면 그는 세상의 햇빛을 보지 못했을 것이요, 이 세상 또한 그를 받아들이지 않았기 때문이다. 그는 그의 모든 사실을 부정할 수 있을지는 몰라도 적어도 생일 날짜만은 속일 수가 없다. 이름은 따로 고칠 수 있어도 생일만은 못 고치지 않는가. 모든 수속 절차를 밟을 때마다 일일이 기입해야만 하는 그 날짜는 그가 죽는 날까지 그의 평생의 기호인 것이다.

그런데 내 생일을 음력으로 따지면 정월 초하룻날이 된다. 그러니까 할아버지들의 제삿날이 나의 생일인 셈이다. 그래서 남들처럼 나는 생일 잔치를 받아 본 적이 없다. 본인은 아예 그런 생각이 없고 보니 집에서 해 주는데, 노모는 음력밖에 모르는 것이다. 설날 잔치가 바로 그날이니 특별히 무엇을 마련하겠는가. 그런 까닭에 나는 내 생일을 '너무나' 등한시했다. 내 생명을 깔본 것이나 다름없는 내가 욕본들 뭐라고 항의하겠는가.

— 『국제신문』 1964년 9월 24일

꽁초 두 개

우리 나라 사람들도 꽤 '문명적인' 모양이다. 암에 걸린다니 하면서 담배를 삼가고 혹은 갑자기 파이프를 어색하게 피워 물고 있으니 말이다.

담배를 피우는 까닭은 여러 가지다. 천차만별이다. 어느 것이 옳고 그르다 할 수 없는 것이다. 담배값도 제대로 벌지 못하면서 자네는 왜 담배를 피우는가라고 내게 묻는 사람이 있다면……. 포켓에 담배가 있는 한 나는 마음내키는 대로, 아무 거리낌없이 담배를 피울 수가 있는 그 '자유'를 만끽할 수가 있다. 그 재미다……. 이렇게 나는 대답할 것이다.

우리는 오늘을 살면서 거의 한 가지도 마음내키는 대로 마음먹은 대로 일을 성취하는 재미를 못 보고 있다. 무슨 일을 하려고 들면 말썽이요, 간섭을 받아 결국 좌절되고야 만다. 얼마나 답답하고 안타까운 일인가. 사람마다 거의가 요 모양이니 나라 꼴이 잘될 턱도 없거니와 사회가 제대로 움직여질 까닭이 없다.

그런 따분한 속에서 담배만은 끄집어 내어 불만 붙이면 연기를 완상(玩賞)할 수가 있다. 비록 조그마한 자유이긴 하나 나는 이 보잘 것 없는 자유를 위해 담배를 피운다. 그런데 담배를 피우고 싶을 때 포켓 속에 담배가 없고, 옆 사람에게도 없고 전연 입수할 수단도 없을 때는 어떻게 하는가.

J형은 부산에서 제일 큰 회사의 부사장실을 지키는 사람인데 이 사람의 경우 그 문제는 다음과 같다. 그가 군대 생활을 할 때의 일이다. 내무반에서 밤에 잠자는데 갑자기 담배를 피우고 싶은데 다들 자고 수중에는 꽁초조차 없었다. 궁리 끝에 운전병을 깨워 지프차를 내어 둘이서 연병장에 나갔다.

캄캄한 심야에 헤드라이트를 켜고 한 사람은 천천히 운전하고 한 사람은 헤드라이트 빛 속에 떨어져 있을 꽁초를 찾았다. 그 넓은 연병장을 두 시간이나 헤맨 끝에 드디어 그들은 꽁초 두 개를 발견했다!

—『국제신문』 1964년 6월 13일

야구광

　나를 두고 야구광이라 일컬어 주는 모양이다. 우리 나라 글쟁이들은 산골 핫바지 출신들이 많아서 이지적 경기인 야구는 알 턱이 없고 그래서 나를 두고 "좀 안다"고 해 주면 될 것을 아주 '광' 자를 붙여 일사천리로 해결지우는 모양이다. 그렇다고 내가 별다른 야구 경력이 있는 건 아니다. 한 가지 있다면 왕년 연합 신문사 주최의 문화인 야구 대회에 문인 팀의 멤버로 출장한 일밖에 없다. 그때 우리 팀의 명투수(?)는 지금은 영화 감독인 시인 이봉래 씨였는데 그 피칭 폼이야 일류였지만 상대 팀 타자의 등 뒤로 번번이 공이 날아가 서울 공설 야구장 수천 관중의 박수(?)를 받았으니 볼장 다 본 시합이었다.

　그러니 나는 '족보에도 없는' 야구 팬인 것이다. 그러나 요새 일본 프로야구 중계에 밥 먹는 것도 잊을 지경이니 '광' 자 소리 들어 마땅할 일인가.

　이 며칠 부산에서 전국 고교 야구 선수권 대회가 있어 역시 중계보다는 실시합이 진미가 나서 심혈을 기울여 참관하고 있다. 그런데 여기 나는 할 말이 있다. 우선 고교팀 코치들은 왜 에이스들을 그렇게도 혹사하는 것인가. 내가 보건대 고교 투수들은 콘트롤이 비교적 오래 지속않는 게 일반적이다. 스태미나 부족도 있지만 그 피칭 폼의 미정비나 불균형에 원인이 있는 것 같다. 콘트롤의 일정 지속을 꾀하기 위해서 뿐 아니라 그들 졸업 후의 후진 양성을 위해서도 2선급 투수를 적어도 초반전까지는 던지게 하는 것이 좋지 않을까. 주전 투수의 완투에만 승리를 거는 태도는 이해는 가지만 뭔가 수긍 안되는 점이 있다. 야구 보는 재미는 투수가 던지는 볼의 묘미를 보는 재미요, 또 한 가지는 입씨름하는 재미인 것이다. 관중들도 보면서 '입의 야구'를 하면서 보는 것이다.

그런데 부산 야구장에서는 조금 신이 나서 떠들어대면 옆의 사람이 시끄럽다니 뭐니 한다. 그 사람들은 구장 나무 꼭대기 위에 조용한 절간을 지어서 거기 앉아서 보아 주심이 어떨까. 미국의 케네디 대통령도 워싱톤 세네터즈 팀의 4번 타자의 절대한 팬이라는데 그도 구장에서 고래 같은 고함을 지른다고 하지 않는가.

— 『국제신문』 1963년 8월 2일

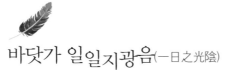

바닷가 일일지광음(一日之光陰)

　이젠 만추다. 바로 이무렵이 바다 낚시꾼들에게는 황금의 시즌인 것이다. 자부로 끝나는지는 몰라도 나도 낚시꾼으로 자처하는 바에야 이때를 어찌 놓치리오. 가형(家兄)과 함께라든가 아니면 혼자서 부산 주변의 바닷가를 원근을 가리지 않고 두루 왕래하게 되었다. 그렇게 해서 하루 해를 넘기고 버스에 피곤한 몸을 위탁하면 무엇인지 공허한 관념에 사로잡히곤 했는데 대체 그것은 무엇 때문이었을까.

　전날부터 낚싯대를 손질한다든가 갈 지점을 물색한다든가 하면서 그날 새벽녘에 일어나 점심을 싸들고 한참 버스를 기다리고 하는 여러 가지 고심 끝에 바닷가에 나가서 보낸 하루가 왜 공허한 관념을 낳아야 했을까. 그런 의문이었다.

　고기가 안 낚인 까닭은 아닌 것이다. 얼마 안 되는 마리수나마 잡기는 잡은 것이고, 그리고 낚을 때나 실수했을 때의 희비감의 교차와 그 스릴은 능히 충족된 것이었다. 그 공허한 관념의 이유를 여러 가지로 되풀이해 생각하던 끝에 나는 이 며칠 사이에 그놈을 극복할 수가 있게 되었다. 광음지법(光陰之法)을 깨닫고 실천에 옮긴 것이다. 광음지법이라면 뭔가 신묘한 술법인 줄 오해하겠지만 너무나 단순한 방법인 것이다.

바닷가 물결의 다양스런 기복을 눈여겨 본다는 그것뿐이다. 고래로 광음이란 말은 세월의 뜻으로 사용되어 왔다. 이것은 음양설과의 친근한 관계를 나타내고 있다. 즉 '광'은 양이요, '음'은 바로 음이 아닐까. 광음과 음양의 이 원의(原義)에 있어서의 동의어가 왜 그 '음'의 배치 순서가 뒤바뀌어졌는지 무지한 나로서는 알 바 아니다. 각설하고…….

고기가 입질하지 않는 시간을 '입질할 때까지 기다리는 시간'으로 보내지 않고 그 시간을 다르게 활용하는 것이 바로 물결을 본다는 것이다. 한 물결의 잔잔한 미시적인 움직임에도 그 '광'과 '음'의 작용이 부단히 연속하는 것이었다. 오면 가고 가면 오는 수억의 물결들이 하나같이 몰고 오는 빛과 그늘의 파노라마는 너무나 아름답고 절묘한 영역이다. 그것은 인간적 능력이 미치지 못하는 신의 세계라고도 할 수가 있겠고 또 자연이 그 극의(極意)를 우리에게 시현(示現)하는 자리이기도 했다.

내 말이 참말인지 거짓말인지 가까운 바닷가로 나가서 잡념 없이 그들의 움직임을 한 번 눈여겨 바라보시오. 더군다나 당신의 손에 낚싯대가 쥐어져 있다면 그것은 최선의 방법이 될 것입니다. 나의 만추는 광음지법으로 말미암아 나날이 성숙하고 그 공허한 관념 대신 풍요한 수확을 거두고 있다.

─『국제신문』1962년 11월 19일

유자 성묘

저번 마산에 가서 아동 문학가인 이원수 씨를 만났다. 씨의 고향이 마산이고 거의 삼십 년 만에 한 번 들러본 것이라고 했다. 마침 씨와 동행한 시인 K씨의 고향도 그곳이요, 내 또한 그곳 출신인지라 옛날 이야기에 꽃을 피웠다.

그날 밤 '문학의 밤'은 오래 잊을 수 없는 감명을 남겼다. 회(會)가 끝날 때에 그곳 출신 아동 문학가의 몇십 년 만의 귀향을 기념하기 위해 그의 작품인 〈내가 살던 고향은 꽃피던 산골〉을 전원이 합창했던 것이다. 오래도록 불려온 겨레의 이 노래도 그때 그 자리 그 사람 앞에서는 감동적이었다. 고향이라는 것은 사람을 감상적이게 하는 법이다.

다음날 씨와 나는 부산으로 왔다. 씨는 이곳에 잠깐 들렀다가 서울로 돌아간다는 것이었다. 도착 즉시 온천장 향파(向破) 선생의 거처에서 또 자리가 베풀어졌을 때 씨에게서 나는 더 재미있는 이야기를 들었다. 마침 그 방에 유자 하나가 놓여 있어, 그것이 원인이 된 것이었다.

하도 오랜만에 고향에 들른 김에 씨는 양친의 무덤을 찾기로 했다는 것이다. 정식으로 성묘를 하려면 술이니 과일이랑 여러 가지로 준비해야겠으나 그런 시간의 여유가 없어서 그냥 무덤 앞에 이르렀다. 그러자니까 아무래도 서운하여 포켓을 뒤지니 유자가 하나 들어 있었다고 한다. 어제 시장을 지날 때 무심코 산 것이었다.

옳다, 됐구나 싶어 씨는 그 유자를 무덤 앞에 놓고, 그리고 아버지 무덤이라 담배에 불을 붙여 그 옆에 차려서 절을 했다. 마음 속으로 이제 돌아가신 분이 무슨 술을 마시겠으며 과일을 들겠소, 차라리 이 유자의 그윽한 향기와 생전에 좋아하시던 담배를 맛보시는 것이 훨씬 마음에 들 것입니다라고 기원하면서…

씨의 이 말을 들으며 나는 웃었지만 웃으면서도 씨의 그 즉흥적 성묘 상 이상의 상을 차려 성묘한 분이 있었을까 싶어 숙연해짐을 금할 수 없었다.

—『국제신문』1963년 12월 4일

예술 알면 배부르요?

　요새 나는 시청 주변을 맴돌고 있다. 그런 가운데서 재미있는 광경과 인물을 수없이 대해 왔다. 시청이래야 딴것이 아니라 부산 시민들의 부엌이고 직원들은 그저 그 부엌의 식모들이다. 그 '식모살이' 때문인지 그들은 바쁘고, 바쁘면서도 부자 신세 비슷한 사람조차 없다. 하기야 부자 식모가 있을 턱이 없지만 그런대로 그들은 열심히 일하면서도 자기의 특이한 성격과 재능을 제각기 피우고 있다.

　K형은 그 부엌 우두머리의 수발을 드는 사람인데 철두철미한 실용주의자이다. 내하고 막역지간인 시인 R이 그의 사촌간이라는데서 어쩌다가 친하게 지내게 되었는데, 나는 아직 이 사람처럼 예술 배격주의의 완고무쌍한 신봉자를 본 일이 없다.

　영화 《로베레 장군》이 굉장히 좋은 영화라고 하니까 그도 보았다면서도 대체 그처럼 재미없는 영화의 어디가 좋더냐고 대들었다. 그 영화의 어디나 한 장면쯤이라도 인상적인 데가 없더냐고 물으니까 아연실색이라는 듯이 그런 것은 영화도 아니라고 하는 것이다.

그러니 나도 "그 영화의 일부만이라도 이해한 다음에 나에게 좋은 점 나쁜 점을 말하라면 여러 가지로 설명할 수가 있을런지도 모른다. 그렇지만 당신처럼 하나부터 백까지를 다 모르는 사람에게 난들 어찌 설명하란 말이오?"라고 했더니 그가 하는 말이 "예술을 알면 배부르요?"란다.

이런 사람은 참말이지 처음 보았다. 그러면서도 그의 그 말에 나는 대꾸할 수가 없었다. 사실 예술을 알면 배가 부르기는커녕 더 배가 고파지는 게 우리 나라의 현실이다. K형은 실사에 착실한 능사(能史)이다. 그러함에도 불구하고 어찌 이렇게도 예술 배격자가 되었을까. 나는 다만 머리를 설레설레 흔들 수밖에 없었다.

— 『국제신문』 1964년 2월 20일

몽고 사람

들는 바에 의하면 몽고 사람은 하도 물이 귀해서 일 년에 한 번 세수를 할까 말까라고 하는데 나는 그것이 마음에 든다. 우리 나라는 괜히 물이 많다. 그래서 그런지 아침에 일어나기만 하면 세수를 안 한다고 지랄 야단이다. 세수를 한다고 그날 무슨 뾰족한 수가 난다면 모르되 매일 맨 빈털털이요, 길을 가다 보면 외상쟁이만 만난다. 세수를 아무리 정성껏 해 보았자 못생긴 얼굴 골격이 로버트 테일러 같은 미남이 될 리 없건만은 그 비싼 비누를 함부로 썩썩 문지르면서 물을 끼얹는 사람들의 속을 나는 충심으로 알 수가 없다.

남들이 보통으로 하는 일인 것 같고 아침마다 어머니가 허리를 걷어차며 고함을 지르는 통에 못 이겨 할 수 없이 나도 하루 평균 한 번쯤은 세수랍시고 하기는 하지만은 그렇다고 내 사상까지 고쳐 먹을 수는 없다. 이것은 결코 나의 인간적 품위라거나 게으르다거나 하는 것과는 전연 다른 순전히 사상에 관한 문제인 것이다.

몽고 사람이 부럽기만 하다. 그 사람들은 혹시 물이 있어도 어지간해서는 세수를 하지 않을 것이다. 왜냐하면 그것이 그들의 사상이기 때문이다. 지켜야 사상이지 안 지키면 개코도 아니다. 하긴 개보다 못한 상판에다가 '룩스' 비누를 칠하는, 돈 아까운 줄 모르는 양반도 있으니 희한한 일이다.

도대체 우리 나라에 한강이니 낙동강이니 하면서 물이 흔해빠진 이게 탈이다. 수도라는 것도 있어 가지고 억지로 물을 쓰라 쓰라 해 놓고 돈까지 받아가는 세상이니 절통할 일이다. 물이 많으니까 함부로 세숫대야에 넘치도록 퍼 주는 것이다. 없어 봐라, 아침마다 허리를 걷어차며 세수하라고 이순신 장군 같은 고함을 누가 지르겠는가.

몽고 방면으로 갈 수도 없는 형편이니 우리 집의 '이순신 장군' 께서 사상을 개조하든지 아니면 나의 사상을 다소 수정하든지 해야 평화와 공존을 누릴 텐데 양 진영이 다 옹고집이어서 이 '사상 논쟁' 도 여간 따분하고 어려운 것이 아니다.

— 『국제신문』 1964년 3월 30일

내가 사는 이런 곳

　내가 사는 곳은 수락산 밑이다. 주소를 따지면 의정부시 장암동 384번지이다. 처음에는 노원구 상계동에 살았으나 의정부로 이사 온 지는 6년째이다. 의정부시라고 해 봐야 약 2백 미터밖에 안된다. 그러니까 의정부시이지만 서울특별시나 마찬가지다. 교통 수단으로는 우리 동네에서 새마을 버스를 타고 서울 상계동에 가서 다시 20번 버스를 타고 아내가 경영하는 '귀천(歸天)' 카페까지 간다. 그러니까 내가 낮에 지내는 곳은 서울특별시 인사동과 관훈동이 맞붙은 곳의 '귀천' 카페이다. 수락산이 동쪽에 우뚝 서 있고 서쪽으로는 도봉산이 바라보인다. 비가 아무리 와도 물 걱정 없고 우리집은 깨끗한 지하수를 쓰고 있다. 뜰에는 신록이 우거지고 참으로 좋은 경치다.

　낮에 '귀천' 카페에 앉아 있으면 옛 친구도, 지금 친구도 만나고 참으로 좋다. 예술가들도 많이 오고 신문사, 잡지사 기자들도 많이 온다. '귀천' 카페의 매상고는 하루 평균 5만원이다. 좌석이 열다섯 개밖에 없는 데 비하면 많은 수입이다.

우리집에는 전화가 있는데 의정부시 873의 5661이다. 가끔 전화 좀 해 줬으면 좋겠다. 그전에는 문학 청년들이 가끔 놀러 왔는데 요즘에는 없다. 좀 와 주었으면 좋겠다. 위치는 노원교 가는 택시를 잡아 타고 도봉산 있는 데서 상계동으로 가는 길로 접어 들어 파출소 앞(막다른 곳)에서 왼쪽으로 꺾어져서 한참 가면 군인들이 있는 곳에 이르고 살짝 가면 동네가 있다. 그 동네 옆길로 걸어서, 동네가 끝나는 데서 더 걸으면 한 채밖에 집이 없다. 그 집이 바로 우리 집인 것이다.

여러분들 특히나 문학을 좋아하는 분들께서는 서슴없이 놀러와 주시오. 나는 직업이 없으니까 매일같이가 하도 심심하오. 여러분들 되도록 많이 만납시다.

많이 기다리고 있겠소. 언제든지 와도 좋으니까요.

절간 이야기

내가 국민학교 일학년 때였습니다. 나는 어머니를 따라 마산, 뒷산 너머 있는 감천사로 갔습니다. 어머니는 착실한 불교 신자로서 일 년에 한 번씩 감천사로 불공을 드리러 갔습니다.

어머니를 따라 처음 간 나는 모두가 신기로와서 대단히 기분이 좋았습니다. 어린 나였지만 말입니다. 감천사는 작은 절간으로서 주지 스님과 또 다른 스님과 동자가 지키고 있었습니다. 감천사에서 하룻밤을 묵고 그 다음날 새벽에 엄마는 나를 데리고 샘터로 갔습니다. 어머니도 나도 홀딱 벗고 샘터에서 목욕을 했습니다. 한참 그러고 있는데 "으흥"하는 소리와 함께 바삭바삭하는 소리가 들렸습니다. 어머니는 "호랑이다!" 하시며 나를 안았습니다. 그리고는 합장을 하고 염불을 외웠습니다. 호랑이라는 말에 나는 겁에 질려 꼼짝을 못하고 있었습니다. 얼마가 지나니까 "으흥"하는 소리가 멀어지더니 이윽고 호랑이는 그만 딴 데로 간 것 같았습니다. 그제사 나는 엄마에게 "갔다 갔다" 했습니다. 엄마도 "이제 됐다" 하시며 목욕을 계속했습니다.

국민학교 일 학년 때라 추억은 이것뿐이지만 부처님의 고마움을 비로소 터득하고 그저 어머니의 염불만이 고마웠습니다. 불공을 소기대로 마치고 엄마와 나는 고향으로 되돌아갔지만 나는 호랑이의 무서움에는 기가 차더라는 이야길 친구들에게 하며 신나게 떠들었습니다.

나이 오십칠 세 된 지금에 와서 생각해 보니, 그때 일은 영원토록 잊혀지지 않는 공포요, 희열입니다. 이제 어머니도 돌아가시고 나도 오십칠 세가 되었으니, 옛날 이야기도 신이 안 나지만은 호랑이가 나타났던 그 공포와 전율만은 영 잊혀지지 않습니다.

우리 나라에는 절도 많지만 호랑이가 나타나는 절은 이젠 없습니다. 문명이 발달한 까닭이지요. 옛날에는 호랑이도 있었고 무서웠습니다. 오늘 한국에는 이제 호랑이소리도 없어졌지만은 그래도 이야기는 들을 수 있습니다.

부처님과 예수 그리스도님 이야기로 돌아가면, 종교는 참 고마운 것입니다. 종교가 있다는 것은 인류의 행복입니다. 생명을 얻고 태어난 우리 인류는 고대로부터 부처님의 은덕으로 살 수가 있었습니다.

오늘 하루를 어떻게 살까 걱정하지 마십시오. 다 부처님의 은덕으로 일이 잘 풀려지기 때문입니다. 2천5백년의 습관과 전통으로 종교는 우리에게 안심을 줍니다. 내일만 남아 있는 우리는 내일이면 또 내일, 장중한 미래가 있습니다. 부처님은 영원하십니다. 예수 그리스도님도요. 종교는 변함없이 우리를 키워 나갈 것입니다.

부처님은 왕자입니다. 왕자가 인간의 고뇌와 번민을 위해 고생하셔서 얻은 불심은 온누리에 퍼져서 인간의 고뇌와 번민을 구제하실 것입니다. 사람마다 부처를 믿어서 온 세상에 희망과 즐거움이 깃들도록 수고하십시다. 그러면 용기와 감격이 되살아나고 희망의 새 아침이 열릴 것입니다.

　국민학교 일학년 때 처음 가 본 감천사는 지금 어떻게 되었는지 통 알 수가 없습니다. 어쩌다 만나는 마산 사람들에게 물어도 알 수가 없다고만 하니, 소식을 알 수가 없습니다. 영 이제는 헐어서 폐사가 되었는지조차 알 수가 없고, 먼 옛날 얘기라 이제는 찾아갈 수조차 없고 하니 그저 잊어버리는 것이 상책인가 합니다.

　내 이야기는 이것뿐이지만, 부처님이 호랑이를 물리치심과 같이 핵폭탄도 물리치실 것을 은근히 빌며, 이만 붓을 놓습니다.

무복(無福)

　나는 매우 장난을 즐기고, 좋아한다. 이제는 돌아가시고 안 계신 어머니 말을 들어 보면 어릴 때의 나는 별로 장난을 좋아하지 않고 말이 없었다고 했다. 장난을 즐기기 시작한 것은 대학을 나왔을 때부터란다.

　소년 시절부터 또 나는 한없이 웃음을 좋아했고, 억지 거짓말을 꾸며대면서까지 웃음꽃을 만발케 했었다. 소년 시절부터 대학 시절까지 나는 독서만을 즐기고 밤을 새는 때도 한두 번이 아니었다. 심지어는 내가 읽는 책을 어머니가 불을 지른 적도 있었다. 항시 아버지가 공부는 안 하고 잡책을 읽는다고 해서였다.

　나는 그무렵 무슨 책이든지 읽었다. 역사책도 읽고 문학도 읽고 철학도 읽고 기행문도 읽고 신변잡기도 읽었다. 하여튼 책이면 되었던 것이다. 지금의 내가 문학인이니까 문학책을 더 본 것같이 생각하겠지만 결코 그런 것이 아니다.

　내가 문학인이 된 데는 여러 가지 원인이 있겠지만, 나는 해방이 되어 일본에서 중학생 때 나왔는데, 우리 나라 말을 할 줄 알았지만 우리 나라 글은 전연 몰랐던 것이다. 한글을 전연 몰랐으니 낙제를 하지 않나 하고 걱정할 지경이었다. 그즈음 나의 이모부가 우리 나라 습속을 알려면 소설을 읽으라고 해서, 나는 그 말씀을 받아들여 무척 많이 읽었었다. 그래서 많은 것을 배웠다. 이게 문학인이 된 몇 가지 이유 중의 하나가 아닌가 생각해 본다.

또 다음 사실이 제일 큰 까닭일 것이다. 국어 시간에 선생님이 "내가 그 책의 저자"라고 해서 나는 깜짝 놀랐고, 그래서 그 선생님을 매형이라 부르는 아이에게 물어서, 주소를 알고 그날 밤에 찾아갔었다. 갔더니 애들도 여럿 되고 온화하시기가 이를 데 없었다. 내가 음으로 양으로 시집의 유무를 물었더니 그 시집을 내게 한 권 주는 것이 아닌가. 『구름과 장미』라는 제목의 시집이었다. 저자가 바로 국어 선생인 김춘수 씨였다. 그러니까 내가 시를 읽기는 마산중학의 사학년인가 오학년 때인, 김춘수 선생님이 국어 교사로 오셨을 무렵부터였다. 그런데 나는 그때 책이라면 신성불가침의 존엄체로 알고 지냈던 터였으므로 김 선생님께 받은 『구름과 장미』라는 시집을 읽고 또 읽어 그날 밤을 새워 버렸다.

몇 달이 지나니까 나도 이런 시를 지을 수가 있을 거라는 생각에서 시를 지어서 김 선생님께 보여 드렸더니 아무 말씀이 없으셨다. 그래도 나는 일년에 한 번인가 두 번인가 보여 드렸었다. 그러다가 내가 육학년 때 (당시는 육년제 중학이었다) 조연현 선생님이 주간이었던 『문예』라는 잡지에 나의 시 〈강물〉이 추천되었다. 김춘수 선생님이 유치환 선생님께 보내서 추천위원이신 유 선생님이 추천한 것이었다. 그래서 그 후 나는 추천을 마쳐 일약 문인으로 대접 받기에 이른 것이다. 사실은 그놈의 문인이라는 것 때문에 나는 고생이 많지만,

줄곧 직장도 안 갖고 문인 행세를 하고 있는 것이다.

이것이 나의 전말이다. 내력이기도 하다. 하긴 나는 네 번이나 취직을 한 적이 있지만 모조리 이 년 미만으로 그만두었다. 출판사와 공무원과 주간 신문사와 잡지사였다.

이제는 복에 대하여 구체적으로 실마리를 풀어나가겠다. 열아홉 살에 일약 문인이 된 것은 빠르기도 해서 다소의 복이라고 할 만하겠지만 그 이후의 나는 복이 없기가 천하 제일이다.

나는 대학 이학년 때부터 술을 마시기 시작했다. 시인이 된 다음 다른 시인, 소설가, 평론가들과 어울려 다니면서 마시기 시작한 것이다. 차차 양이 많아져 갔다. 그만 술주정뱅이가 되기 시작한 것이다. 그러니까 작고하신 변영로 대선생님 같은 주정꾼 풋내기가 되었었다.

지금은 나이가 마흔네 살이 되어서 나이값인지 가만히 하루를 무위하게 지내도 술 마시고 싶은 생각이 일어나지가 않아서 별로 술을 마시지는 않는다. 그렇다고 해서 내가 술을 전연 끊었다는 것이 아니고, 술을 가끔 가다 마시기는 마시되 기껏 마셔 봐야 왕대포로 한 잔이나 두 잔 마시는 것뿐이다. 물론 막걸리다. 그러니 술에 취하는 법이 없을 수밖에 없다. 안 취하는 것은 안 취하는데 대신에 예전에 없던 현상이 일어났다. 뭔고 하니, 얼굴이 빨개지기 시작한 것이다. 아니, 이건 막걸리를 한두 잔 마시는데 얼굴이 빨개지는 것은 무슨 까닭일까. 하기야 술을 마셔도 얼굴이 빨개지지 않는 사람은 나쁘다고 하는 말을 들은 적이 있다. 건강이 안 좋다는 것이다. 얼굴이 빨개지는 게 원칙이란다. 그러고 보니까, 예전에 (서른여덟 아홉 살 때까지) 술을 마실 때는, 물론 매일같이 마실 때는 생활이 말이 아니었다. 그러다가 결혼을 해서 규칙적인 생활을 보내서 건강이 좋아진 것일까?

아마 그런 성싶다.

그러나 저러나 내가 이십대, 삼십대 때에 마신 술이 나에게 하나님께서 주신 복을 하나씩 하나씩 추방한 모양이다. 지금 생각하면 억울하기 짝이 없다. 한없이 억울하다.

예를 들면, 이런 일까지 있으니 말도 안 된다. 약 삼십 년 전 어느 하루는 평론가 조연현 선생이 집에서 무슨 잔치를 하니 신인 작가 십오 명이나 이십 명쯤 데리고 와서 잘 놀아라 하는 것이었다. 그래서 오상원, 구자운, 김양수, 그때는 중년 작가 오영수 씨 등등 이십 명쯤 데리고 가서 실컷 술 마시고 논 적이 있다. 그런데 막판에 가서 내가 실수를 하여 조연현 선생님에게 대들며 이새끼니 저새끼니 하는 무례한 말을 하여 소란을 피워서 난장판을 만들어 버렸다. 그 막판의 깽판을 끝내니 어두운 밤, 집으로 가야 할 때가 되어 가지고 뿔뿔이 헤어지게 되었다. 그때 조연현 선생과 같은 현대문학사의 편집장이었던 오영수 선생이 기어코 자기 집에 가자고 하여, 나하고 김양수하고를 끌어서 같이 간 적이 있었다.

이게 도대체 말도 안 된다. 조연현 선생님과 같은 분에게 욕을 하면서 대들다니 말도 안 되는 게 유감천만이고 도무지 왈가왈부할 이야기도 안 된다. 나를 아껴 주시는 분에게도 요 모양이니, 평소 얼마나 친구들의 욕을 하며 놀았겠는가. 그러니 그 흔하디 흔한 문학상도 탈 수가 없고 문인의 각종 회합에 참석도 안 되고, 여간해서는 원고 청탁도 받을 수가 없는 것이다. 그러니 이 원고료도 많이 받지 못하는 것이다.

기타의 일로도 여러 가지의 찬스를 내 스스로가 마다했으니 될 일이 아니다. 내가 장가 간 집의 딸(내 아내)이 마침 자수를 해 이만 사천 원을 벌어서 근근히 생활을 끌어 나간다. 그러니 복이 다 뭐냐 말이다. 그러나 나는 그래도 미래에 살겠다. 오늘 비록 고생이지만 내일은 하나님이 돌보시리라 믿는다.

나는 그저 허름할지라도 모를 내일에만 산다. 그러니 오늘은 무위일 수밖에 없다. 이왕 요꼴이 되었으니 하나님, 제발 어둠에서 벗어나게 하여 주사이다.

투병 생활

　나는 작년 시월부터 몸이 쇠약해져왔다. 처음에는 다소 몸이 불편해도 늘 그런 생활에 익숙해져 있었기 때문에 별게 아니라는 그런 생각에 무관심할 수밖에 없었다. 하루에 내가 좋아하는 막걸리 두 되와 우유 두 사발이면 나는 천하에 부러울 게 없었기 때문이다. 음악이 듣고 싶으면 머리맡에 놓여 있는 라디오에서 흘러나오는 FM 방송이 나를 즐겁게 해 주니 이 또한 무엇이 부족하단 말인가.

　그러던 어느날 며칠 사이에 내 배가 차츰 부어오르는 느낌을 받기 시작했다. 아내의 눈에까지 띌 정도가 되었다. 그러니 장모님과 아내는 하나같이 병원엘 가자고 성화를 하였다. 그러나 내 생각은 달랐다. 아프지도 않고 다소 배가 부어서 그렇지 다니기에 불편하다든가 그런 느낌은 전연 없었다. 그러다 하루는 자고 났더니 발등이 부어 있지 않은가. 내 발을 보더니 아내는 큰일났다는 것이다. 그래서 이래서는 안 된다며 울고 야단을 하니 나도 아내의 말을 조금은 들어주어야겠다는 생각을 하여 병원엘 갔었다.

처음 찾아간 병원이 비원 앞에 있는 중앙병원이었다. 아내가 미리 이야길 해 놓았던지 이 층 원장실로 안내가 되어 원장 선생님의 진찰을 받게 되었다. 그런데 원장께선 나를 보더니 아니 이 배를 해 가지고 왜 이제야 왔느냐고 아내를 보고 호통을 치는 게 꼭 중병에 걸렸구나 하는 생각이 들었다. 그래서 원장을 보고 "절망적입니까?"라고 반문을 했더니 아니라는 것이다. 빨리 서울의대 응급실로 가서 치료를 하라는 것이다. 중앙병원에는 시설이 돼 있지 않다는 것이다. 할 수 없이 중앙병원을 나와서 집으로 갈 수밖에 없었다. 아내가 돈도 준비를 해야 되는 사정이 생겼기 때문이다.

집으로 가서 기다리는 동안 한의를 모시고 집으로 아내가 왔다. 간경화증이면 한약으로 다스려도 완쾌가 된다고 하니까 우선 처방을 해서 급한 대로 치료를 하기로 했었다. 그러나 조금 차도가 있더니 다시 배는 임산부의 배같이 부어오르는 것이 아닌가. 숨도 차는 듯하고 여간 거북하지 않았다. 아내는 밤을 새워 간호를 하지만 불러오는 배는 어쩔 수 없었다. 꼭 고무풍선 모양으로 자꾸만 불어나는 것이었다.

아내는 여기 저기에 알아보며 돈을 마련하기에 정신이 없는 눈치였다. 그러던 어느날 차를 가지고 와서 병원으로 가자며 나를 태워 어디론가 가고 있었다. 어디로 가느냐고 물었더니 잠자코 있으라는 것이다. 얼마를 갔는지 다 왔다는 것이다.

응급실로 들어가 조금 있으니 내 다정한 친구 정원석 박사가 들어오는 것이었다. 그때야 춘천이라는 것을 알았다. 나는 친구를 보자 몇 년만에 이런 꼴로 만나게 되니 아픔도 잊고 눈물이 쏟아지면서 큰 소리로 외쳤다. "야, 이 자식아! 이게 몇 년만이냐?"라고 했더니 정원장 하는 말 "이 자식 이 배가 뭐냐? 아들이냐 딸이냐?"라고 하기에 나는 대답했다. "내 마누라가 애기를 낳지 않으니 아들 딸 같이 낳겠다"라고 해서 두 사람이 함께 크게 웃었다. 정말 오랜만의 해후였다. 그 후에 안 일이지만 그때는 내가 일주일 후면 죽을 사람으로 생각했었다고 한다.

친구 덕분에 병실도 특실에 특별 대우를 받으며 치료를 받았다. 두 달 동안 놀라우리 만큼 차도가 있었다. 나도 매우 기분이 좋았다. 식사도 때를 기다릴 만큼 식사 시간이 지루하게 느낄 정도였다.

서울의 친구들이 주일마다 찾아오고 춘천의 문인들이 매일같이 찾아 주고 아내는 매일 왔다갔다 하면서 보살펴 주었다. 그러던 어느날 알 수 없는 알레르기가 돋아나더니 온몸이 가렵기 시작했다. 가려워 밤새 긁었더니 상처가 나면서 피부가 상하기 시작했다. 꼭 화상을 입은 사람같이 되었다. 따갑고 아파서 어쩔 줄 몰랐다. 온몸을 씻고 약을 바르고 붕대로 온몸을 감고 누워 있으려니 눈만 감으면 송장이나 다름없었으리라.

아픔과 고통에 얼마나 시달렸는지 몇 번을 죽음의 문턱에서 오르내렸다. 가끔 눈을 뜨면 옆에서 아내는 울고 있었다. 무척이나 고생을 시켰다고 생각하면 아내에게 얼마나 미안한지 모른다. 춘천을 수백 번 왔다갔다 하면서 얼마나 고생을 했을까 하고 생각하니 앞으로는 아내의 말도 잘 들어야 하겠다고 생각한다. 식사 때면 밥을 먹어야 된다고 했던 말이 조금 미안하다. 사람은 언제나 불행을 당했을 때 후회를 하는데 그때는 이미 늦었다고 보면 된다. 어쨌든 긴 시간을 아픔에서 견디어냈다. 처음 병원을 찾아왔던 친구나 후학들의 말을 들으니 문을 열고 들어서는 순간 이제는 마지막이구나 하는 생각을 했었다고 한다. 그렇게도 내 꼴이 볼품없이 되어 있었다고 한다.

나는 이제 소생이 되었다. 고통과 시련에서 이겨내었다. 이것이 내

의지로 된 것만은 아니다. 첫째는 아내의 보살핌이 제일 크리라 믿지만 집에서 얼마나 애원하며 우시며 빌었을 장모님의 보살핌을 잊을 수 없으리라. 그리고 밤낮으로 대소변을 받아 주며 고생한 노광래, 신여민, 내 막내 처조카 영진이, 귀천을 지켜준 혜림이, 주일이면 찾아온 혜선, 채경, 선옥이, 모두 헤아릴 수 없이 고마운 사람들이다.

또한 아플 때 돌봐 준 영국 신사 같으신 내과 과장님, 젊으신 세 분강 선생, 김 선생, 명 선생님, 춘천에 계시는 이은무, 이무상, 허 전도사님, 혜욱 스님, 에블린 수녀님과 신부님, 헤아릴 수 없이 많은 분들의 위로와 고마움을 받았다. 또한 멀리 양산 통도사에서까지 찾아 주신 수안 스님과 방림 보살, 중광 스님, 더한 고마움을 느낀다.

모두의 지극한 도움과 은혜로 나는 살아났다. 긴 여행을 마치고 돌아온 기분이다. 이 많은 은혜를 어떻게 갚을 것인가? 앞으로 몇 년후가 될지는 몰라도 좋은 시나 몇 편 남기고 천국으로 가야할 텐데……

두고 두고 내 다정한 친구 정 박사의 고마움에 다시 감사를 하고 어려울 때 도와 준 고마운 친구 채현국에게 또한 감사를 표한다. 많은 보살핌으로 되살아난 기쁨을 하나님께도 감사를 드린다. 칠 개월의 긴 투병 생활이지만 아직은 낙관할 수 없는 병이기에 얼마나 약을 먹게 될지 조심스럽게 내 몸을 나는 지켜 나갈 것이다.

일곱 살짜리 별명

나는 금년 1월 29일로 회갑을 지냈다. 그런데도 아내와 남들이 나를 보고 일곱 살짜리라고 별명을 붙여 놀리곤 한다. 거기에 나도 반박을 하거나 변명을 못할 몇 가지 이유가 있기에 어쩔 도리가 없는 것이다.

한 예를 들자면, 나는 남성보다는 여성을 더 좋아한다. 좋아한다는 것은 내 자유이기 때문이다. 왜냐하면 남자보다는 여자가 더 매력이 있으니까 말이다. 나는 길을 가다가도 예쁜 여자를 만나면 가던 길을 멈추고 바라본다. 그러다가 내 곁을 지나치면 돌아서서 한참 또 본다. 그러다가 나는 내가 가던 길을 향해 걸어간다.

차 안에서도 마찬가지다. 올라오는 여인을 보고 앉을 때까지 눈길을 모으고 바라본다. 가끔 아내와 동행을 할 때도 마찬가지다. 바로 앞에서 예쁜 여인이 걸어오면 어김없이 바라보게 된다. 그럴 때면 아내가 먼저 눈치를 채고 웃으며 "또 마음의 애인으로 정하셨어요?"라고 내게 묻는다. 나는 그럴 때마다 "그렇지?" "그렇지!"라고 대답을 한다. 나는 어쨌든 예쁜 여인을 만나면 괜히 마음이 즐겁고 기분이 좋아진다. 얼굴이 예쁘거나 다리가 예쁘거나 손이 예쁘거나 마찬가지다. 예쁜 여인들을 보고 나면 저절로 콧노래가 나온다. 그러면 나는 신이 나 마음의 애인이 또 생겼구나 하고 마음 속에 간직한다. 내가 좋아하면 되기 때문이다.

나는 요즘 한쪽 다리의 관절 때문에 걷는 데 다소 불편을 느끼곤 한다. 그래서 일주일에 삼사 일은 시내로 나오게 된다. 시내라고 하지만 다름아닌 아내가 경영하는 '귀천' 카페인 것이다. 그곳에 나오면 나는 두어 시간 머물다 집으로 돌아간다. 거기 앉아 있으면 나는 행복해지기 때문이다. 왜냐하면 첫째는 아내의 얼굴을 볼 수 있어 좋고, 또 다정한 내 친구들이 찾아와 주어서 좋고, 나를 찾아 주는 독자나 나를 반기는 손님들이 있어서 나는 그저 기분이 좋은 것이다.

그러나 친구들에게 세금을 뜯을 때도 있다. 천원, 이천원, 돈이 많은 친구에게는 오천원이 될 수도 있다. 그 돈으로 내가 좋아하는 맥주 한 잔과 아이스크림을 사 먹는다. 물론 아내가 하루에 용돈 이천원을 주고 있지만 친구들이 내가 세금을 달라고 하지 않으면 심심할 테니까 말이다. 그리고 남은 돈은 꼭꼭 내 예금 통장으로 들어간다. 남들은 내가 예금 통장이 있다고 하면 웃는다. "야! 예금 통장이 다 있다고!"라고 한다. 그 예금 통장은 아내가 만들어 놓은 것인데 하루에 이천원씩을 내 이름으로 예금해 놓았던 것이다.

그러다 얼마 후, 내게 원고료가 생기면 그 통장에다 넣곤 했던 것이 내가 알게 된 후 나는 남은 돈은 아내에게 맡기고 예금을 하라고 주곤 했던 것이다. 예금을 하는 데는 여러 가지 계획이 있었다. 이 또한 무슨 뚱딴지같은 천상병의 짓이냐고 놀리겠지만 나도 돈에 대한 가치를 조금은 알아야 되겠다는 굳은 결심에서 비롯된 것인데, 그 돈이 모아지면 꼭 필요하게 쓸 데가 있는 것이다. 첫째는 장모님이 나를 그렇게나 사랑해 주시는데 팔십일 세나 되셨으니 돌아가실 것은 사실이니 돌아가시면 사위로서 장례비에 조금은 보태야 되지 않을까라는 생각에서다. 그리고 나를 돌봐 주는 처조카딸인 영진이에게도 결혼 비용으로 조금은 돕겠다고 약속을 했고, 또 언제나 내가 어디를 가든 따라와 주는 노광래가 장가를 가면 오십만 원을 주기로 약속을 했다 (단, 금년 내로 간다면). 그러니 내가 어찌 걱정이 안 되겠는가. 예금 통장이 많이 불어나도록 나는 하나님께 빌고 또 빌고 있으니 들어 주시리라 믿는다.

그리고 또 한 가지는 동네 아이들이나 귀천에 오는 어린이나 모두가 내 친구들이다. 그 어린애들을 보면 그들과 어울려 놀고 싶어진다. 백원짜리 동전 하나를 들고 "할아버지한테 와!" "할아버지한테 와!"라고 고함을 쳐도 그들은 금방 나한테로 쫓아와 장난을 청하고 놀아 준다. 방금 하늘에서 갓 내려온 천사 같은 아이들과 놀아대니 내 어찌 기분이 좋지 않으리오? 나는 어린애가 없어 온 세상 어린이들이 다 귀엽고 천사만 같아지니 이것 또한 일곱 살짜리가 아니고 무엇이란 말인가?

끝으로 한 가지를 또 말해야겠다. 나는 어릴 적부터 하도 게을러서 몸을 씻거나 머리를 깎는 것을 귀찮아 했었다. 결혼을 하고도 그 버릇을 버리지 못해 아내에게 늘 잔소리를 듣지만 모른 체 아무 대꾸도 하지 않는다. 그러니 답답한 것은 아내일 뿐이고 아내가 가만히 있을 수가 없지 않은가? 아내는 방에다 세숫대야에 물을 담아 와서는 내 발을 풀어 놓고 씻어 댄다. 얼굴도 닦아 주고 머리도 감겨 준다. 어찌

다 마음이 내키면 "내가 머리도 못 감는 줄 알아?"라고 하면서 감을 때도 있지만 그것은 가끔이고 아내의 강요에 못 이겨 엎드려 하라는 대로 가만히 있을 수밖에 없다. 일주일에 한 번은 고역을 치러야만 한다. 수염도 내가 깎으면 상처투성이를 만드니 아예 아내가 누워 있으라고 하고는 깨끗이 깎아 준다. 고맙기도 하고 조금은 미안한 마음도 들지만 게으른 내 버릇을 어찌 하리. 장모님은 내 꼴을 보실 때마다 혀를 차신다. 어쩌다 저런 사위를 보았느냐는 듯이 나를 보신다. 그러면 나는 먼저 껄껄 웃어 버린다. 그러면 장모님도 할 수 없이 웃으신다. 그러시고는 "마누라가 없었다면 어찌 되었을꼬"라 하신다. 그렇다. 없었다면 나는 벌써 죽었으리라. 몇 번이나 죽음을 당했는데 나 혼자였다면 어떻게 살았더란 말인가? 고마운 아내라고 속으로는 생각하지만 나는 아내를 볼 때마다 "문둥아 문둥아"라고 말한다. 그것은 아내가 보이지 않아도 마찬가지다. 그 '문둥아'를 찾지 않으면 도무지 기운이 나지 않으니까. 아내가 내 곁에 있든 없든 나는 '문둥아' 소리를 수백 번 되풀이하고 지낸다. 나에게는 '문둥아'라는 말이 사랑한다는 호칭이니 뭐가 나쁘단 말인가.

어쨌든 내가 가만히 생각해 보아도 일곱 살짜리 별명은 뗄래야 뗄 수 없는 내 별명임을 시인할 수밖에 없다. 그래서 나는 죽을 때까지도 이 별명을 가지고 살아갈 수밖에 없는 내 운명이라고 생각하게 되었다. 그러나 나는 이 세상에서 가장 행복한 사람이란 걸 알아 주시오. 하루에 맥주 한 잔을 마시고 기분이 좋아지면 마음 속에 담아 둔 마음의 애인들을 생각하고 어린 아기들을 생각하면서 콧노래를 부른다면 이 세상에 무엇이 부러우리오. 날마다 아내가 용돈을 어김없이 줄 테니 예금 통장도 한 푼이라도 불어날 것이고 이보다 더 큰 행복이 어디에 있으리오.

　이러니 일곱 살짜리 어린이의 별명을 왜 마다하리오.

　　—《금성정밀》1990년 7월

자네같이 인득이 많은 사람도 드물 거네

사람이 살아가는 데는 여러 가지 덕이 있다는 말이 있다. 흔히들 말하는 인덕이니 인복이 있느니 하는 말이 있다. 어떤 사람은 인복이 다 인덕이다라고 말을 한다. 그런데 어느날 장모님께서 나를 보고 하시는 말씀이 "세상에서 자네같이 인득이 있는 사람도 드물 거네"라고 하신다.

그러고 보니 내가 살아온 육십 평생에 참으로 많은 일들이 있었구나라고 되돌아보게 된다. 몇 번이나 남의 도움을 받고 용케도 몇 번의 고비를 넘겼던 일이 새삼스레 떠오른다. 그러니까 71년도에 부산에서 올라와 길에 쓰러져 있던 나는 병원으로 옮겨져서 팔 개월 동안 입원을 했었다. 왜 그랬는가 하면 나는 67년도에 동백림 사건이라는 사건에 말려서 억울하게 전기 고문을 세 번씩이나 당했던 일이 있었다. 그 후로 나는 건강이 좋지 않아 몇 번이나 몸이 아팠기 때문에 몹시 허약해 있었다.

그러나 조금씩 걸어다닐 정도가 되니까 서울에 여러 친구들이 보고 싶어 훌쩍 서울로 오고 말았다. 그러나 건강이 회복되지 않은 상태였기에 올라오자마자 친구들과 술 한 잔을 나누게 되어 그만 길에서 쓰러졌던 것이다. 내 몸은 꼴이 말이 아니었으니까 행려병자 취급을 해서 정신 병원으로 옮겨지게 되었던 것이다. 어쩌면 내가 살아남기 위해 오히려 다행이었다고도 할 수 있을 만큼 나는 그 병원에서 김종해 박사님을 만나 살아났다. 나를 알아보시고 아무 말씀도 안 하시고 병을 돌봐 주셨던 것이다. 그리고 지금의 아내에게 간청하여 결혼을 해 달라고 부탁까지 해 주셨으니 이것이야말로 어찌 인덕이 아니라고 말할 수 있을까.

88년도에도 또 있었다. 나는 막걸리만 마시고 사 년을 살았다. 더욱이 밥은 한 끼도 먹지 않고 아침 저녁으로 우유만 한 컵씩 마시고 살았다. 그러다가 어느날 갑자기 내 배가 불러 오기 시작하더니 임산부의 배와 같이 되고 말았다. 그러니 아내는 나를 병원에다 입원을 시키게 되었다. 춘천에 있는 춘천의료원이었다. 의료원 원장이 나의 친구였다. 그러니 그 친구가 나를 위하여 얼마나 고생이 많았겠는가. 본인도 월급을 받는 입장에서 입원비를 자기 봉급에서 제하면서 나를 돌봐 주었던 것이다. 5개월 동안 나는 병원에서 살았다. 아내가 고생한 것은 말할 것도 없거니와 정원석 박사(원장)의 도움이 없었다면 나는 죽었을지도 모른다. 일주일밖에 못 살 것 같다는 위험한 고비를 넘긴 것도 여러 의사 선생님이 나를 아끼고 염려해 주었던 정성이 없이는 나는 살지 못했으리라. 그리고 보니 나는 정말로 인덕이 가장 많은 사람이구나라고 절실히 느끼게 된다. 이것도 복이라면 참으로 큰 복이리라. 그런데 나는 남에게 베풀지 못하고 살아 가는 무능력자가 되고 있으니 어떻게 할 것인가. 생각을 해도 방법이 없다. 하루빨리 건강해지는 것이 보답을 하는 길이 아닐까라고 위안을 해 볼 뿐이다.

　나는 요사이 아직도 다리가 아파 잘 걷지를 못한다. 오른쪽 다리의 무릎이 아파서 조금밖에 걷지 못해서 일주일에 한 번만 시내로 나간다. 아내가 경영하는 '귀천' 카페로 나가는데, 그날은 내가 즐거운 기분으로 행복해지는 날이기도 하다. 더욱이 그날은 나를 위해 아침 열 시면 나를 태워 주기 위해 집으로 오는 고마운 사람이 있기 때문이다. 어떤 사람들인가 하면 프라이드를 몰고 오는 공윤희 씨와 엑셀을 타고 다니는 김재식 씨와 비엠더블유를 타고 다니는 모경국 씨, 이 세 분은 나를 좋아해서 세 사람이 차례로 나를 위해 태워다 주는 고마운 분들이다. 그래서 나는 편안히 돈 한 푼 들이지 않고도 시내까지 나갈 수 있으니 얼마나 복이 많은 사람인가. 그러고도 내게 용돈까지 주니까 어찌 인덕이라 아니 할 수 있겠는가. 장모님 말씀대로 나같이 인덕이 있는 놈도 없을 것이다. 그러니 어찌 내가 행복하지 않겠는가.

　그래서 아내가 있는 카페에서 여러 사람이 나를 부러워 바라보면 나는 즐거워 노래를 부르고 내가 노래를 부르면 모두가 기뻐하니 나도 더 기뻐지는 것이다. 그래서 나는 세상에서 가장 행복한 사나이라고 부르짖는다. 참으로 인덕이 있는 사람이구나라고 마음 속으로 되뇌이면서 장모님 말씀을 생각하게 된다. "맞는 말씀이구나"라고.

　　―『한국논단』1992년 4월

나의 천사송(天使頌)

하늘 나라에서 제일 높으신 분은 하나님이시고, 둘째가 예수님, 셋째가 가브리엘 대천사님, 그리고 넷째가 천사님들이십니다. 그런데 하나님과 예수님은 천상에 계시니 아무래도 가브리엘 대천사님은 우리네 인간 세상에 있지 않을까 생각됩니다. 가브리엘 대천사님께 해당하는 분, 두 분을 저는 알고 있습니다.

그 첫째 분은 스님이셨던 중광 보살님이십니다. 남들은 광승이니 걸레니 하는 중광 스님을 제가 왜 보살님이라고 하는가 하면 말입니다. 『청솔가지를 태우면서』라는 베스트셀러 수상집을 내신 소암 스님께서 저에게 책을 주실 때 책머리에 '천상병 보살'이라고 쓰셨으니 이 소심한 놈의 내심을 또 꽉 얼게 하셨습니다. 소암 스님은 제가 크리스천이라는 걸 너무나 잘 아시는 분입니다. 제가 제 작품집 중의 한 권을 드릴 때 어김없이 청교도라고 써 드렸으니 말입니다.

베스트셀러 수상가가 어찌 청교도란 말의 뜻을 모르겠습니까. 그런데도 말수도 적으시고 의젓한 태도만 취하시는 소암 스님이 저보고 보살이라고 하시다니 저는 다만 오리무중이란 말입니다.

나보다 더 예술에 미친 중대가리 중광 선사를 보살이라 불러 뭐가 나쁩니까? 예술혼을 불사르는 중광 보살상을 텔레비전은 확실히 보여 주었습니다. 잘 아는 제 자신이 스님이라고 하는데 저의 아내 목순옥이는 보살이라고 하니 모를 일입니다.

크리스천인 아내가 먼저 중광 스님을 보살이라고 명명했으니 나도 덩달아 보살이라고 믿고 있었는데 MBC의 '걸레 화가'를 본 이후에는 또 아내 목순옥의 태도가 영 바뀌어졌습니다. 어떻게 바뀌어졌는가 하면 보살이 아니고 부처님이라고 강언하니 그 말에도 난 묵묵부답이지만 아내는 그렇다는 듯이 움직입니다.

아내는 날 두고 뭐라고 하는고 하면 여섯 살짜리 애기라고 합니다. 나하고는 잠자리도 같이 아니 하고 제 엄마인 내 장모님 방에서 자고, 나는 혼자 자는 편입니다. 그래도 괜찮은데 어떤 날 새벽녘엔 아내가 무척 그리워서 옆 방에 대고 큰소리로 아내를 수없이 불렀는데도 문디 가시나는 아무런 반응도 없고 장모님만 "좀 자자" 하시니 그 '확의(確意) 한마디'에 그만 미꾸라지가 되어 버렸으니 이걸 어쩝니까?

그저 저는 아내를 호통쳐도 (아침에) 아내는 웃는 낯도 안 지으면서 왜 그러냐고 하니, 내가 그렇게도 큰 고함을 질렀는데도 안 들은 모양입니다. 그러니 무슨 말이 나오겠습니까? 육십 먹은 날 애기 취급하니 원통한 놈은 세계에서 나 하나뿐이란 생각도 듭니다.

그런데 중광 스님을 예술에 미친 부처님이라고 하고 공양해야겠고 합니다. 이런 말에는 나도 밝게 동의하며 "그런 말 할 줄 아는 네가 왜 소암 스님과 같이 나를 생각 안 하니?" 하고 물으면 픽 고소(苦笑)하면서 "그건요! 당신을 부처님 믿게 하시겠다는 것밖에 아무것도 아녜요!"라고 대답합니다. 참내 화만 돋구는 말만 하니……. 그저 나는 재떨이와 같은 존재입니다.

억울하긴 하지만 작년에 내가 소생한 것도 다 아내 덕택이니 할 수 없이 아내 말에 순종하지 않을 수가 없습니다. 그러니 아내는 나의 천사라고 하지 않을 수가 없습니다. 여섯 살짜리 남편이니 어찌 아내를 손찌검하겠습니까. 아내는 인사동과 관훈동 경계선상에서 찻집 '귀천'을 경영하고 있습니다. 이 '귀천'은 한국의 여러 잡지에 다 취재 보도된 바 있는 인사동의 나와 함께 하는 2대 명물입니다. (더러 놀러 와 주십시오. 독자님들이시여!)

그런데 한 사람 종업원(아내)뿐인 '귀천' 찻집의 사장인 아내가 하는 말 좀 들어 보십시오. 내가 어느날 귀천에 앉아서 다정한 내 친구에게 큰소리로 말하길 "이 찻집의 사장은 아내고 나는 회장이다"라고 했더니 옆에서 하는 아내 말, "사장 말아 먹는 회장이지"라고 합니다. 내 친구 칼칼대고 웃으면서 "하여튼 이 찻집은 인사동 명물인데, 사장 말아먹는 회장이 있다니 더 걸작이구만" 하는 통에 찻집 전체가 웃음바다가 된 적이 있습니다.

그런데 요사이 나는 술을 아주 적게 마십니다. 너무나 적게 마십니다. 맥주 단 한 병으로 떨어지는 판국입니다. 그것도 하루 한 병이니 술 안 하는 거와 거의 다름이 없습니다. 어느 의사님에게 물으니 하루 맥주 한 병이면 되려 건강에도 유리하다는 것이었습니다. 그래서 맥주 한 병만 마시니, 옛날엔 일 년에 시 한 편이면 될까 말까였는데, 요새는 하루에 시가 한 편이라니…… 작고한 고 박정만 시인은 열흘에 삼백 편이나 썼다는데 비하면 영 모자라지만 하루에 한 편이면…….

내가 버는 돈은 다 새마을금고에 저축을 하고 있습니다. 그 돈도

다 내 차지니 난 그저 맥주 마시는 동물에 지나지 않게 되었습니다. 내게 있어 아내는 가브리엘 대천사입니다.

　나와 같이 마음 가난하고 몸도 약한 놈 불쌍하다고 하나님은 이런 인간 천사를 내게 붙여 주신 거라고 믿고 언제나 저는 기도에 열심입니다. "하나님, 용서해 주십시오. 하나님 용서해 주십시오!"라고.

우리집 똘똘이

  우리 집에는 식구가 다섯 식구가 된다. 장모님과 나와 아내와 그리고 처조카인 목영진이가 있고 또 하나의 식구가 있다. 이 식구란 다름아닌 똘똘이란 놈이다. 이 똘똘이는 우리 집에서 빼놓을 수 없는 식구 중의 식구인 것이다. 똘똘이는 사람이 아닌 여덟 살짜리 강아지이다. 정확히 말하자면 어미 개라고 하면 된다. 이 똘똘이가 우리 집에 살게 된 이야기를 나는 좀 할까 한다.

  이 귀엽고 영리한 똘똘이가 우리 집에 온 것이 일 년이 넘었다. 일 년 전에는 우리 집에서 몇 집 떨어져 있는 한씨라는 사람의 집에서 귀엽게 자랐었다. 그런 똘똘이를 우리 식구들은 그 똘똘이만 보면 귀여워 그 집을 지나칠 때면 한 번씩 쓰다듬어 주며 귀여워 해 주었다. 장모님과 조카도 그랬고 아내와 나도 마찬가지로 애정을 표시하곤 했다. 쌀쌀맞고 새침떼기인 똘똘이도 우리 식구들만 보면 꼬리를 흔들며 좋아하게 되었다. 그러다 우리 집까지 따라와 놀다 가기도 하였다. 그러니 우리 집 식구들은 은근히 이 똘똘이가 우리 집에서 살아

주었으면 하고 바라기도 했었다.

그러나 한씨 집에서도 귀여워하는데 어떻게 이야기를 할까 고심을 하고 있었는데 마침 한씨 집에서 또 한 마리의 강아지를 갖다 놓게 되었다. 그랬더니 샘이 많은 똘똘이가 화가 나서 드디어 우리 집으로 와서는 자기 집에를 가지 않았다. 우리 식구는 이때를 기다렸다는 듯이 온 식구가 똘똘이에게 맛있는 음식과 빵과 우유를 먹이면서 애정을 표시했던 것이다. 그랬더니 영리한 똘똘이는 낮에는 자기 집을 기웃거리지만 밤이면 아내가 귀가하는 시간에 따라와서는 자곤 했었다. 밤이면 장모님께서 집에서 약 이백 미터쯤 되는 거리에 오십이 넘은 아내를 마중 나가시는데 똘똘이도 동행을 하는 것이다. 어쩌다 장모님께서 텔레비전이라도 보시느라 깜빡 하고 있을 때면 어김없이 문 앞에서 껑껑거리며 신호를 보내오는 것이다. 그럴 때면 장모님은 웃으시며 "요 가시나야!" 하시며 문을 열면 앞장을 서며 신이 나는 것이다. 그러는 똘똘이에게 아내는 언제나 맛있는 빵을 사 갖고 온다. 장모님과 조카가 충분히 주지만 아내가 주는 빵과 우유를 먹고야 자기 집으로 들어가 잔다. 그렇게도 온 식구가 똘똘이에게 정을 쏟고 있던 어느날 조카딸 영진이가 울며 할머니께 "할머니 우리 똘똘이를 진아 아빠(한씨)가 팔았대요"라며 울음을 터뜨렸다. 장모도 깜짝 놀라시며 "아니 똘똘이를 팔다니, 물어 보지도 않고?"라며 화를 내시며 한씨 집으로 달려가셨지만 똘똘이는 개 장수가 데려가고 없었다. 장모님과 영진이는 어쩔 줄 몰라 아내의 카페에다 전화를 걸면서 울었다. 아내도 울면서 빨리 한씨를 찾아서 돈을 지불할 테니 다시 한씨 집으로 가보라며 안타까워 했다. 결국 한씨의 부인이 이 소식을 듣고 사방 찾아 헤매다 개 장수를 찾았다. 한씨와 개 장수가 마침 똘똘이를 오토바이 뒤 바구니에 실어 놓고 술을 한 잔씩 나누고 있던 참이었다. 한씨 부인이 이 광경을 보고 장모님과 우리 식구들이 야단났으니 만약 똘똘이를 돌려 주지 않으면 큰일날 줄 알라고 호통을 치니까 한씨도 미안하다고 개 장수에게 이해를 시켜 결국 똘똘이가 풀려날 수 있었다. 그야말로 똘똘이는 행운을 만난 것이다. 그 후부터 똘똘이는 정식으로 우리 집 식구로 승낙을 받았다. 한씨 부부의 이야기론 미안하니까 하는 말이 똘똘이가 장모님께 귀찮게 하는 것 같아서 그랬다는 것이다.

그 후 아내가 똘똘이의 대금을 지불하고 우리의 가족이 된 것이다. 얼마나 영리하고 눈치가 빠른지 우리 집 식구가 된 것을 용케도 알고 있다. 그 후부터는 자기가 7년 동안 살던 집을 하룻밤도 가서 자는 법이 없다. 어떻게 그렇게도 잘 알고 있는지 도무지 알 수가 없다. 말도 못하는 짐승이 어찌 그리도 영리하단 말인가. 그뿐이 아니라 아무리 음식이 널려 있어도 먹으라고 주지 않으면 절대로 입을 대지 않는 것이다. 그래서 우리 집에는 아이가 없지만 똘똘이의 재롱 때문에 심심치가 않다. 장모님은 장모님대로 아내가 간식으로 잡수시라고 아기밀을 사다 드린 것을 똘똘이의 간식으로 주는가 하면 조카인 영진이는 영진이대로 맛있는 것을 몰래 살짝 주기도 하며 아내는 아내대로 똘똘이가 잘 먹는 빵을 사 가지고 오는 것이다. 그러니 말 못하는 짐승이지만 그 고마움을 왜 모르겠는가. 장모님이 어쩌다 옆집으로 나들이를 가시면 안절부절 찾아나선다. 가끔 놀리느라 장모님이 "똘똘이 때려 줄까!" 하면 발을 모아 비는 모습 때문에 우리 식구들은 웃어 버린다. 식구들끼리 장난으로 싸우면 어쩔 줄 몰라한다. 참으로 영리한 놈이다. 그 후 몇 개월이 되어 똘똘이는 새끼 다섯 마리를 낳았다. 소리없이 잘도 길렀다.

아내는 사진을 찍어 예쁜 강아지를 자랑했다. '귀천' 카페에다 사진을 갖다 놓고 들여다보면서 웃으니까 똘똘이의 사연을 잘 아는 사람들은 한 장씩 가져가겠다고 해서 한 장씩 나누어 주기도 하였다. 얼마 동안은 똘똘이가 심심찮게 이야깃거리가 되기도 했었다.

그 똘똘이가 봄을 맞아 봄바람이 난 것이다. 외출이라곤 모르던 놈이 밤에도 자주 나가곤 하는 것이다. 그런가 하면 남자 친구를 옆에 앉혀 놓고 놀기도 하는 것이다. 새끼가 몇 마리가 될지는 몰라도 귀엽고 영리한 똘똘이가 오래오래 우리와 함께 살아 주기를 바랄 뿐이다. 밤 열한시 삼십분이면 어김없이 아내의 마중을 가는 똘똘이가 나는 대견스럽고 고마운 것이다. 그러니 어찌 우리 식구라고 하지 않겠는가. 식구 중의 식구라고 나는 힘주어 말을 한다. 똘똘이도 오래오래 우리와 함께 살아 주었으면 고맙겠다. 얼마 후면 또 예쁜 새끼들이 태어날 것이다. 그러면 또 사진을 찍어야지……

—『젖샘』1991년 4월

옛 애인에게 보내는 편지

변인호, 나의 첫사랑이었던 여인아! 지금은 어디에 살면서 뭘 하고 있는지 궁금한 여인아! 내가 당신에게 연정을 품은 건 대학교 2학년 때였으니 지금으로부터 삼십육 년 전, 내가 그때는 서울대학교 상과대학 2학년생이었고 교사는 부산 대신동이었소. 당신이 다니던 서울대학교 문리과대학은 상과대학 근처였으니 알게 된 것 같소. 알게 된 후 곰곰히 생각해 보니 사실로 당신은 내가 다니던 미국대사관 도서실에서 내 앞에 앉아 나에게 영어 사전을 빌렸던 그때 그 여고생임이 생각났소. 그때는 부산이 임시 수도라 부산 대청동에 대사관 도서실이 있었던 그때 생각이 역력하오.

대학교 2학년 때 첫사랑에 빠진 나는 어찌어찌 당신의 사정을 알아봤소. 그랬더니 당신 어머니는 유명한 국회의원 박순천 여사의 딸이더구만. 6 · 25사변이 호조되어 서울로 가게 되었는데 내가 동숭동 대학로의 문리과대학에 일찍 가서 당신의 등교를 기다렸소. 조금 있다가 당신이 왔구려. 어떻게 반가운지 내 가슴이 두근두근 뛰었소.

옛날 얘기라 실감이 안 나겠지만 들어주시오.

부산에서는 상과대학은 고사하고 당신의 언어학과 교실에 잘도 출입하여 언어학 공부를 다소 한 것은 나의 문학 수업에 큰 힘이 되었소. 그때는 아직도 짝사랑이라 행동하지는 않았소. 결국 짝사랑같이 되어버렸지만, 그러나 당신의 눈짓이나 태도에서는 나를 사랑하고 있다는 확실한 증거를 나는 보았소. 당신도 나를 열렬히 사랑하고 있었소.

그러다가 일 년이 지나서 당신은 미국으로 유학을 가게 되어 다시는 못 만나게 되고 우리들의 사랑은 끝이 났소. 유학 간 당신에게 영광 있으라고 나는 하나님에게 얼마나 기도했는지 모르오. 우리는 결국 헤어졌지만 우리들의 사랑은 끝이 나지 않았소. 지금은 나는 나의 아내를 사랑하고 있지만 가끔은 당신 생각도 나는 때가 있소. 연서를 쓰라기에 지금은 당신 생각이오. 그 이쁘장하고 똑똑한 얼굴이 다시 떠오르오. 지금은 아이들을 몇이나 낳았는지 어디서 사는지 모르지만 하여튼 행복할 것이오.

변인호 씨. 하여튼 한 번 만나 회포나 풉시다. 어디 있는지조차 모르는 내가 이런 소리하는 것은 우습지만 서로 나이가 오십 세를 넘은 지금에야 만날 수도 있고 이야기할 수 있지 않습니까? 우리집 주소는 경기도 의정부시 장암동 397번지입니다. 이 글을 읽으실 때가 오거든 어디서 만나자고 편지 주시오.

사월을 여는 이야기

　옛말에 사월은 잔인한 달이라고도 한다. 그러나 사월은 만물이 소생하는 달이다. 겨울 내내 잠을 자던 모든 만물이 소생하는 달이다. 나무도 풀도 그리고 꽃도 삶의 환희를 찾아 저마다 봄을 만끽하는 그런 달이기도 하다. 나는 사월이 오면 봄과 함께 소생한 나의 삶의 이야기도 있었기에 사월은 내게도 기쁨의 달이 되기도 하다. 이십 년이 훨씬 지난 옛날 이야기 같은 나의 삶이 있었기에.

　나는 지금으로 말하면 고등학교 3학년 때 (그때는 중학교 6학년) 『문예』지에 〈강물〉이라는 시가 추천이 되고, 53년에 평론과 시가 모두 추천이 완료되어 대학생 때부터 문인의 길로 가고 있었다. 그래서 삼십대 때는 원로문인들과도 잘 어울려 술도 많이 마시고 친구들과도 잘 어울려 명동을 누비던 시절이 있었다. 문인도 있었고 화가도 있었고 음악 연극 영화인도 있었다.

　지금은 모두 육십을 넘어 반백이 다 되어 있지만 한때는 다 나름대로 자기의 길을 가던 좋은 친구들이었다. 지금 생각하면 그 시절이 얼마나 좋은 황금기였나라고 되돌아 보아지는 것이다.

그런 삶의 연속이었지만 67년 동백림 사건의 실마리에 걸려 죽을 고비를 넘겨야 했던 악운이 내게는 있었다. 그때의 사건 때문에 몇 번의 전기 고문을 당했지만 친구의 인연을 한 번도 원망해 본 일은 없다. 좋은 친구였으니까…

그로 인해 나는 정신적으로나 육체적으로 많이 괴로웠고 고통이 따랐었다. 70년부터 몸이 많이도 아팠다. 내가 할 수 있는 일이란 시와 평론을 쓰는 일밖에는 없었다. 그러나 70년 겨울부터 71년 7월까지 나는 자리에 누워서 꼼짝도 하지 못할 만큼 고통을 받았다. 부산에 있는 형님댁에서 나는 그렇게 몇 개월을 누워서 지냈다. 그러다 조금 걸음을 걸을 수 있을 정도가 되어서 나는 그때 훌쩍 서울에 오고 싶어 달려왔던 것이다. 그러나 몇 개월이나 고생을 하였으니 하루 아침에 회복이 되기는 어려웠던 것을 나는 생각하지 못했던 것이다. 그래서 서울로 오던 날 저녁에 그만 길에서 쓰러졌던 것이다. 그때 경찰백차가 순찰을 하다가 나를 행려병자로 오인을 해서 시립정신병원에다 나를 수용시키고 말았던 것이다.

다행히 그 병원의 정신과 의사인 김종해 박사가 나를 알아보시고 치료를 해 주셔서 나는 지금 살아 있게 되었다. 병명은 신경황폐증과 영양실조였다. 대소변을 옷에 쌀 만큼 쇠약해져서 기저귀를 차고 있는 형편이었다. 그런 나를 김 박사님께서 도와 주시고 보살펴 주셨다. 그래서 나는 정신병원에서 8개월이라는 세월을 지냈다.

친구들은 내가 죽었다고 해서 민영 씨가 원고를 수집하고 성춘복 씨가 돈을 마련하여 『새』라는 시집이 나왔다. 살아 있는 사람의 유고 시집이 나오게 된 이유에 그런 사연이 있었던 것이다. 그로 인해 지금의 아내가 나를 찾아 병원으로 문병을 오게 되고 그때부터 나의 새

삶이 시작되었다. 아무것도 없는 나를 돌봐 주는 착한 친구의 누이동생이었던 것이다. 지금의 아내 도움으로 퇴원을 하게 된 달이 바로 사월이었다. 그래서 나는 사월에 태어난 것이니 어찌 사월의 이야기를 잊을 수 있겠는가.

나는 사월에 다시 태어난 아니 사월에 다시 살아나는 기적을 맛보게 된 것이다. 내 나이 그때 43세였다. 43세 이후의 인생은 덤으로 살아온 나의 길이 된 셈이다. 그때 나의 아내가 나타나지 않았다면 나는 지금쯤 어떻게 되었을까 생각하면 꿈같은 지난 날이 아닐 수 없다. 그래서 나는 사월이 오면 기분이 좋아지고 생기가 나는 것이다. 나는 겨울이 오면 모든 만물이 동면을 하듯 나도 겨울 동안은 다리의 관절이 몹시 아파서 꼼짝을 못한다. 몇 개월 방 안에서 지내며 봄을 기다리는 것이다. 지금은 아직 3월이다. 봄이기엔 아직 쌀쌀한 기분이 들어 나들이를 갈 마음이 내키지 않는다. 그러나 사월이 오면 나는 기어코 툭툭 털고 일어나리라. 뜰에 파릇한 풀이 돋아나고 마당에 개나리 진달래가 피어날 것이고 그러면 나는 방문을 활짝 열어놓고 봄을 맞으리라. 그리고 인사동에 나가 귀천(아내가 경영하는 찻집)에 앉아서 보고 싶었던 사람들을 만나 보리라.

어쨌든 나는 사월이 오면 모든 것이 잘 되리라는 확신이 선다. 지난 88년에도 나는 간경화증으로 12월부터 다음 해 4월까지 죽음의 고비를 넘기고 또 살아났었다. 그때도 모든 만물이 소생하는 사월이었다. 춘천의료에서 몇 개월을 지냈다. 모두가 죽을 거라고 말을 했었단다. 죽으면 춘천에다 묻고 가라는 말을 했을 만큼 나는 위험했었다. 그런데 나는 사월이 되어 또 살아났다. 그러니 기적이 아니고 무엇이랴. 그래서 나는 사월이 잔인한 달이라는 말보다 모든 생명을 되살려주는 축복의 달이라고 말하고 싶은 것이다. 그만큼 사월은 내게 있어서 생명을 되살려 주는 희망의 걸음인 것이다.

　그 사월을 위하여 나는 축복하리라.

　―『현대문학』1993년 6월

제 2 장

독설재건(毒舌再建)

패배한 인간학

패배의 전취자

나는 한국의 패배한 인간의 실제 증거를 잡고 있다. 바로 내 자신의 나의 자의식에 의하면 그것이기 때문이다. 한 인간의 패배성이라고 할 때 이 패배의 개념은 무엇일까? 개별적으로나 집단적으로나 '인간'으로서의 최저한도의 자격에서 이탈될 때가 그 패배의 개념이다.

인격 관계라는 이런 추상적인 문제는 일종의 사치에 지나지 못하는 인간적 상태라는 것이 있다면, 거기에 인간으로서의 정지 상황이 전개된다. 그리하여 그는 현실 사회의 저변을 헤매게 된다. 이 '된다'의 연속으로 말미암아 그의 표정에는 울 수 없는 비극과 웃지 못할 희극이 언제나 연출되는 것이다. 이들을 고발할 일이다. 나는 나를 고발하고 나의 이웃을 고발하고 나의 이웃에 사는 지성인이라는 사람들의 가면을 벗기고 싶다. 지고지선처럼 가장하는 그들 값비싼 신사들의 이면에는 공포적인 인간의 패배상이 들어 있다고 나는 증언하고 싶다. 왜? 진실만이 역사에 플러스되기 때문이다. 진실이라는 이 관념은 사실은 이 나라에 있어서는 인격보다는 더 비현실적인 관념이 되어 있을 정도로 사람들은 다만 움직이고 있을 따름이다.

아마 그 움직임을 그들은 생활이라고 부를 것임에 틀림이 없다. 인간이 그의 '인간'을 실시하는 방식이 생활인 이상 한국의 패배도 그 생활에 반영되기 마련이다.

슈프란가는 그의 주요 저서인 『생활 형식』에서 인간의 생활을 여섯 가지로 규정지었다. 이론적 생활 형식, 심미적 생활 형식, 경제적 생활 형식, 사회적 생활 형식, 권력적 생활 형식, 종교적 생활 형식의 여섯 가지 형식으로 구분한 것이다. 한국인의 생활 형식을, 아니 그 인간 형식의 실질을 드러내는 데 안성맞춤인 이 공식을 나는 빌릴까 한다.

억지의 논리

한국은 어김없이 한국인의 것이다. '그러나'라고 나는 이 그러나에 미안 천만의 예절을 다하지 않으면 안 된다. 한국인은 지금 한국으로부터의 도피 의식을 거의 동물적으로 발작하고 있다. 일부 학생들의 해외 유학은 불문에 부친다고 해도 아마 한국의 지식인으로서 그 도피 의식에 안 끌린 사람은 없을 것이다. 이 도피 의식은 범죄 의식과 교류되는 의식이다. 한국의 지식인들은 한국에 무슨 죄를 저질러서 도피하고만 싶은 것일까.

장경근이 일본으로 도피한 이유는 그가 범죄자였기 때문이다. 그러나 이 간단한 사실은 그렇게 간단하게 끝나는 사실이 아니다. 실제

상의 범죄자 장은 그의 자의식에 그 자신을 범죄자로서 자인했을까. 아마 그와는 반대였을 것이다. '나는 범죄자가 아니다. 형 집행을 거부하겠다. 오히려 나는 타당한 일을 한 것이다.'

이런 논리적 귀결이 그로 하여금 밀항선에 편승케 한 것이다. 범죄자인 장이 그 범죄를 부인하는 행동이 도피였다면 이것은 어떻게 되는 것인가. 한국의 모든 장경근적 인간의 모든 논리의 결말이 장의 그것과 어슷비슷할 것이라고 한다면 지나친 말일까. 장경근적 인간이라고, 한국의 전 지식인을 부르고 싶지는 않다. 그러나 그의 범죄를 자인하건 부인하건 심리적으로 우리는 어디론가 빠져나가고 싶어한다. 지식인의 가장 전형적인 직업은 대학교수이다. 이승만 독재 정부 밑에서 일인 독재의 부당성을 강의하는 정치학 교수가 4·19 이후에도 그 강의를 계속하고 있다면 그의 학문의 정당성에도 불구하고 우리는 무엇 때문인지 자조적이 된다. '학문은 학문이고 현실은 현실이다'라는 말은 정당한 말이다.

그러나 그 정당성 여부를 막론하고 우리는 무엇인지 웃고 싶다. 그 웃음은 모든 한국적 사태에 대하여 부정적인 태도의 이중 영상이 아닐까. 그리고 그 웃음은 공항에서 손을 흔들며 가족과 이별할 때의 그 웃음과 딴것이 아닌 것이다. 우리는 웃는다. 그래서 도망한다. 이것이 한국의 지식인들의 근본 정신이다.

왜 그렇게 되었을까. 이 나라의 이론적 생활 형식의 기본이 이론적이 아니고 감정적이기 때문이다. 신도성 같은 자는 정치학 교수로서는 제일인자적 존재였으나 일단 정계에 나서자 민국당에서 혁신 정당으로 거기서 다시 또 자유당으로 정신없이 헤매는 꼴이 되어 있었다. 정치학과 정치의 상극성, 그가 알고 있는 것과 그가 하는 일의 상반성, 그것을 실연한 셈이다. 이론과 감정을 뒤바꾸는 현상은 몇몇 개인의 개인 행동으로만 나타나고 있는 것은 아니다. 학적 신념이 없는 학자, 정책 없는 정치가와 정당, 거리에 범람하는 폭력단, 양식 없는 예술인들 등등 모조리 그 현상이다.

이론이 감정화하면 이론이 아니라 억지가 된다. 억지가 유아독존을 지나서 모든 것을 부정하는 조소가 되고 파멸을 초래하는 원인이 된다. 지적 체계 없는 지식의 이론은 감정의 노예가 되기 일쑤다. 한국의 지식인들의 이론적 생활 형식은 억지, 이 한마디로 요약될 따름이다. 이 억지는 자기 고립 감정을 불러일으키고 따라서 반사회적이게 하고 그 결말은 도피 의식이다. 그렇다면 한국의 지식인 일반의 범죄란 그 무엇이 되지 않으면 안 되는가.

'생각하는 갈대'라는 고전적 인간상은 그러니까 한국의 지식인들에게는 이미 해당되지는 않는다. 그들은 아예 생각하기를 거부했으니까. 자아가 없는 인간에게는 타인도 없다. 주관적으로나 객관적으로나 한국의 지식인은 그들의 인간을 어느 곳에서나 정립하지 못한다. 그래서 그 정립하지 못하는 '자기'를 자기 자신에게만 혹은 어떤 집단내에 해소하려고 하는 것이다. 이 숙명적 비극을 정시하면 우리에게는 절망밖에 남지 않는다.

현대 프랑스 지식인들의 승리는 레지스탕스라는 공적이다. 한국 지식인들의 승리 ― 그것은 무엇일까. 역설을 희롱한다면 그것은 패배를 전취한 그들의 통곡소리뿐이다.

사이비

죽은 까뮈는 그가 살다 죽은 생애에 소모된 생명보다 더 많은 질량으로 지금 우리들의 가슴에 살고 있다. 예술가들을 우리가 이 사람, 저 사람 차별 대우하는 것은 결코 아니다. 어떤 협정이 있어서 그러는 것은 결코 아니다. 그 기준은 우리가 암묵리에 약속한 것이다. 즉, 사이비가 아니고 '진짜'를 선택하는 것이다.

한국의 예술가들에게 이 '진짜'가 무엇인가를 묻지 말아야 한다. 슈프란가의 그 심미적 생활 형식에 해당하는 예술 분야의 이 나라의 내부를 살피면 숙명적 비극의 집약적 양상의 명증을 본다. 만일 그것을 묻는다면 그들의 표정은 일그러질 것이다. 영세 상인 같은 그들의 행위와 표정은 보기에도 딱하다. 정신을 팔아먹는 영세 상인은 '한국'이라는 고리대적 존재 때문에 더욱 살이 빠진다. 조국 의식이 없는 예술가는 고아원의 고아를 연상케 한다. 괴테가 "독일의 작가가 된다는 것, 독일의 순교자가 된다는 것"이라고 했을 때 예술가로서의 인간상은 결정된 것이다. 모나코와 같은 나라에 위대한 시인이 없는 것은 그러니까 당연한 일이다.

한국의 예술가에게 조국이 있었는가. 국가로서의 조국은 대한민국이 성립한 이후의 일이다. 그러나 민족으로서의 조국은 몇천 년이라는 세월을 살아왔다. 그 조국에 대하여 이 나라의 예술은 무엇을 해왔던가. 예술가로서의 인간상은 그의 작품과 달리 논의될 수 없다.

일제 삼십육 년 간의 피침략을 겪으면서 문학가들은 무엇을 했던가. 어느날 나는 어떤 소설가에게 물은 일이 있다. "일제 침략 때는 무엇을 하고 있었습니까?"라고 했더니, "작품을 썼지 뭐 별일 있나"라는 대답이었다. 사실 '별일'은 없었다. 그러나 문제는 별일이 없었던 그 일에 있는 것이다. 만 사 년도 채 못 되는 독일 압제시의 프랑스 문학가들이 집 안에서 작품만을 쓰고 별 일 없이 지냈던가. 레지스탕스니 하면서 최근에 와서 떠들고 있지만 그런 안이한 관념상의 붓장난이 아니었다. 생명을 걸고 실제로 총검 바로 앞에서 투쟁한 것이 레지스탕스 운동이었다. 삼십육 년과 사 년을 비교하지 않아도 좋다. 이것은 세월의 길고 짧은 것이 아니라 민족성의, 더 구체적으로는 한 인간의 진가 문제가 되는 일이다. 당시 문단의 챔피언이던 이광수는 오히려 침략자에게 협력하는 편을 택하였고 그외의 군소 작가들은 우는 소리만 지르고 있었다는 것이 실상이었으니 그 진가 문제를 사실은 따질 겨를도 없는 것이기도 하다. 이승만에 반대한 한 사람의 문학 작가도 없었다는 이것은 그 또 다른 현상이요, 그 연장이었다.

그 결과는 어떤 것인가. 현재 한국인 누구도 한국의 작가를 신뢰하지 않고 있다. 작가에게 있어서 독자가 없다는 것은 패배 이상의 모독이다. 그 모독 속에서 무슨 작품들이 쓰여질 것인가. 문학이면 문학의 기술 문제도 중대한 것이기도 하다. 그러나 보다 중대한 것은 문학의 존재 이유라는 근본 문제이다. 구두쟁이가 구두를 만들듯이 소설가는 소설을 만들고 있으면 된다는 일일까. 어느 시기의 민족에게 공통된 감정의 진실성의 증인이 되지 못하는 작가는 문학적 기술공 이외의 것이 아니다. 구두가 소설이 되는 시대를 한국의 작가들은 창조해 낸 셈이다. 이것은 패배의 감정 따위가 아닌 웃음거리다.

농민들

쌀 한 가마니를 팔면서 생산 원가대로 받을래도 미안해서인지 한국의 농민들은 생산비보다 싸게 판다. 세계에 이런 엉뚱한 진풍경은 없다. 자본주의 사회의 기본 원리중의 하나는 상품의 가격이 그 생산

비보다 많아야 한다는 것이다. 이윤은 거기서 나는 것이다.

삼천오백원 들여 지어 만든 구두를 삼천원에 팔라고 강요한다면 그것은 강도 행위나 다를 바 없다. 그 강도 행위를 한국은 농민들에게 강요하고 있다는 실정을 우리는 너무 가볍게 취급하고 있는 것 같다. 한국은 여하간 자본주의 사회다. 그러나 한국의 농민이 그 자본주의 사회의 기본 원리를, 그러니까 그 기본 인권을 박탈당하고 있는 것은 웬일인가. 전체 인구의 약 칠십 퍼센트를 차지하는 농민들이 자본주의의 원리에 위배되는 처지에 떨어져 있을 때 한국의 자본주의는 어떤 종류의 것이 되는가.

우리 나라의 경제적 생활 방식은 개체적으로나 전체적으로나 이 '제외된 농민'의 희생 위에서만 성립되고 있다. 그들 '제외된 농민'의 인간으로서의 조건은 완전한 절망뿐이다. 칠십 퍼센트나 되는 인구의 완전한 절망은 한국의 절망이라고 해도 과언이 아니다.

이런 경우의 절망은 결코 형이상학적이고 추상적인 성격의 것이 될 수는 없다. 서울로만 집결되는 농촌 이탈자들의 군상, 그 절망적 인간상은 서울의 불안한 지식인들 집단의 일시적 정착성을 위협하고 있다. 인간이 생활할 수 없을 때는 늑대나 별로 다름이 없다. 여기에 늑대적 인간이 등장한다. 한국의 범죄의 증가율이 바로미터가 된다. 폭력의 조직화, 폭력에 대한 폭력의 즉시 보복, 이런 현상을, 현 사태를 방임한다면 앞으로 늘어날 것이다.

이같은 한국의 근본악은 '제외된 농민'의 존재에 있다. 장면 내각은 이 정권보다 더 민주주의에 입각한 정치를 기본 정책으로 하고 있다. 그러나 민주주의가 되지 않으면 안 된다. 그러나 장면 내각의 농민 정책은 여전히 농민을 팔아 넘기는 일에 열중하고 있다. 미 잉여 농산물 도입량의 증가라는 해괴한 일을 저질러 놓고 한국의 안정은 확고하다고 떠들어댄다니 어떻게 되는 것인가. 미국의 농민을 위해 한국의 농민을 희생하는 것밖에 안 되는 일을 하는 정부를 나는 증오한다.

비연대감

이 나라의 사회적 생활 형식의 기본은 개인의 고립과 상호간의 불신에서 오는 배격과 같은 '공동의 자리'의 상실 상태이다. 전체 사회에 안심할 수 없는 개인은 그 자신조차 포기하게 된다.

왜 그렇게 되었을까. 사회도 없고 개인도 없는 상황이란 역사상 참으로 미증유의 사례라고 하지 않을 수 없다. 세계 자유 진영의 최전선이라는 불운을 차고 있는 우리 나라의 이 비참은 누구에게 책임을 지울 문제는 아니다. 개인적 전체 혹은 전체적 개인이라는 기묘한 개념이 아니면 설명되지 못하는 우리 한 사람씩의 공동 책임이다. 이 공동 책임을 부담하기 위해서도 우리는 우리 사상의, 생활 감정의, 질서 있는 '공동의 자리'를 설정할 필요가 있다.

혁명이 백 번 일어나도 우리 각자의 내부 세계에 관계없는 외적 현실만의 혁명은 무용지물에 지나지 못한다. 사회의 하나의 구성원이라는 자각이 없는 현재의 우리들에게 도대체 어떤 규율이나 법조문이 그 권리를 내세울 수가 있는가. 권위 없는 법률에 대하여 취하는 인간의 행위는 그 법률을 기만하는 기술을 백 퍼센트로 배우게 되는 것뿐이다. 이렇게 말하면 내가 마치 아나키스트인 것처럼 내 스스로 착각되기도 하지만, 그러고 보면 우리 나라의 전원은 무의식적인 아나키스트처럼 생각된다. 그러나 진짜 아나키스트와 다른 점은 그들은 오직 하나의 것은 굳게 믿고 있다는 사실이다. 그것은 돈이다.

이 나라의 명맥상의 사회는 단순히 돈의 순환장일 따름이다. 순환은 한다. 그러나 그것조차 공평하게 순환돼 본 일은 없다. 농민의 일년 간에 걸친 노고와 수확을 그 생산비보다 싸게 사들이는 이 사회는 그 돈이 어느 일부 특권면에 편중되게 되는 것은 어쩌면 당연한 귀결일지도 모른다. 자본주의 사회의 상식 예인 '자본가의 수중'이라는 것을 초월하여 한국의 돈은 매판과 권리자 중심으로만 집산되고 있다. 후진 사회의 공통성은 권력자와 그 권력자의 추종자들에게 거대한 부가 따라다닌다는 사실이다. 일천만 환에 매매되는 국회의원의 일 표라는 신문 추문(醜聞)은 이미 국민의 상식으로 되어 있으니 참으로 전율의 상식이다. 그러니 누가 누구를 믿으란 말인가. 들으니까 모 국민학교에서 급장 선거를 하는데 입후보한 두 아이 중에 한 아이가 십 환씩을 급우에게 돌렸다고 한다. 그런데 어쩌다가 못 받은 아이는 직접 와서 그 십 환을 요구했다. 말할 것도 없이 그 아이는 당선되었다. 이쯤 되면 '한국의 민주주의는 만방에 자랑할 만큼 발전한 민주주의'라고 하지 않을 수 없다. 쓰고 떫은 웃음이 유머러스하게 떠오른다. 한국의 위대한 민주주의 만세!

다섯 개 반의 공장

그러한 허무한 한국 사회를 지탱하는 물리적 기반은 물론 생존자의 태반인 농민의 노동은 아니다. 다섯 개 반의 공장뿐이다. 시멘트 공장 하나, 비료 공장 한 개하고 반, 유리 공장 하나, 고철이나 녹이는 공장 하나, 그리고 중석 채석장 하나, 합계 다섯 개 반밖에 안 되는 공장에 한국이라는 국가는 움직이고 있다. 기막히는 일이다. 이천 오백만 명의 식구를 거느린 한국은 거의 이 공장에서 떨어지는 것을 먹고 사는 셈이 된다. 위정자들이 이 사실을 명백히 인식한다면 정치고 뭐고 내던질런지도 모른다. 그런데 그 공장들조차 사실은 한국의 것이 아닌 것이다. 오늘까지의 미 원조 총액 삼십여 억 불의 결정체인 이 다섯 개 반의 공장을 앞에 하고 무슨 놈의 경제 정책이며 부흥 계획이란 말인가. 일본에는 적어도 수천 개는 된다. 일본의 예를 하나 더 든다면 저네들의 대외 수출은 삼백억 불을 초과하는 액수에 달하는데 한국의 대외 수출은 이천 몇백만 불밖에 안 된다.

여기서 뛰어나오는 결과는 '타력 의존의 인간상'이라는 한국인의 프로필이다. 한국의 화가들은 비교적 자화상을 그리지 않는 경향이 있으나 생각하면 필연성이 있는 것 같다. 자기가 자기를 말하고 싶지 않은 본능, 그 역리도 자연적이다. 즉 자기를 말할 것이 아니라 타인의 욕을 한다는 것이다. 이것도 심리적 타력 의존의 현상이다. 심리학상의 자기 방어 기능의 이론대로 우리는 결함이나 단점의 반대로 향해 달음박질하는 관습이 이미 선천적 성격처럼 된 지 오래다. 다리 불구자였던 바이런의 시에 나오는 인물의 다리는 어떤 문학 작품상의 인물의 다리보다도 미려하게 그려져 있는 것이다. 열등처럼 비열한 감정은 따로 없다. 이 열등감은 결정적으로 한국인 일반의 패배 의식을 지배하고 있다. 그 패배 의식의 구조는 이 열등감을 기초로 하여 거기에 상충식으로 도피 심정, 억지 자조, 반발 심리, 고립감, 절망과 포기, 범죄적 공포로 되어 있다. 일종의 건전한 정신을 바란다는 것은 하늘의 별 따기 같지 않을까. 인간의 영원한 이상상, 이런 관념에 대하여 우리는 제삼자적 존재가 되고 말았다. 다섯 개 반의 공장을 뜯어먹기에 혈안이 된 한국인들에게 그런 정신적 여유는 아예 귀찮기만 한 것이다. 해결할 방도는 없을까. 아니, 해결에의 의지라도 가지는 사람이 있기라도 하는지 궁금할 따름이다. 우리는 무엇을 어떻게 하지 않으면 안 되는가?

최근에 대두한 중립화론은 젊은 세대의 매력을 끌고 있는 모양이다. 그들은 아마 6·25의 참상을 주체적으로 경험하지 못한, 즉 공산주의의 비인간적 방식에 미숙한 세대들일 것이다. 그런 백일몽을 꾸고 있는 동안이 행복한 시기이다. 그 실현성의 여하를 막론하고 그들 학생들이 중립화론을 들고 나온다면 그 사실에만은 나는 공감한다. 그들의 눈은 아직 더럽혀지지 않고 있다는 증거가 될 수 있기 때문이다. 그들에게나 기대를 건다는 것을 후미로 이 글을 맺는다.

식자우환

　일본의 유명한 정신병의요, 저술가인 S씨의 고견에 의하면, 쌀 상식자(常食者)들은 모두 정신병 환자란다. S씨에게 "그러면 일본 사람이면 다 정신병자란 말이오?"라고 누가 물었더니 "그런 체하지 않는 체할 뿐이야"하더란 얘기다.

　쌀의 어떤 성분이나 작용 때문에 그따위 진학설(珍學說)(?)이 입에 오르게 되는지 미천한 나로서 알 바 아니로되, 그 이야기를 잡지에서 읽고 내 머리에 직접 떠오른 생각은 '식자우환'이었다.

　식자우환, 이 말은 현대 지식인 일반에게 그 최대의 허점을 찔러주는 말이 아닐까.

　정신병 환자는 동양에서보다 서양에 더 많은 줄 나는 듣고 있다. 그렇다면 서양 사람들이 더 많이 쌀을 잡수시는가. 뿐만 아니다. 우리가 쌀을 상식해 온 지는 몇천 년이나 된다. 그런데 S 씨처럼 그런 엉뚱한 소리를 날려 매명(賣名)에 급급한 언사는 아주 드물게밖에 태어나지 않고 있지 않는가. 이론과 실제를 혼동하면 바로 거기 식자우환의 만화거리가 생긴다.

비타민 A다, D다 하면서 오늘 그것을 안 먹으면 내일 당장 죽는 것처럼 말하는 사람이 있다. 내 보기로는 이것도 식자우환의 한 가지다. 충무공이 찬 큰 칼을 요새 어떤 장군이 들어올리는 걸 '뉴스' 사진에서 본 일이 있는데, 그 칼 길이가 그 장군의 키보다 길었다. 충무공이 얼마나 비타민 A정과 B정을 많이 드셔서 그렇게 건장한 체구를 가지게 되었는지, 아니면 모 장군이 요새 그렇게도 흔해빠진 비타민 정을 못 먹어서 그렇게 되었는지 알다가도 모를 일이다. 고혈압 같은 게 치명적 병상처럼 취급받는 것도 요새 사람들의 식자우환 덕택인가.

이 식자우환과 노이로제는 이심동체 같은 것이다. 주체성 없는 사고력의 발동이 이 정도의 개인적인 병징으로만 나타나는 한에 있어서는 그다지 대단한 문제는 아닐지 몰라도 '현대의 위기' 니 '불안' 이니 '제3차 대전' 운운하게 되면 참으로 가공할 식자우환이라 하지 않을 수 없는 일이다.

—『국제신문』 1963년 11월 14일

문화제 소감

　밀양 문화제에 한 번 놀러가 보았다. 이와 같은 시골 예술제에 참
석해 보기는 오륙 년 전 진주 예술제 다음의 이번이 두 번째 일이었
다. 기회나 초청은 많이 있었음에도 불구하고 두 번 참관뿐이라는 성
적밖에 올리지 못한 것은 내 자신의 게으른 습성 때문도 있겠지만 무
엇보다도 문화제니 예술제니 하는 것 자체에 대한 나의 의구심이 그
큰 까닭이었던 듯 싶다. 문화나 예술은 개인을 단위로 창조되는 것이
원칙이지 그를 위한 집단적 행사는 한갓 흥행에 빠지기 쉽고 그 흥행
뒤의 무슨 흑막적 존재로 말미암아 예술이 '이용' 될 우려가 있다. 그
런 이용된 예술 '퍼레이드' 는 되려 진실한 예술을 곡해시키지나 않
는가 하는 것이 나의 의구심이었다.
　이번 밀양 문화제에 다녀와서 그 의구심은 전폭적은 아니지만 다
소 수정할 수가 있었다. 그러한 일면이 없어서가 아니고 문화제 고유
의 특수성을 생각지 않을 수가 없는 한 가지 행사를 목격했기 때문이
다. 그것은 유등 행사였다. 멀리 신라 때부터 연중 행사였다는 그 유

등은 나에게 퍽 인상적이었다.

컴컴한 밤에 남천강 상류에서 일정한 질서를 이루고, 호롱불이 천천히 떠내려온다. 강 옆에서도 호롱불이 길게 늘어서 있고 하늘에는 꽃불이 찬란히 올려진 광경은 참으로 유현한 조화와 고전미를 이루고 있었다. 이와 같은 행사는 밀양에서만 내가 접해 본 것이었다. 한 가지 흠이 있었다면 꽃불을 한 개씩 터뜨릴 때마다 그 스폰서가 된 은행 지점 이름을 마이크를 통해 크게 부르짖은 데는 딱 질색이었다는 점이다. 동양적 고전미가 흐르는 으슥한 밤 강물에 큰소리로 무슨 은행 지점이니 떠들어댄다니 얼마나 상식 밖의 일인가. 이같은 흠은 문화제에 빼놓지 못할 흠일 것인가.

그 지방 고유의 특수한 행사를 지방민에게 재삼 인식시키고 또한 외래인에게 선전하는 의미에서의 문화제라면 나는 두 손 들어 환영하겠다는 생각이 든다.

—『국제신문』 1963년 12월 22일

잘못 판단하면

무식하고 천한 술집 여자가 소설가 희망인 사내를 짝사랑하고 있었다. 그의 소설이 비로소 잡지에 실렸을 때 그녀는 "당신의 소설이 참 좋더군요"라고 한다. 그는 못마땅해서 "네가 그 작품을 이해한단 말이냐?"라고 하니까, 그녀의 말이 "나는 당신의 소설을 이해할 수는 없어요. 그렇지만 좋다고 느낄 수는 있어요." 이 말에 감동한 그는 그녀와 결혼하는 것이다.

이것은 몇 해 전의 미국 영화 《달려오는 사람들》 속에 나오는 한 대목인데 나는 아직도 그 명대사를 기억하고 있다. 사물의 가치를 결정하는 데 있어서 지식적 판단에 의한 인식(이해)과 감정적 판단에 의한 직관(느낌)의 두 방법 중 어느 편이 더 타당할 것인가 하는 문제는 중대하다. 이것은 우리들의 일상 생활과 동떨어진 문제는 결코 아니다. 우리들의 일상 생활도 따지고 들면 판단의 부단한 연속 위에 성립하고 있는 것이다. 비근한 예로 오늘 영화를 봤다면 많은 영화 가운데서 그는 그 영화를 선택하게끔 판단한 것이다. 양말 한 켤레를 살 때도 판단하지 않으면 안 된다. 여자가 애인을 고를 때나 투표소에 가서 투표할 때나를 막론하고 판단 없이 될 일은 없다.

인식과 직관 두 방법을 확연히 구별하여 사사건건에 직면할 때마다 그 타당성의 진부(眞否)를 가린 다음에 판단하는 인간은 없을 것이다. 순수인식이나 순수직관이라는 것은 사실 우리와는 동떨어진 형이상학이다.

그러나 이렇게는 말할 수 있지 않을까. 여자가 애인을 고를 때는 직관이 선행하고 투표할 때는 인식이 선행하는 것은 비교적 정당한 것이다.

개괄적으로 말한다면, 직관은 개체 의식을 기저로 한 주관적 결정이요, 인식은 전체 의식을 기저로 한 객관적 결정이라고 할 수 있다. 요는 나 하나만의 문제인가 전체에 관한 문제인가에 달렸다. 선거는 전체에 관한 문제이다.

따라서 우리는 판단의 근거를 그들이 지금까지 해 온 객관적 사실에 둬야 할 것이다. 지금까지 해온 일 그대로 아마 다음에도 일해 나갈 것이 거의 틀림없기 때문이다.

—『국제신문』 1963년 9월 25일

선거 소화(選擧笑話)

우리들의 이마팍에 또 괴로운 날이 닥쳐 왔다. 선거라는 것이다. 세상사가 공연히 어수선해지고 까다로운 말썽이 많아졌다. 정치적 관심보다 쌀값 걱정에 골머리를 앓는 우리 서민들은 웃을 날이 없다. 선거를 핑계삼아 다음의 소화(1954년 9월판 『리더스 다이제스트』 소재)를 다시 옮겨 소개하는 바이다.

― 테네시 주의 시골 신문에, 치안관 선거에 입후보했다가 낙선한 부리스코홀트란 사람이 다음과 같은 광고를 냈다.

"나는 선거 운동에 몇 주일 동안을 고생했다. 또한 내 농장의 곡물과 감자 농사에도 지장을 입었다. 파티 때문에 잡은 것만 해도 송아지 두 마리에 염소 다섯 마리나 된다. 투표해 줄 듯한 사람들을 위해 백칠십삼 헥타르의 농토를 갈아 주었으며 말똥 거름을 육십세 포대나 소비했다.

물을 길어 준 것만 해도 이십사 바케트나 되며 열네 개의 스토브를 수선했고 불을 살려 준 것이 열일곱 번, 어린아이들을 키스해 준 것은 백열다섯 번이나 달한다. 걸어다닌 거리는 만 사백이십팔 킬로에 달하며 악수한 횟수는 구천팔백마흔일곱 회, 연설한 말만 해도 책을 몇 권 지을 정도다. 상대편 입후보자의 지지자와 개인적인 싸움의 결과 앞 이빨이 두 개나 부러졌고 머리털 약간이 빠졌다. 부흥대회에도 이십육 회나 참석했으며 아홉 명의 과부와 결혼 약속을 했다. 개한테 물린 것만 삼십육 회에 달한다. 그런데 여러분, 이러한 나의 노력에도 불구하고 나는 낙선하고 말았다.

나는 마흔세 명의 친구들에게 사의를 표한다. 그들은 분명히 친구이다. 이들은 나에게 투표했기 때문이다. 또한 그 나머지의 유권자 여러분에게 나는 중대한 경고를 하는 바이다.

왜냐하면 이처럼 큰 지방에서 겨우 마흔세 명의 친구밖에 가지지 못한 나는 명확히 여러분들에게서 보호를 받아야 할 필요가 있으므로 호신용으로 권총을 가지고 다닐 것임을 엄숙히 경고하는 바이다.”

— 『국제신문』 1963년 9월 12일

독설재건(毒舌再建)

인사말에 '밥을 먹었느냐' 하는 스타일로 주고받는 형식의 완성은, 아마 우리들 엽전들의 독자적 민족성의 하나이리라. 들으니 그것은 고려 왕조 때나 이조 때나 어느 때의 우리의 역사를 막론하고 흉년이 들어 굶어 죽기가 바빴다는 데 있었다 한다. 그러나 내가 지금 현재로 생각하는 바로는 그 흉년은 바로 우리들 앞의 그 '현재'의 실황이 아닐까.

그렇다고 나는 결코 그 흉년을 현재와 연결 일치시키는 데 있어서 그 흉년의 개념을 결코 굶주림과 동일시하면서 말하고 있는 것은 아니다. 그 흉년에 비롯된 여러 가지 양상의 전통들이 많지만 그 첫째 조항의 흔적은 우리들이 언제나 무심코 지껄여대는 일상 용어, 즉 독설에 명중되는 것을 상기해야…….

이런 전제를 밝혔으니 이젠 할 말을 하고 싶은 만큼 해도 괜찮을까. 다방에서나 (이런 경우는 좀 덜해졌지만) 대폿집에서나 (이런 경우는 더 많아졌지만), 가만히 보고 있으면 죽마지우 같은 친구가 서로 욕지

거리를 친선 교환식으로 나누고 있는데, 아무리 들어도 그 주된 용어가 '개새끼'인 것이다. 뭐니뭐니 하면서 이 개새끼야라고 이쪽이 들이대면 상대방은 그런 게 아니라 그러니 저러니 하잖아 이 개새끼야라고 으젓하게 대꾸하고 있는 것이다. 이렇게 말하면 뭐 나는 그렇지 아니하고, 어쩌다 그런 말 이런 말을 들으면서, 오히려 내 자신이 더 큰소리로 이 개새끼야라고 큰소리로 부르짖고 있었던 것이다. 모처럼 없는 주머니를 짜내면서 한 잔의 대포라도 사 주는 내 다정한 친구에게 그렇게 울부짖는 것이다.

　독설도 여러 가지일 게다. 그러나 우리 나라에선 친하면 친할수록, 그 친함이 지극할수록 그만큼 더 악착한 독설을 퍼부으려고 부득부득 애를 쓰는 것이다. 이것은 정녕코 외국인에게 보여 줄 한국의 유일무이한 정신적 관광자원이 될 수 있는 일이다. 외국 영화의 어떤 것을 봐도 악의에 가득 찬 놈에게 비로소 욕 같은 욕을 하는 때가 가끔 있을 뿐이지, 서로 다정히 친한 친구 사이에 죽일 놈 살릴 놈 하는 욕을 주고받는 것은 아직 본 일이 없다. 우리가 우리 친구끼리 주고받는 욕은 비록 욕일지라도 하여튼 악의 없는 단순하고 명쾌한 '우정의 표시'에 지나지 않다는 것을 누가 부정하랴. 문제는 그 우정의 표시가 왜 하필이면 '개새끼'가 되어야 하느냐는 데 있는 것이다.

　어느날이었다. 없는 돈 호주머니를 짜내며 내게 술을 사 주지 않으면 안 되겠다는 그런 다정하기 이를 데 없는 친구와 둘이서, 서로 대작하게 되었다. 그런데 그런 우정 교환이 (술자리가) 영 '이 개새끼야'의 상호 교환장이 되고 말았다. 한참 그러고 있다가 서로 열심히 거래하던 '개새끼'의 연(宴)에도 지쳐서 내가 잠깐 묵묵히 입다물고 있으려니까 내 친구가 놀리듯 대단한 발명이라도 한 듯 떠들어대는 것이었다. 그의 그 발명의 중요한 점은 다음과 같다. "……개새끼가 다

뭐냐. 사람의 새끼면 새끼지, 하필이면 우리가 서로 개의 새끼가 되어야 속이 시원하겠니? 그러니 말이야, 개보다는 오히려 토끼 쪽이 낫지 않을까? 이왕이면 말이야, 개보다는 토끼 쪽이 낫잖아, 토끼 쪽이 말이야!"

나는 잠깐 감탄해 마지않았다. 우리 한국 사람들은 내 나이 또래나 오십, 칠십 또래나 여하튼 저희들끼리 벗하면 하여튼 '개새끼'의 상호 거래라는 건 피장파장이다. 그런데 아까도 말했듯이 악의가 있어서 하는 욕이면 모르되 이건 친밀감의 반증이니까 욕도 사실은 욕도 아닌 것이다. 말하자면 우리 민족이 선천적 소질에 있어서 역설적 경향을 즐겨 하게 되어 있었는지, 아니면 후천적으로 그렇게 되지 않으면 안 될 필연성이 있었는지 아직 나는 알 수 없다. 그러나 여하튼 이런 습성은 결코 자랑할 정도의 특성은 아니다. 그래서 나는 내 그 친구의 제의를 두 손 들어 지지하는 것이다.

요새 재건 국민 운동이라고 하면서 민족 개조 운동을 하고 있다. 그러나 그것이 만일 구호에 그치지 않고 진실로 그 실속을 차리려면 우리들의 가장 선의의 속설, 즉 그 호칭이던 '개새끼'란 말과 대치시킬 단어를 마련해야 할 것이라고 나는 은근히 느낀다. 비록 은근이요, 느낌일지라도 이것은 사실 우리들의 일상 생활의 가장 근본적인 태도를 다스리는 것이니 결코 단순한 문제는 아닌 것이다.

그 의미에 있어서나 어감에 있어서나 '개새끼'보다는 '토끼새끼' 쪽이 훨씬 문명적이요, 그리고 생산적이 아닐까. 우리 민족의 독설은 지금껏 가장 건전한 인사법이었다. 그 독설의 재건이야말로 진지한 국민 운동이 될 것이다. 또 이것이 국민 모두의 일상 생활에 침투해 지려면 감각상의 효과를 놓쳐선 안 될 것이다.

한 번 묻고 싶다. '개새끼'보다 '토끼새끼'가 건전치 못하다는 사람이 있을까. 선의의 독설 인사로서 이렇게 점잖은 어법을 일상화시킬 만큼 그런 여유 있는 시대가 아님을 뻔히 알면서도 감히 한 번 제의해 보는 것이다. 하여튼 모든 것의 재건의 계절이다.

— 『현대문학』 1962년 5월

밀가루 변색

쌀값이 최고로 오른 덕택으로 내가 평소에 혐오하는 밀가루 음식을 우리 집에서 자주 먹게 되었다. 어쩌다 중국집에서 먹던 짜장면이나 우동은 그런대로 맛이나 있었는데, 집에서 끓이는 밀가루 요리(?)께서는 도무지 말씀이 아니다. 그래서 한 번은 "중국집에서는 맛좋게 하던데 왜 이래?"라고 했다가 집에서 잘못 쫓겨날 뻔했다. 하긴 그렇다. 넉넉하다면야 누가 밀가루를 먹겠는가.

그 밀가루도 비상하게 값이 비싸다고 한다. 우리집 밀가루는 시장에서 사오는 것이 아니고 배급 때 쌀과 함께 타가지고 오는 것이다. 마침 집안 사람이 그걸 타 가지고 오는데 눈여겨 보니까 이상야릇하다. 그 밀가루의 빛깔이 순백색이 아닌가?

밀가루가 원래 희다는 것쯤 나도 모르는 바 아니다. 그 당연한 사실을 내가 이상야릇하게 생각한 데는 곡절이 있다. 그 배급 밀가루가 단순히 신체 내에 흡수되는 데 지장이 없을 정도의 식물적(食物的) 존재가 되어 우리 집 식탁에 오를 때는 그 빛깔이 다갈색의 흙빛으로 언제나 변하여 있었던 것이다. 그래서 나는 흙빛 밀가루를 타 가지고 와서 끓여 주는 줄로 알고 있었다. 중국집에서나 길가의 국수집에서 흙빛을 한 밀가루 음식을 일찍이 나는 본 일이 없었다. 배급 밀가루도 가루일 때는 이렇게 순백색인데 끓여 놓으면 왜 흙빛으로 변색했던 것일까.

흰빛의 가루에 열을 가하면 변색이 되는 것은 화학 실험에서나 있을 수 있는 일인데 집에서는 배급 밀가루를 솥에 끓일 때마다 그 화학 실험을 한 셈이 된다. 그렇다고 우리집 어머니가 화학에 조예가 있는 사람이라고 알아 줄 사람은 없다.

별일이 아니었다. 그 배급 밀가루의 품질이 최악의 것이었다는 것뿐이다. 허덕이는 서민들에게 관에서 밀가루라도 배급해 주시는 것은 백배감사할 일이다. 그런데 그걸 타 가지고 갈 때마다 최악의 품질만 보장해 주실 것까지야 없지 않을까. 순백색의 밀가루가 사람 입에 들어갈 단계에 가서는 흙빛으로 변색할 때의 불쾌감을 그와 같은 딴일에 폭발시키지 않게 하기 위해서도…….

—『국제신문』1963년 8월 21일

무서운 성의

저번 부산에 대단히 암시적인 교통 사고가 한 건 있었다. 보도에 의하면 통금 시간 가까이 달려온 택시가 남포동 거리의 어느 바에 충돌, 마침 귀가하려던 바걸들을 치어 중상을 입혔다. 이까지는 그저 평범한 교통 사고였다.

문제는 그 다음에 일어난 일이다. 그 택시는 즉시 그 중상자 몇을 싣고 대학 병원으로 질주하다가 전차 레일 위에서 그만 전복해 버렸다. 그러니 이중 사고를 저지른 셈이다. 추측컨대 그 운전사는 피해자들에게 미안한 나머지 일각이라도 빨리 병원 치료를 받게 하기 위해서 전속력을 내어 달렸을 것이다.

그 과속은 말하자면 그의 첫번 사고에 대한 책임감의 발동이요, 중상자들에 대한 성의의 심리 표시였겠다. 그러나 그 성의로 말미암은 과속이 결국 두 번째 사고의 직접 원인이 된 것이다. 그 전복으로 운반 도중의 중상자 하나는 그 자리에서 죽었다고한다. 바꾸어 말하면 그 운전사의 인간적인 성의가 한 사람을 죽였다. 이같은 이중 사고 현상은 우리네 일상 생활에서도 흔히 볼 수 있는 일이다.

처음 과실을 속죄하겠다는 심리의 과잉이 그만 두 번, 세 번의 과실을 연쇄 반응적으로 일으키는 것이다. 그러한 속죄 심리가 그 자체로서 나쁠 것은 없다. 그러나 그 도가 지나치면 번번히 더 심각한 결과를 빚어낸다.

유감스러운 성의, 무서운 성의이다. 내 생각으로는 교통 사고로 죽는 죽음처럼 억울하고 헛된 죽음은 없다. 자살만도 못하다. 더욱이 어둔 밤에 한 운전사에게서 몇 분 동안에 두 번이나 치이고 뒤엎이는 피해를 입다니 어처구니가 없다. 그러한 성의에 만일 이끌려 간다면 어떻게 될까 하고 가끔 궁금해지는 것이다.

— 『국제신문』 1963년 6월 21일

세대 교체

　최근 세대 교체론이 각광을 받으면서 저널리즘뿐 아니라 가끔은 정치하는 사람들의 가슴을 서늘케 하고 있는 모양이다. 그런데 나는 이 세대 교체를 우리 나라에서처럼 편법상의 용어로 취급하지 않고 좀더 광의의 그것으로 취급하고 싶다.

　인류의 선조는 원숭이고, 이 원숭이가 인류로 비약적인 세대 교체를 한 그 근본 원인은 4족(足)에서 2족으로 직립하게 된 뒤의 지상에서 해방된 손의 자유에 있다. 이것은 사가(史家)들이 모조리 서명한 정설인 것이다.

　그런데 그 사가들이 공통적으로 범하고 있는 것은 그 '손의 자유'를 석기라든가 하는 도구와 직통으로 결부시키는 데 있다. 손이 좀 자유스러워졌다고 그 선조들은 그날부터 도구를 만들기 시작했을까. 그 사이에 뭔가 있어서 손의 자유를 도구에 발전적으로 연결케 했을 것이다.

　그것은 '이' 다. 내 자신이 이렇게 말하는 것이 아니고 중국의 식가

(識家) 임어당(林語堂)이 그의 『생활의 발견』에서 명백하게 그러나 좀 유머러스하게 피력하고 있다. 즉 인류의 선조들이 두 다리로 서자마자 손이 생기고, 생기니까 움직여야 하는데 그 맨처음 일은 '이'를 잡는데 활용했음이 틀림없다는 것이다.

요새 원숭이들도 털이 많은데 수만 년 전의 우리 선조들이 털투성이었을 것은 말해 무엇할까. 그렇게 그 '손'을 훈련시킨 다음에 사람은 도구를 만들기 시작했다는 것. 세대 교체는 그러니까 자연의 섭리를 따라야지 안 그러면 좀 부자연스럽고, 따라서 억지다. 자연의 섭리란 무엇일까. '이'가 사람을 물고 사람 손에 잡히면 그것이지만, 그러나 사람이 '이'를 물고 '이'가 사람을 잡는다면 이것은 결코 그것이라 할 수 없다.

—『국제신문』 1963년 6월 10일

탁상의 역사

　잘하든 못하든 경제학을 연구하겠다던 우리가 우리 나라의 경제 실정에 대한 혐오의 감을 숨기지 못하고 오히려 그것을 큰소리로 부르짖으려고 하는 동기를 무엇으로 말할 수가 있을까. 최근에 발행되어 나온 한국은행 조사월보 6월호에는 매일같이 산적되어 가는 절망적인 경제 상태의 양상이 똑똑히 기록되고 있다.

　1951년 6 · 25사변 발생 전날의 한은권 발행고 오백구십팔억 원은 52년 4월의 월말 발행고 육천백오십사억으로 약 팔십 배나 팽창 증가되었고, 이 약 열 배의 은행권 팽창은 불가피적으로 이 나라의 인플레이션의 홍수를 한층 더 촉진시키게 되었던 것이다. 그것은 부산 소매 물가지수에 잘 나타나고 있다. 1949년을 기초로 한 50년 6월의 지수 319.3은 52년 4월의 4776.3으로 경이적인 상승률로서 물가는 폭등되고 있는 것이다. 그리고 동 조사월보 통 76항에 발표되어 있는 공업생산 실적 (1)에서 우리는 그 기간의 이 나라의 공업 생산의 대략을 똑똑히 읽어 볼 수 있다. 50년도의 면직물 월평균 생산량 약 십일

만 오천 필은 52년 4월 생산량 칠만 육천 필로 되어 있다. 같은 기간에 모직물은 사만 오천 필에서 일만 오천 필로 되어 있다. 총 고무화는 백사십이만 족에서 이십구만 족으로 기타 금속 공업 기계 기구 공장 등은 거의 제로에 가까워져 간 것이 아닌가 짐작된다.

이러한 국내 사정을 외국, 특히 가까이 있는 일본의 경제 사정과 대비해 본다면 이 나라의 경제환경이 얼마나 악환경인가를 알 것이다. 52년 1월의 일본 석탄 생산 실적은 사십만 톤이었다(이코노미스트 52년 3월 12일호). 같은 연월의 이 나라의 그것은 실로 사만 칠천 톤에 불과하였다(한은 조사월보). 전력에서 또 그것을 보면 일본은 51년 12월에 약 삼십삼억 킬로와트시를 생산하였으나 같은 연월에 이 나라는 약 오천만 킬로와트시를 생산하는 데 그쳤다.

나는 이런 것을 더 나열시키고 싶지 않다. 보기에 (우리가 지금까지 생각해 온 그것으로) 내가 앞에서 적은 숫자에서 오는 것은 극히 상식적이라고 할런지도 모르겠다. 그러나 경제학을 매일같이 피상적이나마 듣고 노트하고 있는 우리들 젊은 경제학도들에게는 그것이 상식이라고만 하여 해결할 수는 없을 것이다.

왜 그러냐 하면 우리들 주위의 학생들의 생활이 경제학이나 경제학 서적에 관한 무관심한 상태 이상으로 우리는 그러한 경제 실적에 대한 지식의 결핍을 뼈아프게 느끼고 있지 않는 것이라고 해서 어떻게 되어야 한다는 것도 아니다. 우리들의 일반 생활과 대학 생활의 하루하루가 월간 석탄 생산량 사만 칠천 톤에 의하여 완전히 숙명화되어 있는 한도 내에 있어서는 더 딴 것으로 변할 수도 없고 발전이란 잠잘 때의 꿈 속에서만 가능할 수밖에 없는 것이다. 그래도 우리는 서로 만나면 여러 가지로 이야기를 한다. 그 이야기 속에서 발전이 또 여러 가지의 형식이 되어서 나타나곤 했던 것은 사실이다. 그러나 그럴 때의 우리는 왜 그런지 섭섭하고 공허감을 느꼈다. 그리고 그 섭섭하고 공허감을 느끼면서 묵묵히 앉아 있는 우리 앞에는 6·25사변 발생 전날에 비하면 약 열 배로 된 발행고가 빚어낸 우울한 현실을 말하는 몇 장의 신문지가 놓여지고 있었다.

결론은 딴 것이 될 수는 없다. 우리들이 항상 배우는 경제학은 역사학자의 강의를 듣는 것보다는 유의의(有意義)할 것이라는 것이다. 현실에 대한 인간의 태세에는 반드시 하나의 필수 여건을 전제로 하였다. 그것은 인간은 '생각하는 갈대' 라는 것이다. 파스칼은 이 말을 데카르트에게 '나는 사유한다. 그러니까 나는 있다' 라는 말로 바꾸어서 말하도록 하였다. 여기까지는 좋았다. 헤겔은 그 후에 "현실적인 것은 합리적이고 합리적인 것은 현실적이다"라고 하였다.

헤겔의 이 말로 인하여 현실에 대한 인간의 태세에는, 그러니까 헤겔 이전부터 계속 되어 오던 역사적인 태세에는 위대한 균열이 나고 말았던 것이다. 곤란은 시작되었다. 이 시초를 얻은 세계의 난항은 지금까지는 필요 조건이었던 그 일정되었던 태세를 한 푼어치의 가격도 없는 것으로 만들어 버리고 말았다. 나는 역사학에 관한 강의보다도 경제 사정에 관한 기사를 신문에서 찾는 일분 간의 시간이 더 인간적인 도리라고 생각하는 것이다. 이것이 나의 슬픈 패러독스라고 한다면 그래도 좋다.

한은 조사월보에서 얻은 얼마간의 통계에서 나는 이 나라의 운명을 결정적인 것으로 알려고 한다는 것은 아니다. 그 월보에는 그러한 절망적인 사실을 기록하는 한편 「농촌 경제의 실정과 부흥 대책」이라는 긴 논문을 게재하고 있다. 그 논문에는 다음과 같은 문장이 있다.

우리의 경제 기반이 후진적 농업국 형태일 뿐 아니라 원래가 파행
적이고 변태적인 공업 시설은 역사상 미증유의 6 · 25동란으로 인하
여 완전한 파괴를 여지없이 당하였기 때문에 한정된 우리의 자력을
가지고 비인플레적 방법으로 실효적인 생산을 할 수 있는 것은 오
직 농업 생산뿐이라고 규정하기 때문에……

　이 논문의 작자는 농업 중심의 이 나라의 장래를 생각한다고 한다.
물론 이 논문만이 그러한 장래를 설정하는 것은 아니다. 재건 계획이
니 경제의 금후의 대책이니 인플레 억제니 하는 노력은 그러한 노력
의 효과의 유무여하를 막론하고 우리가 귀기울여 들어야 할 많은 미
덕을 가지고 있는 것이다. 그러므로 이 나라의 운명이 결정적인 것이
아니라 결정적인 것으로 될지도 모른다는 그것이다. 논문의 미덕이
란 그 결정적으로 되려는 순간의 우리의 운명을 정당한 방향으로 돌
려보려는 힘의 발로라는 데 있는 것이다.
　나는 무엇을 말하려고 이러한 보잘 것 없는 글을 쓰는가. 나도 잘
은 모르겠다. 잘은 모르면서도 몇 년 더 우리가 공부를 하면 우리 스
스로가 그러한 논문(노력)을 쓸 수 있을 것이라는 것과 진리에 대한
책임감은 반드시 육천백오십사억 원에 달하는 은행권 발행고와 월평
균 칠만 육천 필의 면직물 생산과 그리고 이십구만 족의 고무화 생산
을 기반으로 하여 발생하는 무질서 상태를 극복하여 필연코 새로운
질서를 마련할 수가 있다는 것이다. 그리하여 매일같이 일어나는 허
무에 가까운 '탁상의 역사'를 '지상의 거대한 역사'로서 재건할 것을
굳게 믿는다는 것이다.

　—『상대평론』 1952년 9월

살아 있는 값진 보석

만난다는 것은 좋은 일이다. 대상이 누구든, 사람이 아닌 모든 물체라도 마찬가지다. 만났다 헤어지고 헤어졌다 또 만나는 기쁨은 어떤 이유에서든지 즐거운 것이다.

길을 가다가도 여러 사람과 만난다. 아는 사람도 만나고 모르는 사람과도 스치며 지나간다. 아는 사람을 만나면 반갑고 기쁘지만, 모르는 사람은 모르는 대로 마주치면 그래도 눈길이 가는 사람이 있다. 모두가 살아있기에 만나는 얼굴이다. 풀 한 포기, 꽃 한 송이에도 눈길이 마주치면 마음 속으로 반가운 정감을 느끼게 된다. 불가에서 말하는 인연이라고 해야될지 아무튼 반갑다.

좋은 일로 만나면 더 기쁘고 좋지 않은 일로 만나면 슬프고 괴롭다. 그리고 가슴이 아프다. 그러나 죽어서 헤어짐보다 괴로운 만남이 더 값지지 않을까? 살아있는 사람은 언제나 어느 곳에 있든 만날 수 있다는 여운을 남기고 그리워하며 기다리는 보람을 갖지만, 죽어서 저세상으로 가버린 사람들에게는 아무리 그리워하고 찾아 헤매도 소용이 없다. 이것이 만남과 헤어짐의 차이가 아닐까.

나는 때론 만나고 싶은 사람이 있다. 지난날 나를 아껴 주고 사랑해 주셨던 부모님 얼굴, 그리고 돌아가신 선배, 친구들, 또 하나밖에 없던 나의 처남, 나를 돌보아 주셨던 김종해 박사님, 참 보고 싶고 만나고 싶다. 그러나 이미 돌아가신 분들. 그리워하며 슬퍼할 따름이다. 언제 어느 때 다시 만나리……

살아있는 몇 분들의 얼굴도 만나면 나는 큰소리를 치며 외친다. 반가이 나간다. 아침 아홉 시에 집을 나서면 종로에 있는 '유전' 다방에 들러서 아는 친구들을 만나고, 인사동으로 건너가서 실비집에서 막걸리 한 사발을 마시고, '귀천'으로 오면 마누라를 만난다. 그리고 그곳에 찾아오는 친구들 박이엽, 채현국, 민 영, 신경림, 심우성, 박재삼, 그리고 민병산, 다 만나면 나는 기분이 좋아진다.

그리고 나를 아끼고 돌보는 노광래, 혜선이, 여류 시인 최정자 씨, 참으로 좋은 날이 된다. 그리고 용돈을 거두어 갖고 집에 돌아오면, 나는 장모님과 막내조카 영진이와 만난다. 그리고 내 방에 걸려 있는 사진 속의 복남이와 만난다.

복남이는 어느 사진작가가 찍은 어린아이 얼굴의 사진인데 내가 지어 준 이름이다. 이 아이와 나는 말을 주고받곤 한다. 그러면 나는 참으로 기분이 좋아진다. 그리고 저녁 열한시 반이 되면 마누라가 가게에서 돌아온다. 그러면 나는 반가운 마음에 "문둥아! 문둥아!"하고 기쁘다는 표현을 한다. 이 소리가 내게는 반갑다는 표시다. 그러면 나는 하루의 만남이 끝난다. 만난다는 것은 살아있는 행복이다. 그리고 빛이다. 만남은 값진 보석이다.

서양사람과 동양사람의 나이 차이

　보통으로 서양사람의 나이를 만으로 치고 동양사람의 나이는 만이 아니라고 한다. 사실은 반대다. 우리 동양사람의 나이는 임신 때부터 이고 서양사람의 나이는 났을 때부터이다. 그러니까 만으로 치면 동양사람의 나이가 만인 것이다. 그렇지 않은가? 태교라는 말이 있는데 서양사람에게는 해당되지 않는 말이다. 임신 때부터 나이를 따지는 동양사람에게만 태교가 해당되는 것이다. 뱃속에서 열 달, 약 1년을 지내고 태어난다. 그 1년을 동양사람은 합산하는 것이다.

　신문이나 방송의 나이는 다 서양사람식이다. 그러나 실제 나이는 동양 나이가 옳은 것이다. 진짜 만이니까 말이다. 그런데 그것을 모르고 왜 서양 나이를 옳다고 하는가 말이다. 동양사람들은 지혜가 있어서 임신 때부터를 나이로 치지만 서양 나이는 날 때부터이다. 나는 큰소리로 부르짖고 싶다. 우리 동양사람의 나이가 옳다고! 요새는 서양문명이 위니까 다 서양 나이로 따지지만 나이만은 동양사람의 나이가 옳다.

나는 1930년생이다. 그래서 동양식으로 63살이라고 부르짖고 있다. 이것이 옳은 방법인 것이다. 서양식으로 따진다면 62살이겠지만 굳이 나는 동양 위주로 63살이라고 부르짖는다.

나는 아까 태교라고 했지만 뱃속의 아이에게 교육을 시키는 것이 태교이다. 날 때부터 나이를 계산한다면 태교가 무슨 의미가 있을 것인가! 아무리 서양의 문명이 발달되었다고는 하나 나이 계산법만은 동양에 훨씬 뒤진다. 신문이나 방송은 이 점을 알아 가지고 동양 나이 위주의 방송을 해 주었으면 좋겠다. 그래야만 응당할 것이고 합당한 것이다.

우리는 우리의 전통을 부끄러워해서는 안 된다. 동양 나이야말로 합리적이고 정당한 것이다. 여러분! 그렇지 않습니까. 서양 나이로는 한 살 덕을 보지만, 인생에는 하등 상관이 없다. 오래 살려면 건강법이나 열심히 공부해서 장수할 일이지 서양 나이로 한 살 덕 보는 것은 어리석은 일이다. 세상은 하나님의 섭리대로 잘 되어가는데 왜 나이만은 무식한 서양 나이를 고집하는 것일까. 근대화 이후의 서양 우세가 서양 나이를 정당화한 것이다.

그렇지 않다. 나이만은 임신 때부터를 지키는 동양사람이 정당한 것이다. 뱃속의 아기를 괄시하다니 서양사람들도 참 무식하다. 제아무리 딴 분야에서는 서양사람이 좋다고 하더라도 나이 계산법만은 서양인들은 동양인에 뒤져 있다.

여러분! 이것을 명심하여 절대로 서양 나이를 따르지 말자!

나의 기도

　나는 매일같이 기독교 방송을 듣고 있습니다. 들으면 여러 명의 목사님들의 목소리가 "기도 합시다"로 시작되고 끝나고 있었습니다. 그런데도 나는 별로 기도를 몸소 하지는 않았습니다. 그것은 내가 원체 게으름뱅이인 탓도 있지만 기도를 해 보아도 별로 응답이 없기 때문입니다. 그리고 나는 교회에도 주일마다 나가지 않습니다. 일본의 우치무라 칸조와 선생님을 따라 나도 무교회주의자로 자처할 만큼입니다. 그저 기독교 방송을 도우는 교우들이 많은데 나도 끼고 싶지만 하도 가난뱅이인 나로서는 도울 수도 없고 그저 열심히 듣는 것으로만 보답하고 있습니다.

　기도라는 것은 무엇입니까? 위기에 처했을 때 살려 달라는 목소리요 하나님을 찾는 몸부림입니다. 나는 비록 가난한 시인이지만 아직 한번도 위기에 처한 일이 없었습니다. 그래서 기도가 적은지 모릅니다. 요사이 들어서 간절하게 기도드린 것은 나의 아내 찻집에 손님이 많기를 간절히 기도했습니다. 그랬더니 장사가 될 만큼은 손님이 온

답니다. 기도의 덕분이라고 생각하고 있습니다.

일신과 생활을 위한 기도

아까 말한 나의 아내의 찻집을 위한 기도처럼은 합니다만은 내 일신의 출세를 위한 기도는 나는 모릅니다. 나를 위한 기도라면 그것은 다만 하나님의 영광이 더하도록 하는 기도와 나의 건강을 위한 기도뿐입니다. 건강을 주신 주님께 감사하고 하나님에게의 뜨거운 감사기도는 매일같이 합니다.

건강처럼 최고의 재산도 없습니다. 나는 요사이 아무렇지도 않게 건강합니다. 건강하다니 얼마나 고맙습니까. 이건 오로지 하나님의 섭리요, 주님의 은총입니다. 얼마나 고맙게 받아야 할 은총입니까.

그리고 내 친구를 위하여 수없이 기도했습니다. 다정한 내 친구들이 잘되어야 나도 잘될 것입니다. 이들 친구들의 건강과 행복을 위하여 기도하는 것을 하나님이 온통 받아 주셨으면 합니다. 건강과 행복은 인생의 절대한 가치입니다. 이것을 놓치면 불행인데 이 세상에는 이런 사람들이 얼마나 많습니까? 나는 건강과 행복을 순전히 나의 기도로 믿고 있습니다. 얼마나 고마운 일입니까.

기도에는 게으르다 했지만은 하루에 두 번씩은 기도를 합니다. 여러 가지 기도가 있지만 나를 위한 기도는 잊어버릴 수가 없고 그리고 직접적인 기도입니다.

영혼의 구원

내 영혼의 구원을 위하여 나는 일주일에 몇 번인가 기도하고 그리고 성서를 펼칩니다. 성서는 너무나 고마운 책입니다. 지금까지 천년 내로 베스트셀러였지요. 이 성서는 인류 최고의 성전입니다. 나는 이 성서를 읽을 때마다 기도합니다. 하나님 아버지시여 감사합니다. 이렇게도 위대한 책을 주셨으니 얼마 안 가서 천하는 기독교가 될 것입니다.

우리는 잊지 말아야 합니다. 예수님의 재림이 얼마 남지 않았다는 것을 명심합시다. 예수님 재림이 이루어지는 날, 이 지상은 천국화할 것이고 우리들의 영혼은 천국으로 줄달음할 것입니다.

문학에 대한 기도

이 기도는 한 가지 목적이 있습니다. 나는 88년에 사회 참여시 〈이 세상은 왜〉라는 시를 쓰고 89년에 출판하려고 하고 있습니다. 나는 지금까지 너무나 서정시만 치중하여 왔습니다. 52년에 추천을 마친 나는 줄곧 서정시만 써 왔던 것입니다. 그래서 이제는 나이도 들고 했으니 사회에 대한 눈도 뜨이고 생각도 많으니 이제는 사회 비판시를 써 볼까 하고 생각게 된 것입니다.

여러분 혼자의 희노애락보다 사회 전반의 희노애락도 중대하지 않습니까. 나는 그런 의미에서 사회 참여시를 쓸까 합니다. 내일이 어떻게 되든 나는 모른다, 라는 태도는 위험천만입니다. 모름지기 온갖 사람들에게 책임을 지는 문인이 되어야 옳다고 생각됩니다.

문인이란 무엇이며 글이란 무엇입니까. 온갖 사람들의 행복을 비는 것이 문학입니다. 핵폭탄이니 공산주의니 하면서 이 세계는 지금 불행으로 치닫고 있습니다. 세상은 험합니다. 그런데 안이한 생각에 빠져서 나의 행복만 기다릴 수는 없지 않습니까. 그래서 나는 사회 참여시를 쓰기로 마음먹고 노력하고 있습니다. 참여시를 쓰려면 사회에 대한 올바른 인식이 전제 조건이 되어야 하고 세계에 대한 넓은 견해가 있어야 할 줄로 압니다. 다행히 나는 문리 대학이 아니라 상과 대학에서 수학했기 때문에 세상을 보는 눈이 다소 넓은데 이것을 반만 이용하여 새로운 시 세계를 개척할까 합니다.

'하나님 이 나의 시도가 성공되게 해 주시고 하나도 어긋남이 없게 해 주사이다' 라고 여러 번 기도하고 있습니다. 이 나의 기도가 들리도록 나는 열심입니다. 하나님 기어코 나의 이 기도가 이루어지기를 원하옵니다.

나라와 인류를 위한 기도

지금 세계는 공포의 세계입니다. 이 공포에서 어떻게 하면 빠져나갈 수가 있습니까. 우리는 하루하루를 몸조심을 하고 있습니다. 자본주의와 공산주의의 싸움이 그치지 않는 한 그 공포에서 빠질 수가 없습니다. 자본주의가 승리를 거두는 그날까지 우리는 참고 견뎌야 합니다. 공산주의는 하나님을 인정치 않습니다. 괘씸한 놈들입니다. 그리고 우리 나라는 분단되어 북쪽의 김일성은 우리를 위협하고 있습니다. 이래서는 될 일도 안 됩니다. 우리는 하루빨리 통일이 되어 일민족 일 국가를 이루어야 합니다. '하나님, 왜 우리는 분단되었습니까. 하나님 힘으로 통일되게 해 주소서' 라고 나는 매일같이 기도하고 있습니다. '죄없는 민족, 아직도 남의 나라를 침략해 보지 않은 민족인 우리 민족을 왜 이렇게도 괴롭게 구는 겁니까. 세상은 다만 수수께끼입니다. 통일이 언제 되려는지 궁금합니다. 나의 조국은 가난하고 궁색합니다. 사는 길을 열어 주십시오' 라고 기도는 하지만 하나님의 응답이 없습니다. 제발 하나님이 세계의 오늘을 살리게 하시고 번영케 해 주십시오.

하나님과의 대화

나는 하나님의 목소리를 들었어도 하나님과 대화해 본 일은 없습니다. 기도를 하면 하나님이 응답해 주신 것은 기억해도 나의 말을 하나님이 들으신 적은 없습니다.

1981년 10월 5일 나는 하나님의 목소리를 들었습니다. 그러나 그것은 하나님의 일방적인 목소리였습니다. 하나님이시여, 너무나 고맙습니다. 그렇게만 저의 사정을 들어 주십시오. 우리는 한결같이 하나님과 대화하기를 바라고 있습니다. 살아 계시는 하나님, 우리의 소원을 들어 주십시오. 우리는 한결같이 이 건강한 몸과 마음으로 하나님을 기다리고 있습니다. 하나님이 뜻이 있으시다면 속히 우리들의 기도의 목적을 이루어 주십시오. 우리는 다만 하나님 말씀에 따라 충실합니다. 이루 말할 수 없는 경지에 빠지지 않더라도 하나님을 찾으며 애걸합니다. 하나님이시여, 우리를 버리지 마시고 끝까지 지켜 주시고 그리고 우리의 소원대로 해 주십시오. 우리는 오직 다만 하나님을 믿사옵고 순종하겠나이다.

하나님, 우리는 하나님의 행복을 빌며 그리고 하나님 뜻대로 이루어 주사이다. 우리는 하나님과 대화를 못 갖지만 하나님의 뜻이 이루어지시길 믿는 바입니다.

나의 새마음

우리 나라 최근의 새마을운동과 함께 요사이는 새마음운동이 한창인 것 같다. 새마을운동은 농민의 것이요 새마음운동은 도시민들의 것인 것이다. 새마을운동으로 우리 나라 농민들이 활기를 소생하자 도시의 시민들도 새마음으로 일어선 것이다. 우리 농민들이 도시에 못지 않는 부를 이루니 도시민들도 가만히 있을 수가 없었던 것이다.

도시와 농민의 차가 거의 없어진 지금의 우리 나라는 온 세계가 놀라는 발전국가가 되었다. 해외의 경제학자들이 입을 모아 우리 나라를 최고로 그 발전을 추켜 세우고 있는 것이다. 우리 나라 박정희 대통령의 공덕은 앞으로 두고 두고 칭송받겠지만은 너무나 고마우신 '나라사람'이 아닐 수가 없는 것이다.

이런 판국이 된 우리 나라에서 난들 가만히 있을 수가 없었다. 대학을 나오자 쭉 서울 생활이었으니까 나도 서울의 한 시민이다. 한 25년이 넘은 것이다. 그러니까 내게는 새마음운동인 것이다. 어떻게 무엇을 하나, 라고 생각하고 있다가 금주운동을 시작하기로 했다. 나의 주량은 젊은 날에는 한정이 없을 정도였지만은 이제 49세가 되고 보니 젊은 날의 과주 탓으로 건강이 엉망이 되어서 기껏 마신다는 게 막걸리 한 잔이 되었으나 하루에 한 네 번은 막걸리 한 잔씩을 마시는 것이 고작이었다.

그렇게 약해진 술까지 끊으려고 하니 술에 대한 애착심이란 것이 가만히 있지 않았다. 세상사람들은 지금껏 천상병이라고 하면 술부터 연상할 정도로 나와 술과의 인연은 깊고 깊은 것이었다. 나의 모든 죄책감은 술 때문에 비롯되었다 할 정도다. 출세를 못한 것도 남에게서 욕을 듣는 것도 그 흔한 문학상 하나 못 탄 것도 다 술 때문이었다. 나이 40이 넘고서부터는 술로 말미암은 죄를 저지르지는 않았으나 40이 되기까지는 나는 술지옥에서 살았다고 해도 과언이 아니다.

술 아니면 못 사는 줄 알았던 게 40까지의 나의 인생이었다. 지금까지의 나의 실수와 과오는 다 술 때문에 일어난 것이었으니까 그 술의 위력은 굉장히 무섭다. 술은 그런 실수와 과오의 어머니였지만은 대신에 좋은 친구는 많이도 만들어 줬다. 나는 워낙 내성적인 놈이라서 친구들이 적을 성싶은데, 사실은 친구가 많다. 참으로 많은 것이다. 그들이 다 술로써 얻어진 친구요, 그리고 나는 이 친구들 도움 덕분으로 지금까지 살아온 것이다.

이런 술을 끊으려고 하니 나는 고민투성인 적도 있었으나 새마을 운동의 역사적 대공적을 생각하고 술을 꾹 참을 수밖에 없었다. 처음 4, 5일은 그냥 견뎠으나 4, 5일이 지나니 술 대포 한 잔 생각이 절로 나는 것이었다. 그러나 나는 그 고비를 간신히 넘기고, 지금 두 달째 되는데 견디고 있는 것이다. 친구를 보기만 하면 나던 술생각도 이제는 나지 않게 되었다. 아직 두 달째밖에 안 되었으니까 큰소리칠 아무 말도 없겠으나 그러나 두 달이라도 견딘 것이 대단하기만 한 것이다. 그 천상병이가 술을 끊었다는 소문을 듣자 내 친구들은 믿으려 들지 않았다. 별의별 수단으로 나의 술끊기 운동을 방해하려 했으나 나는 용하게 견뎌 내었다.

　술을 끊고 보니 정신도 말짱하고 책도 많이 읽게 되었고, 규칙적인 생활을 지낼 수가 있게도 되었으니 이 얼마나 대견한 일인가? 요새는 집에도 (형님집) 편지를 자주 쓰게 되었고 내 마누라는 술 안 마신다는 조건하에 용돈으로 4천원이란 돈까지 내게 서슴치 않고 주는데, 그러나 술 안 마시니 돈 쓸 데가 없는 것이다. 그 4천원 돈이 두 달이나 내 호주머니에 그대로 간직되어 있음을 본 아내는 이제사 저으기 안심되는 모양이다.

　그러나 아직 이르다. 아직 두 달밖에 안 되었으니…

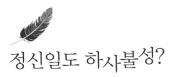

정신일도 하사불성?

한 십 년 전인가 생각된다. 그러니까 그보다 더한 숫자일지도 모르겠다. 그 당시 서점에서 『현대문학』을 보니까 시인 김춘수 은사님의 소설이 실려 있어서 사서 읽었더니 그렇고 그런 단편 소설이었다. 몇 주간을 생각하다가 나도 단편소설 한 편을 쓰기 시작하였다. 짧은 시만 쓰다가 단편소설을 쓰니 여간 어렵고 귀찮은 일이 아니었다. 그렇지만 사오 일 끙끙 앓으며 쓰고는 현대문학사의 기자에게 발표해 달라는 말을 하고 집에 돌아왔으나 이삼 일 동안 궁금하게 생각다 못하여, 그런 되지 못한 단편을 발표하면 뭘 하나 싶어 다시 현대문학사 (당시는 종로 5가)에 가서 그 원고를 달라고 하여 폐기해 버렸다.

시인은 시만 쓰면 되는 것이지 소설은 지랄 같은 소설이냐고 싶었다. 나는 그 당시 시 말고도 평론도 쓰고 수필도 쓰고 있었다. 글자를 많이 쓰는 단편소설은 아예 손에 잡히질 않았었다. 테마고 스토리고 모두가 귀찮기도 하였다.

중국 말에 '정신일도 하사불성(情神一到 何事不成)'이란 말이 있거니와 그 뜻은 마음을 한곳으로 기울이면 뭣이 안 되겠는가? 하는 뜻이 되지만 중국 고인들의 이런 정신일변도주의는 오늘날의 후진성을 면하지 못하게 하고 있다. 정신일변도주의는 합리주의에서 벗어나며, 그렇다고 공산주의자들의 유물사관에 의하는 것은 더구나 후진성을 면치 못하게 하는 것이다.

물질을 움직이는 것은 사람의 정신이다. 정신을 물질이 움직이게 할 수는 없는 것이다. 그렇지만 '정신일도 하사불성'이란 정신일변도주의는 물질에 대한 인간의 마음의 우월보다는 되려 마음의 약화를 증명하기에 알맞다.

제2차 세계대전 말기에 일본 군국주의자들이 "뭐가 뭐래도 해내고야 만다"는 식의 말과 뭐가 다름이 있단 말인가. 지나친 정신주의는 정신과 행동이 조화를 이룬 세계에서는 영원히 패배하기 마련인 것이다.

정신과 물질의 조화 속에서만 세계는 발전하는 것이다. 그런 일이 있은 후, 그러니까 그런 실패작이 있은 후 지금까지 단편 소설은 한 편도 안 쓰고 있는 것이다.

— 《제일제당》 1989년 9월

술잔 속의 에세이

술에 대한 이야기를 해 달라는 청탁을 받고 지나간 일들을 되돌아본다. 돌이켜보면 술로 인해 갖가지 많은 일들이 얽혀 그야말로 비극이 많았다. 술을 좋아하여 이미 여러 친구가 저 세상으로 갔고 나이 육십이 된 내 주변의 친구들이 건강으로 인해 술도 못 마시고 있다는 소식을 들을 때마다 지난날의 즐거웠던 날들이 새삼 그리워지는 것은 내 나이 육십이 되었다는 그 뜻만은 아닐 게다.

돌이켜보면 우리는 6·25가 일어난 전쟁 중 어렵고 어두운 세상에 이십대의 나이였다. 문학을 한답시고 크게 고함치며 정의롭게 산다고 떠들며 지냈다. 피난 온 친구들과 부산에서의 대학 생활, 학교를 서울로 옮겨 오면서 명동의 생활, 암울했던 전쟁 시기에 그래도 오가는 정이 넘치고 있었다. 판자집 대포집에 앉아 주머니를 털어 막걸리 한 대접을 한 모금씩 나누어 먹던 그 시절 우리는 행복했다.

술에 취하면 어느 친구의 집이든 찾아가 한 채 이불을 같이 덮고 자기도 했다. 한번은 자다가 얼마나 웃었는지 배가 아팠다. 왜 그렇게 웃었는가 하면 덮고 있던 이불을 뒤집어 쓰는 순간이었다. 이불 사이로 전등불이 다 비쳐오는 게 아닌가. 하도 험하게 몸부림을 치면서 잠들을 자니까 솜이 다 뭉쳤던 것이다. 군데군데 솜이 뭉쳐 있으니 그럴 수밖에. 어찌나 웃었던지 두 사람이 껴안고 웃었다. 그 친구를 지금도 만나면 그때 이야길 하면서 함께 늙어 가는 모습을 읽곤 한다.

한번은 이런 일도 있었다. 술이 취하여 친구와 함께 (신혼 생활을 하고 있을 때였다) 단칸방을 침범했다. 자다가 잠을 깨어 보니 친구는 정신없이 곯아떨어져 있는데 깔고 있던 요가 축축하지 않는가. 놀라서 일어났더니 이게 웬일인가? 두 사람 중 누가 쌌는 지는 몰라도 분명히 세계 지도가 그려져 있으니. 당황하며 나왔던 일이 있었다. 어찌되었든 술에 취하여 이 집 저 집을 친구들과 많이도 어울렸었다.

어떤 모임에서의 일이었다. 지금은 돌아가신 평론가 조연현 선생님과 여러 문인들과의 회식이 있던 날 무엇 때문이었는지는 도무지 알 수 없는데 술에 취하여 조 선생님께 욕을 하며 덤볐다는 것이다. 나를 얼마나 사랑하고 아껴 주셨던 분인데. 이것이 모두 술로 인한 실수였던 것이다.

또 한번은 소설가 한무숙 선생님 댁에서 내가 기거를 하고 있을 때였다. 한 선생님께서 문학하는 청년들을 좋아하셔서 방 하나를 아예 제공하셨던 무렵이었다. 어느날 밤 잠은 안 오고 낮에 한 선생님 안방 화장대 위에 놓여 있던 양주병이 눈에 아롱거려 도무지 잠을 잘 수가 없었다. 생각 끝에 살금살금 방문을 열고 들어갔다. 부부가 잠든 방을 살짝 들어가 손에 잡히는 양주병을 들고 나와 단숨에 들이켰다. 그런데 이게 웬일이냐? 갑자기 속에서 향수 냄새가 코를 찌르며 속이 메스꺼워 견딜 수가 없게 되었다. 그 양주병이 향수병으로 둔갑을 했던 것이다.

　한 선생님께서 그토록 아끼시던 향수를 이 무례한 술꾼이 마셨으니 한 선생님께서는 말씀도 못하시고 나는 며칠을 향수 냄새 때문에 곤욕을 치뤘고, 지금도 그때의 일을 이야기하면 친구들이 모두 웃곤 한다.

　이제 내 나이 육십이다. 젊은 날에는 그토록 많은 술을 마셨다. 그것도 어떤 술이든 가리지 않고, 그로 인해 나는 작년에 팔 개월 동안의 투병 생활을 했었다.

　여러분, 이 세상에 술이 없다면 무슨 재미로 이 세상을 살아간단 말입니까? 생각만 해도 아찔하지요? 그러니 내 말은 술은 마시되 조금씩만 마시고 즐겨 마시라는 것입니다. 나같은 어리석은 짓은 하지 말라는 것입니다. 술로 인해 몸이 망가지면 술은 못 마십니다. 그러니 지금부터 조심하여 오래오래 술을 사랑하고 즐기려면 나같은 어리석은 짓은 하지 말라는 것입니다.

　술이 없고 술을 못 마신다면 이 세상은 끝나는 것이니까요.

돈이 생기면 몽땅 주련다

　내게 만일 일억원이 생긴다면 하는 것이 이 글의 주제이지만 나는 원래가 가난함을 좋아하는 사람이다. 내 아내가 카페를 해서 한 달에 백오십만원 어치를 파는데 절반 가량이 남는다고 한다. 칠십오만원 수입이니 중산층이지만 나는 가난한 사람을 좋아한다.

　성서에 보면 예수님은 부자가 천국에 들어간다는 것은 낙타가 바늘귀를 통과하는 것과 같다 했다. 하느님은 그만큼 부자를 싫어했다. 그런데 나도 같은 생각이다. 나는 부자가 싫다.

　그런데 내게 일억 원이 생긴다면 하지만 내게 그런 기회도 없을 것이고 그런 일은 바라지도 않는다. 이런 나에게 일억 원이 생긴다면 나는 어떻게 할까?

　나는 이 돈을 몽땅 서울대학교에 장학금으로 기증하겠다. 우리 나라에는 가난한 사람이 많다. 모두가 다 중산층은 되어야 할 것인데 사정이 그렇지가 않다. 서울대학교에 들어온 가난한 집안의 자제들을 위해 나는 아낌없이 일억원을 장학 기금으로 내놓겠다.

예수님은 가난한 사람을 좋아했다. 결코 부자를 사랑하지 않았다. 바늘귀를 통과하는 낙타가 있겠는가? 그런데 사람들은 다 부자가 되려고 부지런을 떠니 참 딱한 노릇이다. 굶지 않기만 하면 되는 것이다. 많은 돈은 일체 필요가 없는 것이다. 적당히 건강하고 생활할 수가 있다면 그만인 것이다.

예부터 일 굶고 도적질하지 않는 사람은 없다고 했다. 가난도 밥을 굶을 상태가 되면 안 되겠지만 밥 굶지 않고 적당히 살아갈 수가 있다면 그것이 최고인 것이다.

우리는 기독교와 천주교와 불교를 믿을 일이다. 그러면 마음이 행복해지고 도둑질도 안 하고 편하게 살 수 있다. 제발 천주교나 기독교나 불교를 믿게 해 주시오. 우리 나라에는 천만 인구가 기독교인이니까 참 좋은 나라이다. 천주님을 믿으면 스스로 마음이 행복해지고 알뜰한 행동을 하게 된다. '일억원'으로 돌리겠다. 우리 나라는 현재 고물가 시대이다. 나는 칠십오만원이나 버는 아내가 있으니까 고물가도 별로 지장이 없지만 그래도 서민들에겐 인플레가 가장 무서운 법이다.

정부는 돈 있는 사람의 편이 되지 말고 돈 없는 사람의 편에 서야 한다. 국민의 태반이 가난한 사람인데 어찌 이 가난한 사람을 무시하겠는가? 우선 물가를 안정시켜야 하고 실업자가 없게 해야 옳다.

지금까지의 위대한 예술가들은 다 가난했다. 문학가 괴테와 멘델스존만 부자였고 일류 예술가였지만 딴 위대한 예술가들은 다 가난했다. 그래도 그 가난에도 불구하고 위대한 예술품을 창조했다. 참으로 대견한 일이다. 나도 시인이지만 아직도 역사에 남을 만한 업적은 없다. 노력하고 노력하여 역사에 남을 만한 인물이 되어야 할 것인데 아직 자신이 없다. 가난한 사람들이여! 가난을 탓하지 말고 알뜰한 살림으로 신의 축복을 받자.

부자는 바늘귀를 통과해야만 천국에 가지만 가난한 사람이 하느님의 가르침대로 착실히 살면 천국에 쉽게 갈 수가 있다. 요는 착실히 하느님 말씀대로 사는 일이다.

— 《국민카드》 1991년 3월

서로 사랑하며

　나는 요즘 관절염 때문에 몹시 괴로움을 당하고 있다. 다리가 아파서 걷는 데 무척 힘이 든다. 그래서 서울 시내로 일주일에 두세 번 나가던 외출도 못 하고 방 안에서 지내자니 자연히 신문이나 텔레비전에 의지하며 마음을 달래게 된다.

　그러다 이런 일 저런 일에 귀를 기울이게 되니 자연히 세상 살아가는 이야기에 무심할 수가 없게도 되었다. 세상과는 무관한 나지만 때로는 한심하구나라고 나 혼자 탄식도 해 본다. 내가 살아 온 길을 되돌아보면 누구에게 감히 큰소리칠 수 있을까 싶지만 요즘에 일어나고 있는 모든 일들이 어처구니없다. 탄식이 절로 나온다.

　'왜 사람들은 서로 사랑하지 못하는가?' 라는 의문이 자꾸만 되살아난다. 쉽게 말해서 우리는 너무도 사랑이 없다는 생각이 드는 것이다. 다시 말하자면 지나치게 욕심 많은 생각 때문에 서로를 사랑하지 못하고 사는 게 아닌가라는 생각이 든다.

　예를 들어 한 가정에서 가족을 사랑하지 않으면 서로를 믿을 수가 없는 것이다. 부모가 자식을 못 믿고 자식이 부모의 사랑을 저버린다면 어떻게 되겠는가 말이다. 부모는 자식을 사랑하되 존경받을 일을 함으로써 자식은 부모님을 존경하며 감사하는 마음이 생길 것이다. 가정에서는 가정의 규율이 있어서 내 가정을 잘 이끌어 나갈 사랑이 첫째인 것이다. 우리에게 만약 사랑이 없다면 이 세상은 어떻게 될 것인가. 하나님께서 온 백성을 사랑해 주신 것 같이 우리도 감사하며 사랑을 한다면 요즘처럼 시끄러운 세상일들도 아무것도 아니지 않을까라는 생각을 해본다.

그리고 또 한 가지는 존중하고 양보하는 마음이 필요하다고 본다. 요즘 우리 나라에서 벌어지고 있는 일들을 보자. 얼마나 한심한가를. 국회에서나 학교에서나 각처의 기업체들이나 어떻게 돌아가고 있는가? 모두가 나만의 욕심을 채우려는 데서 비롯된 것이다. 너보다는 내가 더 잘났다는 알량한 교만 때문이라는 것을 깨닫지 못하는 마음 때문이다. 왜 서로 미워하며 살아야 하는가? 이것은 곧 사랑이 부족한 탓이리라.

나는 요즘 마음 같아서는 밖으로 나가고픈 생각을 하루에도 수십 번씩 하지만 일어나 몇 발자국을 디디면 더 걷지를 못한다. 그래서 방문을 활짝 열어 놓고 마당에 눈길을 돌린다. 그러면 나는 푸른 빛깔에 마음이 안정되는 것을 느낀다. 몇 그루의 나무와 라일락과 초롱꽃 몇 송이에 나는 마음의 부자가 되는 것이다. 초록빛을 좋아하고 꽃을 사랑하면 금세 행복해지는 것이다. 그리곤 장모님이 사다 주신 맥주를 한 잔 마시면 기분이 썩 좋아진다. 나는 나의 행복을 이렇게 즐기며 사는 것이다. 그러다 FM 라디오를 들으면 더없이 좋아진다.

사람들은 욕심 때문에 행복이 어디에 있는지를 모른다. 돈을 많이 벌어서 재벌이 되고 싶어 하며, 국회의원이나 장관이나 대통령이 되어 명예와 권력을 찾으려고 하고 정치인은 자기들의 주장이 가장 올바른 길인 양 우쭐대며 의기양양한 모습들이다. 조금씩 양보하고 양심을 되돌아본다면 오늘과 같은 혼란은 생기지 않았을 것이다.

우리는 지금이라도 욕심을 버리고 좋은 책을 읽으면 교양과 도덕이 어떤 것인가를 깨닫게 될 것이며 서로 믿는 이웃이 생길 것이다. 그러면 자연히 다정한 이웃 사촌이 되어 싸우지 않고 살아가게 될 것이다.

우리 이웃은 서울에서도 제일 변두리 상계1동의 북쪽인 의정부시와 맞닿는 곳의 사람들이다. 모두가 가난하지만 사랑을 아는 순박한 사람들인 것이다. 내가 사는 집은 동네에서 좀 떨어진 외딴 집이다. 식구는 장모님과 아내와 나, 그리고 예쁜 똘똘이라는 개가 한 마리, 이렇게 살고 있다. 옆방에는 세를 주어 몇 식구가 더 살고 있다. 이렇게 가난한 살림이지만 우리 동네는 모두가 착하고 순수한 사람들이 모여 산다.

매일같이 동네 할머니나 아주머니들이 장모님을 찾아와 놀다가 식사도 같이 하고 재미있는 이야기도 나누며 즐거운 시간을 보내신다. 조촐하지만 생일 잔치도 돌아가면서 하고 늘 웃으면서 화목하게 지낸다. 그래서 우리 집은 언제나 인심 좋은 동네 사람들과 친하게 지내면서 한 가족처럼 느끼며 산다. 그리고 나는 동네 아이들과도 스스럼없이 어울린다. 나는 아이들만 보면 귀여워 그들과 함께 놀아 준다. "요놈! 요놈!" 하면 아이들도 따라서 "요놈! 요놈!" 한다. 그러면 나는 깔깔 웃는다. 그리고 또 "임마! 임마!" 하면 아이들은 또 따라서 내가 하는 대로 반복을 한다. 가게에 가서 아이스크림을 하나씩 사 주면 좋아라 웃는다. 그들의 웃음을 듣노라면 이 세상에서 가장 거짓이 없는 웃음이라고 여겨진다. 그들에게 사랑을 담뿍 주고 싶어진다.

나는 그래서 행복하다. 맥주를 한 잔 마시면서 아내에게 전화를 걸어야겠다. 고맙다고…….

아내에게 전화를 걸어 카페에 누가 왔는지 물어 보아야겠다. 전에는 일주일에 두세 번 정도 나갔었는데 요즘 다리가 아파서 나가지 못하니 궁금하다. '귀천'에 오는 손님들은 주로 문인과 화가, 연극인, 신문 기자, 그리고 가까이에 있는 직장인 혹은 학생과 젊은 층 등 다양하다. 모두가 내게는 다정한 사람들이다. 그 손님들이 찾아오면 마냥 기분이 좋아진다. 책에다 사인도 해 주고 용돈이 없으니 용돈을 달라고 하면 그것도 준다. 자그마한 공간이기 때문에 모두가 한 식구 같은 생각이 드는 것이다. 우리 부부를 위해 찾아 주는 그분들께 감사할 뿐이다. 적어도 '귀천'에 오는 식구들만이라도 서로 아끼고 사랑하며 살아갔으면 한다.

'귀천'을 경영한 지 만 육 년째가 된다. 그동안 많은 분들이 찾아와 주었다. 부산, 대구, 광주, 제주도, 심지어 외국에 계시는 분들도 '귀천'이 궁금하여 들러서 나의 안부를 묻고 아내의 고생을 위로해 준다. 얼마나 고마운 마음인가. 그래서 우리는 아무 탈없이 살아가니 어찌 감사하지 않겠는가. 이것이 서로 사랑하는 마음의 뜻이라고 나는 생각한다.

향긋한 유자차, 모과차의 향기같이 달콤한 사랑의 대화를 나누며 보고픈 얼굴들을 보지 못하니 나는 전화라도 해서 그분들의 안부라도 물어 보고 싶어진다. 내 다리가 빨리 회복되어 '귀천'에 나가는 날, 나는 큰소리치며 활짝 웃으리라. 그때까지 참고 견디어야겠다.

　　—『동아의보』 1991년 6월

청춘이 그립다

나는 요즘 청춘이 그립다는 말을 잘한다. 내 나이가 금년에 예순두 살이다. 그러니 어찌 청춘이 그립지 않겠는가? 내가 살아 온 길을 되돌아 보면 생각나는 일이 너무나 많고 그리운 일들도 많이 생각이 난다.

첫째로 내게도 어린 시절이 있었기에 나는 어린아이들만 보면 기분이 좋아진다. 아무리 언짢은 일이 있어도 아이들 앞에서는 나는 그만 웃음이 나온다. 그들과 함께 "요놈! 요놈!" 하면서 같이 어울려 장난을 치고 싶은 충동에 나도 모르는 사이에 그들과 어울려 놀고 만다.

내 어릴 적에는 마산 근처 진동면에서 살았다. 바다가 가까이 있어서 외할머니와 함께 조개도 주웠던 기억이 난다. 형님과 함께 연도 날리며 고향에서 다섯 살까지 살았다. 그 후 일본으로 가서 중학교 이학년에 한국으로 돌아와 마산에서 살았다. 마산 중학교 이학년에 편입하여 나는 학교 뒷산에 자주 올라가 멀리 바다를 바라보며 감상에 잠기곤 했다.

　내 처녀시 〈강물〉이 나의 사춘기에 쓰여질 만큼 많은 꿈에 부풀어
지냈던 추억의 마산 중학교 시절이었다. 학교에서 돌아오는 길에는
어김없이 서점에 들러 몇 시간이고 서서 서점에 있는 책을 읽곤 했었
다. 그때 서점 주인이 내게는 언제든지 어떤 책이든 읽고 가져오라는
명령(?)을 내려서 마음껏 책을 읽을 수 있는 행운을 얻었던 나의 중학
교 시절이었다 (그때는 중학교가 육 년제였다).
　서점 옆에는 클래식 다방이 있어서 고전 음악을 듣게 된 동기도 그
시절부터 시작되었다. 그래서 나는 그후 많은 고전 음악을 들으며 기
쁨을 맛보기도 했었다. 그 시절 가장 친했던 중학교 동창이던 친구를
잃고 많이도 가슴 아파 했었다.
　6 · 25 사변으로 서울대학교가 부산으로 피난을 왔을 때 나는 상과
대학에 입학했다. 학교가 서울로 복귀하면서 나의 서울 생활이 시작
되었다. 어린 나이에 일찍 문단에 추천되었기에 많은 선배들과 어울
려 문학에 심취되었었다. 시와 평론을 52년부터 열심히 했었다. 그러
다 보니 중학교 동창들과는 잘 어울리지 못했다. 상과대학에는 동창
이 없었기 때문이다.

　지금도 간혹 친구들이 그립기는 하지만 나와는 동떨어진 생활들을
하기 때문에 잘 만나지 못하고 있다. 각 방면에서 열심히 뛰고 있는
것은 신문이나 방송을 통해 알고 있으며, 몇몇 친구들이 높은 자리에
있다는 것을 들을 때 나는 마음이 든든해진다.
　때로는 나도 욕심이 있었다면 교수나 장관도 될 수 있었겠지만 나
는 지금의 시인이 된 것이 참으로 잘되었다고 마음에 위안을 받는다.

시인이 되었기에 내 마음의 표현을 자유로이 할 수 있고, 나를 좋아하는 독자들과도 마음껏 이야기를 나눌 수가 있으니 나는 행복한 것이다.

나는 비록 가난하지만 마음만은 부자인 것이다. 내가 살아 온 길이 비록 평탄한 길은 아니었지만 그런대로 보람도 있었다. 다만 젊은 시절로 되돌아갈 수만 있다면 좀더 열심히 살 수 있는, 아니 좀더 좋은 시와 평론을 쓸 수 있을지 모른다는 아쉬운 후회가 있을 뿐이다.

이제 젊은이들에게 하고 싶은 말이 있다면 이런 이야기를 남기고 싶다.

"시간은 머물지 않고 청춘은 눈 깜짝할 사이에 지나는 것이니, 젊었을 때 무슨 일이든지 열심히 하면 좋은 열매를 맺을 수 있다"는 것을 들려 주고 싶다.

어떤 일이든지 자기가 하는 일에 열중할 때 그것은 곧 자기의 길이며 모습이리라. 떳떳하고 자신있게 설 수 있을 때 그것은 가장 위대한 주춧돌이리라. 땅을 단단하게 다져 주지 않으면 아무리 좋은 기술로 집을 지어도 그 건물이 훌륭한 건물이 될 수 없듯이, 젊었을 때 고생은 황금과도 바꿀 수 없는 귀한 보물인 것이다.

나와 같이 청춘이 그리워 되돌아볼 때 후회 없는 미소라도 지을 수 있다면 행복한 사람이라고 할 수 있을 것이다.

녹십자 가족 여러분!

여러분은 값지고 자랑스러운 '젊음'이라는 든든한 배경을 가지고 있다는 것을 과시해 보시기 바랍니다. 그러면 사는데 더 큰 기쁨과 마음의 문이 활짝 열릴 테니까요.

열심히 살아 보십시오. 인간이 세상에 태어났다는 것은 소풍을 온 것과 다름이 없으니까요. 아름다운 이 세상 소풍을 끝내는 날 가서 아름다웠다고 말을 해 보십시오. 세상은 아름다운 곳입니다.

—《녹십자》1991년 8월

괴로운 바다의 풍랑과 고초를 잊기 위하여

아내는 나를 보고 왜 술을 마시느냐고 대들지만, 이런 글을 쓰게 됐으니 이제 그 이유를 밝혀야겠다. 술을 취하게 마시는 경우는 나에게는 없다. 아주 조금만 마신다. 막걸리는 한 되를 하루종일 걸려서 마신다. 이제 내 나이 쉰여섯인데, 이렇게 되어진 것이다.

젊었을 때는 술을 많이 마신 적도 있었다. 그러나 나이가 듦에 따라 차차 주량이 줄어든 것이다. 나는 소주는 일체 안 마신다. 그저 막걸리로 만족한다. 막걸리를 마시면 배도 부르고 영양분도 있을 뿐더러 맛도 양순하기 때문이다. 그리고 원고료라도 받아 호주머니가 두둑한 날에는 내가 제일 좋아하는 청주를 마신다.

이 술들은 인간의 생활에 도움을 주지 해로움은 없다. 기분이 언짢거나 또 기분이 좋을 때 많이 찾는 술은 인간의 본능인 것이다. 사람은 언제나 기분이 나쁘거나 좋지는 않다. 그저 그런 대로 사는 것이 인간의 생활일 텐데 어쩌다가 나쁜 일이 있을 때면 인간은 술로 풀려고 하는 것이다.

사람은 다른 동물들과 달리 감정 생활에 예민하다. 잔칫상에 술이 없는 경우도 없고 울적하면 술이다. 사람이 생긴 이래로 술이 있었다지만 술은 사람의 진미인 것이다. 이렇게 허술하게 말할 것이 아니라 내가 왜 술을 좋아하는지 말해야겠다. 우선 우리하고 가까이 있어서 좋다. 술을 마시고 싶은 때 자동차를 탄다든가 하는 악조건은 없다. 우리 주위에 술은 얼마든지 있다. 그리고 나는 술을 아주 조금만 마시니 취한다는 걸 모르고 살고 있다. 취한다는 건 악덕이다. 예수님도 이 취한다는 걸 경계했지 술을 금하시지는 아니했다. 그 증거로 성서에 보면 어떤 결혼 잔칫집에 갔다가 잔치 도중에 술이 떨어지자 물로 포도주를 만드는 기적을 일으키셨다. 예수님도 포도주 맛을 알기에 포도주 만드는 기적을 일으킬 수 있었던 것이다.

술자리는 고요해야 한다. 안 그러면 술에 취해 곯아떨어지고 실수를 하게 한다. 실수는 언제나 술을 탓하는 구실인 것이다. 언제나 조용히 마시고, 많이는 들지 않고 고요히 자리에서 일어나는 술자리야말로 으뜸인 술자리인 것이다. 그러나 일반 사람들이 알기엔 떠들고 싸움판인 것이 술자린 줄 알고 있다.

술을 좋아하는 까닭은 세상의 고달픔을 잠깐 잊게 하는 것이 술이기 때문이다. 인생의 어지러움 속에 살다 보면 인생의 고통으로부터 잠깐 해방되고 싶은 욕망이 생기는 것이다. 그러니 술은 인생의 해방제다. 이 해방제는 값도 싸고 편리하다. 그리고 술집도 많다. 나는 요사이는 술집에 많이 안 가고 주로 집에서만 마신다. 왜 이렇게 술이 편리한가를 생각하면 술이 인간에게 있어서 얼마나 중대한 의미를 가지는가를 알게 하는 한 가지 방법이 되겠다.

부처님은 인생을 '괴로운 바다'라고 하셨다. 그 괴로운 바다의 풍랑과 고초를 잊게 하는 것이 술인 것이다. 왜 술을 마다하랴. 우리는 한결같이 잘살기를 염원하고 있다. 이 염원을 확실하게 하려고 노력하는 반면에 그 괴로움을 다소 잊게 하는 것이 중요한 것이다. 술은 그런 뜻에서 중대한 의미를 가진다.

복잡한 수속 없이 조금만 돈을 가지면 되는 이 술은 얼마나 좋은 것인가. 기분도 썩 좋아지고 웃음도 많이 나는 이 술을 나는 마다하지 않는다. 그러나 실수 연발이 되어서는 안된다. 그러기 위해서는 많이 마시는 것은 삼가해야 옳다. 많이 마시는 사람은 패가망신이다. 패가망신이 되어서야 되겠는가.

우리는 인생을 즐겁게 살아야 한다. 술을 마시면, 조금만 마시면 우선 즐거워지는 것이다. 그러니 얼마나 좋은 것이냐. 무리하지 않고 한잔의 술을 마시는 일을 나는 절대 반대하지 않는다. 제삿날이나 아버지 생신일에 한 잔 술을 드는 것은 축복 중의 축복이다. 하여튼 술을 조금 마시는 일은 만복이다.

나는 우선 술에 취해서는 안 되고 실수를 해서도 안된다고 생각한다. 왜 그러냐 하면 만취와 실수는 술의 미덕을 해치기 때문이다. 모든 사람들이여. 술을 금하지 말고 아끼고 사랑하면서 드세요. 그러면 하나님도 박수를 쳐 주실 것이다.

나의 노래여, 술을 언제나 찬미하라.

한 번이면 족하다

나는 한 번이면 만족하는 지상주의자다. 두 번 하는 것은 죽어도 싫어한다. 이것은 사실이다. 조금도 거짓말이 아니다. 길도 두 번째 가면 싫기는 일반이다.

그렇다. 죽어도 싫은 것이다. 그러나 그런데도 나는 두 번째 가는 경우가 굉장히 많다. 잊어버린 것이다. 예를 들어 구체적으로 지적하면, 다소 소상하게 나타난다. 나는 한국기원에 가기 위해 일주일의 토요일만, 시내로 나와서 을지로 입구에 있는 아폴로 음악감상실 건물 2층 삼각 다실에 오후 2시부터 3시까지 앉아 있는 것이다.

3시 후에는 한국기원에 기어코 나가서 5시까지는 바둑두는 것을 구경하고 있다. 돈이 없어서 (백원이지만) 바둑을 안 둔다. 사실은 5급에서 6급으로 떨어지는 판국이니, 돈이 없어서가 아니고 하나의 핑계이다. 내 바둑 친구들은 다 1급인데, 심지어 5급인 친구들도 나하고는 바둑을 두지 않는다. 왜냐하면 나를 18급과 같은 터무니없는 초하수자 취급을 하니까 말이다. 심지어, 카운터를 지키는 아가씨하고 바둑을 두는 판이니, 내 바둑 힘이 얼마나 약한지 추측될 것이다.

나하고 바둑두는 아가씨는 급수가 12,13급은 되는데 나한테는 9급이나 놓고 두는데도 내가 지니 알조다. 심지어 그런 것이다. 얼마나 초하수자인가. 그러니 남의 바둑두는 걸 구경만 한다. 잘 두는 사람의 잘 두는 바둑은 구경만 해도 큰 공부가 되고도 남는다.

나는 그런 구경을 하는 것이 수없이 많다. 이리저리 걸어다니면서 이 1급수들이 두는 바둑을 기웃기웃하지만 심심치는 않다.

그런데 요사이 기묘하게 내 마음 속에서는 5급이 다 된 것 같은데 아직 한번도 두어 본 적이 없어 여전히 6급이다. 사실은 6급도 약하지만 할 수 없다. 6급끼리 둘 때 내가 흑돌을 쥐어야 시합이 이기고 지고 하니 약하지 뭐냐. 그런 내 바둑 세기이니 친구나 알 만한 사람들이 상대해서 같이 바둑을 안 두어 준다니까. 그러니 내 아내는 (내 아내도 기원에서 집에 가는 시간 오후 5시를 지키자고 여러 번 기원에 왔다. 그러니까 바둑도 한 14급 정도 된다) '7급이라야 알맞은 급수' 라고 일러 준다. 그런 7급까진 아무래도 내려가기가 싫다. 5급 6급도 아니고, 7급이라니 말도 안 된다. 그런 내림은 마치 내가 사기를 치는 꼴이 된다.

이건 비밀이지만 나는 바둑을 둘 때 단돈 50원이라도 내기 바둑두는 것을 굉장히 좋아한다. 50원은 내가 그것밖에 없으니까 그렇다. 심지어 집으로 돌아갈 버스비를 털어 놓는 것이다. 그래서 버스삯은 언제나 아내가 내기 마련이다. 나는 단 한 번이라도 내가 버스삯을 내고 싶어 죽겠는데도 그렇다. 단 한 번이라도…

원고료를 받아 거머쥐고 있는 날이나 그 직후라면 내가 낼 수가 있을 텐데, 그 원고료는 원고를 먼저 쓴 다음에라야 원고료가 생기는데, 나는 죽 여러 달 동안 글이 막혀서 안 썼으니 고료가 언제 있을 수가 있단 말인가? 더구나 받을 수가 있을 것인가?

아니 또 문장이 빗나갔다. '한 번이면 만족하다' 라는 이야기를 해야겠다. 하여튼 건망증이 100%다. 아니 100%가 아니라 천 배 만 배다. 뭐든지 잊어버린다. 학교에 다닐 때는 우산을 잊어먹기가 일쑤이고, 학교를 나와서 시계를 잊어먹고……. 요새는 길을 잊어먹기가 일쑤이다.

이건 잊어먹는다는 일과는 별도지만 나는 청량리에서 명동까지 걸어온 일이 있다. 홍릉에 내 아는 사람이 돈을 준다고 오라 했는데 막상 가 보니까 그 사람이 없었던 것이다. 돈이 5만원이나 되었었다. 청량리 근처에 있는 정원석이라는 친구가 있었으나 그도 나가고 없어서 할 수 없이 걸어서 명동까지 갔었다. 맹꽁이같이 길고도 긴 먼 길을 걸었으니, 부산에서 서울까지 올라간 옛날 사람들의 생각을 했다. 여유가 있어서 버스삯이 있는데도 걷는 것은 좋은데 버스삯이 없어서 걷는 것은 딱 질색이었다.

나는 한 번이면 만족하는 지상주의자다. 그런데도 잊은 것을 알기는 힘들다. 나는 그저 건망증 이야기를 할 수 있을 뿐이다. 건망이란 골치 아프다. 더욱 좋은 건 비건망이다. 비건망이란 무슨 뜻인가. 그것은 건망이 아니다라는 뜻이다. 잊을 것은 잊고, 망해야 될 것은 절대로 망하니 말이다.

나는 비에 젖은 채 멋쟁이 글을 읽었었다. 그것은 의사들이 낸 천승세 씨로부터 받은 수필집인데 제목이 '내가 더 취하기 전에' 였다. 읽으니까 읽을수록 멋쟁이였다. 다시 말하겠다. 나는 한 번이면 만족하는 고집쟁이이지만 절대로 그렇지도 않다. 술집은 한 번 가지고는 안 되고, 여러 번 가기 때문이다. 왜 그런고 하니 술에 이미 취하였기 때문이다. 술조차 모른다. 한 잔 따르면 그것이 술이다. 자기는 모르는 것이다. 술은 술이라는 것을 알아야 되고, 만족이 뒤따라야 된다. 그것이 술이다. 자기가 술을 마시고 있는 것조차 모른다면 엉망인 것이다. 따라서 술을 마시고 있는 것조차 모른다는 것이다.

의사들은 주로 술에 안 취하는가 보다. 그러니까 글을 쓸 때는 안 취하고 있는 것이다. 그래서 명필이다. 수필로는 남을 말하기 십상이지만, 이제는 술에서 깨어나야 되는 것이다. 그래서 탈이다.

김윤기 씨 이야기를 하는데, 사람이 좋다. 왜냐하면 사람이 그만이기 때문이다. 내가 30대 시절 고생할 때 후생일보사로 가서 그때는 편집국장이었던 김윤기 씨에게 '돈을 조금 달라'고 간청한 적이 있었다. 그런데 그때 김형은 안 주었다. 그러면서도 "우리집에 안 가겠어요?"라고 말해 줄 만큼 다정한 친구였다. 그런데 나이로는 김형은 내 아래 또래다. 그래서 김형이라고 부르는 것이다. 김형과는 여러 번 만난 다음에도 잊었으니, 두 번째 간 길을 또 잊는다는 것은 실수지 뭐냐.

나는 또 할 말이 있다. 내 영광은 굶어 죽는 데 있다. 반드시 굶어 죽을 것이다. 직장이 없고, 월급이 없으니 굶어 죽기 마련이다.

나의 영광이여, 굶어 죽으라!

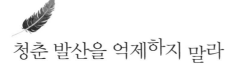

청춘 발산을 억제하지 말라

저것이 진짜다

그렇게도 쾌활하고, 언제 보아도 밝고 명랑한 표정이었던 민군.

단란한 가정에 자라나서 고생이라고는 모르고, 시키는 대로 공부 잘하고 또 구김살없이 놀기도 하던 민군. 그 민군의 슬픈 소식을 우리는 어느날 아침에 들었습니다. 그는 자살했습니다.

그 원인을 우리 친구 일동은 가족에게 묻고 가족은 되려 우리에게 물었습니다. 그러니까 이렇다 할 원인 하나 캐내지 못했던 것입니다. 왜 그는 자살했을까. 아직 아무도 추측조차 못하고 있습니다. 그러나 그 원인이 무엇이었든 그의 자살은 은폐될 수 없다는 것은 무엇일까. 나는 일단 그의 다정한 친구였다는 입장을 떠나서, 객관적으로 그러니까 전체적 사회적 입장에서, 그의 자살의 원인을 풀어 볼 생각입니다.

수개월 전 《폭력자》라는 미국 영화를 보았을 때 나는 청춘이라는 것을, 아니 '한국의 청춘' 이라는 것을 통감한 일이 있습니다. 그 영화를 보면 수십 명의 청년들이 오토바이 수십 대를 빠른 속도로 굴리고 있는 장면이 나옵니다. 오토바이들이 질서있게 달리는 급속도, 그리고 그것을 진심으로 굴리는 청년들의 정열적이고 패기에 넘치는 자세 등등, 그 장면은 참으로 청춘이라는 이름을 멋있게 상징하고 있었습니다. '저것이 진짜다' 라고 나는 가슴 속으로 아프게 되뇌이고 있습니다. '한국의 우리들의 청춘은 결코 청춘이 아니다. 이름만의 청춘, 따라서 비정상적인, 청춘이 아닌 청춘, 그것이 우리의 것이었다.' 이와 같은 형편없는 잡념이 그때 나의 가슴을 치고 있었습니다.

오토바이와 막걸리의 차이

나의 나이는 작년에 스물아홉, 그러니까 금년에 서른입니다.

'나는 나의 이십대라는, 일반적 개념에 의하건대 청춘의 십 년을 무엇으로 소일했던가?' 이같은 회한이 무거운 불가피한 짐이 되어 나의 정신을 압도했습니다.

청춘이라는 인생의 한 시기를 일정한 개념 밑에 단정하기는 어려운 노릇일 것입니다. 그러나 인생은 반드시 청춘을 전제로 하지 않으면 안 되었던 것입니다. 나의 생각으로는 청춘은 인생의 일부분이 아니라 인생 전체와 대결할 수 있는 유일무이한 인생의 한 계절입니다. 앙드레 지드의 그 무상의 행위가 가장 순수한 상태로 발휘되어야 하는, 또 발휘되지 않으면 안 될 시기입니다. 이와 같은 청춘에 대한 나의 생각은 이미 무수히 발표된 청춘에 대한 찬미에 비하면 아주 어리석기 한량없는 견해일 따름일 것입니다.

이 청춘을 우리는, 그 우리 중의 하나인 나는, '한국 안의 청춘'을 어떻게 지냈는가. 《폭력자》라는 영화 속의 그 청춘은 우리들이 지내온 청춘과 너무나 거리가 멀었습니다. 미국의 그들에게의 오토바이 대신에 우리들의 청춘의 도구는 싼 술에 지나지 못했습니다. 누가 말했듯이 한국 대학생들의 유일한 과외 활동은 막걸리 마시는 일이었습니다. 물론 이것은 나의 주위에 국한된 현상에 지나지 않을지 모릅니다. 그러나 이 막걸리라는 청춘의 도구는 비교적 한국의 보편적인 현상이 아니었던가 생각이 됩니다.

오토바이와 막걸리의 차이, 이것은 참으로 너무나 큰 차이가 아닐 수 없습니다. 오토바이는 청춘의 도구로서 그 청춘의 정상적인 감정을 나타낼 수 있겠지만 막걸리는 청춘의 정상적인 감정을 비뚤게 했지 유익한 발로는 아니라고 생각합니다.

그러나 오토바이와 막걸리의 비유를 결코 선진국과 후진국의 차이로 변명할 수는 없습니다. 다만 청춘이라는 인생의 가장 핵심적인 한 시기를 지내는 수단과 방법으로서 건강한 것과 비건강한 것을 따지고 있을 뿐입니다. 미국에도 술은 있습니다. 그러나 미국 청년들의 청춘은 술이 아니라 술 이외의 딴 것으로 그들의 청춘을 발산하고 있는데 유독 한국의 이십대는 술 아니면 그들의 청춘의 감정을 발휘하지 못했다는 것은 무엇일까 하는 것입니다.

한국 청년들의 싼 술 — 그것은 한국 청년들의 싼 술이 아니라 한국 전체가 마신 싼 술이나 다름이 없습니다.

청춘의 장벽

이렇게 이 글을 쓰고 있는 나의 가슴에 왕래하는 한 구절의 시가 있습니다.

"저쪽 죽음의 섬에는 나의 청춘의 무덤도 있다"하는 니체의 말입니다. 그의 청춘의 무덤을 죽음의 섬에서 찾고 있는 니체의 울부짖음은 가난한 나라 한국 청년들의 공통된 감정이 아닐까 합니다. 한국 청년들의 조국은 왜 술만 마시게 했을까.

술이 아니라도 좋습니다. 댄싱, 스포츠, 사랑, 이러한 지엽적인 청춘의 방법을 부려서 적당히 청춘을 발휘한 청년들이 있다는 것도 나는 알고 있습니다. 그럼 '한국의 청춘'이 다른 나라의 청춘에 비해 억울하고 괴로운 청춘이었다는 것은 부정될 리 없습니다. 그 책임은 어디에 있을까. 우리들 자신의 책임이었을까. 인색하고 못나서, 혹은 청춘의 정말의 뜻을 몰라서 우리는 억울하고 괴롭게 우리들의 황금기를 희생한 것일까.

그것은 아닙니다. 정상적인 청춘의 발로를 막아내는 힘이 워낙 컸기 때문입니다. '한국, 그 자체가 우리들의 청춘의 일대 장벽이었다'라고 나는 항변하지 않을 수 없습니다. 한국 전체를 위해 지르지 않으면 안 될 항변입니다.

왜?

4·19혁명의 주동체는 학생입니다. 4·19는 '한국'이 지금까지 억제해 온 청춘의 비정상성을, 그 왜곡성을 때려부수고 그 정당성을 비로소 발휘한 역사적인 사실입니다. 만일 그 나라의 청춘이 정상적으로 그 본연의 상태를 지속한다면 그것 앞에서 굴복하지 않을 것은 없습니다. 인생과 대결하는 청춘이란 바로 이것입니다. 여태껏 한국

의 청춘을 음성적으로 억압해 온 녀석들이 왜 한국의 청춘을 억압하지 못했을까를 생각한다면 나의 항변이 결코 이십대만을 위한 항변이 아니라는 것을 깨닫게 될 것입니다.

여하튼 청춘은 결코 강제적으로 의타적으로 억제될 성질의 것은 아닙니다. 그것이 가지는 '에너지' 발산 도구는 싼 술이라고 아까 나는 말했습니다. 그러나 이 '싼 술'은 반드시 마시는 그 술만을 뜻하지는 않습니다. 모든 순간적 향락이 반사회적 동태, 미래에 대한 무계획성, 모랄의 상실, 이와 같은 일에 속하는 일은 '싼 술'이나 뭐 다를 것이 없습니다. 우리가 4·19전에 그런 짓을 왜 하지 않으면 안되었던 가를 밝히려면 우리를 억제해 온 지금까지의 '한국'을 고발하지 않으면 안 됩니다.

역사의 악조건

낙랑 공주, 선화 공주, 바보 온달, 황진이의 일생, 이도령과 춘향 등의 이야기를 안다면 한국의 역사는 우리 민족의 청춘을 거의 비극적으로 끝맺게 하고 있음을 알 수가 있습니다. 대체로 보아 우리 민족은 청춘에 대하여 불감적이라고 해도 괜찮을 것 같습니다.

한 오십 년 전까지의 우리 나라 가족 제도의 봉건성, 그 속에서 키워질 청춘이란 우선 비극적이 아닐 수 없었습니다. 그러니까 우리의 청춘은 민족적 전통이라는 코뚜레를 이미 차고 있었던 것이나 다름이 없습니다. 여기에 또 근대기 한국의 기형성이라는 불행한 사태가 한 민족의 청춘을 슬픔에 잠기게 하고 말았습니다. 일전에 하도 자랑을 하기에 평론가 조연현 씨 집에서 2,30년 전 우리 나라 유행가의 녹음을 들은 일이 있습니다.

'황성 옛 터에 밤이 드니……' '타향살이 몇 해던고……' '이수일과 심순애의 양인이로다……' 이와 같은 유행가는 그 가사나 곡조가 처량무쌍할 따름이지 청춘의 표현이라고 할 하등의 건덕지도 찾아낼 수가 없었습니다. 이것은 무엇을 의미하는 것일까.

단순히 당시의 망국조 때문이라고 하기에는 너무나 불쌍한 청춘의 발로입니다. 그러나 삼일운동이나 광주학생운동과 같은 집단적인 행동으로 표현된 청춘의 '에너지'는 있습니다. 그렇지만 그것은 개개인의 청춘이 결합된 것이 아니라 '민족의 청춘'이란 좀 추상적인 것입니다.

그동안에 또 두 차례의 전쟁을 겪고 6·25를 거친 역사적 격류는 우리 정신의 부담이 되어 청춘은 다만 잠재적일 수밖에 없었습니다. 그러니까 우리의 역사적 환경이 벌써 우리의 청춘을 간접적으로 억제하고 있었던 것입니다. 이것은 그러나 그 누구의 책임이라고 할 수는 없는 일입니다.

4·19 이전의 우리의 청춘은 그 역사적 잠재성 이외에도 여러 가지의 사회적 조건으로 말미암아 더욱 기형적으로 되어 갔습니다. 이승만 씨의 정부는 젊은이들에게 명령만 했지 그들을 조금이라도 이해하려고 하지 않았습니다. 반공이라는 절대 정권 밑에 강제된 정신은 자유를 잃게 했고 뿐만 아니라 자유에의 희구조차 죄악시되었습니다.

경제적 악조건도 우리의 청춘을 그냥 두지는 않았습니다. 취직난, 곤궁, 이러한 현상은 청춘을 압살합니다. 댄싱이나 스포츠와 같은 것을 수단으로 청춘을 발산할 수 있었던 청년은 극소수에 지나지 못했을 것입니다. 싼 술의 필연성은 여기에도 있습니다. 우리가 최저한도의 수단 방법으로 고귀한 때를 허송하고 있을 때 사오십대의 늙은이들은 그들의 돈으로 미희를 끼고 비싼 술을 마시고 춤을 추고 '요새 청년들이 어쩌구 저쩌구' 했던 것입니다. 한국의 청춘을 망치고 그 청춘의 발산을 억제하고 청년들로부터 청춘을 탈취하고 오히려 자기 수중에 넣은 무리들에게 지금 심판이 내리고 있습니다.

사회의 죄악

현실적으로나 정신적으로나 한국은 이렇게 우리들의 청춘에 상처를 입혀 왔습니다. 따라서 우리가 청춘을 발산한다는 단순한 이 일이 사실은 지난지사(至難之事)였던 것입니다. 사회에 대한 반발, 전체에 대한 반항, 좀더 구체적으로는 청춘의 발산은 일대 모험이 아닐 수 없게 된 것입니다. 그리하여 우리는 차라리 청춘을 포기하는 버릇을 지녔던 것입니다. 여기에서 청춘에 대한 우리들 자신의 문제가 떠오릅니다.

어떤 시기에 우리가 청춘을 비정상적으로 발산했다면 그것은 곧 우리들이 사회적으로 악조건에 굴복했다는 것이 됩니다. 우리들 자신이 우리의 청춘에 책임을 지지 않는 상태 — 그것은 4·19 전의 우리들의 상태였다고 해도 과언이 아닙니다. 단순히 사회적 조건 여하에 모든 책임을 전가하고 속수무책이라는 것은 따라서 비열한 행위일 따름입니다. 그러한 비열한 상태는 비사회적 행동, 모랄에 대한 불신, 심지어 범죄를 저지르는 결과를 가져 온 것입니다.

범죄에 의해서 청춘을 발산하는 것은 스스로 그 청춘의 이름을 더럽히고 모든 청춘 남녀의 정당한 발산까지 더럽히는 것입니다. 이러한 불찰에 대하여 우리는 반성하지 않으면 안 될 것입니다.

우리들의 청춘을 어떠한 사회적 환경의 악조건 속에서라도 끝까지 지켜 나가겠다는 근본적인 태도만 서 있다면 우리는 얼마든지 우리들의 청춘을 발산하고 부끄럽지 않을 것입니다. 그렇게 부끄럽지 않은 청춘을 발산하려면 우리는 어떻게 하지 않으면 안 되는 것일까.

사랑과 우정, 헌신과 열정, 이러한 청춘의 특권이 반드시 사회적 반항이라는 의식을 갖추지 않으면 안 된다는 법은 없습니다. 그러나 그런 줄 알면서도 우리의 그러한 일들의 사사건건이 모조리 사회적 마찰을 불러일으키는 것은 물론 우리들 자신의 책임도 크지만 근본적으로는 사회적 결함에 있다고 보는 것이 옳습니다. 한 사람의 청춘의 발산은 개인적인 행동입니다. 그 개인적인 행동을 사회라는 집단이 일일이 간섭하고 있다는 것은 사회의 죄악입니다. 그 사회의 죄악 때문에 우리들 청춘은 금이 가고 파멸되었던 것입니다.

사랑은 청춘의 상징

4·19는 그러니까 우리들 청춘의 복권 운동이었습니다. 직접적인 사회적 죄악은 그 뿌리를 뽑았습니다. 몇십 년 동안이나 눌렸던 음성적, 잠재적 청춘의 집적이 쌓이고 쌓여 포화 상태가 되자 터져 나간 것입니다. 우리는 앞으로는 민족의 청춘이 음성적, 잠재적이 되지 않게 하기 위한 사회를 건설하는 데 전력을 기울여야 합니다. 지금 현재로는 '우리의 청춘의 그 가장 정당한 발산의 대상 아닐까' 라고 나는 생각합니다. 산화한 백수십 명의 우리들의 동지들은 앞으로 있을 민족의 청춘의 기념비입니다. 그러나 이와 같은 가슴아픈 기념비를

다시 세우지 않기 위해서 지금 우리들의 청춘은 바쳐져야 할 것입니다. 지금 현실적으로 그와 같은 일에 투신하고 있는 동지들의 많은 동향을 나는 알고 있습니다.

그러나 그렇다고 '정치적이어라' 라는 것은 결코 아닙니다. 정치를 위해 그의 청춘을 바치는 경우도 있습니다. 그렇지만 청춘의 본래의 자세는 '정치적' 이 아닌 것입니다. 좀더 무상적인 것입니다. 정치를 위해 바쳐지는 청춘보다는, 아름다운 한 여성을 위해, 그리고 믿음직한 한 남성을 위해 바쳐지는 청춘이, 보다 더 솔직하고 보람있다고 나는 생각됩니다. '사랑' 은 청춘의 상징이요 그 별입니다.

대체로 한국의 청년이나 젊은 여성들은 사랑에 대하여 말하는 일에 소극적입니다. 그것은 아까 말한 우리 민족의 역사적 배경의 탓도 있고 그 일반적 성격이 내성적인 탓도 있겠으나 나의 생각으로는 용기가 없는 까닭입니다. 전선에서 적을 죽이는 용기보다는 '사랑의 고백' 에 소요되는 용기가 더 어렵다고 누가 말했거니와 우리들의 이 용기의 결핍은 우리들 자신의 책임과 능력의 문제입니다.

다시 복권한 우리들의 청춘은 사랑에 대하여 적극적이어야 합니다. 싼 술에 팔려 가는 청춘보다는 사랑을 위해 발산되는 청춘이 정상적이요 옳은 일입니다. 더욱더 많은 우리들의 청춘의 발산법이 앞으로의 '한국의 청춘' 을 빛낼 것입니다. 그것은 각자의 문제요 누가 간섭할 성질의 것이 아닙니다. 청춘에는 평균치라는 것이 없습니다.

민군은 왜 죽었을까. 그것을 지금 말할 때가 왔습니다. 청춘의 발산이 완전히 억제되었던 이십 년 전의 사회적 상태에서는 자살조차 청춘의 발산의 한 방법이 될 수 있었던 것이나 아니었을까? 그러니까 민군의 죽음은 청춘을 억제해서는 안 된다는 그 가장 비극적인 산증거가 아닐까?

결혼을 전제하지 않은 연애론

춘향적 여성을 배척한다

한국의 고전적 여성의 상징처럼 된 춘향에 대하여 최근의 젊은 세대들은 비교적 관심이 적지 않을까 생각한다. 기질로 봐서나 성격으로 봐서나 춘향은 요새말로 너무나 비현대적이다.

현대인이 현대적인 사물에 매력을 갖는 것은 당연지사이다. 일편단심이라는 사고 방식 그 자체는 별로 나무랄 데 없는 사고 방식일지도 모른다. 그러나 춘향의 비현대적 성격 가운데서 으뜸가는 것은 자아라고는 하나도 없다는 점이다. 아마 그와 같은 여성이 오늘 살고 있다면 현대의 이도령들은 아마 거들떠보지도 않을 것이다.

여성에게 있어서의 자아란 자기 자신이 아무에게도 구애되지 않는 인간으로서의 자유를 발판으로 구성되지 않으면 안된다. 물론 이 자유가 일약성의 자유로 비약한다면 사고다. 현대의 여성들에게 사고가 많이 일어나는 현상은 그와 같은 경향 때문이겠지만 그 사고를 무서워하여 춘향적 여성에 여성의 가치 기준을 둔다면 빈대를 잡기 위해 집을 태우는 우거(愚擧)에 지나지 못한다.

현대인은, 특히 최근의 젊은 세대는 지적이고 자율적이고 주체적이다. 만일 이 삼 요소가 건전하게 구비되어 있는 청춘 남녀간의 연애라면 어찌 사고에 끝날 것인가.

톨스토이의 『부활』의 네푸류도프는 카추샤와 결혼하려고 한다. 그러나 그의 결혼 결심에는 다분히 그의, 그녀의 비도덕적인 관념의 소산이었던 비정상적인 연애에 대한 반성이 섞여 있다. 네푸류도프의 간청을 물리치고 나이 많은 상인과 결혼할 뜻을 말한 것은 그녀의 총명이 아닐까 생각한다. 만일 결혼했다면 어떻게 되었을까. 아마 틀림없이 젊은 귀족은 또 다른 연애 끝에 사고투성이가 되었을 것이다.

『적과 흑』의 쥬리앙 소렐의 경우도 그렇게 말할 수 있지 않을까? 결혼이라는 장벽이 없었던들 레나르 부인을 저격할 필요도 없었을 것이고 사형 선고를 받을 필요도 없었을 것이다. 그에게 그런 사고가 있은 원인은 그의 보나파리스트적인 야심을 연애나 결혼에 의해 충족하려는 불순에도 있지만 달리 생각하면 연애가 결혼의 전제가 되지 않으면 안 된다는 그의 시골뜨기적 관념이 더 큰 원인이 아니었던가 생각한다.

이것은 반드시 억지 논리는 아니다. 당시 귀족들의 일반적 경향은, 연애대로 적당히 인생을 즐기고 있었던 것이다. '연애는 결혼의 전제가 아니다'라는 명제는 그러나 어디까지나 그런 귀족적 향락을 전제로 하는 명제는 아니다.

변모하는 연애관

현대의 젊은 세대들의 연애를 색안경을 쓰고 보기 좋아하는 구태의연한 늙은 세대들의 최대의 결함은 그들 자신의 과거의 우거를 젊은이들에게 치환해 놓기 좋아한다는 점이다.

연애는 결혼의 전제가 아니라는 말은 연애가 결혼의 전제가 되어서는 안된다는 말과는 엄연히 다르다. 예를 들어서 한 젊은 청년이 또 한 젊은 아름다운 여성과 열렬한 사랑 끝에 결혼하여 평생토록 다복하게 산다고 하자. 이런 경우는 이 번잡한 인생의 하나의 기적이 아닐까. 결혼에 대하여 번민해 보지 못한 기혼자란 아마 전무할 것이다. 그러나 전기한 예가 있다고 가정해도 그런 경우의 결혼은 다만 하나의 형식에 불과하고 실질적으로 그것은 연애의 연속이라고 할 수 있다.

구세대 사람들의 구악에 유래한 색안경이란 다름이 아니라 그들의 연애에 대한 개념이 비교적 향락적 색조를 띠고 있다는 데 있다. 향락에 치우친 연애 행위를 경계하는 것은 좋은 일이다. 그러나 더 경계해야 할 것은 일방적 관념에 의해 인생의 가장 중대한 일을 속단해 버린다는 것이다.

대체로 연애나 결혼과 같은 인생의 미묘복잡한 사상에 어떤 종류의 것이든 강박 관념이 게재하는 것은 우선 타당한 일이 아니다. 연애는 결혼의 전제가 되어야 한다는 것은 일종의 강박관념이 아닐 수 없다. 많은 사람들의 진실한 연애가 불행으로 끝나는 것은 이 강박관념 때문이라고 하지는 못할지 몰라도 어떤 작용력을 끼친다는 것은 능히 있을 수 있다.

현대의 젊은 세대들의 결혼의 전제가 아닌 연애란 물론이지만 그들이 연애지상주의적 정신의 소산이 아니라는 것도 강조해야 될 일이다. 그들은 전(前)세기적인 낭만주의자라고 하기에는 너무나 리얼리스트들이요, 리얼리스트라고 하기에는 또 너무나 현실 타산가들이다. 그들이 서로 물심양면으로 손해 보는 슬로건을 내세울 리가 없다.

최근의 대학생들에 대한 여론 조사에 의하면 거의 3분의 2가 연애는 결혼의 전제가 아니다 라는 쪽을 지지했다고 하는 것은 무엇을 말하는 것인가. 이것은 단순히 최근 대학생들이 하나의 정신적 취미의 반영에 불과한 것이 아니라 이 나라의 연애관, 결혼관의 엄청난 변모상을 나타내고 있는 것이라고 보아야 할 것이다. 현재까지 이 나라의 일반적인 연애관이나 결혼관을 한마디로 집약해서 말할 수 있을 만큼도 정연하지 못하다는 것은 이 나라의 연애 일반이나 결혼 일반이 그만큼 정연하지 못했다는 것을 반증하고 있는 것은 아닐까. 젊은 세대의 이러한 경향은 그러니까 그러한 무질서와 구태의연한 성격에 대한 건전한 저항이라고 볼 수도 있다고 해서 그들이 연애나 결혼을 부정하는 것은 결코 아닐 것이다.

결혼은 성교 행위일 뿐인가

결혼을 전제로 하지 않은 연애라는 말은 그러나 한편으로는 인류가 몇천 년간 부동의 제도로 고수해 온 결혼 제도에 대하여 다소 경시하는 일면이 없는 것은 아니다. 현대 세계가 떨어져 있는 불안이나 절망의 영향으로 말미암아 현대인은 모든 것에 대한 집착력을 상실하였는지 모를 일이다.

미국의 비트 족이나 영국의 앵그로영맨이나 그들의 정신적 기질은 20세기적 일반 문명에 대한 회의요 부정이다. 그들은 연애나 결혼에 대한 존엄을 헌신짝처럼 내동댕이친다. 이것은 반드시 그들만의 정신적 생태가 아니다. 문명이 발달한 나라일수록 이혼이 많아지는 것은 웬일인가. 연애나 결혼에 대해서 보다 더 그 기본이 되는 성의 문제에 관심을 기울이는 현대의 풍조는 현대가 여러 분야에서와 같이 결혼 제도의 기초를 뒤흔들고 있다는 것을 말하고 있다. 크게 보면 20세기는 하나의 위대한 전환기가 아닌가. 전환기 시대의 사람들은 제도나 질서보다는 자기의 자의식이나 본질에 의존하게 된다.

인류의 역사는 잡혼 시대니 모계 가족 시대를 기록하고 있다. 그 당시에는 결코 연애와 결혼이 분리되어 있지는 않았을 것이다. 연애가 곧 결혼이요 결혼이 곧 연애였을 것이다. 따지고 말한다면 그것은 연애도 결혼도 아니고 성교에 지나지 못하는 행위였을 것이다. 그것이 결혼 제도의 확립으로 말미암아 결혼과 연애는 서로 따로 떨어져 나간 것이다. 인류 개개인의 모든 비극의 원인은 연애나 결혼을 싸고 돈다. 결혼 제도 자체가 쉽게 변모될 리 없겠지만 그러나 그 개념은 상당히 변모되어 왔고 앞으로도 변모를 거듭할 것이 틀림없다.

그러한 경향성은 별 문제로 한다고 하더라도 우리의 생명이 적나라하게 부르짖는 일 앞에서 우리가 혹종의 관념의 장난 때문에 마이너스가 된다면 그 관념은 버려지지 않으면 안 된다. 그러한 시대적 젊은 세대를 위험시하고 있다. 결혼을 전제로 하지 않는 연애를 지지하는 젊은 세대를 아주 문란하고 위험한 불장난으로 보고 있고, 일반적으로 피상적으로 그렇게도 보이지만, 사실은 건전한 사고 방식일 것이다. 우선 무시되었던 자아를 발견한 것이요 나를 위해서 만들어지지 않은 기존 권위에 만족할 수 없다는 이야기다. 무시당했고 계산에서 늘 빠져 있었던 자아를 이제는 그런 테두리에서 벗겨 내자는 이야기인 것이다. 루소가 말한 '자연으로 돌아가라'는 말도 따지고 보면 현대적인 의미로 젊은 사람들의 그와 같은 견해와 부합해서 생각할 수 있을 줄 믿는다.

자연은 원시적인 그런 자연이라기보다 인간 본연의 자연을 의미하는 것이 아닐까 한다. 도덕이니 윤리니 하는 기존율에 억압되는 일이 없이 순수한 자아의 자연대로 살겠다는 의욕일 것이다.

연애는 결혼을 전제로 해야 한다는 말은 어디까지나 누군가가 만들어 낸 기존적인 풍속 습관인 동시에 우리의 머리 속에 고질화된 관념일 뿐이지 절대는 아니다. 여태까지 무조건 순종해 왔고 복종해 왔었는데, 그래서 잠 속에서 꿈을 꾸듯하고 있었는데 이제 잠에서 꿈에서 깨어가기 시작했고 비로소 자기 자신을, 자기의 위치를 발견하기에 이른 것이다.

우리는 자유의 몸이다

그러나 또 한 가지 잊어서는 안 될 일은 필자가 아까 말한 지성과 자율성과 자아의 문제가 있다. 필자는 이 지성과 자아를 건전하게 살릴 수 있는 사람이라면 연애나 결혼에 사고는 별로 없을 것이라고 말했으나 D.H.로렌스는 「현대인은 사랑할 수 있는가」라는 글 가운데서 현대인은 신앙심의 결핍과 자아의 집착 때문에 서로 사랑할 수 없다는 말을 한 적이 있다. 신앙심의 문제는 덮어 둔다 해도 자아 때문에 서로 진심으로 사랑할 수 없다는 말에는 일리가 없는 것은 아니다. 일반적으로 자아 의식 과잉은 확실히 사랑이라는 고전적 개념을 깨뜨리는 행위를 속출케 하고 있다는 것이 사실이다. 하여튼 이 자아의식 과잉은 진실한 사랑이 없는 연애, 연애 감정 없는 결혼과 같은 현상을 초래시키고 있는 것이다.

우리가 진실로 원하는 것은 연애나 결혼을 다같이 보다 더 진실하게 이끌어 나가는 방법론이다. 우리의 이 자의식 과잉이 빚어낸 사랑의 결핍이라는 결과를 초극해 나가려면 어떻게 하지 않으면 안 되는가, 사랑 없는 연애라는 아이러니컬한 정신에 연유된 것이다. 춘향에게는 이 자의식이 없어서 매력이 없다고 했지만 이 자의식 때문에 인간의 보다 적나라한 생명력을 상실해 가고 있다면 사실은 어느 쪽이 매력이 더 없는 것이 되는가.

최근 젊은 세대들의 결혼의 전제 아닌 연애 지지가 사라져 가는 그 인간의 적나라한 생명력에 대한 향수라면 좀 억지 논리겠지만 그러한 정신이었으면 더욱 좋겠다.

우리는 자유의 몸이다. 이 자유에 의해 전개되는 인간의 모든 행위를 억압하는 선입관념은 부숴버려야 한다고 해서 비트 족처럼 극단적으로 되는 것도 패배적이 아닐까.

제 3 장

내가 좋아하는 작가

울분을 토하다 미친 박봉우
— 박봉우 시인을 생각하며

지난 3월 2일 늦게야 집에 돌아온 아내로부터 나는 슬픈 소식을 들었다. 전주에 사는 박 시인이 오늘 저 세상으로 갔다는 전갈이었다. 박봉우 시인 하면 40대 후반인 사람은 모르는 사람이 거의 없었으리라. 적어도 문학에 뜻을 둔 사람들이라면.

그러니까 박봉우 시인은 1934년생이며 광주일고를 졸업하여 전남대 문리과대학 정치외교학과를 졸업할 때까지는 비교적 부유한 가정에서 자라지 않았나 생각이 든다. 그는 56년 조선일보 신춘문예에 〈휴전선〉이 당선되면서 시인 활동을 하게 되었다. 그후 62년에 현대문학 신인상을 타기까지 젊은 시절에는 패기와 의욕도 많았다고 본다. 내가 박봉우 시인을 알게 된 것도 그 무렵이었으리라 생각된다.

그때만 해도 6 · 25를 겪은 전쟁 후라 50년과 60년 폐허의 격동기에 한참 젊은 나이의 우리는 고통과 슬픔을 함께 하며 시를 읽고 논하는 무서움 없는 젊음이었다. 명동 거리를 누비며 대포 한 잔에 목을 축이며 삶의 의욕에 부풀어 있었다. 박 시인은 그 울분을 토하다 못해 정신병원을 오가며 무척이나 고생을 했다. 남보다 의욕과 패기와 울분이 많았던 친구인 그는 끝내 가슴에서 그것들을 토하곤 했었다. 그러나 그 패기와 용기도 어느 누가 받아들이지는 못했기에 병마에 시달리며 오랜 서울 생활에 지쳐 끝내 미쳐 버리곤 했다. 그는 모든 생활이 남보다 별난 데가 많았다. 예를 들어 그의 결혼식 또한 거창했었기에 말이다. 그는 결혼식을 올리지 않고 살면서 큰딸 하나를 낳고 둘째 아들 나라를 낳고 결혼식을 했던 것이다. 그것도 파고다 공원에서 한다고 하여 신문에 떠들썩하게 기사가 나왔던 일이 필자도 참석했기에 지금도 생생히 떠오른다.

그 후 응암동에서 네 식구가 월세방에서 그래도 웃음을 잃지 않고 단란하게 보금자리를 마련하고 살면서 좋은 아빠가 되려고 노력도 했었던 모습이 떠오른다.

한 방 안이
점점 좁아지는구나
내가 밀려서 잠을 깨다 보면
요놈들은
키도 크고 넓어졌구나

쌀도 한 말이면
일 주일을 먹는데
요사이는 며칠 못 먹으니
아버지 경제는
찬바람이 부는구나

— 〈아버지의 경제〉 중에서

　이토록 삶에 쓰라림을 겪으면서도 자식과 아내에게 대한 사랑은 지극했다고 본다. 그 후 막내 겨레를 낳고 살아 보려는 노력은 시만 쓰고 밥을 먹지 못하는 현실 앞에 그의 괴로움은 점점 더해 갔으리라. 나는 박 시인보다 훨씬 늦게 72년에 지금의 아내와 결혼을 했었다. 아내도 박 시인을 무척 좋아했고 그도 내 아내를 친구의 누이동생이니 동생같이 귀여워했던 사이였다. 그러니 우리 부부는 박 시인을 더 좋아할 수 밖에는 없었다.

　그러던 어느날 나와 아내가 무교동을 지날 때였다. 한 오십 미터쯤 앞에서 지나는 사람들에게마다 손을 벌리며 무엇을 달라며 쫓아 따라가는 사람을 보았다. 그 사람은 바로 박 시인이었다. 나보다 아내가 먼저 그를 알아보았던 것이다. 아내가 깜짝 놀라며 가까이 가서 "박 선생님!" 하고 불렀다. 그때 그는 정색을 하며 "미스 목, 대한민국에서 가장 위대한 여성!"하면서 팔을 번쩍 들어 보이는 것이 아닌가. 아내가 안타까워 "집에까지 모셔다 드릴께요"라고 하였지만 그는 괜찮다며 대한민국의 위대한 시인은 나와 천상병뿐이라며 얼굴에 땟물을 닦으며 "아폴로 다방(삼각동에 있던 음악감상실)에 가 있어. 나 동아일보사에 갔다가 곧 갈께"하면서 우리 부부를 한사코 먼저 가라는 것이었다. 그때의 그 모습을 나는 지금도 잊을 수가 없다. 울분을 토하다 못해 미쳐 거리를 방황했던 불쌍한 친구를.

　그 다음 날로 응암동 정신병원에서 몇 개월을 지내다 나와야 했던 친구. 나도 한때 쓰러져 정신병원에 가야 했던 그와 나는 그런 놈들이었다. 그와 나는 고통과 슬픔을 남달리 맛보았던 불행했던 시절들을 많이 겪었다. 그 후 그는 서울이 싫어, 모든 사람들이 보기 싫어 결국 서울을 떠나고 말았다. 그는 떠나기에 앞서 이런 시를 남겼다.

> 긴 겨울 이야기는
> 끝나지 않았다.
> 모두 발버둥치는 벌판에
> 풀잎은 돋아나고 오직 자유만을 그리워했다.
> 꽃을 꺾으며
> 꽃송이를 꺾으며 덤벼드는
> 난군(亂軍) 앞에
> 이빨을 악물며 견디었다.
> 나는 떠나련다.
> 서울을 떠나련다.
> 고향을 가려고
> 농토를 찾으려고 가는 것은
> 아니겠지.
> 이 못된 손아귀에서
> 벗어나는 것만이
> 옥토를 지키는 것.
> ― 〈서울 하야식〉 중에서

그 후 간혹 박 시인의 소식을 인편으로 들었다. 광주 고향에 있지
않고 전주 시립 도서관에 촉탁으로 취직을 해서 겨우 생활을 꾸려 나
간다는 것이었다. 그래도 조금은 안심이 되었다. 친구들의 주선으로
살아가고 있다니 반갑고 대견했었다.

그러던 어느날 그는 불쑥 서울에 나타났다. 세 아이를 앞세우고 의

첫하게 인사동에 있는 아내의 찻집에…… 마침 나도 그때 시내를 나갔던 차에 십 년 넘어 만났다. 그와 나는 부둥켜 안고 울음을 터뜨렸다. "죽지 않고 살아있구나"라고. 그때 그는 유방암으로 고생을 하던 아내를 저 세상으로 보내고 허탈과 슬픔에 잠겨 있었지만 아이들의 모습이 너무도 당당하여 부럽기까지 했었다. 대통령이 되면 나를 재무장관을 시켜 준다고 농담을 하며 지붕이 떠나갈세라 웃었던 일이 엊그제 같았는데 죽었다니. 정말 믿어지지 않는다.

이 세상에서 가장 애국자인 한 시인이 이제 천국을 갔다. 많이도 울부짖고 토해내던 그 모습을 이제 어디에서 본단 말인가. 참으로 마음 한 구석이 슬픔으로 텅 비어 있음을 나는 알았다.

동생 이외수

　내가 이외수를 동생이라고 하는 데는 여러 가지 이유가 있다. 왜냐고 묻는다면 내가 이외수를 만나기 전까지는 잡지나 신문을 통해 그의 이야기를 들을 수 있을 뿐 그의 행각이나 모습이 나와 비슷한 점이 있다고 생각은 했었다. 그러나 어떻게 만날 기회가 없었다. 어느 잡지사의 기사나 내가 좋아하는 조해인의 이야길 들어 그도 나와 같은 괴벽성이 있구나라는 정도의 상식밖에는 없었다. 세수를 일주일이나 한 달 동안이나 하지 않는다는 소문이 나를 닮았구나 하는 생각이 들었다. 여하튼 씻기 싫어하는 사람이 이 세상에 또 있구나 하고 생각을 했었다. 그러나 어쩌다 잡지의 기사를 볼 때 그 모습이 왜 그렇게 외로워 보였는지 나는 차츰 이외수라는 작가에게 조금씩 관심을 갖게 되었다. 그러나 나같이 게으름뱅이가 그를 찾아 만나야 된다는 생각은 하지도 못하고 있었다. 얼마나 어리석고 바보스러운 일인가.

　마음 속으로만 언젠가 만날 날이 있을 테지 하고 기다렸던 오랜 시간이 흘렀다. 그러다 뜻하지 않게 우연히도 나는 춘천의료원에서 투병 생활을 하게 되었다. 오 개월 동안 병원에서 입원을 했었다. 병명은 급성간경화증. 내 배는 꼭 만삭의 임산부의 꼭 그 모습이었다. 누워 있으면 불룩한 배가 내 가슴에 한아름 튀어올라 있어 그 배 위에다 책을 얹어 놓고 읽을 수가 있었다. 생각하면 꿈같은 나날이었다. 온몸에 알레르기가 생겨 내 몸에는 지도가 생길 정도로 껍질이 벗겨지고 빨간 살이 드러나면서 진물이 나와 꼭 화상을 입은 환자같은 꼭 그 모습이었었다. 전신을 붕대로만 감고 옷도 입지 못한 채 두어 달을 고생했었다. 그렇게 병원 침대에 누워 꼼짝을 못하고 있을 무렵이었다. 그날도 나는 얼굴에 까만 딱지가 더덕더덕 붙어 있는 그 모습을 하고 있을 무렵이었다. 어느날 생각지도 않은 방문객이 나의 병실을 찾은 것이다. 다름아닌 이외수였다. 나는 그를 보는 순간 너무도 반가웠다. "이외수야! 너는 내 동생이다"라고 말을 하고 말았다. 곁에는 예쁘고 잘 생긴 계수씨가 웃고 있었고 둘쩻놈 진을이가 함께 있었다. 나는 단박에 계수씨라고 말을 했더니 "네 선생님, 반갑습니다"라고 대답을 해 주었다.

그 세 식구가 나를 찾아와 반겨 주었으니 내 어찌 기쁘지 않겠는가. 하느님께 감사하다고 몇 번이나 되풀이했었다. 나중에야 들은 말이지만 계수씨는 미스 강원이었다는 말을 들었다. 과연 훤칠한 모습이 그렇구나 라고 생각을 했었다. 그 후 내가 병원에서 퇴원할 때까지 자주 찾아왔었다. 계수씨와 한을이(큰아들)와 진을이(둘째아들)를 데리고 열심히 찾아와 주었다. 나는 그때마다 즐겁고 기분이 좋았다. 그러던 어느날 외수가 대마초 사건에 걸려 들었다는 기사가 신문에 보도가 되었다. 그래서 나는 깜짝 놀라고 말았다. 그렇지 않을 거라고 몇 번이나 부인을 했지만 그것은 꿈이 아닌 현실이었다. 그래서 나는 하나님께 눈물을 흘리며 외수를 용서해 달라고 빌었다. 왠지 외로워 보이던 그 모습이 떠올라 '하나님 하나님 용서해 주세요'라고 자꾸만 빌었다. 그랬더니 하나님께서는 정말로 용서해 주셔서 내가 병원에 있는 동안 외수는 풀려 나왔다. 그리고는 매일 나의 병실을 계수씨와 꼭 함께 나를 찾아 주었다. 그래서 나는 계수씨를 보고 이렇게 위로를 했었다. "계수씨 내가 병원에서 퇴원을 해서 돈을 많이 번다면 계수씨에게 매달 백만 원씩을 드리겠어요"라고 했더니 외수가 하는 말 "야, 천상병 형님이시니까 돈을 주신다고 하지 누가 네게 돈을 준다고 하겠냐?"라며 놀리곤 했다. 나는 큰소리로 병원이 떠나갈세라 웃음을 웃곤 했었다. 아이들도 나를 큰아버지라고 잘도 따라 주었다. 나는 그래서 매일 그들의 병문안이 마냥 즐겁기만 했었다. 퇴원 후 자기 집에서 얼마 동안 쉬었다가라는 권유가 있었지만 오 개월의 병원 생활이 너무도 지루했고 장모님이 기다리시고 계실 생각에 퇴원할 때는 연락도 안 하고 곧장 서울로 오고 말았다. 그랬더니 그런 줄도 모르고 외수와 계수씨가 병실을 찾았을 때는 우리가 떠난 후였다. 외수는 하도 어처구니가 없어 그만 내가 입원했던 침대에 자기가 입원을 하고 말았다고 했었다. 어쨌든 외수는 나를 꼭 친형처럼 대하곤 한다. 나도 꼭 친동생처럼 대하기도 하지만 계수씨와 아이들은 나를 또 무척이나 좋아해서 나는 참으로 행복하구나라고 생각을 한다.

그 고마움이 나를 아끼고 걱정하면서 또 아내의 걱정을 염려하여 고생하는 아내를 돕겠다고 중광 스님과 상의하여 드디어 『도적놈 셋이서』라는 시화집을 만드는 데 무던히도 고생을 하여 출판사와 함께 편집을 하는 일까지 심려를 기울여 주었던 것이다. 그리하여 내 아내가 경영하는 가게의 빚도 갚게 해 주었던 것이다. 참으로 고마운 동생이다. 더욱이 계수씨의 권유가 발동했으리라 믿으니 참으로 강원도를 대표하는 미인의 마음씨가 아니고서야 어찌 그리 고운 마음씨가 있을 수 있겠는가.

나는 거듭거듭 감탄하며 계수씨에게 고마움을 전하고 싶을 뿐이다. 외수나 계수씨는 내 아내를 보고 천사같은 사람이라고 칭찬을 하지만 나도 외수가 행복하게 두 아들과 사는 모습을 볼 때면 천사같이 아름다운 아내를 가진 탓이라고 찬사를 아끼지 않는다. 계수씨에게 잘못 하기만 한다면 그때는 동생이고 무엇이고 그냥 두지 않겠다고 호통을 치련다. 외수는 여름부터 나보고 춘천에 자꾸만 내려오라고 하였지만 금년같이 찌는 무더위에 어디를 간다는 생각만해도 지긋지긋했었다. 그래서 엄두도 못 내고 말았다. 이제 더위도 가시고 나면 선선해질 테지. 그러면 나도 오랜만에 한번 나들이를 할까 생각 중이다. 한을이 진을이와 함께 며칠을 지내고 싶다. 아이가 없는 우리 부부는 아이들만 보면 죽고 못 사는 버릇이 있다. 며칠 동안이라도 함께 한다면 얼마나 즐겁겠는가.

계수씨한테 매달 백만원씩 주겠다는 약속을 지키지 못했지만 그것은 내가 돈을 벌지 못한 죄이니 안 준 것이 아니고 못 준 것이니까 이해해 달라면 계수씨도 그러라고 하지 않겠는가. 언젠가는 그런 때가 있지 않을까라고 기대를 해 본다.

외수야! 계수씨께 돈 백만원씩을 벌어 줄 때까지 나를 지켜보지 않겠느냐? 그날을 보려면 백 살까지 살아야 되지 않을까라는 생각을 하면서 나는 살련다. 우리는 형제가 아니냐? 계수씨도 기대하십시오. 하나님께서 꼭 지켜 주실 테니까요.

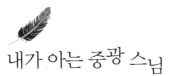

내가 아는 중광 스님

내가 중광 스님을 알게 된 것이 내 기억으로는 팔십 오년 여름이라고 생각된다. 저녁에 돌아온 아내가 하는 말이 내일 『주부생활사』 기자가 '귀천' 으로 온다고 나도 함께 가야 된다는 것이었다. 그래서 가게로 갔더니 기자들과 함께 중광 스님이 계시는 곳으로 가자는 것이었다. 나는 아내에게 어디로 가느냐고 물었으나 아내는 함께 가기만 하면 된다고 하였다. 그래서 나와 아내는 중광 스님을 만나기 위해 경기도 광주로 가게 되었다.

처음에는 어디로 가는 중인지도 몰랐다. 처음부터 광주라고 하면 내가 가지 않겠다고 할 테니까 가까운 곳이라고 이야길 했던 것이다. 얼마를 가도 자꾸만 가니 어디까지 가는 것이냐고 다그쳐 물었더니 그제서야 아내가 실토를 하는 것이었다. 사실은 광주에 있는 도자기 가마에서 작업을 하고 계시는데 그곳에서 중광 스님과 만나서 인터뷰를 하게 되었다는 것이다.

중광 스님의 이야기는 돌아가신 김종해 박사님이나 아내를 통하여 이야기는 들었지만 스님을 만나러 간다니 나도 만나고 싶었던 분이라 기분이 나쁘지는 않았다. 다소 멀기는 했지만 서울 시내를 벗어나 맑은 공기를 마시며 들길을 달리는 것도 좋은 여행이라 기분이 좋았다.

내 생각으로는 두어 시간을 달려가지 않았나 생각된다. 어느 마을을 지나 여기저기 도자기 가마가 눈에 들어오곤 했다. 어느 지점에 우리 일행은 드디어 도착을 했다. 기다리고 계시던 중광 스님이 얼굴에 흙칠을 한 모습으로 우리 일행을 반갑게 맞이해 주셨다. 내가 간다는 연락을 받고 만반의 준비를 다하고 계셨다. 생각했던 대로 괴짜인 것만은 사실이었다. 검정 고무신에 누더기 옷을 입으시고 온 얼굴에 흙이 묻어 있는 그 모습으로 내 손을 덥석 잡으시고 반가워하시는 그 모습이 천진난만한 웃음은 초면이 아닌 옛날부터 알던 사람인 것 같은 다정한 만남이었다. 내가 스님께 보살님이라고 하였더니 스님은 나를 도사님이라고 하시지 않는가? 나는 "아닙니다. 도사님이라니요?"라고 반문을 했지만 자꾸만 도사님이라고 하는 통에 나는 "보살님, 보살님"하고 부르니 우리는 자꾸만 웃게 되니 따라서 여러 사람이 함께 얼마나 웃었는지 눈물이 자꾸만 났다. 내가 막걸리를 좋아한다고 멀리 마을까지 사람을 시켜 몇 되를 사가지고 와서 대접으로 막걸리를 단숨에 마셔 버렸다. 어찌나 술맛이 좋던지 두 사발을 마셨다. 스님도 마시고 따라간 기자와 모두가 막걸리 파티가 벌어졌었다. 그리하여 중광 스님과 나와의 인연이 그때부터 시작되어 몇 년을 다정하게 지내는 사이가 되었다. 남들은 중광 스님을 일컬어 걸레 스님, 괴짜 스님이라고들 하지만 나는 스님을 보살님이라고 부른다. 왜 보살님이냐고 물어 온다면 나는 이렇게 말을 한다. 스님은 보기와는 달리 인정도 많으시고 의리도 있으시고 그림을 그릴 적에는 혀를 이리저리 돌리시며 어린애 같은 모습으로 그리는 그 모습은 꼭 보살님의 그 모습이시니까 나는 보살님, 보살님이라고 부르지 아니할 수가 없게끔 되어 있다. 나는 또 보살님이라고 해야 되는 또 한 가지의 이야기도 해야겠다. 내가 88년 1월부터 5월까지 춘천의료원에서 입원을 하고 있을 때였다. 간경화증으로 일주일밖에 못 산다는 진단을 받고 사경을 헤매고 있을 무렵 스님께서 나의 입원 소식을 듣고 춘천의료원까지 찾아오셨던 것이다. 나는 너무도 고마워 눈물을 흘리며 감격해 있는데 스님은 오히려 나를 보고 "도사님을 뵙게 되어 오히려 제가 영광입니다"라고만 되풀이하면서 빨리 완쾌되어 서울에서 만나자고 하시며 나를 껴안으시더니 베개 밑에다 무엇을 넣고는 가시지 않겠는가? 나는 한참만에 생각이 나서 베개 밑을 보았더니 돈이 이십만 원이나 들어있지 않는가. 십만 원은 마산 고등학교 후배이자 서울대학교 후배인 의사이신 분이 중광 스님께 전달한 것이고 십만 원은 스님께서 주신 것이었다. 그렇게 말씀도 안하시고 몰래 돕겠다는 그 마음씨가 어찌 보살이 아니시겠는가 말이다.

그 후 나는 몇 번이나 아내를 통해 스님의 고마운 마음씨에 항상 가슴이 짜릿한 정을 느끼곤 한다. 나는 스님께 아무것도 드린 것이 없는데 자꾸만 도와 주시는 은혜에 나는 어떻게 보답을 해야할지 모르겠다. 내가 병원에서 퇴원하여 살아났다고 기뻐하시며 고생하는 아내에게 보탬이 되라고 이외수 동생과 함께 귀한 그림과 글을 주셔서 출판하게 된 『도적놈 셋이서』의 인쇄료도 아내에게 일임하여 우리 두 사람의 보금자리를 마련해야 된다고 하시며 선뜻 승낙해 주신 고마움 어찌 보살님의 마음씨가 아니고 무엇이겠느냐. 그리고도 두고 두고 형님으로 모시겠다고 겸손을 보이시는 스님께 나는 되려 형님이라고 부르고 싶은 심정이 되곤 한다. 언제나 만나면 다정한 모습과 웃음이 나를 편안하게 해 주신다. 그리고 '귀천'에 앉아서 벽에 걸려 있는 스님의 그림을 바라보면 (학 한 마리) 나는 곧 한 마리의 학이 되어 하늘로 날고 싶은 충동이 일곤 한다. 그 외에도 용돈이 필요하면 스스럼없이 스님께 필요한 만큼 요구하면 언제든지 주시곤 한다. 그러면서 나를 보고 하시는 말씀이 "도사님은 천사같은 형수님을 만나 행복하십니다"하고 아내를 위로해 주신다.

비록 누더기 옷을 걸치고 가슴에 고장난 시계, 머리에 쓴 모자에 울긋불긋 달린 장식들, 그 모습이 우습다고 보이지만 어느 곳이든 어느 하늘 아래를 활보한들 떳떳한 그 모습, 그 웃음 앞에는 누가 뭐라고 말할 자 있을까? 스님과 나는 언제나 서로가 형님과 도사가 엇갈리는 대화가 있을망정 마음 속으로 보살님이니 우린 언제나 만나면 반가운 것이다. 오막살이가 완성되는 날 스님과 나는 또 큰소리로 한 바탕 웃으리라. 도사님, 보살님을 함께 부르며 외치리라.

보살님! 감사합니다. 중광 스님! 보살님! 우리는 언제나 함께 하는 형제입니다.

화백과 친구

나는 몇 사람밖에 화가를 모른다. 김환기, 이준, 문학진, 박노수, 임호, 천경자, 김영덕, 문우식 등이다. 어떻게 이렇게도 초특급 엘리트 화가들만 사귀었는지 의심날 지경이다. 그림은 만국어, 이런 에스페란토 교수들만 사귄 것은 행복이면서 불행이다. 내 문학이 팔류(八流)인데 비하면 월등인 것이다. 불행의 이유는 이렇게도 훌륭한 사람들과 사귀었으니 내 모자람이 돋보인다는 데 있다.

김환기 선생과는 임시 수도 부산 시절부터 알게 되었다. 처음에 알게 된 까닭이 무엇인지 모른다. 짐작컨대 평론가 조연현 선생과 나는 둘도 없는 사이인데 김환기 선생은 애초에 조연현 선생과 지기지우였으니, 기필코 조연현 선생을 통하여 알게 된 것일 것이다. 그런데 조연현 선생만으로써가 아니라 소설가 서근배 씨는 김환기 선생의 조카인 것이다. 이 서근배 씨와도 나는 친하기 짝이 없으니 혹시 서근배 씨를 통해서 알게 됐는지 오리무중이다.

그럭저럭 김 선생과는 막역지간이 됐는데, 한 가지 특기할 것은 내가 서울대학교 상대 동기들과 이화여대생(일년생이었다)들 각기 네 명씩 천막을 치고 날을 샐 때(일주일 간이었다) 난데없이 김환기 선생이 조각가 윤호중 선생하고 나타났다. 그런 이야기도 옛날 얘기가 됐으니, 어느새 산하가 두 번 변하기 전의 일이다. 그런데 그곳은 부산의 혈청소 뒷자리인데, 김환기 선생이 나타난 다음날 한 청년이 배에서 바다로 떨어져 죽었다. 아무래도 김환기 선생의 난데없는 '나타나심'이 그런 돌발 사고의 원인이었을 것이다. 김환기 선생의 그림은 아무리 보아도 동양 정신의 스케치, 유화는 유화이되 동양적 풍경이다. 그 동양은 고대로 향한다. 추상화이기야 하지만 도시 감각이 팔십 퍼센트이다. 이준 씨는 내가 알 때는 교수였다. 이화여대인가 싶은데, 딴 대학이라도 별수없다. 키가 나만한 중키이고, 얼굴은 소박하고 아담하다. 인물의 됨됨이 소박과 아담이 반반씩이다. 인물뿐 아니라 그림도 그렇다. 인물론 자체가 소박과 아담 일변도다.

이준 씨는 짐작컨대 공처가가 아닌가 한다. 왜냐하면 그렇게도 순진하고 천진한 분이 아내 말이면 천하와도 바꿀 것이다. 이준 씨의 그림은 물론 서양화의 유경(油景)인데 일품이다. 거의 풍경이 많다. 멀고 가깝고 간에… 글쎄 그림조차 소박하고 아담하다. 그 소박 속에는 농촌뿐 아니라 도시가 대부분이다. 자기도 의식하지 못하는 미인이 더러는 있다. 그 아름다움이야말로 진짜로 좋은 것이다. 한 번 집으로 놀러 갔으면 좋겠는데 집이 어디인 줄 모르니 천만 뜻밖이다.

문학진 씨는 서울대 미대 교수이다. 허허 털털하기가 백만 번인 젠틀맨이다. 내가 어느날 그렇게도 말이 없는 분에게 "요새 애들은 성적이 좋지 않아요?" 바꾸어 말하면 "요새 미대 학생은 그림을 잘 그립니까, 못 그립니까?"라는 뜻의 질문을 했다. 그런데 그 대꾸가 걸작 절도 할 답이었다.

"고기가 많이 잡히는 해도 있고, 아니 잡히는 해가 있지요? 요새는 통 안 잡히는 해란 말이에요." 이 대답에 나는 삼국지의 관우이듯 통쾌하고 배가 아프게 껄껄 웃어 넘긴 일이 있었다. 온후하고 심로한 문 교수는 지금도 미대 교수일 것으로 믿어 마지않겠다.

박노수 씨는 지금도 뭘 하는지 통 모르겠다. 아마 교수가 아닌가 싶고 화가 일에 전념하기가 이를 바 없을 것이다. 예쁘장한 얼굴에 언제나 미소 짓는 폼이 대단한 유머리스트였다. 작가 손소희 선생과 더불어 신세계 백화점으로 박노수 개인전 때 찾아간 적이 있었다. 직접 만나게 되어 그림을 상세 면밀하게 설명한 것이 기어코 어제와 같은데 벌써 한 십 년은 넉넉히 되었을 게다. 손소희 선생이 그날 마침 그림을 한 폭 사서 내가 도리어 천하호걸인 듯 상쾌한 만족이었다. 부군인 김동리 은사님께서 동양화 스케치 취미가 여간 아니니 김동리 은사님도 웬만큼 흡족했으리라.

임호 선생 차례이다. 부산에 있을 때, 예총 명지부장 노릇도 하였다. 그런데 선생은 나의 마산중학교 시절의 미술 은사이다. 특별히 내 기억에 지워지지 않는 것은 내 그림 점수가 95점이었다는 것이다. 임호 선생은 하여간 부산 예술계의 왕초라는 엄연한 사실이다. 옛날 마산에 있을 때는 성호 동산에 스스로 아담한 집을 지었으니 공예에도 능통할 것이다. 선생 부인을 모델로 초상화를 그린 적도 있었다.

키 큰 천경자 여사 차례가 왔다. 그림도 그림이려니와 여사는 명수필가로서도 고명하기가 여간 아니다. 조연현 주간이 말하는 것을 내가 들은 적이 있다.

"천경자 여사의 수필은 제일이야. 한국의 여류 작가들보다 낫단 말이야. 치밀하고 알맞는 구성에 아름다운 심경이 잘 다듬어져 있단 말이야!" 어김없이 이랬었다. 한 십 년 전 일이라 조 선생은 말해 놓고도 지금은 잊었을 것이다. 아무리 동양화가이지만 서양화래도 천재일 게다. 색채가 풍부한 것이 그걸 입증한다. 시심이 담뿍 들어 있는 것이다.

김영덕 씨 차례다. 나는 김형의 유화를 별로 본 것이 없다. 그저 신문 지상에 삽화를 그리는 게, 왜 그리도 섬세하고 내용이 충실하고 면밀할까?…… 나는 김영덕 씨를 남도 부산서 만나고 사귀기 시작했다. 수려한 용모에 몸가짐도 단정하다. 전에 부산에 있는 국제신보나 부산일보에 주로 삽화를 연재했었다. 얼마 전에 왕대포 한 잔을 놓고 둘이서 다정하게 이야기한 적이 있다. 들으니 조선일보에 또 삽화를 그리게 됐다고…

문우식은 지금 홍익대학교 미술 교수이다. 우수한 머리와 빈틈없는 처세로 인생 황야를 무난히 걸어가고 있는 중이다. 내가 1930년생이니 29년 아니면 31년 상관일 것이다. 크고 후리후리한 높은 키에 짜임새 있는 몸뚱이다. 수채화가 그의 자랑거리였는데, 얼마 전 『현대문학』 8월호 표지를 보니까 유화를 그렸는데 천하일품이었다. 내 방 벽에 그걸 액자에 넣어 모셔 놓고 있다. 다 말했다.

그들의 복이 만리장성처럼 길고 든든하기를 빈다.

내가 아는 화가

　나는 요즘 건강이 좋지 않다. 며칠 전 이발관을 갔다 오다 다리에 힘이 빠져 넘어졌다. 몇 개월을 밥이라곤 입에 넣지 못하고 막걸리와 우유로 연명을 했으니 당연한 일이라 생각된다. 아내는 한사코 술을 한 되로 줄이고 한 끼라도 밥을 먹어야 된다고 했지만 술을 먹지 못하는 아내에게 어떻게 설명할 수 있느냐며 우겨 왔었다. 이제 이렇게 건강이 나빠진 지금에야 내 잘못을 알게 되었다. 걷는 데 여간 불편하지 않으니 이게 웬 말이냐.

　요며칠 술을 끊고 밥을 먹고 있으나 이것이 얼마나 갈는지 나도 도무지 모르겠다. 아마 하느님께서 내리신 벌이라 생각된다. 누워서 생각하니 옛날에 사귀었던 몇 사람들의 화가들이 생각나 몇 줄 적을까 생각한다.

　첫번째 남관 선생을 생각해 보자. 남관 선생과는 어떻게 알게 됐는지도 도무지 알 수가 없다. 천만 번 생각해 본들 알기는커녕 그냥 모르기 마련이다. 남관 선생의 용모는 동양형 미남이다. 전세계의 어디에 가 있더라도 미남인 것이다. 충분히 미남인 것이다. 점잖고 예의 바르고 부드러운 분이다. 마치 조선조 때의 영의정을 보는 느낌이다. 교양미가 온몸에서 노도처럼 보인다.

남관 선생의 미술품은 아름답고 또한 동양 정신의 이질품이다. 그 이질성은 기술이 서양화라는 것이 그렇다. 심심(深心) 속에서는 동양의 하늘만 보일 것이다. 전세기의 서양의 미술 대가들은 종교화가 으뜸인데 남 선생님은 종교화는 손대지 않는다. 그림 자체는 종교가 아니다. 휴머니즘이 밑바닥이 되어 있는 것이다. 기어코 휴머니스트일 것이다.

파리에서 돌아온 후의 그림은 좀 색이 다르다. 아무리 해도 그 곳의 영향을 받았을 것이다. 내가 좋아하는 남 선생님의 그림을 한 점 갖고 싶지만 가난한 시인의 주머니로는 생각도 못할 꿈이다. 남관 선생을 알고 있다는 것으로 만족을 해야겠다. 작년인가 외국과의 전시 관계로 사기를 당했다는 기사를 읽은 적이 기억나는데 이것 또한 남 선생의 인기 탓이라 할 수 있겠다.

두 번째로 하인두 씨 몫이 왔다. 나와는 내가 상대 2년 때부터 막무가내인 사이다. 그러니 '씨' 조차 필요 없다. '씨'를 붙이니 헛기침이 나려 하고 웃음이 나와 방귀만 뀐다. 인두도 부산에서부터 사귀었다. 역사가 얼마나 되는지조차 모르겠다. 나와는 동갑일 뿐더러 나보다 약간 달 수가 적다. 내가 형님 뻘인 것도 불구하고 내 바로 앞에서 형님인 체 하려 들고 형님이라고 부르라 하니 대법원장께 고소했으면 좋겠다고 생각하고 있는데 얼마 전에 병원에 입원했다는 이야기를 아내를 통해 알았다. 아내가 와서 큰 걱정을 했다. 아내는 인두가 오빠의 친구이며 남편의 친구라 각별히 친한 사이고 보니 걱정이 태산같단다. 모두가 술 탓이라고 종알거린다. 수술이 잘 돼야 된다고 눈물을 흘리기에, 나는 고함을 쳤다.

"문둥아! (나는 아내를 그렇게 부른다. 경상도에서의 애칭이다) 인두 그 놈은 아직 죽지 않는다. 하나님이 그놈은 부르시지 않는다 말이다. 함부로 천국에 가는 줄 아나? 가고 싶어도 가지 못하는 곳이 그곳인 줄 무식한 너는 모른다. 눈물은 왜 흘려?"라고 거듭 소리를 쳤다. 그 랬더니 아내는 걱정이 되어서 그랬단다.

인두야! 요놈아 일어나라! 나도 빨리 일어날 테니. 아직은 너같은 놈은 하나님 곁에 갈 자격이 없는 놈이란 걸 너는 모르는구나. 자격 도 없는 놈을 하나님께서 불러 주시지 않는단 말이다. 아직은 못 오 게 하신다는 걸 요놈아 명심해라. 그리고 빨리 일어나 내 마누라 가 게에서 큰소리로 웃으며 만나자. 빨리 일어나라, 인두야! 벌써 잊었 나? 네 놈은 내가 그림을 달라면 소리 없이 그려 주지 않나? 내가 결혼하던 72년에 시화전을 할 때도 너는 "알았다" "알았다" 했다.

인두야 너나 나는 더 살아야 된다. 너는 화가, 나는 시인이다.

잊지 말라 요놈아!

내가 좋아하는 작가

1

　나 자신부터가 그랬고, 그 한 사람이었으나 밤마다 우리는 잠들 수가 없었다. 당연히 잠들었어야 할 그 시간에 너무도 심야의 죽음 같은 고요 속에 우리는 남아 있었다. 영시가 지나가고 있었다. 한시가 넘고 두시가 넘고 네시가 다 되었는데도 그래도 우리에게는 잠이 오지 않았다. 밤마다의 불면.

　일주일간의, 일 개월간의, 이 불면의 불변(不變). 그러다가 일 년간. 이제 우리에게는 잠자야겠다는, 우리에게 있는 마지막의 '휴식 시간에의 원'도 없어진 것 같다. 우리는 우리에게 자기 자신에게 물어야 한다. '우리는 왜 잠들 수가 없는가?' 육체의 전부 혹은 일부에 인위적인 자극이나 타격을 가하지 않으면 우리는 잠들 수가 없던가.

　어젯밤에, 오늘밤에, 내일에, 자꾸만 이렇게 잠들지 못했다가는 우리는 한 사람도 남김 없이 다 죽어 갈 것이 아닐까. 우리는 왜 이렇게도 잠들 수가 없는가. 이렇게 물어야 하는 것이다. 그 불면의 이유를. 그 이유의 출처를.

타인의 사정을 내가 알 리는 없다. 내가 아는 것은 나의 사정, 나의 상황, 나의 이유다. 심야에 혼자 남은 나는 가만히 그냥 그대로 있는 것이 아니었다. 막연한 대로나마 나는 전날 일을 뉘우치고 있었고, 그날 일을 깊이 돌이키고 있었고, 내일에 대한 설명하기 곤란한 공포감을 포착하고 있었다.

지난 일 년간에 내가 저지른 죄와 악이, 일 개월 전에 범한 나의 가공할 오해가, 오류가, 한꺼번에 내 두뇌의 가장 중요한 곳을 습격하여 왔다. 그럴 때의 나의 후회통곡이나, 나의 파멸… 이래서 나는 잠들지 못하였다. 그러므로 나의 불면의 이유는 내가 밤에, 나의 과거, 현재, 장래를 언제나 후회나 통곡이나 파멸감이나, 이런 종류의 자기 실망으로서 의식하는 거기에 있는 것이다. 그러면 나는 왜 또 실망감에 의지하지 아니하며 어떤 과거도, 어떤 현재도, 나는 나의 불안정한 장래가 부단히 동요하고 있다는 사실을 지나치게 잘 안다.

내가 이런 일련의 사실을 지나치게 잘 안다는 이점에 나의 자기 실망감의 실체가 숨어 있는 것이다. 나의 주체성은 그러니까 나의 인간성은 다만 일순간에도 나의 과거, 현재, 장래의 어떤 한 점상(點上)에서도 안주하고 휴식하고 인간성 자체의 고요한 때를 설정하고 할 수가 없었다는 이 놀랄 만한 그러나 엄숙한 사실이 모든 나의 사실이 모든 나의 자기 실망감의 근원이었다. 말을 바꾸면 나의 과거, 현재, 장래가 내 인간성을 포기하려고 드는 반인간적 상황이었다는 것이다. 나의 이 단정은 일방적일까?

나는 그렇게 생각하지 않는다.

2

그리하여 우리는 잠들지 못했다. 그러나 한 번 다시 생각해 보면 우리의 불면의 이유가 우리의 주위 생활 환경이 비인간적 상황이었다는 그 사람만에 있는 것이 아니라는 것을 알게 된다.

만약 우리가 우리 주위의 반인간적 상황에 속절없이 굴복해 버리고, 우리의 주체성을 인간성을 전면적으로 타협하고 그 반인간성적 상황 속에 융합해 들어간다면 우리는 얼마나 안식할 수가 있으며 안면할 수가 있는 것일까? 그러한 사람은 많다. 참으로 많다. 정신적인 일절의 것에서 멀리 있는 사람들은 정말이지 그들은 조용하게 아니 좀 빠르게 잠들 수가 있었고 그리고 그들의 잠은 달콤하다. 그러나 이 사람은 사람일까, 인간일까. 반인간적 상황 속에 융합한 그들 인간성의 전부를 타협한 그들은 정녕코 인간이 아니다.

문자 그대로 반인간적 존재다. 반인간인 것이다. 그리고 우리 주변 환경을 반인간적 상황을 노출하고 있다는 사실은 그러한 반인간이, 동물이 얼마나 많은가라는 데 있는 것이다.

그러므로 우리의 이 '우리' 는 인간성을 아직도 사수하고 고집하는 인간성 옹호자로서의 우리다. 그러니까 우리의 불면의 더 정확한 이유는, 우리가 아직도 우리의 인간성을 사수하고 있다는 여기에 있는 것이다. 우리의 불면은 우리 자신의 인간성이 우리 주위의 반인간성과 서로 반발하고 배척하고 결과적으로 말하면 싸우는 시간이었던 것이다.

3

어느날 밤에도 그 싸우는 시간을 격렬하게 체험하고 있었다. 그러다가 생각하였다. '가브리엘 마르셀'을, 그의 사상을. 세상에서는 그를 기독교적 실존주의자라고 한다. 내가 그날 밤에 가브리엘 마르셀을 상기한 것은 그러면 그의 그 새로운 것 같은 사상의 심연 때문이었을까. 아니다. 나는 그때 맹렬하게 잠들려고 애쓰고 있었다. 나는 잠들기 위하여 나를 잠들도록 한 것 같은 전부를 일으켰던 것이다. 모두가 내게로 왔다. 그러나 다 나를 잠들게 할 수는 없었다. 전연 무력하였다.

그때 마르셀 생각이 난 것이다. 그 순간 가브리엘 마르셀을 내가 상기한 것은 그의 진귀스런 사상의 심연 때문이 아니라 잠들기 위해서였다. 그러니까 가브리엘 마르셀에게는 우리를 잠들게 하는, 잠들게 할 수는 없어도 잠들지 못하는 때의 우리 정신의 고통을 조금은 어루만져 주고 덜하게 해 주는 그런 '인간성 옹호의 무기'가 있다고 할 수가 있는 것이다. 그 가브리엘 마르셀의 '인간성 옹호의 무기'란 그러면 무엇일까?

4

그것을 말하기 전에 아니 그것을 더 잘 알기 위하여 나는 사르트르의 그 '인간성 옹호의 무기'에 대하여 말하고 싶다. "현대의 대다수 작가는 다 그 작가대로의 '인간성 옹호의 무기'를 하나씩은 가지고 있는 것이다. 다만 그 무기가 허상의 무기는 아닌가 선사 시대의 무기거나 무력한 무기가 아닌가에 따라 그 작가의 개성적 의미가 깊어지기도 하고 천박한 것이 되기도 하는 그것뿐이다." 실존주의적 사상이라는 일정한 최소 부분의 공통점 위에 서 있는 마르셀과 사르트르와의 두 무기에는 같은 면과 다른 면을 띄고 있기는 하지만 서로 그 특점을 더욱 명백하게 특징짓고 있는 것이다.

요약하자면 사르트르의 입각점(立脚點)은 '사실 자체'를 그의 존재 자체에 이르는 방법으로 한다는 데 있다. 사실 자체에 대한 총력적인 노력, 그 사실 자체와 다른 사실 자체와의 본질 파악이라는 방법을 고수하는 사르트르의 현대적 특수성이 무신론적 가장을, 이상 폐기를 초래시킨 것이다. 생각하면 이것은 무서운 일이다. 보다 나은 인간성을 구축한다는 불안정한 작업이 오늘의 인간성을 부정한다는 이 무서운 모험. 이것은 모험이 아니고 무엇인가? 사실 자체 주위가 없는 그것대로의 일절의 관계를 단절하여 설립하는 사실 자체, 예를 들면 '사르트르 자신이 있을 수가 있는가'가 성립될까.

가브리엘 마르셀은 사르트르의 그 방법이 '제이의적(二義的)이다'라고 말하며 '제일의적 그것은 사실 자체가 아니고, 사실 자체의 하나가 다른 하나에게 관계하는 이 관계다'라고 지적한다. 교사가 없는 사르트르, 이웃이 없는 사르트르, 친구가 한 사람도 없는 사르트르, 대화할 상대가 없는 사르트르, 이런 사르트르는 벌써 사르트르일 수가 없다고 마르셀의 사상은 암시한다. 사르트르의 존재 이유는 사르트르 자신에 있는 것이 아니고 사르트르와 타인과의 관계 속에서만 있다고 명시한다. 이 관계를 성립시키는 최대의 유대는 실로 우리들 인간의 최대 공약수로서의 인간성이다. 그러므로 인간과 인간과의 여러 형식의 제관계가 아직도 끊이지 않고 계속되고 있는 것은 우리들의 희망이다. 이 관계에 대하여 우리는 우리의 전부를 바치고 헌신하는 것이 우리들의 유일한 방법이다라고 마르셀의 사상은 알려 준다.

그리하여 마르셀은 인간과 인간을 연결하는 그 관계 가운데서 보다 낳은 최고의 관계는 애정이라고 말한다. 특히 이성간에 불러일으키는 절대의 설명할 수 없는 생명감의 발로로서의 연애, 여기에 우리들의 이 세계에 할 일과 희망이 있고 내일이 있다고 할 것이다. 사르트르의 사실 자체에 고집할 것도 마르셀의 관계에 고집하는 것이다. 우리의 자유는 최저 의미로서의 자유다.

5

L에게, 나는 오늘밤에 이런 글을 쓰고 있습니다. 엉터리 같은 글을 인용도 없이 아무런 실제 배경도 없는, 그러나 나는 알고 있습니다. 나는 내가 잠들기 위하여 당신을 생각하다가 자는 것과 마르셀의 그 관계가 사람을, 잠자지 못하는 사람들의 생명과 인간혼을 지키는 유일한 방법으로서의 그 관계와 일치했다는 것을.

이제 나도 잠들 수가 있겠습니다.

散文 제2부
평론

제 1 장

비평의 방법

나는 거부하고 반항할 것이다
— 내일의 작가와 시인

제너레이션 교체의 엄숙성

울창한 숲속에서였다. 원시시대의 한 인간군이 그들의 지배자의
교체를 공포와 전율 속에서 바라보고 있었던 장소는 일격 또 일격 두
사람의 격투는 처참을 더해 갔었다. 청년은 상대자의 단말마적인 대
항을 물리치면서 생명박탈의 최후의 일선까지 육박해 가고 있었다.
청년의 어깨에는 죽음을 걸고 싸우는 자의 최고의 육체력을 시현하
는 근육이 산맥과 같이 기복을 지어 있었다. 수십 년간을 한 인간군
의 지배자로서 군림하였던 지금은 백발이 된 노인의 그지없는 분노
가 도전하는 청년의 압도적인 육체력을 앞에 하고 커 갔었다. 노인은
최후의 순간이 가까워졌다는 것을 알았다. 노인은 마지막 남은 이빨
을 청년의 근육의 융기부에 들이대었다. 그 다음 순간 청년은 손에
굳게 쥔 석편을 노인의 가슴 한복판으로 뿌리쳤다. 그것은 기진맥진
한 노인의 생명을 탈취하는 데 결정적일 수밖에 없었다. 노인은 쓰러

져 갔다. 지배자는 교체되었다. 그날부터 청년은 그 한 인간군의 지배자가 되었다. 그리하여 무자비한 자연의 악조건을 돌파시키며 그는 그 인간군을 내일로 인도해 갔던 것이다. 역사연구자는 말해 준다. 새로운 지배자는 쓰러져 간 전지배자의 아들이라는 것을. 청년은 그의 육친을 학살하였고 그의 육친은 아들의 손으로 학살되었던 것이다. 그리하여 이 새로운 지배자는 수십 년 후에 제 아들이 장성하여 도전해 와서 결국 그를 죽이고 말 때까지 살아가는 것이다.

대체 발전이란 무엇이었던가. 발전이란 이 개념 하나가 이와 같은 잔인한 행위의 수천 년간의 결말에서 구상되었다고 한다면 역사라고 부르는 한 개의 총체적인 개념을 구축하기 위하여 저지른 인류의 처참한 잔인행위에 관하여 우리는 무관심할 수가 있을까. 역사는 바로 이러한 잔인행위의 연속이었다. 말하자면 제너레이션 교체였다. 제너레이션 교체가 때로는 육친학살을 때로는 파멸과 파괴를 때로는 최악의 악덕을 피할 수 없었다는 것은 제너레이션 교체의 엄숙성을 말하는 것이다.

부정이라고 부르는 성

원시시대의 한 청년이 늙은 그의 육친을 학살한 다음에 그가 스스로 지배자의 지위를 점유했다는 것은 원시대로의 한 제너레이션 교체의 엄숙성이었다. 그의 육친을 학살했다는 것은 그 시기의 유일한 부정정신의 한 발전이었다는 것을 증명하는 것이다. 이 증명은 동시에 수십 수만 가지 종류의 부정정신의 표현방법이 가능하다는 것의 증명이 될 것이다. 부정 자체는 무엇인가. 부정 자체의 유일무이한 필연성은 어디서 오는가. 고대인의 학살과 현대인의 한 편의 시작에 나타난 부정은 서로 별개의 것일까.

여기에 하나의 인식이 있다고 한다. 그 인식이 완전히 그 일체의 수속을 끝냈을 때 인간은 그것을 인식이라고는 부르지 않는 것이다. 그것은 비극이라고 불린다. 완전한 인식을 그 대상물을 초월한 인식이라고 한다면 그것은 그 뭇대상물 전체가 가지는 최대공약수로서의 하나의 사상으로 접근해 가는 것이다. 시대의식으로 직접 연결되는 것이다. 어떤 시대에 시대의식이 형성되고 보편적으로 의식되는 것은 그 시대의 비극성에서 유래하는 것이다. 시대의식이란 비극의식이나 별로 다름이 없을 것이다. 저 사람이라고 부르고 그 사람의 이름을 안다는 단순한 사실에서 그 사람을 안다는 것이 될 수가 있을까. 그러면 대명사와 명사가 일체의 인식이 되고 존재가 될지 모른다. 그 사람의 이름을 안다는 것은 그 사람을 전연 모른다는 것과 별로 차이가 있는 일이 아닐 것이다. 돌멩이의 존재가 동공 속에 비쳤을 때 그 동공 속의 돌멩이의 존재는 일부분의 존재성을 말할 뿐일 것이다. 대명사와 명사를 인식이라고 착각하는 평범한 인식인은 그러나 본질적인 일체의 것에서 멀리 떨어져 있는 것이다.

그러면 인식의 비극화는 왜 부정의 한 역(驛)이 되어지는가. 그것은 그 역(인식의 비극화)만을 지나가는 영원한 한 선이 있는 까닭에서다. 불만족과 불가능과 불가피의 본능을 우리는 달리 이름지을 필요는 없는 것이다. 우리들의 존재 자체의 비밀일지도 모른다. 그 영원한 한 선이 인식이 비극화되었다는 신호가 켜진 역을 지나갈 때 그 역은 부정의 역이 아니라 부정 자체가 되어지는 것이다. 부정이란 완전한 시대의식을 체험하면서 그래도 그 시대의식의 중압에 인종하고 그 인종을 행동에까지 상승시키는 영원한 인류의 의지라고 하면 될 것이다. 그러므로 무엇보다 시대의식 속의 정신적인 육체적인 기초 조건에 눈을 가리지 않는 용기와 실력이 부정의 근원체가 될 것이다. 오늘은 부정 아니면 부정의 반대가 있을 뿐이다.

반항과 반감

인식의 비극화를 간단하게 절망이라고 부르자. 그리고 이 절망을 시대의식 전체의 최중요부라는 사실을 인정하자. 이 최중요부를 하나의 역이라고 생각하자. 이 역에 열차가 하나 도달해 온다. 그 열차에는 수백 인의 서명이 적혀 있고 시체가 실려 있다. 음울한 광경이 전개된다. 그 열차를 전통이라고 하면 어떨까. 그 열차상의 개개의 시체와 태세를 통틀어서 전통이라고 부르자. 그리하여 그 역에는 수습할 수 없는 대혼란이 전개되는 것이다. 절망과 전통의 투쟁은 신내(神內)의 내란에 그치는 것이 아니고 각 방면으로 확대되어져 가는 것이다. 전통은 파괴되고 파편이 되어진다. 그 파편은 불살라진다. 그러나 어떻게 파괴되고 파편이 되더라도 그 역에는 그 역을 지나가는 레루우가 있어야 하고 그 레루우를 열차는 통과하지 않으면 안 되는 것이다. 그럼으로써만이 그 역은 (그 시대는) 다음 역에의 과정이 되고 지점이 될 수가 있는 것이다.

그 레루우를 우리는 영원에의 선이라고 부르고 그 열차를 영원에의 의지라고 부르는 것이다. 그 영원한 인류의 의지는 개개의 인간이 아무리 "있다", "없다"고 하더라도 그것을 "있다", "없다"고 하는 주체 자신이 그 영원에의 의지의 한 물결에 지나지 않는 것이다. 그러나 그 열차를 우리가 산산히 부서진 열차로서 받아들이는 것은 그 자체가 우리들의 시대의식의 특이성일 것이다. 그것이 조류다. 전통을 파괴하고 불사르는 것이 지금은 우리들의 방법이 되어 있는 것이다. 전통에 대한 반항은 반항 자체의 전통화 이외일 수는 없는 것이다. 관념상의 모든 저항의식이란 모조리 다 거짓말이다. 작품만이 반항이다. 그러나 우리는 반항과 반감을 엄격하게 구별하지 않으면 안 될 것이다. 반감은 반항을 포기한 자의 패배의 노래다. 이 패배의 합창이 새롭게 들린다는 이상한 호기심에서 그것을 반항이라고 착각해서는 안 될 것이다. 반감은 반항일 수가 없는 것이다.

기성 제너레이션에의 도전

무기력한 이 땅의 문학을 강렬한 의지로써 의욕하는 무수한 신인들의 문학정신은 한 번은 기성층의 그것과 대결되지 않으면 안 될 것이다. 나는 그것을 부정이라는 각도에서 의도해 보려고 한다.

현대문학 사십여 년의 시간적 배경으로써 현행되는 문학의 수준과 무기력을 변명한다는 것은 상식 이하의 사실이 아닐까. 만약 시일의 장단으로써 문학의 일체가 결정된다면 우리는 항상 "백 년 후에……"라고 대답함으로써 족할 것이었다. 백 년 후에라고 대답해서도 백 년 전의 유물의 한 단편보다도 더 저열한 작품 창작을 꾸준히 계속할 사람은 수두룩하게 많을 것이다. 문제는 시일의 장단이 아니고 "시대에 관한 명백한 개념 구성"이 아닐까. 시대에 관한 명백한 개념구성이라는 기초 조건에서 유리된 문학이라는 것은 도저히 있을 수 없는 문학이었다. 작품 자체에 융해되는 작가의 사상이 그 작가가 위치한 시대에 의해서 제약되지 않는다면 거짓말이다.

이 거짓말이 이 나라 작가의 대개의 경우였던 것이 아닐까. 사상이 없었던 것이다.

김동리 씨의 경우에서 나는 그것을 입증할 수가 있는 것이다. 씨는 자타가 공인하는 휴머니스트다. 그러나 씨의 그 휴머니스트로서의 사상적 근거는 작품에서는 씨가 사상이라는 것의 윤곽을 그려 왔다는 그것이었을 뿐이었다. 다시 말하면 이제까지는 없었던 사상의 하나를 한 작가가 그 윤곽을 작품화시켰을 때 이 나라의 문학을 그 작가를 휴머니스트라고 규정해 두고 안심할 수가 있었다는 것이다. 휴머니스트가 아닌 작가가 있는가. 없는 것이다. 김동리 씨는 휴머니스트라고 불릴 것이 아니라 사상의 최초의 형상자로서 불릴 것이었다. 이 정도로 이 나라의 문학에는 사상이 등한시되었던 것이다.

그리고 이것은 이 나라 문학의 최대의 악조건이었던 것이다.

시대에 관한 명백한 개념구성이 한 작가에게 부정정신으로써 나타난다는 것은 부정이라는 성(城)이 시대의식을 기반으로 건축된다는 것으로 내가 전술한 바와 같이 극히 상식화된 일일 것이다. 부정정신의 결핍이 반항의 길을 타협의 길로 그 방향을 전연 달리하도록 만든 것이 되었던 것이다. 이광수는 이 나라 작가에게 시대의식에서 유리하는 한 표본이 되었던 것이다.

인식도 없이 따라서 비극의 발견도 없이 이 나라의 작가들은 글을 써 왔다. 그러나 김동리 씨가 "인식을 발견하고 황순원 씨가 '비극'을 발견한 시기로부터 이 나라의 문학에도 현대문학에의 출발이 시작되어 가고 있는 것이다. 김동리 씨의 '인식'은 비극화되지 않는 선까지의 인식이었고 황순원 씨의 발견은 인식에 의해서 지적 작업을 행동하는 이전의 소박한 비극의 발견이었다. 씨의 소설 「별」에 등장하는 소년이 된 연후에 그 청년이 부정에의 길을 걸어가기 위해서는 씨에게는 '인식' 불가결의 요소가 될 것이다. 그러므로 인식의 비극화는 '기성 제너레이션' 이후의 제너레이션이 준비하지 않으면 안 되는 것이다. 그 새로운 제너레이션이 인식을 비극화에까지 끌고 가기 위해서는 '기성 제너레이션'에 대한 도전에서 획득될 것이 아닐까.

내일의 작가와 시

제너레이션 교체가 항상 부정의 손으로 집행되었다는 것은 역사가 증인이 되어 줄 것이다. 그러므로 우리는 부정을 획득하여 하루빨리 제너레이션 교체를 진행시켜야 할 것이다. 그것이 잔인하다거나 몰인정적이다 라는 이유로 타협하는 작가는 일평생 반감을 반추하고 끝날 것이다. 잔인해야 한다 라는 고대 인간의 제너레이션 교체의 순간같이 역사적인 순간을 생각할 수가 없는 것이다. 그의 아들의 최후의 일격에 쓰러져 가는 노인의 얼굴에 우리는 어떤 미소를 생각할 수가 없을까. 그의 아들이 과감하게 노인을 죽이려고 드는 순간에 노인은 그 당장의 부자연사를 각오했을 것이다. 그러면서 그가 강렬한 생의 본능적인 항상력이 명령하는 대로 아들의 육체력에 반항했다는 것은 그 아들을 단련하기 위한 인류의 의지가 아니었을까. 그의 아들이 가능한 잔인행위를 저지르는 것도 어쩌면 인류의 절대적인 한 의지였는지도 모른다.

이 땅의 문학의 현행상태를 타개하는 유일한 방법론은 오늘 우리가 부정을 획득한다는 것이다. 한 인간의 손짓에서도 우리는 비극을 예지하지 않으면 안 될 것이다. 시대의식을 의식 그대로의 장소에 방치해 둔다는 것은 아무리 그 시대의식이 심각하더라도 소득 없는 일일 것이다. 그것을 체험한다는 사실이 그 체험 속의 고난에 찬 인종이 되고 반항의 성화가 될 것이 아닐까. 20세기의 위기의 체험이 유일한 우리들의 방법론이라는 것은 20세기에 의한 패배를 의미하는 것이 아니다. 그것이 전통의 본질이었던 것이다. 거부하고 반항하는 내일의 작가와 시는 오늘도 거부하고 반항하고 건설하지 않으면 안 될 것이다.

　우리는 오늘의 전부를 거부하고 기성에 대한 용감한 도전에서 내일을 형성할 것이다.

　―『문예』 1953년 신춘호

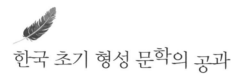

한국 초기 형성 문학의 공과

1

노백발의 존엄성의 불가침. 옛날부터 내려온 이 동양 도덕의 빛나는 유구한 관(冠). 동양적 세계관을 여지껏 이어 온 핵심은 자연지고 관념(自然至高觀念)이다. 동양의 관념이란 산이었다. 산에서도 숲이 보다 더 동양의 문화적 상징으로 인식되어 왔다. 그리고 그 숲에는 언제나 노인이 있었다.

자연과 산과 숲과 노인이라는 이 질서는 동양 정신 성립 과정에 있어서 불가결한 질서였다. 동양 정신 질서 자체라고 해도 좋을 것이다. 이 질서의 존엄성은 동양인의 손톱 끝까지도 스며들어 갔다. 노백발 숭고는 동양인의 세계관의 변형이다. 그러므로 이 노인 절대적 윤리율의 의의는 중시되어도 좋다. 역사상, 이 윤리율은 동양에서 가장 엄한 법으로서 절대적이었다. 오늘날에도 이 윤리율의 도덕적 권위는 그대로다. 그러나 그 반면, 이 윤리율의 의의는 감소한다. 이 이치에 맞는 율이 미덕이어야 하는 것은 그만두고 악독화되었으므로, 중대한 과업 실천에, 혹은 가치 판단에 이 윤리율의 잔재 관념이 부당하게 간섭하는 예를 우리는 많이 보았다. 이는 악덕이라 할 수밖에 없을 것이다. 그러나 이 윤리율은 동양 도덕에서 너무도 압도적이었으므로, 오늘날에도 동양인의 정신적 생리 속에 깊이 스며들어 가서 잠재하고 있다. 행동하는, 표현하는 젊은 동양인의 자유를 방해하고 제약하고 구속하면서.

내가 이렇게 이같은 통속적 사실을 말해 온 이유는 지금부터 쓸 이 대가론에서 가급적이면 나의 자유를 보장하기 위해서다. 그러므로 나의 이 대가론이 현재 대가라는 사람들에 대한 무조건적인 존경 표명이 아닌 것은 당연하다. 불경일 수 있을 것이다. 그러나 감행해야 할 불경도 있다. '비교 발전을 위하여서는 파괴하지 못할 법칙은 없다'라고 나는 수정한다.

한국사의 내일이 다른 아무것도 아니고 신진작가의 오늘부터의 활동이라는 것은 어디까지나 정당하다. 기성 문단적 구질서를 파괴하고 현대 문학적 신질서를 지향하는 신진작가에게 보다 더 유효한 지향점을 암시할 제일 확실한 결점은 선인들의 과오 규명이라고 나는 생각한다. 그들의 과오는 왜 생겨났던가? 불가피적이었던가. 그 근본 원인은? 이러한 모든 의문나는 것에 해답이 있다고 나는 생각한다. 필요 이상으로 나는 내가 이 대가론을 쓰는 것에 해답이 있다고 나는 생각한다. 필요 이상으로 나는 내가 이 대가론을 쓰는 것에 변명해 왔다. 나에게도 그 윤리의 법률적 잔재 관념이 강하게 작용하고 있다는 입증인가.

그리고 이 대가론은 어디까지나 깊은 연구에서 나온 것이 아니라 가볍게 쓰여진 것이다. 앞으로 쓸 개별적 작가론을 위한 상징적 노트

로서 쓴다. 그러므로 일체의 인용은 생략한다. 모든 대가들의 이름은
이제 인격적 명칭이 아니고 문학적 명칭이라고 생각하므로 존엄도
생략한다.

2

몇 사람이나 되는 사람이 초기 한국 근대 문학 형성자로서의 명예
를 가지는지, 그들 가운데서 최남선이가 얼마만큼 중대한 인물이었
던가를 추정할 수는 없으나 그가 찍은 발자국은 빛나고 크다. 〈바다
에서 소년에게로〉라는 창작시를 자유율로써 최근에 발표한 시기가
약 반 세기 전이다. 이 한국 근대 문학 형성자의 한 사람으로서의 최
남선이 그 후에 무엇을 했는가. 그는 문학에서 떠나서 역사학으로 갔
다. 한국 근대 문학 형성자의 한 사람이 역사학자라는 사실은 지극히
상징적이다. 이 사실은 한국 근대 문학의 초기 형성과 역사와의 사이
의 미묘(微妙)한 관계를 암시한다.

한국 근대 문학이 초기 형성에 참가한 역사의 실체가 무엇인가를
알기 전에, 아니 보다 더 정확하게, 정당하게 알기 위하여, 박종화의
역사 소설의 문학적 성격을 규명하는 것이 좋다. 이 규명에서 우리는
그 미묘한 관계가 어떤 관계였던가를 알게 될 것이므로, 그 관계가
그후의 한국문학에 어떤 반응과 결과를 가져 오는가를 알게 될 것이
므로.

이광수의 역사 소설도 있으나 그러나 박종화의 역사 소설이 그래
도 우리들의 문학적 위치에 가깝다. 「홍경래」에서 박종화의 역사적
소설은 문학적 성격의 전부를 그 결함과 특징을 명확하게 규정지을

수가 있었을 것이다. 그 이유는 '홍경래'라는 역사적 인물을 역사적 인간상 형상화에까지 끌고 가는가, 가지 못하는가를 동자(同者)의 다른 어떤 소설에서보다도 더 구체적으로 알 수가 있었을 터이니까. 끌고 갈 수가 있었다면 역시 소설 「홍경래」는 역사 소설로서의 존재 이유를 가질 수가 있고, 못 끌고 가는 한 그 반대다. 역사 소설의 특수 조건의 그 근본 조건은 역사적 인간상의 형상화 내지 역사적 전(前) 사실의 현대적 재현화다. 이 형상화와 이 재현화는 동일체의 이면이다. 중요한 면은 전자다.

역사적 인간상 형상 자체에도 문제는 많지만, 「홍경래」에서는 단지 그 가능성 정도만을 얼마 정도의 가능성이 있는가 혹은 전연 없는가. 여기서 나는 독단적으로밖에 말하지 못할 것이다.

「홍경래」에서의 '홍경래'라는 주인공의 위치는 제2차적이다. 제1차적이어야 할 그 위치가 제2차적 위치는 사건 내지 스토리다. 원칙적으로는 제3차적, 제4차적이어야 할 그 위치가 '홍경래'라는 이 역사적 인물에 관한 문학적 형상 정도는 제로다. 그의 행동의 생명적 비약은 기계적 반복에 시종일관한다. 그 무의미한 회화(會話), 그 인식 이전의 유사, 그 세속성.

이 소설에서의 '홍경래'의 역할은 소설 가구상(假構上) 일(一)동기에 지나지 않고, 기껏 사건과 사건의 연락체라는 엉뚱한 것이다. 그의 의도적 반역 사상의 일편도 없다. 물론 그 현대적 의미도 이리하여 「홍경래」라는 소설에서 '홍경래'는 역사적 인물의 역사적 인간상이 형상화할 가능성 전부는 작가 자신의 손으로 징후하게 가열되고 있다.

그 가능성은 전연 없었던 것이다. 그리하여 박종화 역사 소설의 문학적 성격의 전부를 그 결함과 특징을 알게 되었다. 그 전부는, 그 결함은, 그 특징은 한 말에 끝난다. '박종화의 역사 소설은 비역사 소설적 소설이다' 라는 이것이 그것이다. '홍경래' 의 인간적 형상을 전면적으로 도외시한 비역사 소설「홍경래」는 그러나 재래 한국 문학에서는 역사 소설로서 통용되어 왔다. 단순히 역사적 사실을 소재로 해서 지어졌다는 의미에서 만일 이 역사적 전(前)사실 소재가 역사 소설의 특수 조건일 수가 있다면 소설적 작문 전부는 역사 소설일 수 있다고 극단적으로 말함으로써, 나는 부인하는 것이다.

재래 한국 문학적 의미에서, 역사 소설적 조건이 지나간 사실을 소재화했다는 것의 좀더 구체적인 내용은 이렇다. 소재화한 역사적 전사실과의 어떤 정도의 유사성이, 그 유사성에 포함되는 실증성이 오직 하나의 역사 소설적 조건이었다. 그 의복 색, 두발 모양, 대화 양식, 년, 월의 정확성, 또 사회적 특수 풍속.

이런 것에 대한 비교적 더 가까운 유사성이 유일한 역사 소설적 조건이라는 것은 얼마나 우습고도, 놀라운 일인가. 의복 색과 두발 모양의 유사가 문학일까? 그 유사성은, 실증성은 문학일까? 실증성이 문학이면 자연, 과학도 문학이다. 이론 물리학의 제(諸)이론은 문학일까?

문학적 엄밀성에 의해서 비역사 소설이지만 재래 한국 문학적 의미에서는 충분히 역사 소설로서 통용한「홍경래」에도 역사적 인간상형상은 없었으나 이 유사와 실증은 있었다. 박종화의 역사 소설에 있어서 다른 동세대 작가보다도 더 정확했다는 것이었던가. 그렇다면, 소설이라는 문학적인 표현방식을 빌어서 박종화는 반문학적 유사 내지 실증을 추구한 것이 된다. 추구해야 할 문학 자체를 추구하지는 않고, 그러므로 반문학적 실증과 문학의 본질 자체를 착각했다는 것이다. 반문학적인 것을 문학이라고 착각한다는 이 착각 자체가 지극히 비문학적이다. 이것은 그대로 박종화 역사 소설의 비문학적 성격이다. 그뿐 아니고 박종화의 동세대 작가에게는 공통적 성격이다.

한국 근대 문학의 초기 형성에 참가하고 관계한 '역사'는 그 후의 한국 문학의 비교적 초기 세대층에 비문학적 반응과 결과를 준 것이 증명되었다. 비문학적 반응을 초래한 이 역사는 어떤 동기로, 방법으로, 필연적으로 한국 근대 문학 초기 형성에 참가하고 작용하게 되었는가. 그리고 그 실체는?

3

한국 근대 문학 초기 형성은 어떤 시기였는가? 초기 형성기 작가들은 작가이기 전에 민족의식자였다. 1905년의 헤이그 밀사 사건, 1905년의 안중근의 이등박문 암살, 10년 후의 망국, 1914년의 제1차 세계대전 유발, 1919년의 3 · 1독립운동, 1929년의 광주 학생 사건. 이 기간과 더불어 한국 민족의 수난적 기간이다. 더구나 초기 형성기는 그 수난적 최고조기다. 그 최고조기에 그들이 그들의 민족 의식을 지상 명령으로 인식하고, 그 구체적 방법으로 그들의 민족사를 불명확하게라도 파악하여 보존하려고 한 것은 당연하다.

민족사가 그 민족의 장래적 가능성의 원천이 되고 수난기 민족 정신의 기본이 된다. 이 경우, 그들의 민족 의식 자체는 일종의 역사 의식이었을 것이라고 생각한다. 이것을 나는 '역사적 민족 감정 의식'이라고 가칭한다. 이 역사적 민족 감정 의식은 그리하여 초기 형성기 작가들의 정신 내지 육체적 행위의 절대 기준이었다. 이 의식을 저해하는 전부에 대하여 이 의식은 군림한다. 아무것도 생각할 수가 없던 민족주의자, 이들이 초기 형성기 작가들이 작가가 되기 전의 인간이었다. 이 민족주의자가 차차 문학에 가까이 가게 된다. 한국 근대 문학이 한국에 형성되어 가던 시기는 이같이 한국 민족이 역사적 민족 감정 의식을 의식하는 그 최고조기에 해당한다.

초기 형성기 작가들은 문학을 도입하게 되었다. 그러나 보다 더 정확하게, 더 실질적으로 이것을 표현한다면 문학 도입 활동을 본인은 초기 형성 작가들이 아니고 그들의 그 절대 기준, 그 역사적 민족 감정의식이다. 이 역사적 민족 감정 의식에 하나하나 결합하여 가는 근대 문학적 모든 요소는 차차, 한국에 문학적 지반을 가지게 되어 갔다. 이때의 이 결합의 특수성에 한국 문학의 모든 문제의 근본 원인과 필요성이 내재하고 있는 것이다.

그것을 말하기 전에, 좀더 이 결합이 가능하게 하는 두 개의 요소를 알 필요가 있다. 그 하나는 근대 문학적 요소 가운데서, 어떤 부분이 최초에 한국에 이입되어 갔는가 라는 것이다. 그러니까 초기 현상적 근대 문학적 모든 요소라고 해도 나는 엄밀히 말해서 아직 작품 창작 이전의 문학정신 제한계 내의 모든 요소를 문제삼고 왔으므로, 이것은 제1종의 문학 의식이라야 한다. 초기 현상적 의식의 전형은 무엇인가?

근대 문학에서의 초기 현상, 현(現) 문학의 의식은 무엇인가 라는 이 상식적 의문에 애쓸 필요는 없을 것이다. 너무나 명백한 것이므로, 이 인간성적 의식이 이 인간성적 의식을 모체로 하는 주체 의식이다. 주체 의식의, 이 주체의 의미는 어떤 외적 사물에 의해서도 변동, 지배, 구속되지 않는 독자성이다. 이같은 주체 의식은 독자적이고 주체적이므로, 일면으로는 무색하고 투명하다. 어떤 종류의 인간적 감정에도 침투해 들어가고 타당하다.

초기 형성 작가들의 역사적 민족 의식은 이 초기 현상적 문학 의식과 결합한 것이다. 결합한 것은 감정적 의식과 주체적 의식이었다. 초기 작가들은 그들의 그 감정적 의식을 절대 기준이라고 알고 있었으므로 결과로는 이 감정적 의식이 주체적 의식을 임의로 재단하고 교란하고 파괴해 내는 것이 되었다. 초기 현상적 문학 의식으로서의 주체 의식은 그 무색성과 침투성 때문에, 민족 감정 의식에 의하여 압박을 받고 또 변색하고 왜곡한다. 민족적, 감정적 색채로 변색한 왜곡 주체 의식을 기반으로, 그리하여 초기 한국 근대 문학은 출발한다. 주체 의식으로서가 아니라 감정적 의식이 한국 문학의 수원지가 되었던 것이다. 결과적으로는 이렇게도 무서운 결말을 가져 온 것이다. 그 역사적 민족 감정 의식은.

이 왜곡 주체 의식을 출발점으로 해서 출발했다는 근본적 오류는 다음에 이어 오는 한국 문학적 모든 오류의 원인이 된다. 주체 의식을 결과적으로 무시한 초기 한국 근대 문학은 원칙적으로는 근대 문학적 최고 원리로서의 주체성 문제에 저해될 수가 없으므로, 오류, 허위의 바다에서 무한히 표류하게 된다.

4

초기의 그들은 문학의 본질과 형식을 착각한다. 형식을 본질 자체라고 인식한다. 주체 의식 결핍이라는 치명상을 입은 초기 작가들은 근대 문학적 본질에 저촉될 수도 없었다. 파악할 수도 없었던 것이다. 자연주의, 낭만주의, 사실주의, 현대주의, 이같은 문학 방식적 형식을 문학적 본질 자체라고 착각한다는 것은 예를 들면 어떤 목적지로 가려고 하는 전차 자체를 목적지라고 착각한다는 것이다. 초기 작가들은 지금도 영원한 자세를 하고 이 전차 안의 부자연스런 자리에 앉아있는 것이다. 착각을 잘 거듭하는 그들이 앉은 의자를 또 전차라고 알고 있는지도 모른다.

사정이 이렇게 될 현실적 이유는 참으로 많다. 근대 문학적 전통이 없었다는 것, 그러므로 일 개인의 최고도의 재능에도 한계가 있다는 것, 사회 환경적 분위기에 의하여 능력 전부를 발휘하기에는 곤란했다는 것, 직접 도입이 아니고 일본 문학으로부터의 간접 도입이었다는 것 등등 이리하여 주체 의식의 파괴는 형식을 본질화하였다. 이 전형적 실례를 염상섭과 사실주의의 관계에서 볼 수가 있다. 사실주의라는 문학적 본질 파악을 위한 문학 방법적인 하나의 형식을 문학적 본질 자체라고 아는 착각이 얼마나 큰 문학적 허위를 범하는가.

사실주의가 그 문학 방법적인 하나의 형식의 원칙적인 존재성을 이탈하고 본질 자체로서 인식되어지면 그 제일 첫현상으로 일어나는 일은 사실주의적 묘사법이 문학에서 유일한 최고의 절대적인 묘사법이라는 신념이다. 이 신념은 그러므로 사실주의적 문학 정신에 대한 신념이기보다도 묘사법에 대한 신념이다. 그런데 사실주의적 묘사법이란 모든 묘사법 가운데서 가장 기초적이고, 일반적이고, 일반적이라는 의미에서 몰개성적인 묘사법이고, 결과적으로 안이한 묘사법이다. 이 안이성은 적어도 한국적 사실주의의 본질 일면인 것 같다. 그러므로, 사실주의적 묘사법에 대한 신념은, 그 묘사법의 안이성에 대한 신념이란 작가 자체의 능력 부족에 대한 신념의 변명이다.

한국의 모든 사실주의 작가의 사실주의에 대한 애착에는 이같은 필연적 원인이 있다. 그러나 염상섭은 사실주의적 묘사법의 안이성에 대해서가 아니고 사실주의적 문학 정신에의 신념을 가지는 희유

(稀有)한 작가이다. 사실주의적 문학 정신에의 신념은 무엇을 의미하는가. 염상섭의 이 신념은 비주체적 문학 정신에의 신념이다. 비주체적 성격을 자기 자신의 개성이라고 한다는 것과 같다. 사실, 이 소설가의 개성은 비주체적인 데 있는 것이다.

사실주의의 근본 의의는 객관적 현실에의 태도에 의한 현실 포착이다. 객관적 현실 포착주의가 사실주의다. 더 많은, 더 정확한, 엄밀한 현실이려고 하는 문학 방법적 한 형식이다. 사실주의의 이 객관성에는 동등의 주관성도 참가할 수는 없는 것일까. 아니다. 참가하는 것이다. 사실주의의 두 가지 요소, 즉 객관적 현실과 그리고 객관적 태도의 이 두 개의 객(客)을 매개하는 것은 작가의 주관이다.

이 경우의 주관은 낭만주의적 주관보다도 강렬한 것이라야 한다. 왜 그러냐 하면 객관에 대항하는 주관은 낭만에 대립하는 주관보다도 순수해야 하고 강력한 작용력을 가져야 하므로, 모파상은 발광하였으나 메털 핑크는 발광하지 아니하였다. 객관적 현실과 정직면에서 대결하면서, 그 객관적 현실의 손으로 압살될 위험을 극복하기 위하여서는 실로 절대한 주관이 주체 의식이 요청되지 않으면 안 되었다. 사실주의의 기본도 또한 주체 의식이었다. 한국의 무능한 모든 사실주의적 작가들만이 사실주의의 기본을 통속적 객관성에 둔다. 미개한 토인이 그 실체를 알지 못하고 태양을 굳게 믿듯이, 굳게 믿고 있을 뿐이다. 기본적으로는 다른 문학적 제 주의와 조금도 다름없이 주체 의식을 기반으로 성립하는 사실주의를, 비주체 의식적 작가, 염상섭이 절대적으로 신념한다는 것은 어찌된 일일까.

염상섭의 신념이 허위의 것이 아니고 진실하다면 사실주의의 기본이 주체 의식이 아니든지, 염상섭이 비주체 의식적 작가가 아니든지, 이들 가운데의 하나는 부정되어야 한다. 그러나 이 둘 가운데의 그 어느 하나도 부정될 것이 아니다. 그러면 어찌된 일일까. 이 문제는 어떻게 해명될 것인가. 이것을 풀어 낼 열쇠는 하나뿐이다. 염상섭이 신념하는 사실주의는, 이 정상적 사실주의와 별개의 것일 때, 문제는 간단하게 해명될 것이다. 염상섭적 사실주의는 정상적 사실주의와 어떤 점에서 다른가.

결단적으로 말한다면 염상섭적 사실주의는 염상섭적 문학 방식에 씌여진 한국 문학적 의미 하의 명칭이다. 염상섭적 문학 방식에 사실주의라는 명칭이 씌여진 이유는 사실주의 묘사법의 외관과 그의 사고 방법 내지 문장의 외관이 같다고 착각한 데 있다. 사실주의적 묘사법의 외관이란 그 객관 묘사일 것이다.

그러므로 염상섭적 문법 방식의 객관 묘사라는 이 점이 유일한 염상섭적 사실주의의 기점이다. 염상섭이 신념한 것은 이 객관 묘사였고 더 정확하게는 이 객관 묘사의 일반적 양상, 즉, 그 고정성과 불변성이었다. 이 고정과 불변의 도수가 절대하다는 것이 또 염상섭의 개성적 면이었다. 이 고정과 불변에의 노력은 고정되고 불변한 하나의 '형(型)'을 형성한다. '형'의 형성이 완료하면 이 '형'에 적당한 명칭을 써야 한다. 그리하여 염상섭의 그 '형'에는 이 '형'과 유사한, 사실주의라는 이름이 쓰여졌다. 이것뿐이다.

그 후는 이 '형'을 죽을 때까지 고집하고 사수한다는 것이 전부다. 이 '형'이 한국 문학에 도입된 문학적 제주의 전부가 입지 않으면 안 되었던 상복이다. 염상섭은 이 '형'을 문학 정신적으로 확신하였고 다른 모든 작가는 능력 부족 보충적으로 이 '형'을 맹신하고 숭배하였다. 염상섭의 소설을 읽는다는 것은 그러므로 사실주의라는 이름의 염상섭적 '형' 안에 얼마만큼의 현실이 포착되었는가를 보는 것이 된다. 그런데 '형'으로써 현실과 대좌하는 그는 그의 '형'에 적응하는 현실성은 현실로써 인식한다. 적응하는 현실만을 형상하고, 적응하지 않는 현실을 부정한다. 고정과 불변이 형성하는 이 '형'에 유동적이고 동변적인 현실의 어떤 부분이 보충될 것인가는 너무나 확실하다. 고정적, 불변적 현실이란 퇴보적, 쇠약적 현실이고 현실의 작은 부분이다. 사실상 염상섭 소설에 나타나는 현실성은 일정한 것이다. 그의 최우수작일 수 있는 단편 「임종」에는 그의 '형'에 적응할 수 있는 형식 이외의 죽음으로는 인간의 어떤 죽음도 인정하지 않는 그의 '형'의 격렬할 만큼 무자비한 철벽성이 나타나 있다.

이 철벽성은 더욱 더욱 이 '형'을 현실의 극소 부분에 국한하고 고립화시키고 종국적으로는, 현실로부터 완전히 난하게 한다. 그런데 염상섭적 '형'의 명칭이 사실주의라는 것을 상기할 때, 이것은 염상섭만의 참극이 아니고 한국 문학 전반의 참극이다. 물론 이 참극은 주체 의식 결핍에서 온 것이다. 문학 방법적 한 형식을 문학적 본질 자체로서 착각하는 허위가 이와 같은 무서운 참극을 연출한 것이다. 박종화의 낭만주의도 낭만주의적 모방이었고 고(故) 김동인의 자연주의도 자연주의적 모방이었고 '형'이었고 참극이었다.

기타 다른 모든 주의 전부가 그랬던 것과 같이 전영택, 홍효민, 주요섭, 그리고 이 이외의 동세대 작가는 이 '형', 비본질적 규범을 징후하게 엄수하였다. 문학적 본질 파악을 본질 포기로서 파악했다고 확신하고 문학정신은 이 '형' 엄수 정신이라고 확신한다. 이들 작가들은 그들을 압살한 이 '형'의 지극한 위엄을 문학적 영광이라고 보았는가.

5

'형'이 초기 형성 소설가를 압살하고 있었던 그 같은 기간에 한국 초기 시인은 무엇에 의지하여 왔는지 소설가적 '형', 종사의 시인적 '형'을 형성하고, 동일 과정을 밟아 왔다. 이 시인적 '형'은 무엇이었던가?

초기 시인들은 왜곡한 주체 의식을 출발점으로 해서 출발해 왔다. 그 결과, 그들에게도 본질과 형성의 착각은 필연적일 수밖에는 없었다. 근대 문학에 있어서의 시 정신적 근거는 비판 정신이다. 자기 주체성을 기준으로 자기 자신을 대상으로 하고 그리고 대상화된 자기 자신이라는 역(驛)을 통과함으로써, 처음으로.

세계에 대한, 민족에 대한, 영원에 대한 어떤 가능성에 도달하는 비판 정신이다. 이것은 하나의 근대시적 공리다. 이 비판 정신을 초기 시인은 인식할 수가 없었다. 주체 의식이 비판 정신의 근본 조건이었으므로 주체 의식 결핍이, 왜곡 주체 의식이 한국 초기 시인과 비판 정신과의 관계를 절단한다. 비판 정신을 인식할 수가 없던 초기 시인은, 그들의 선천적 시인 기질을 시 정신적 근거로 하고 노래할 수밖에 없었다. 선천적, 시적, 시인 기질이란 관념적 경향 내지 환상적 경향이다. 이 관념성과 환상성은 비판 정신적 한도로써 조절되지 않는 한 무한대로 팽창, 그들 초기 시인들의 선천적 시인 기질은 그 시기의, 그 역사적 민족 감정 의식과 표리 관계에 서는 것이었으므로 이 무한대로 팽창한 환상적 대관념을 시 정신적 본질이라고 착각하기는 쉬웠다. 비판 정신이 아니고, 가장 비판 정신적인 환상적 대관념이 한국 초기 시인의 시 정신의 가장 중요한 부분을 형성하고 기본이 된다. 이 환상적 대관념이 한국 초기 시인의 일반적 성격이고

'형'이다. 환(幻)이라고 하는 것이 더 적합할 것이다.

〈아세아의 밤〉은 오상순의 시의 대표작이다. 이 〈아세아의 밤〉은 초기 시인이 지금도 잠자고 있는 대암흑권이다. 이 현실을 초월하는 비현실적 큰 공간만이 환상적 대관념의 특상(特象)이 될 뿐이었다. 이같이 그들의 시적 대상은, 자기 자신도 아니고 인간도 아니고, 현실도 아니고, 비현실적 대공간 속의 존재하지 않는 몽상이었다. 무(無) 대상과 같은 것이었다. 그리하여 환상 대관념이 시적 표현 양식에 편승하고, 한국 초기 시인의 두상(頭上)의 비현실적 대창궁(大蒼穹) 속에서, 무궁무진한 형이상학적 비상을 해 왔다. 이 시인의 '환'은 소설의 '형'과 극히 대조적이다. 소설가는 현실의 가장 협소한 부분에 자기를 부착시키는 형식으로 현실을 배반하고, 주체성을 망각하였으나, 시인은 현실 초월의 비현실적 대공간 속에 자기를 투신시키는 형식으로, 현실에서 이탈하고 주체성을 소멸한다.

변수주, 김동명, 오상순, 이병기, 이 노시인들은 이 환상적 대관념에 의거하고 비현재적 대몽상을 꿈꾸어 왔고 지금도 꿈꾸고 있다. 변수주와 오상순은 이 환상적 대관념을 정리할 수가 없어 지금도 그대로의 자세를 취하고 있다. 김동명은 무대상적 허위의 반동으로서 해방 후에는 가장 안이한 대상을 주제로 삼아 갔다. 민족 의식적 감정이다. 이 감정은 역사적 민족 감정 의식과의 그들의 깊은 관계를 입증한다. 그리고 또 이병기의 고전에의 도피도. 한국 초기 시인의 이 자기 기만과 자기 소외는 대완성을 이루었다. 기적적일 만큼. 그러므로 그들의 문학적 허위 자체도 기적적인 정도로, 절대적 대완성을 성취한 것이다가 아니고 보다 더 도취였고, 풍류였으니까.

6

소설의 '형'의 사실주의적 참극과 시인 '환'의 비실재적 대몽상은 한국 소설과 시 전체의 근원악이다. 이 근원악에 대한 저항이 한국 현대 문학 재건에의 제일 첫 작업이다. 이 근원악 제거를 위한 제일 유효한 방법은 오직 하나뿐이다. 입체 의식 정립이다. 이것과 평행 관계에 서는 냉철 명석한 지성이다. 그 시초 형식은 자기 성찰이다. 20세기적 특수 상황에 관한 명확한 개념 파악이 있은 후의 이것이 그 근원악 파괴 방정식이다.

이 방정식이 염상섭 후세대에 얼마만큼 해당하고 적당한가를 나는 다음 기회에 생각해 볼 것이다. 그 '형'의 성벽은 지금 붕괴 과정에 놓여져 있는 것이다. 이 붕괴 과정은 그리하여 한국 현대 문학의 탄생 과정인 것이다. 현대 문학적 순수 본질 파악의 선까지는 도달하지는 못하였으나 몇 작가는, 통속 소설과 본격 소설조차 판별할 수가 없는 재래 한국 문학의 성운(星雲) 상태 속에서 하나씩의 별을 안고 떨어져 나간다. 이제 한국 문학의 고난편력은 끝날 시기이다.

문화의 재건

비연대성

한국 문화가 따로 외지에서 그 유형을 찾을 만큼 국가, 정치, 사회, 경제, 사상 등의 타분야 간의 서로의 연대성을 갖지 못한 문화는 없다는 것을, 나는 알고 있다. 숭고(?)한 고립 상태라는 형용은 그러나 결코 현대 문화의 자랑스런 문장이 되기 알맞는 상태는 아니다. 현대 문화의 기본적인 존재 근거는 타분야 세계와의 교류, 이해, 교감 속에 성립된다는 자명의 진리를 다시 강조할 만큼 나는 어리석지는 않다. 그러나 우리의 문화는 그런 완전한 고립된 상태 속에서 타와의 교류를 위한 단서조차 붙들지 못하고 있는 것이 실정인 것이다.

예를 들어 국가와의 관계를 보면 그것의 실증이 명시된다. 장(長) 정권은 십이 명밖에 되지 않는 정무차관 제도를 위해 근 이억 환의 예산을 주었으나 천여 명이나 되는 이 나라의 문화 예술 담당자들을 위한 예산 조치로는 약 이천여 만 환밖에 주지 않았다는 명백한 사실을 명심해야 한다. 십이 명의 과거 정무차관들보다 천여 명의 문화 예술인들이 국가에 대한 사명이나 의의가 더 적다고 생각했던 그들의 뇌부(腦部)를. 그러나 우리는 단순히 부조리한 일이었다고만 알 것이 아니다. 그것은 우리의 문화가 국가로서의 '한국'과 얼마나 무관계한 무의미한 존재였던가를 명증해 줄 자료에 지나지 않기 때문이다. 우리는 왜 이렇게 절연되어 있었던가. 단적으로 표현한다면 한국의 문화는 한국이 아닌 다른 무엇인가의 문화였던 것이나 다름이 없었다. 그 '다른 무엇인가'는 무엇인가.

문화의 재건이라는 문제의 해결을 위해 내가 가장 절실하게 요청하는 것이 추상적인 근본론이 아니고 비연대성의 극복에 그 기점을 두는 까닭은 재건에의 노력의 단서를 되도록 빨리 그리고 가실현적이어야 한다는 의욕 때문이다. 그 악전통을 청산하고 새로운 창조적 전통을 성사하라고 한들 그것은 바랄 일이나 하루 아침에 될 일이 아니다. 우리는 우리의 최소한도의 성실과 노력으로 지금 이 순간부터 착수하지 않으면 안 될 일이 눈앞에 나타났기 때문이다. 사천 년 간이라는 장세월을 치른 한민족이 그 '사천 년'이라는 역사의 고정 습성을 개인적으로나 전체적으로나 단기일 내에 인위적으로 초극한다는 것은 불가능하다. 불가능한 일에 피와 땀을 흘리는 돈키호테의 운명은 사실은 우리들 자신의 운명과 상통되는 점이 없지는 않지만 그러나 이것은 일단 묵살하고, 되도록이면 '가능'한 일에 보다 더 우리의 소질과 정열을 집중시켜야 할 때라고 나는 생각한다.

비연대성을 극복하고 타세계와의 불가분리적인 연대성에의 궤도 위에 우리의 문화를 끌어들이기 위한 방법에 대하여 우리는 무관심할 수가 없다. 민족 문학, 민족 문화라는 말들의 개념 내용은 '그 민족'의 '그 문학'이라는 것이요, '그 민족'의 '그 문화'라는 것이다.

이럴 때의 '그'란 무엇을 의미하게 되는 것일까. 그것은 공동 운명의 책임을 공평하게 서로 분배하여 같이 부담하자는 것이다. 공동 운명 체적 의식을 역사적으로 필연시하는 두 개체 간에는 어떠한 상극도 끼여들지 못하는 법이다. 이런 주지된 이론을 되풀이하는 것은 결코 나의 본의가 아니다. 다만 이렇게만 말하면 될 것이 아닌가. 독존적 인 도그마만으로는 어떠한 문화 행위도 현대에는 허용되지 못하는 것이라고. 그렇다면 이 비연대성, 이 자의적 독존의 고립 상태를 극 복하는 방법을 논의하기 전에 이 이외의 한국 문화의 근본적 결함을 하나 하나 분석 검토해야 할 필요가 있다. 한국의 문화는 완전무결한 완성을 이룩했는데도 불구하고 타매개물에 의해 타와의 연대성을 일 방적으로 포기한 것일까. 그것은 아니다.

무성격자의 집단

이 비연대성을 극복하기 위한 방법의 제일 첫 코스는 우리 나라 문화인 일반의 정신적 성격 구조의 기본을 파헤쳐 본다는 일이다. 그들은 왜 문화 예술에만 예속할 줄 밖에 모르는 자기 폐쇄형의 성 격에 밀착되어 있는 것일까. 일견 이것은 강렬한 성격을 말해 주는 것도 같으나 사실은 그런 것이 아닌 것이다. 동시대인과의 시간적 동시성을 거부하는 이와 같은 태도는 이상 심리의 유형이라고 하지 않을 수 없는 것이다. 국가와 정치적 현실 앞에서는 정견 없이 추종 하거나 굴욕적으로 굴복하거나 기회주의자적 편승 거래에 시종했 다는 것이 일쑤였고, 사회적 현실 앞에서는 자기 입증의 통로가 가 로막혀 있고, 자기의 대외적 결백성이라는 도덕적 우위성을 더럽힐까 보아 우려하는 나머지 가급적이면 대사회적 발언에 너무나 소극적인 비사회적 인간상, 이러한 인간상을 앞에 하고 사회가 그들에게 현실적 혜택을 줄 리 없으니 빈곤할 수밖에 없고, 따라서 자기 완성에의 타계기를 조성할 능력을 상실하게 되고, 이러한 관점에서 초조하기만 한 그들에게 사상성의 일단이라도 갈구한다는 것은 그야말로 안 될 일이었다.

왜 이와 같은 성격형으로 그들을 몰아넣게 되었을까.

한국의 현대 문화의 주류를 형성하고 있는 삼사오십 대의 세대들은 지금까지 어떠한 시대적 환경에 있었는가를 회상할 필요가 있다. 그들은 먼저 일제 침략의 적치하에서 민족과 국가의 재화를 체험하지 않을 수 없었고, 8 · 15 해방이라는 민족적 현실의 거대한 전기점을 당하여 그 자신이 한민족의 불가피한 일 구성원이라는 것을 자각하게 되었고, 그 후의 미군정하의 우좌 투쟁의 소용돌이 속에서의 민족의 분열 과정을 목격하였고, 그리고 대한민국 건국으로 처음으로 그들의 국가를 찬양하였으나 이윽고 일어난 6 · 25 동란이라는 세계의 양대 세력간의 최첨단적 전장으로서의 숙명을 지닌 조국의 행태를 의식하지 않을 수 없었고, 그 다음 단계로서 이승만 씨의 독재를 똑똑히 감상할 수 있었고, 4 · 19라는 민족혁명에 흥분하였으나 장 정권의 위장된 민주주의적 방식의 부패성의 악취를 맡았고, 5 · 16 군사 혁명까지의 이전 경과를 더듬으면 우리 나라 문화 담당자들처럼 민족 형성의, 아니 역사 형성의 어려운 고비를 실체험한 사람은 별로 없을 것이 틀림없다.

일제 침략, 8 · 15 해방, 건국, 6 · 25, 독재 치하, 4 · 19, 5 · 16, 민족사적 대사건들이 아닐 수 없는 이러한 역사적 현실을 단시일 내에 체험한다는 것은 어떠한 정신적 효과를 그들에게 미치게 된 것일까.

만일 강렬한 주체 의식을 가진 사람들이었다면 이러한 사적 사건의 체험은 정신적 자양제가 되었을지도 모른다. 그러나 불행히도 한국의 지식인이나 예술가들은 그러한 역사 의식과는 동떨어져 있었으므로 오히려 그들의 정신을 교란시키고 허탈케 하고 결과적으로는 무성격자로 만들어 버리고 만 것이다. 이러한 무성격자들의 집단이 한국의 문화계요, 그들의 동향이 바로 민족의 문화사의 형상이라고도 할 수가 있다. 이 때문에 오는 가장 결정적 타격은 무엇일까.

그것이 바로 전기한 자기 폐쇄형의 성격으로 결과된 사실이다. 자기가 자기 자신에만 집착한다는 것은 또 그만큼 타세계와의 연관성을 거부하는 것의 동의 표현이나 다름없다. 그러니 심지어는 작가 상호간의 대화에도 난역을 치르지 않을 수 없는 이 판에 어떻게 타분야와의 대화가 가능할 것인가. 여기에 그 비연대성이라는 비극적 사태가 일어난 원인 가운데 하나를 제시한 것이 된다. 문화의 근본 현상에 대한 인식 근거는 어디에 설정해야 옳은 것일까. 그것은 다름이 아니라 자기와 세계와의 연관성을 긍정한다는 신념 속에서가 아닐까. 무성격자로서의 그들이 이러한 현대예술의 기본 원리를 체득한 도리는 사실 전무했던 것이다. 그러나 그들의 이 무성격성의 죄목은 결코 이 정도로 끝나고 마는 것이 아니다. 그것은 그런 무성격자들의 집단으로서의 문화계는 한국의 순수한 문화적 이상상까지를 꿈으로라도 모색하겠다는 민족 공동의 희구조차 더럽힐 우려가 있다는 사실이다. 민족에게 내일의 꿈을 주는 것은 정치뿐만 아니라 오히려 문화여야 더 정상적인 것이 아닐까. 물론 정치적 희망없이 문화적 희망이 있을 까닭이 없으나 그러나 문화적 희망 편이 비교적 원래적인 희망이어야 하지는 않을까.

무성격자들의 집단이 범한 과오는 또 얼마든지 있다. 우리 나라 문화인들을 무성격자라고 결단 짓는 것에 대하여 몇 사람은 다음과 같이 강변할런지 모른다. 그것은 그릇된 속단이다. 나에게 왜 성격이 없단 말인가라고. 그러나 이런 사람은 자기와 자기 조국과의 최저선상에서의 연대성에도 불감증이 된 사람이다. 내가 말하는 성격이란 성급하다든가 노하기 쉽다든가 하는 그런 종류의 성격을 의미하고 있는 것이 아니다. 창조적 성격, 민족의 창조력을 뒷받침하는 자아 양태를 말하고 있는 것이다. 고로 우리의 약아빠진 무성격자들은 자기의 창조력의 빈곤을 한국 자체의 창조력의 빈곤으로 살짝 치환해 놓고는 자기의 절망감을 한국의 절망감으로 뒤바꾸어 놓아 버린다. 그리하여 그들의 입에는 언제나 '절망의 나라 한국'이라는 숙어가 오르내린다. 참으로 놀라울 만큼 그들은 그들 자신도 모르는 사이에 민족과 조국에 대하여 심정적 배반을 일삼아 온 것이 된다. 그러나 그들을 일깨워 본연의 길에 나서게 하지 않으면 안된다.

전통악

이렇게 악순환을 거듭하고 있는 한국 문화의 내심부에는 비가시적인 독소수가 또 부단히 역사적으로 흐르고 있어 여기에 관계하는 모든 사람으로 하여금 정신적 질병에 걸리게 하고 있다. 전통의 문제이다.

우리의 비연대성과 무성격자적 존재성의 책임의 태반은 말할 것도 없이 우리 자신이 져야 할 성질의 것이지만 일률적으로 그렇게만 말할 수 없는 것은 우리가 선천적으로 타고난 전통적 독소가 그 원계기가 되어 있는 까닭이다. 한국의 문화가 그 속에서 발생한 자유율에 의한 자유로운 행위로써 무엇인가를 창조하고 있다고 생각한다면 그 것은 착오이다. 실지로 우리가 우리 스스로 그리고 싶은 대로 그림 그리고 글을 쓰고 음률을 작곡하고 있다고 자인하는 사람은 없을 것이다. 자기가 아닌 무엇인가가 내부 심층에 엄밀하게 잠재해 있어 자기에게 간섭하고 있다는 것을 감지 않는 사람은 없는 것이다. 그것은 무엇일까라고 물을 필요도 없이 우리 동양인, 한국인의 피치 못할 전통악이 아니면 안 된다. 이 전통악의 유래는 깊고 넓다.

슈바이처는 『문화와 윤리』라는 책에서 서구 사상은 이성적 낙관론을 추구해 내려오고 그것을 위해 노력했다고 하면서 인간의 개선에의 의지는 낙관론의 전제 없이는 안 된다고 하였다. 그러나 동양 사상의 기저는 비관론이었기 때문에 따라서 외부 세계의 개선에의 노력보다는 개체의 자기 내면성과 자기 초월 편에 더 많이 주력되었다고 말하고 있다. 슈바이처는 중국이라고 했지 결코 동양이라고는 하지 않았으나 중국 문화의 동양에 있어서의 작용력을 상기하고 수긍한다면, 한국민의 선조들에게도 미래를 위한 외적 조건의 개선이라는 관념이 우러나지 못했다는 것을 인증하지 않을 수 없다. 미래에의 신뢰를 갖는 관념이 낙관론이요, 미래에의 관심이 전무한 관념이 비관론인 것은 다시 말할 필요도 없다. 미래에의 관심이나 의욕이 없을 때 필연적으로 시현되는 결과는 자기 마음의 정일(靜溢)에 귀를 기울이는 동양의 자연이라는 태도뿐인 것이다. 그러나 현대 세계에 있어서는 이 '마음의 정일' 만으로써 해결될 문제는 하나도 없다.

이같은 동양의 자연 귀일관이라는 비진보적 관념이 주류를 이루고 있었던 한국은 그 동양적 정체성을 정통으로 맛보았던 것이다. 거기에 샤머니즘이 서민층의 일상 생활에 연면히 계승되었고 민족의 생의 행정에 사라지지 않는 저류를 이루어 여태껏 소멸되지 않고 현재에 이르고 있다. 그리고 유교나 불교가 현대 한국의 지식인들의 정신 구조에 얼마만큼 연관되고 있는 것일까. 단적으로 말한다면 현대 한국의 지식인들에게는 순한문자서를 해독하기가 영어를 해독하는 것보다 더 어렵다는 지경이 되어 있다. 서구와 동양이라는 대비 없이도 이건 여간 큰 우리 정신상의 일대 과오가 아닐 수 없다. 한국사를 아무리 읽어도 우리를 납득시킬 만한 사건이란 다섯 손가락을 꼽을까 말까 하는 정도이다. 신라의 불탑과 고려의 자기와 이조의 시조로는 우리 나라에 예술의 전통이 있다 없다 할 성질의 것이 못 된다.

근대 한국의 초창기를 형성한 지식인들은 한자 사상을 기반으로 개화 운동을 추진하지 않았었다. 진보적 관념, 즉 서구화의 길을 열어 놓았던 것이다. 물론 초기 근대 예술 운동에 참가한 사람들도 재래의 불탑과 자기와 시조의 예술적 경향 아래 일을 시작하지는 않았다. 이인직의 「혈의 누」와 같은 신소설의 내용이 유교의 선악 관념의 소산인 것은 틀림없으나 그 구성, 형식은 이조기(李朝期) 우화와는 판이한 것이다. 그 후 문학의 예에서 보면 최남선 등의 활동은 비록 그 정신적 심저에는 유교적 관념의 선이 그어져 있었다고 하나 그러나 여하튼 개화 의욕이 강렬하게 현시되었었다. 이 선각자들의 독자적인 (근대화) 개화 의욕과는 무관하게 정치적 한국은 1884년의 갑신정변과 1894년의 갑오경신을 겪더니 1910년 드디어 일제 침략의 희생이 되고 말았다. 이 망국에 의해서 근대 한국 문화는 그 건전하고 정상적인 발전이란 절망적이 되었다. 1910년경에서 1945년 간의 현대 세계의 질과 양이 역사상 어떤 가치를 가졌는가를 우리는 잘 알고 있다. 그 기간을 우리는 잠들었던 거나 마찬가지였다. 그렇게 잠든 사람들에게 8·15가 오고 6·25가 오고 4·19가 오고 5·16이 왔다. 정신적으로 확립된 아무 가치 기준도 갖지 못했던 그들은 이와 같은 역사적 대사건의 연속적 발생 앞에서 자아를 상실하고 말았다. 지금 우리가 서 있는 정신적 지점은 바로 여기다. 그리고 우리를 그렇게 만든 전통적 배경, 그 저주받을 환경과 그 양식에 대하여 우리 개개인이 책임질 수 있을까. 신라의 화랑 제도와 같은 좋은 시대 영광의 계절이 없었던 것도 아니다. 시가와 무용으로 국민 정신을 도야하고 불교를 그 교양의 근본으로 삼은 그들의 전통이 현재까지 연면히 계승되어 왔더라면 하고 탄식하는 사람은 나 혼자뿐일까. 그러나 그것은 섬광처럼 번쩍이다 사라진 우리 민족의 문화적 시기에 지나지 못했다. 우리들의 정신은 그 화랑 정신과는 단절되어 있다. 이 이외에 우리에게 자극을 주는 어떠한 역사적 자원이 한국사에 있는가.

우리로 하여금 현재의 궁지로 빠뜨리게 한 원계기를 이 전통적 독소에 설정해 보려는 나의 의도는 조금도 한국 문화의 무기력한 양상을 변명하려고 한 것은 아니다. 그러나 변명의 자료로서가 아니고 문화 재건에의 정신적 기지를 오히려 그 전통적 독소의 초극에 기대해 볼 수도 있는 것이 아닐까.

현 상황

한국 문화가 오늘 떨어져 있는 타락상의 원인 근인은 이외에도 부지기수이다. 타분야와의 비연대성으로 말미암은 대 사회적 고립, 그리고 무성격적 경향 때문에 초래된 창조력의 고갈, 전통적 독소라는 감당할 수 없는 부담의 중압, 근본적인 이 삼악 조건만으로도 지금 한국 문화의 현 상황은 빈사 상태에 놓여 있다. 한국 문화의 재건이 논의된다면 말할 것도 없이 이 삼악 추방에서부터 시작하지 않으면 안 되겠지만 우리는 그것을 먼저 문제하기 전에 그 현황을 구체적으로 개괄해 볼 필요가 있다. 여기서의 문화의 대상은 문학, 미술, 음악, 연극, 영화, 무용, 사진 등의 예술 문화이다. 한국 문화의 이러한 각 장르별을 세밀히 검토 분석할 능력은 나에게는 없으나 그러나 대체로 그 삼악이 어떠한 기능을 발휘하고 있는가 하는 것은 추측할 수 있다. 여기서부터 나는 재건될 한국 문화의 청사진을 찍을 수 있지 않을까 한다.

'문학'은 현재 다만 존재하고 있을 따름이다. 이 말은 소멸되지 않고 있을 뿐이라는 것이다. 신문 소설이 아마 한국 국민과 연결하는 유일무이한 통로 역할을 맡고 있으나 그 신문 소설을 문학이라고 부르는 사람은 문단 밖의 사람들이다. 이것은 그 비연대성의 가장 전형적인 실례가 될 수 있다. 많은 시인들이 시를 쓰지만 애석하게도 독자가 없다. 독자가 없으니까 그는 숭고한 자아의 독백에 자기 스스로 귀를 기울일 수밖에 없다. 통속 문학은 마치 사회적 존재처럼 뻐기고 있으나 그들의 희비극 소설의 독자 속에는 지식인들이 들어 있지 않다. 그리고 지식인들은 순문학이라고 부르는 작품을 보면 이마에 땀을 흘린다. 그리하여 국한된 이 고립 상황 속에서 그들은 서로를 서로가 인정하려고 들지도 않는다. 그러니까 본래의 의미의 문단이라는 것도 아직 형성될 날이 멀다. 여기에 타인을 부인하는 자기 부정을 본다. 무성격자의 운명을 가장 정면에서 받아들인 그들에게는 그것을 운명시하지 않고 그것을 그들의 가능성으로 돌려 생각해 버린다. 그러니까 한국적 현실에 대한 반항이나 혹은 적극적인 참가도 하려고 들지 않는다. 그러면 그들에게 가능한 것은 무엇인가. '그의 이야기'를 하려고 하지만 사회 내 존재가 아닌 그에게 한국 사회의 실질적 상황을 성찰할 방법이 없다. 자기류의 편협한 해석과 상상으로 그는 그의 작품을 쓰지만 보편성 없는 그들의 편견의 소산을 사회가 받아들이지 않는다. 그는 고독해지고 그 고독을 숭고하다고 생각하고 사회로부터 더 거리가 먼 자리로 간다. 이 악순환은 한국 전체의 '지성'을 상징하고 있는 것 같기도 하다.

예외도 있을 것이다. 그러나 원칙으로는 이 악순환을 이겨내지 못하고 있는 것이 실정이다. 한국의 역사적 문화 유산은 '있다'는 정도로는 있어도 그들의 정신의 양식이 될 요소라고는 없고 되려 우리 언어의 현대 문명에 대한 부적합성 때문에 그가 사색한 십분지 일도 문장에 표현되지 않는다고 불평이다. 이 불평에는 그러나 일면의 진리가 없는 것은 아니다. 그러나 당자가 해야 할 사명의 일에 당자 자신이 불평을 하고 있다면 우스운 일이다. 또 그들은 동양인이기 때문에 동양적 기질, 즉 현실 초월의 기풍을 잃지 않는다. 최근의 신세대들에게 다소 이 악풍 타파의 조류가 흐르고 있기는 하나 아직도 이대로 진행되다가는 전도 요원의 험난한 장벽이 가로놓여 있다.

미술은 문학에 비하면, 동양화의 예를 든다면 전통의 혜택을 입었다고 볼 수 있으나 그 반면 반전통, 즉 동양 파괴의 회화 운동이 치열하게 전개되었다. 추상회화 운동을 그런 관점에서 나는 대단히 큰 관심을 가졌었지만 현재의 상황으로는 너무나 '비한국적'이라는 비난을 받지 않을 수 없을 것이다. 색채의 세계가 만국 공통언어라는 보편성 때문에 비한국적일 수도 있다는 논리도 성립될지 모른다. 그러나 우리들의 정신의 본질과 상반하는 예술이 있을 수 있는 것일까. 예술에 있어서 어떤 목적의식의 기치를 내세운다면 그 목적의식과 우리의 정신의 본질 사이에는 하등의 연관성이 없을까. 한국의 추상 미술에 있어서의 기치 '현대'의 그 개념 속에는 한국이란 요소는 전연 개입되어 있지 않는 것처럼 보인다. 즉 미술계에서는 그들의 목적

의식과 그들의 순수 본질 사이의 유리라는 비연대성이 나타나는 것이다. "추상회화는 알 수 없다"고 하는 말에 어떤 현대인적 우월감을 느낀다면 그는 너무나 무책임한 것이라고 하지 않을 수 없다. 범세계적인 위치에 그 수준을 향상시키기 위해서는 한국인으로서의 순수 본질과 절연되어야 한단 말인가. 나는 추상 화가들에게 현대적이어서는 안 된다고 말하고 있는 것은 아니다. 한국만을 표현하라고 말하고 있는 것은 아니다. 다만 그 화풍이 사실주의건 추상이건 동양화적이건 무슨 종류의 색채이건 그 색채의 배면에 한국의 근원적 생명이 표현되는 것이 정도가 아닐까라고 생각하는 것이다.

최근에는 동양화조차 다분히 추상화되어가는 경향이 있으나 현대 생활의 특수성을 표현하기에 평면적인 사실주의가 알맞을 리 없으니 발전적 변화가 오는 것은 당연한 일이라고 하지 않을 수 없다. 그러나 다소 추상적 묘사를 한다고 해서 동양화가 현대라는 시대에 더한 성실성을 보이는 것이라고는 나는 생각하지 않는다. 전통을 부정 지양한다는 것은 회화에 있어서는 필수적인 과업이다. 그러나 그 전통의 주체 '한국'을 망각한다면 전통을 부정 지양한다는 목적의식조차 우스운 것이 되지 않는가.

이러한 현 상황을 개괄하면 한국 문화 재건의 필연성에 대하여 의심할 사람은 없다. 문화의 재건이란 그러나 어떻게 하여 이루어지는 것일까. 한 건물이 폐허가 되고 다시 그 건물을 재건하는 방식으로 문화는 재건될 것인가. 한국의 현 문화는 파괴하여 폐허가 될 만큼의 자격조차 없는 것이다. 그렇다면 한국 문화의 재건을 위한 방법을 어떻게 구상하지 않으면 안 될 것인가.

자유의 이념

우리는 먼저 비연대성을 극복하고 무성격자적 정신을 지양하고 전통적 요소를 제거할 만한 강력하고 공동적인 하나의 이념을 확립하지 않으면 안 된다. 한국 문화의 재건은 여기서부터 출발한다. 그 이념으로 지금의 우리에게 가장 요청되는 것은 자유의 이념이다.

4·19에서 5·16까지 우리는 자유에 대하여 많이 배우고 알았다. 장 정권이 말한 자유는 굶어도 좋다는 자유였다. 그리하여 그들은 국민의 심판에 의하여 물러갔다. 5·16 이후 우리는 자유만큼 무거운 역사적 책임을 지닌 이념이 따로 없다는 것을 알았다. 자유를 위한 투쟁이라는 대의명분 아래 그리고 자유의 책임을 지고 자기 자신을 위해 조국과 민족을 위해 우리들의 재건에의 이념으로 채택해도 좋을 것이다.

그러나 자유의 이념을 우리가 채택한다고 해서 그것이 무슨 현실적 결과를 가져올 것인가. 그러나 현실적으로 하루 아침에 얼마나 달라질 수 있을 것인가? 제도나 형식은 일변할 수도 있다. 그러나 문화라는 것은 하루 아침에 변모하지는 못할 것이다.

그러나 '자유의 이념'은 우리와 '한국'의 정치 사회 경제 사상 등의 각 분야와 타자 관계가 아니라는 것을 증명해 줄 것이다. 왜냐하면 자유의 이념은 한국의 모든 분야의 공동 목표이기 때문이다. 상실한 관계를 다시 맺을 필요가 있다. 우리는 결코 고아가 아니라는 의식은 우리는 문화인이기 전에 먼저 민족의 한 사람이라는 의식이다. 이와 같은 세속적인 일에 왜 지금까지 한국의 문화인들은 무관심했던가. 그것은 5·16 전에는 서로 무관심할 수밖에 없는 처지에 있었기 때문이다. 과장해서 말한다면 너무나 상반적이었기 때문이다. 그 사고 방식에 있어서, 그러니까 그 사고 방식의 상호 이해를 위해 공동의 목표 '자유의 이념'이 한국 문화의 기치가 되어야 한다는 것이다.

문화의 대중화라는 희망도 문화를 대중 이해의 선까지 저하시켜 충족해 온 것이 지금까지의 실태가 아니었을까. 서로가 서로를 경멸했기 때문에 일어난 일인 것이다. 그래서는 안 된다. 문화는 대중이 무슨 문화를 갈망하고 있는가를 알고 대중은 또 민족 문화의 발전 재건이 무엇인가에 대하여 동조하고 지지해야 할 것이다.

5·16 전의 한국의 이념도 민주주의와 자유이기는 하였다. 그러나 그때의 민주주의도 자유도 구호에 지나지 않았지 이념이었던 것은 아니다. 이념이었다고 가정하더라도 그것은 뒷받침이 없는 이념이었다. 그래서 국민은 제각기의 이념을 하나씩 자기 방위의 무기처럼 휴대하고 다니지 않으면 안 되었다. 그런 국가적 환경 속에서 상호간의 연대성을 의식할 수는 없었던 것이다.

그러나 5·16은 자유의 책임, 그리고 책임 있는 자유를 우리에게 공동적으로 부담케 했고 그 권리를 보장하였다. 만일 문화계도 이 이념에 헌신할 수가 있고 호응한다면 우리의 비연대성이라는 장벽을 무너뜨릴 수가 있을 것이다.

주체의 재건

만일 자유에의 이념을 우리가 믿고 문화 창조 전선에 나선다면 우리에게 제일 먼저 요청되는 것은 무엇일까. 무기 없는 전쟁은 없다. 그렇다. 우리의 문화는 지금까지 무기 없는 전쟁을 해온 것이다. 무기란 무엇인가. 그것은 우리 각자의 주체성이다. 주체성 의식이 없는 문화 활동이란 것은 상대방이 없는 시합을 혼자 하고 있는 것과 다름이 없다. 우리 자신은 먼저 한국인이요, 다음엔 동양인이요, 그리고 세계인이다. 한국에 대하여 동양에 대하여 전 세계에 대하여 우리는 우리대로의 사명과 의무가 있다. '한국인'에만 집착한다는 것도 '현대 세계'에 대한 성실한 태도라고 할 수는 없다. 그러나 그 자신의 한국과 한국의 문화를 망각 경시한다는 태도도 성실한 태도가 아니다. 현대인 일반에 공통적인 이 딜레마에 한국의 문화인처럼 깊이 빠져 있는 사람들은 따로 없을 것이다. 역사적 대사건의 연속적 발생으로 말미암아 우리는 아무 조치 준비 없이 세계의 광장의 한복판에 내던져졌기 때문이다. 특히 6·25는 우리에게 최소한도의 인간의 조건을 지속해 나가는 일조차 얼마나 곤란한 일인가를 가르쳐 주었다. 이러한 속에서 한국의 문화가 그것대로의 주체성을 확립하지 못하고 타성에 의해 부동된 것은 당연한 일이었다. 그 속에서 개인이 주체성을 확립하기란 사상누각이나 마찬가지였던 것이다. 그러나 이제는 우리가 우리 자신과 그 위치가 무엇인가를 반성할 때는 왔다. 나는 무엇인가. 나는 무엇을 하지 않으면 안 되는가. 이와 같은 자기 성찰에서 우리가 우리의 주체성을 확립하지 못한다면 문화 창조자로서의 자격을 내던져야 할 것이다. 어떤 사건이 목전에 일어나도 흔들리지 않는 자기의 사상을 지금 확립하지 않으면 안 된다. 이것은 곧 무성격자라는 불명예스런 낙인을 벗는 재건에의 방법이다. 쉬운 일인 줄로 알지만 사실은 쉬운 일이기 때문에 어려운 것이다. 우리는 지금 위험한 자리에 떨어져 있다. 소련 세력이 개성까지 와 있다는 이 엄연한 사실을 상기한다면 우리는 함부로 장난으로 문화 활동을 하지는 못할 것이다. 문화의 재건이란, 바로 조국의 재건이기 때문이다.

자기 폐쇄형의 사고 방식은 이제 세계 내 존재로서의 자기를 말살하는 결과밖에 안 된다. 자기의 주체성을 지키기 위해서도 우리는 세계에 대하여 부르짖지 않으면 안 되는 것이다. 창조한다는 것은 자기가 아닌 세계에 대하여 강렬하게 자기를 주장하는 것과 같다.

고전 발견

우리를 압살할 만큼 중압을 주는 전통악에 대하여 우리는 어떤 방법으로 대처하지 않으면 안 되는 것일까. 후진국 문화의 공통적인 결함의 하나인 이 '과거의 망령'을 어떻게 하면 극복할 것인가. 우리 문화 자체의 가치 판단에 부당하게 간섭해 오는 이 '과거의 망령'에 대하여 문화는 어떤 기능에 의해 이것을 제거할 수 있을까. 한국 문화의 주변에는 도처에 샤머니즘적 잔골이 있고 아나크로니즘의 성이 서 있다. 이것들을 어떻게 처치할 것인가. 대체로 보아 한국의 지식인들은 한국의 과거의 문화에 대하여 부정적이고 또 이 부정성에는 일리가 없는 바 아니다. 왜냐하면 불탑과 자기가 현대인의 생활에 직접 관여하는 성질의 문화 유산이 아닐 뿐 아니라 그것조차 그 양에 있어서 빈약하기 이를 데 없기 때문이다.

그러나 우리는 우리의 역사 속에서 새로운 고전, 즉 '민족의 영원한 의지와 영혼'이라는 고전을 발견해 낼 수는 없는 것일까. 가시적인 문화 유산도 민족 문화의 자랑일 수 있다. 그런데 더 중대한 것은 민족의 생명의 영원한 번영과 발전이다. 어떻게 되었든 우리 민족은 지금 세계를 향하여 존재하고 있다. 역사 속에서 이 민족의 현재의 존재를 가능케 한 비밀을 찾자. 거기 이 민족의 세계 내 존재로서의 독자성을 발견해 낼지 모른다. 만일 '민족의 영원한 의지와 영혼' 이라는 새로운 고전을 우리가 발견해 낸다면 우리는 그것으로 모든 전통악과 상살해 버리면 된다. 그리고 그것은 반드시 있다. 우리들 개개인의 의지 속에 그 새로운 고전은 명백히 존재하고 있다. 이 고전에 의하여 미래에의 위대한 가능성을 보장받는다면 전통악의 괴로운 중압을 초극 못 할 것은 없다.

우리들의 내부 심층에서 우리들 모르게 우리를 움직이던 '과거의 망령' 일지라도 우리들의 이 새로운 고전의 의지력 앞에서는 무력할 것이다. 나를 움직이게 하는 최대 요인은 지금의 나의 의지가 아닐 수 없기 때문이다. 슈바이처의 그 낙관론적 문화를 재건하는 때에 있어 동양의 선인들에게 도전하여 그들을 극복한다는 것도 우리들 현대 동양인의 동양에 대한 열성이 될 수 있다.

결어

한국 문화의 재건을 위한 서장으로서 나는 가장 근원적 악의 제거를 위한 방법을 택하였다. 그것은 일시적 보조나 동조로써 한 국가의 문화가 재건될 리 없기 때문이다. 정부의 문화 정책에 큰 기대를 거는 것도 좋고 국제 교류에 의한 다양화를 바라는 것도 좋다. 그러나 나는 그런 물질적 외부적인 문화의 재건보다는 내면 세계의 재건이 더 중요하다고 생각한 것이다.

우리는 역사적 존재이다. 그리고 그 우리 눈앞의 '역사' 는 민족의 변혁을 형성해 나가고 있는 도중이다. 우리 한국의 문화가 민족과 함께 존재할 자격을 가지려면 민족과 함께 변혁 재건되어야 할 것이다.

좋은 기회가 온 것이다. 8·15 후의 혼란 속에서도 우리 문화의 싹은 자라 난관을 물리치고 괴로우나 지속되어 왔다. 문화란 원래가 시대적 혼란기일수록 횡적으로는 줄어들지만 종적으로는 심화하는 것이 보통이다. 그동안의 5·16 전의 무질서와 혼란 속에서 우리의 문화는 종적으로 깊이 지심(地心)에까지 뿌리를 박았다. 이제는 그것을 횡적으로 발전시켜야 할 것이다.

우리에게 처음으로 국민의 질서를 지켜줄 줄 아는 국가와 정부가 우리의 문화에 대하여 전처럼 서자시(庶子視)하지는 않을 것이다. 민족 문화의 재건이란 구호 아래 전진할 때는 왔다.

— 중앙공론사 간행 『한국 혁명의 방향』 1961년

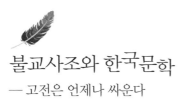

불교사조와 한국문학
— 고전은 언제나 싸운다

1

　북방의 산지를 넘어서 아리아 인들이 히말라야 남방의 반잡대평원에 침입해 들어가 선주민 트라비다 족을 쫓아내고 정주하게 된 것이 기원전 약 2천년쯤이었다. 이 아리아 인의 후손인 고타마 싯달타(Gotama Shidartha)가 보리수나무 밑에서 대오(大悟)하여 불교의 기원을 이룬 것은 또 서기전 431년 그의 나이 35살 때이다. 바꾸어 말하면 아리아 인들의 정신생활이 불교라는 명확한 종교를 정립함으로써 귀점을 찍기에 필요했던 시간은 놀라울 만큼 긴 시일 즉 1천5백년이란 장구한 햇수가 걸린 셈이다. 필자는 불교성립 이전의 아리아 인들의 정신생활이 불교와 얼마만큼의 유사성을 가지는지 잘은 모른다. 그러나 인도철학사상의 본질적 내용이 반드시는 힌두교에만 연관되고 있는 것이 아니라 불교적 사상으로도 연관되고 있음이 틀림없으리라. 타다크리슈난 씨의 소설(所說)을 보아도 필자는 필자의 소견이 그렇게 어긋남이 없음을 느꼈다.

이미 현명한 독자는 알게 됐을 것이오. 필자가 무엇을 말하고 싶은 가에 대하여…….

필자는 다음과 같이 반문하고 싶을 따름이다.

불교적 사상요소를 지닌 민족이 그것을 불교라는 명확한 종교로써 정립하기에 이른 시간이 1천5백 년인데도 불구하고 불교라는 명확한 종교사상을 받아들인 지 이미 천 년이나 되는 한국민족의 한국현대 문학이 그것을 온전히 문학적으로 소화시키고 있지 못함은 그 누구의 책임인지 알 수 없는 문제라고.

싯달타는 35살에 대오하였고 그가 구도의 길에 오른 지는 29세 때이다. 그러니 그는 여섯 해만에 대오 구도를 했다는 것이 되는 것이오. 그리고 한국현대문학은 약 반세기가 되는 동안에 기껏 이루어 놓은 일이 몇 사람들의 (시인의) 편차적 과업의 한 부소산(副所産)에 지나지 않았기 때문이라는 사실이 너무 명백하기 때문에…….

2

우선 한국현대문학에 있어서의 '불교적 그늘' 을 문제삼기 전에 불교가 한국에 들어온 통일적 한국문화의 전형이 될 수 있는 신라를 문제삼지 않으면 안될 것이다.

한국문화에 관심있는 모든 사람들에게 깊은 충격을 준 이차돈의 사형선고는 단순히 이차돈의 사형선고에 끝나고 마는 그러한 단순한 일개인의 사형선고가 아니고 이 친구의 사상적 선구성이 결과적으로 보아 불교 도입 이전의 샤머니즘적 문화에 대한 이 친구의 이별 선언이란 것으로 설명된다면 그의 죽음은, 한국문화에 있어서의 필연적인 코스였다는 것을 알게 하고 그리고 그의 죽음이 그에게 (마음 속에 파묻혔던 그의 선문화적 관념에) 새로운 문화에 대한 관념이 일어나게 된 것에 대한 제화(祭火)라고 한다면 그는 한국문화의 진전을 도우려는 한 낱의 불티였던 것이 아닐까?

필자는 뭐라고 구체적으로 명시하기 전에 암시적으로 끝날 수밖에 없는 필자의 양식을 의심받을까 보아 걱정스럽지만 필자는 가장 중대한 사실에 대하여 단정적으로 결정지을 수 없는 내 자신의 어리석음에 유일한 내 자신의 역사의식을 달래고 있는 것이니까 용서해 줄 수밖에 없을 것이라 생각한다.

샤머니즘적인 문화란 원시적 문명일 뿐더러 더 나쁜 것은 한국민족에 있어서는 현대(우리의 동시대란 뜻으로)에 와서도 아직도 활기를 띠고 있는 것이다. 산신령께 빌고 바다의 신령께 비는 (빌다는 기도) 이 선문화적 코스를 우리 젊은이들의 '현대관'을 더럽게 물들이고 있을 뿐 아니라 '세대의 문제'라는 가장 현대인에게 있어서의 중대한 문제를 '문제가 되지 못하게끔' 조작하고 있다.

이 곤란한 문제에 한 줄기의 촛불과 같은 역할을 정심(正心)으로 고치기 위하여 '신라'는 민족적 영광기에 불교의 사상이 주입케끔 되었다는 것은 한국문화에 있어서의 이만저만한 추라불이 아니다. 샤머니즘적 문화의 잔재가 아직도 남아 있는 이 현대에 (지금의 시대) 신라에는 그것이 얼마나 지독했을까를 반성해 보면 될 것이 아닐까. 즉 필자와 같은 눈으로 볼 때에는 이차돈은 불교 때문에 죽은 것이 아니라 불교를 받아들이려고 한국민족이 그만큼 희생했어야 했던 그만큼의 샤머니즘적 문화요소 때문에 그는 사형선고를 받지 않을 수 없었던 것이다.

요컨대 이차돈은 죽고 불교는 신라의 국교가 되었다. 여기에 한국 사람으로서 중대시해야 할 점은, 신라가 한국역사 최초의 통일국가였다는 사실이 아닐까.

그리하여서가 아닐지는 몰라도 (다소 필자의 견해와는 다를지 모르나) 불교적 사상은 한국민족에게 (그 후의) 문자 그대로 물심양면으로 다대한 (사실은 이따위가 아닐 정도로) 영향과 직접적 생활의 변화를 준 것이 아닐까 한다.

신라가 멸망하고 고려가 집정하고 하는 사이에 불교는 한국민족의 손톱 안에까지 스며들게 되었고 (역사와 시간의 힘으로) 그리고 이조의 유교문화가 전개되게 되었다. 이조태조(李朝太祖)는 그의 일인간적 현명성으로 말미암아서는 결코 아니겠지만 필자가 추측컨대는 아마 불교가 망국적 요소를 지니고 있음을 알게 된 것이나 아닐까 하는 것이다. 필자가 우리 국사를 해석하기에는 이조태조 이성계는 고려의 최헌이나 그 일련의 무단정치적 독재(獨裁)에 상응한 관념에 공감한 듯하다. 왜냐하면 일인간의 절대적 존재는 민족적 문화발전에 비례가 아니라 반비례한다는 것을 알았을 테니까.

이와 같은 (필자의 견해를 중심으로 해석한다는 뜻에서) 사례에 따라 그는 (이조태조는 불교를 탄압하기에 조금도 꺼리지 않았다. 그리하여 (이 '그리하여'는 중대한 의미를 가진다) 한국문화의 한국문화다운 잔재는 이젠 신라문화에만 기울고 있을 뿐이다. 신라문화를 우리가 (즉 한국인이) 찾으려면 경주로 가기 마련이다. 그럴 때 우리는 저마다 솔직하게도 지각(知覺)하게 된다. 신라문화는 즉 '불교문화'라고.

이 구체적 예를 필자는 시인 서정주 씨의 실례에서 증명하지 않을 수 없는 것이 되었다.

한국의 시인 (문자 그대로) 서정주 씨는 시인적 정열의 전부를 다

바쳐 신라에 관한 이미지 환기에 집중하고 있다는 최근의 경향에 대하여 어느 누가 (한국시단의) 의심할 수가 있을까. 씨의 시인적 제1기가 『화사집』을 주로 한국문화와 서구문화의 유기적 조우의 티피컬한 결과임을 자인할 것이요(서구적 자아와 동양적 타아의 무자비한 충돌), 그리고 그 다음의 제2기는 『귀촉도』의 세계처럼 비교적 유교적 관념에 그 본질적 시정신을 연소시킨 것이요, 그 다음에 최근의 〈학의 노래〉 혹은 〈목련꽃과 나와의 기억〉과 같은 시가 불교적 관념의 소산임을 부정치 못하리라 한다. 결과적으로 말할 때는 서정주 씨는 '신라'라는 한국의 최고성대의 정신적 기초가 불교였다는 것을 알기에 그의 생애의 대반(大半)을 소비한 것이 된다.

이 서정주 씨를 역사적 이차돈과 비교 혹은 동일시 할 수 없는 바도 아니다. 이차돈은 불교라는 더 고차원적인 종교를 받아들이기 위하여 그의 (그리고 그의 동시대인 전체에 공통적인 샤머니즘적 원시신앙을) 그 자신의 희생으로써 일단은 죽이려고 그 자신이 죽어 불교문화의 한국적 터전을 신라에 잡게 하였다. 그리고 서정주 씨는 자기 자신을 현실적으로 죽이는 것 대신에 모든 외래사조(비불교적 사조)와 스스로 대결하는 중에서 자기 자신을 불교적으로 (전통적으로) 재건하게 된 경력을 이차돈과 비교한다는 것은 결코 이단적 논리가 아니라고 필자는 생각하는 바이다.

3

불교가 국교로서 폐지된 이성계의 이조시대에도 불교가 소멸되었다고 (물론 문학적인 면에서) 오해한다는 것은 지극히 피상적인 견해에 지나지 못한다.

『심청전』과 『춘향전』의 그 가장 기본적인 사상적 차이를 논의한다면, 필자는 단순히 『심청전』은 불교적 사상의 소산이며 『춘향전』이 이조국교였던 유교의 소산이라는 것이다. 『심청전』에 있어서의 '심청'이 찾아가는 '용궁'은 틀림없이 선악판단을 초월하는 불교적 윤회사상의 발현이요, 그리고 『춘향전』의 이도령과 변학도의 차별은 또 틀림없이 유교적 관념의 소산인 선과 악의 표현에 지나지 못한다.

이 이외에도 많은 예가 있는 것이다.

『조침문』과 정철의 『사미인곡』의 사상적 차이도 같은 것이 아닐까 필자는 생각한다. 『조침문』은 그것의 내용이나 형식이 틀림없이 불교적 사상의 것이다. 인간이 바늘과 함께 슬퍼하고 기뻐한다는 것은 윤회사상의 발현이요, 『사미인곡』의 임은 유교의 그 천자(天子)사상의 발현인 것이다.

필자는 더 한국문학에 있어서의 두 가지 개념의 하나와 둘째 중의 어느 한쪽을 중시하고 싶은 생각은 전연 없다.

필자는 비교적 한국문학에 있어서의 고전적 면에 치중하여 논설해 온 것이다. 의미가 없어서가 아니라 현대한국문학이라는 관념의 한국문학에 관하여 있어야 할 불교적 발언에 중점을 주기 위해서였으니까.

정립된 종교관념으로서 불교를 받아들인 지 천 년을 넘은 현대한국의 한국문학이 왜 아직도 명확한 불교적 요소를 살리지 못하고 있는가 하는 필자의 이 소박한 의문은 현대한국문학의 지엽적인 문제가 아니라 가장 근본적인 문제와 다름이 없다는 것을 밝히고 싶은 의도가 여지껏 (이들에서) 이 면의 고전적 면에 치중한 까닭이기 때문이다.

반세기 내외를 우물쭈물거리는 현대한국문학사에 있어서 필자의 견해로는 한국문화 초창기 이전의 샤머니즘적 경향을 기반조건(정신의)으로 작품행동을 한 분은 김소월이요, 그 다음의 불교적 사상을 기반으로 한 분은 한용운이요, 그리고 또 그 다음의 유교적 사상을 기반으로 한 분은 이광수가 된다.

김소월의 〈엄마야 누나야 강변 살자〉라든지 〈예전엔 미처 몰랐어요〉라든지 하는 노래들이 현대적 샤머니즘적 발상이 아니고 무엇이며 이광수 씨의 '그 계몽적 성격의 소설'이 유교적 사상의 가장 천박한 발상이 아니고 무엇일까.

여기서 필자가 일부러 한용운의 불교사상을 비판하지 않았던 것은 한용운의 그 후렴 '임'에는 현대한국문학에 있어서의 불교성의 비성숙성의 모든 이유가 숨어 있기 때문이다.

신라 때에 받아들인 불교는 불교에 있어서 말하는 소승불교 계통의 불교였다. 필자는 대승불교와 소승불교의 명확한 개념에 대하여 무식한 편이라 하지 않을 수 없으나 필자가 아는 얇은 지식으로도 소승불교가 신라 때에 한국에 수입된 불교인 것은 알고 있고 소승불교의 현실적 면상이 지배자 계급의 비호를 받으며 광대한 장원을 소유하며 소위 일절중생(一切衆生)과는 객관적인 불교적 교설을 말하는 것이요, 대승불교는 반야경의 그 근본이념, 즉 '일절개공(一切皆空)' 혹은 '일정중생실유불성'을 기반으로 성취된 것이라는 것은 알고 있다.

이럴 경우에 어찌 신라 때부터의 한국불교가 어찌 소승적이 아니며 그 경지에 머물고만 있었던 사실에 보수적 성격을 아니 느낄 수 있을 것인가 한다.

그런데도 불구하고 한용운은 그의 전생애의 전시작을 통하여 '임'

이라는 이름으로 대승불교적 발상을 능히 해온 것이다. 그것은 그의 현실적 불교생활 활동이 그랬을 뿐만 아니라 (사실은 중대한 것이라 할 수 없고) 그가 그의 문학적 활동에 생명으로써 그것을 노래했다는 것은 중대한 일이 아닐 수 없는 것이다.

결론적으로 말한다면 현대한국시인은 한용운의 '임' 때문에 연면히 계승되어 온 소승불교적 전통과 중절되고 만 것이 되었다. 거기에다가 설상가상격으로 이광수의 가장 천박한 유교적 관념의 발상이 옆에 버티고 있었으니, 그 후의 한국작가들과 좋은 의미에 있어서의 우리 한국의 전통과는 자연히 적은 담을 쌓게 되었고 차차 그 깊이를 넓히게 된 것이다.

그러나 결코 독자는 필자의 논리를 오해를 아니해 주었으면 좋겠다. 필자는 한용운의 그 일을 마이너스라고 생각하고 있는 것은 아니기 때문이다. 이광수의 그와 같은 가장 본질적인 미스틱과는 달리 한용운은 보다 더 넓은 문학적인 것으로 크게 전개할 수 있는 새로운 지평을 몸소 가리켰다는 역사적 공헌이 있기 때문이다.

4

현재 경주 근처라든가 각처에 산재한 불교적 잔재들로써 현대한국문화 내지는 현대한국문학에 있었서의 불교적 생리가 되리라고 그렇게 믿을 만큼 어리석은 지성인은 없을 것이 아닌가.

필자가 알기로는 잔재로써가 아니고 '행위'로써 불교라는 한국문화의 가장 기본적인 에센스를 당위하고 있는 일과 사람이 많다. 그것을 구체적으로 우선 소개할 수 있다면 서정주 씨의 신라에의 염원이 결코 신라에 대해서가 아니라 신라문화의 모태였던 한국불교 최성기에 대한 염원이요, 의욕이 되는 것이다. 비록 그 일이 즉 씨의 그 귀중한 고전적 노력이 현대인적인 현대에 대한 최소한도 성실성까지를 부정하는 그렇게 순수한 노력이라는 점에 다소의 불만이 있다고는 할지라도, 씨의 그 염원과 의욕은 한국적 전통의 가장 기본적인 에센스를 붙들고 늘어지겠다는 것이니 아무쪼록 필자와 같은 자의 어리석은 염원과 의욕을 위한 이 어리석을 만큼의 논리에도 공감할 자 있으면 현대한국문학의 보다 더한 정신의 발전을 위하여 우리는 항상 이러한 관념 밑에 살아야 할 것이 아닐까.

　'고전은 언제나 싸우고 있다고'

　―『자유공론』1959년 3월

독자성과 개성에 대하여
— 좋은 면도 있으나 이런 면이

   어느 (그건 불란서의) 정신병원 뜰안의, 한방울도 물없는 못에, 낚싯 대를 드리우고 있는 정신병자가 있었다. 그 녀석을 보고, 거기 찾아 간 '정신있는 분'이 그에게 놀리느라고 묻기를 "고기가 몇 마리나 낚 였는지요?"라고 물었더니, 그 정신병자가 그렇게 묻는 그 '정신있는 분'에게 하는 말이 "고기가 낚이느냐고요? 바보 같으니라고. 이 못에 물 한방울 있는가 보시오." (이건 까뮈의 시지프스의 신화에 예언된 일례 지만 필자가 조금은 윤색하였음을 밝히겠습니다.)

   만사에 있어서의, 그리고 만인에게 있어서의 '회화와 인식'이, '현 실적 합리적 생활'이라는 아름다운 이름 (동물적 상식의 뜻으로) 아래 왜곡되고 더럽혀지고 있다는 건, '현실적 합리적 생활'의 한계내에 있어서는, 진리가, 이만 저만이 아니게 불편하고 거북하고 비효과적 이라는 사실의 구체적 반증이 아니라고 한다면, 무엇으로 우리는 (즉, 이성적 인간은) 거짓말을 하면 비진리적이라고 곡해하는 것일까?

이 '것일까?'에 대하여, 필자가 확고부동한 대답을 할 수 있을 것이라는 허망한 자신에, 무엇인가 근사진리를 기대해 왔다면 이건 또, 필자로 하여금 허망의 심연에 떨어뜨리고 마는 것밖에 결코 안 된다. 결과적으로 어떻게 되겠다는 걸 말해다오 — 라고 필자 자신의 오성은 묻고, 되도록 너 자신 외의 분에게까지 그 네 말을 무책임하게 하지 말라고 강요하고 있다.

독자들에게 (만일 한 사람이라도 있다고 자연과학자처럼⟨?⟩ 맹신한다면) 필자는 그 강요를 요리 조리 도피해낼 재간쯤은 가지고 있고, 그리고 또 근본적인 결말에 있어서, 사과해 버리면 될 것이라는, 낙관적인 절망을 동면중의 뱀이 뜻밖의 기후에 눈을 잠시 떴다마는 (좀 비평론적 비유이긴 하지만) 그만큼의 본능적 이지력을 지팡이 삼아서, 십구세기의 낭만주의자 녀석들이 시를 '천래의 신운(神韻)'이라고 까불고 놀아났듯이 지리멸렬의 자기변명용의 편리한 삼단논법적 논리쯤 전개하기는 누워서 떡 먹기다.

요컨대 문학의 이야기를 하겠다는 것이다. 문학이, 거짓말이 진리인 '현실적 합리적 생활' 안에서, 거짓말이 진리가 아니라는 정신을 어쩌다 주워 가지고, 거짓말을 재구성하는 능력으로 바로 이것으로 '현실적 합리적 생활'에 반역하고 이 반역적 수단으로써 '진리'의 한계상황을 한번 들여다 보자고 한 것은 그 의도에 있어서는 가상타 할 만도 하다. 한국의 현문단에는 아직도 시를 '천래의 신운'이라고 무남(巫男)처럼 믿고 앉아서 모가지를 드리우고 있으나 그들을 조금이라도 문제삼아 준다면 (양보해서) 그들에게는 '현실적 합리적 생활' 속에서 거짓말이 아닌 참말이나 한마디 하고 죽든지 살든지 하라고 권하고 싶을 따름이다. '참말' 한 마디 하는 것이 현대의 이 '현실적 합리적 생활' 안에서 얼마나 어려운가, 구름에 달 가듯이 쉽지 않다는 것조차 모르니 탈이다. 그들에게는 영원은 있을지 모르나 진리는 없다. 진리없는 영원이라니, 하느님도 잠시 생각에 잠겨 봐야 풀 것이다. 그들의 영원이라는 건 눈에 보이지 않는 것을 단순히 눈에 보이지 않는 그것 때문에 그리워하는 어린 아기들의 심정과 통하는 것이요, 그리고 소녀의 초기남성관 같은 것이다.

각설하고…

현대문학에 있어서의 그 '현실적 합리적 생활에의 반역적 수단에 의한 진리의 한계 상황 접근'은 이미 수포화하고 작가의 정신에서 놀아 나가고 말았다. 재구성할 필요도 없이 거짓말은 현대인의 회화(會話)를 통해 재재구성의 과정을 밟는다. 그 의도에 있어서는 가상할 만 했으나 현대작가는 십구세기적이라는 말만 들어도 구역질이 난다고 혐오한다. 그들은 신사요 생활인이요 '현실적 합리적 생활'에 부자유를 느끼지 않는다. 현대의 '현실적 합리적 생활' 자체가 '비현실적 비합리적 생활'이 되고 현대작가는 이 '생활'에 접합하면서 필연적이 아닐 수 없는 불안에 접합했기 때문에 통틀어서 이러한 전체가 '반역'이 되고 말았다.

이 무상의 변화는 언제 쯤부털까. 독자성이란 말의 변도가 이걸 암시한다면 다행이다. 'original'이란 형용사가 'originality'란 명사가 된 최초의 예를 『옥스포드 대사전』에서 보면 1776년의 예를 들고 있다고 한다. 그러나 스미스는 1742년의 Gray의 편지를 들고 있고 또 그의 말에 의하면 불란서말로는 1699년에 'originalit'e'란 말로 표기됐다고 한다. (이까짓것 뭐 아무래도 괜찮다. 들은 풍월이니까) 독자적이란 형용사가 독자성이란 명사가 되어 완전한 추상관념이 된 것은 그러니까 제 17세기의 마지막 해인 1699년인 셈이다. 그런데 형용사로서 쓰인 이전의 'original sin(원죄)'에 쓰였던 것이다. 독자성이 원죄와 먼 관계이긴 하지만 무슨 관계를 맺고 있다는 것은 흥미있는 일이다. 인간의 독자성이 기독교의 신에의 반항격이 된다는 것이고 이 독자성을 존대하는 예술이나 문학이 이 독자성을 존대하면 할수록 비신앙적이 되니 이것은 어쩌겠다는 것인지 모를 일이다.

이 독자성이 구체적으로 존대받기 시작한 십칠세기 말년부터의 이 독자성의 진전은 결과적으로 보아 '현대의 불안'의 진전이 되는 것이다. 문학에 있어서의 독자성의 역사적 진전의 결과가 현대에 와서는 현대작가의 위를 파먹는 암이 되었다. 예술은 독자적 존재가 되어 신의 기능을 대신하는 것처럼 혼자 놀아난 것이다. 드라이텐이 셰익스피어의 작품에 언급하여 셰익스피어는 대자연에도 없는 인간을 창조한 것 같다. 이것은 놀라운 일이 아닐 수 없다는 뜻의 견해를 쓴 1679년을 '근대 문예비평 최초의 해'라고도 하거니와 요컨대 '독자성'이란 추상관념의 탄생은 현대작가의 '반역'을 시키는 원인이게 한 것이다. '독자성'이란 당신들의 애인이 당신들의 생활을 역전시켰다는 걸 알지 않으면 당신들은 문학적 허망의 심연에 빠진다는 것이다.

나는 현대작가에게 독자성을 존대하지 말라고 말하고 있는 것이 아니라 독자성이란 마술에 싸게 걸려 들지 말라고 주의하고 싶은 것이다. 확실하게도 내가 보기에는 현대의 모든 유능한 작가들이 공통적으로 지닌 독자성의 뚜껑을 열면 거긴 '현대의 불안'이라는 공허한 백지가 떨어져 있을 뿐인 것이다. 외국의 예를 들지 않아도 손창섭, 김성한, 장용학, 전봉건, 송욱, 김춘수, 김구용 등에게서 오는 인상은 나는 한국문학에 있어서의 독자성의 동일성 혹은 '현대'의 정신의 미분화적 상황밖에 느끼지 못한다. '현실적 합리적 생활'의 정신적 가담자가 되고 안되고에 전연 무관심한 상태 즉 '현실적 합리적 생활'이 근본적인 정신적 심저에 있어서 객관화되고 있는 상태가 아닐까. 그것을 노래하면 된다는 생각뿐이요 그것에 책임을 진다는 작가적 양심이 희박한 것이다. 막연히 독자성에만 의존하고 있으면 그가 그에게 배반된다는 것이 아닐 수 없다.

작가는 천재다. 독자성이란 무기로 신의 행위를 모방하고 있으니까. 대자연에도 없는 인간을 작가가 만든다는 것은 신의 창조에 육박하는 일이다. 여기까지는 언제나 문학개념의 A요 B다. 그러면 X와 Z는 무엇이란 말인가. 그것은 방법상의 미미한 티만큼의 서로의 차이에 지나지 않는 것이다. 그러나 십구세기적 방법에 온몸을 맡긴 작가나 비평가를 보는 것은 마음 든든한 일이다. 우리는 다음과 같이 말할 수 있으니까. "고기가 낚이느냐고요? 바보 같으니라고. 이 못에 물 한방울 있는가 보시오!" '현실적 합리적 생활'의 무쌍의 변화가 현대작가에 있어서의 천재성을 거세시킨 것은 결코 아니다. 기술적 방법을 거기에 적응치 않기 때문에 언제나 시종일관한 쓰레기통 같은 문학관을 인간적이라고 하면서 좋아 지낸다.

당신들의 할아버지뻘의 할아버지뻘도 더 되는 '콩돌세'라는 사람조차 당신들을 버린다. '천재의 성격을 구성하는 것은 언제나 새로운 관념의 짜임새(조합)에 있다는 것, 그러면서 이 경우에 새롭다라고 하는 것은 관념 그 자체의 짜임새에 있는 것이 아니고 다른 관념을 각성시키는 데에 적합하는 것으로서의 관념의 짜임새에 있다는 것을 알 수 있다.'(콩돌세 『인간정신진보사』 제2부 제5기 「역사의 단장」에서) 이 새로운 관념의 짜임새는 문학뿐만 아니라 어느 부문의 정신에 있어서도 결정적 역사(役事)를 할 것임에 틀림 없다. 더구나 문학에 있어서는 언어라는 참 델리킷한 사물을 매개로 하고 있지 않는가. 관념의 짜임새가 곧 시와 소설 그리고 대화까지도 지어내고 있는 것이다.

천재가 아니래도 이 노인의 말을 충분히 들어 둘 만하다. 이 새로운 관념의 짜임새는 문학적 사고를 창조적이게 회전시키는 기지가 돼야 하지 않는가. 낡은 관념의 헐어 빠진 공지에서 십구세기적 천재들이 아깝게도 썩고 있으니 야단인 것이다.

그러나 작가는 언제나 이지에 의해서만 움직이지는 못한다. 개성이라는 이름으로 자기의 독자성을 내세워서 곤충같은 정열을 느낀다. 개성이란 그에게 있어서는 사실은 객관적인 것이 아닐까. 날 때부터 타고 난 것을 자랑하는 것은 거지 근성이다. 제가 스스로 자기의 개성을 선택한 것이 아닌 이상 왜 그것을 남에게까지 강요할 수 있는가.

벨레에느 같은 시인은 자기자신의 개성을 깨달았다. 그는 그의 편지에서 "나는 모든 양식을 갖고 있으나 그런데도 내게는 판단력이 없습니다. 나는 이 일로 해서 교훈을 끄집어 내주기를 바라지 않습니다. 그것은 의사(擬似) 생리학적인 싫은 냄새가 나기 때문입니다. 나는 여성입니다.— 이것은 많은 것을 설명해 주겠지요"라고 했다. 허버트 리드(Herbert Reed)는 '최후의 보헤미아인'이라는 글에서 이 말을 두고 "이 고백은 그의 개성을 — 그리고 모든 진짜 시인들의 개성을 — 푸는 열쇠이다"라고 하였다. 일류는 자기의 개성에 만족하지 않는다는 것이 아닐까. 의사 생리학에 곤충같은 정열을 불러 일으키는 것도 좋을지 모른다. 그러나 결국에는 사라지리라 —

내가 지금까지 무엇을 말했는지 이걸 내가 모른다고 한다면 누가 덤벼도 누가 덤빌 것이지만 '정신있는 분'이 오히려 병자보다 덜 이지적이듯이 나는 말할지 모른다. 결국 나는 설명하기를 싫어하는 것이라고. 영국의 Bosil de Slincourt 씨도 "예술이란 설명이 끝난 그 다음에 남는 것이라"(H.W.Leggett의 『문예창작의 이론과 실제』에 이용되어 있음) 했지만 비평이 설명이기를 거부한다는 것은 내가 비평에 염증을 느낄 만큼도 안되기 때문인가. 작가들은 다음의 말을 주고 받으면서 안심해도 좋다. 구라우코온은 어느 일부의 비평가를 비난하여 아래와 같이 말한다. "그들은 개연이 아닌 가정에서 출발하여 그리하여 자신, 제마음대로 정한 다음에 추론으로 들어가고, 그리고 시인이 말하는 사항이, 그들이 생각하는 바와 다르면, 그들이 오인하는 것을, 마침 시인이 실제로 의미하고 있는 것처럼 시인을 비난한다." (아리스토텔레스 『시학』 제25장 「詩」에서)

　─『자유문학』 1959년 3월

비평의 방법 Ⅰ

1

'가' 라는 사람의 정신과 '나' 라는 사람의 정신이 서로 상통 내지는 교감하지 않을 수 없다는 심리적 전달의 대전제가, 비록 사소한 사실 하나로 하여 붕괴될 때에 사상이나 일상 생활에 있어서의 우리들의 관념이라는 것이 얼마만큼 허무맹랑한 것인가를 직감적으로 느끼는 때가 있습니다.

이 '느낌'의 본능적 질적 양상이 무엇인가에 대하여 무능한 우리는 (동물이 아니라 인간이니까) 그 양감(量感)에 대하여 따지고 싶은 관심만은 있습니다. 예를 들면 친한 친구 두 사람이 길을 걷고 있다가 A가 그 옆을 스쳐 지나가는 한 여성을 보고 B에게 "정말 아름답다"고 잘라서 말했을 때에 B가 그것을 보고 "아름답지 않다"고 잘라서 말할 때, 이 두 개의 때는 시간상으로는 몇분간의 틈이 있지만 이 두 개의 때간의 두 인간의 정신적인 판단의 차이의 실질은 상반적인 것이 아닐 수 없습니다. '아름답다' 와 '아름답지 않다' 와의 차이는 무시할 수 없는 것입니다. A와 B의 그 상반적인 견해는 논리 전개의 결론으로써 된 것일까. 그러나 논리학이, 두 친한 친구 사이에 오가는 대화에 간섭하는 경우는 그다지 없습니다. 논리학에 있어서는 논리의 필연적인 결론으로써만이 해답이 성립됩니다. 그러나 논리의 가능성을 배격하고, 친한 친구 두 사람의 대화가 가능해질 때에 우리는 무엇을 '다른 가능성' 으로서 받아들이고 있는 것일까.

그것은 '아름다움' 이라는 관념이 지니는 그 의미의 양적 다양성입니다. 이것은 곧 '아름다움' 이라는 관념이 대단히 허수룩한 정신의 움직임이 아닐 수 없다는 것이 됩니다. 어떠한 관념이나 현대에 와서 말썽을 부리지 않는 것이 없습니다. 이 사실은 우리들의 모든 관념의 허무성을 반증명하고 있는 것입니다. 그래서 나는 어떠한 종류든지 관념이라는 것의 일정한 위치와 일정한 역할을 사갈시(蛇蝎視)하고 있는 것은 전혀 아닙니다.

우리는 어느 장소에서나 어느 때나를 막론하고 항상 우리 개개인 자신에게 알맞는 어떠한 관념과 동거 생활을 하고 있습니다. 관념은 그 의미의 확산적 성격 때문에 그 광도의 명암은 있어도 그 시체 안치실 같은 자리는 없습니다. 역사는 되풀이 된다는 것은 무엇일까. 어떠한 관념의 흥망성쇠를 뜻하는 것은 아닐까?

문제의 열쇠는, 사람은 어느 자리서나, 어느 때나, 그에게 최적한 관념의 이름을 뇌까리지 않으면 안 된다는 것입니다. 한 여성을 보고 '아름답다' 고 한 A나 '아름답지 않다' 고 한 B나 어떠한 관념 표현상의 대상체에 대하여 그들 제각기의 관념을 표시했을 따름인 것입니다. '아름답다' 라는, 혹은 '아름답지 않다' 라는 차이의 원인은 세 가지가 있습니다. '아름다움' 이라는 관념의 비정립성 또는 그 확산성, 그리고 A의, A 자신의 '아름다움'에 대한 일방적 독단과 셋째 것은 B의, B 자신의 '아름다움'에 대한 일방적 독단의, A의 그것에 대한 상극입니다. 현대에 있어서는 모든 관념은 이 삼중고를 앓고 있습니다.

이 삼중고 사이에 끼어 몸부림치는 논리학의 병태에 관해서는 우리는 이미 벌써 객관적입니다. 너 같은 것이 무슨 소용이겠느냐는, 즉 우리들의 정신적 불안의 함외(檻外)에 떨어져 나간 지 오래입니다. 아마 현대의 작가는 『논리학』이라는 저서를 읽지 않아도 될 것입니다. 그들은 그들 자신의 관념의 타당성을 누구에게 부단히 묻고 있다든가 그것을 억지로 강요하는 길밖에 따로 정력을 소모하기를 꺼려할 것입니다.

우리는 왜 언제나 말하지 않고서는 견뎌내지 못하는가. 이 범속한 사실에 생활의, 혹은 문학의 비밀이 숨어 있습니다. 내가 말하지 않으면, 누가 말하고 있는 것을 듣고 있는 것입니다. 그 말이 만일 선입견적으로 일정한 내용의 의미로 고정화된 것이었을 때에, 그리고 그 고정화된 의미에만 모두가 밀착했을 때를 가정하면 우리에게는 생활이나 문학이 파리처럼 무의미해질 것임에 틀림이 없습니다. 파리들은 단조음의 동질적인 소리로 생활을 만족하고 있는 것입니다.

그러나 우리는 우리가 말하는 언어에 되도록이면 책임을 지지 않으면 안 되겠다는 의무감이 있습니다. 그뿐이 아닙니다. 우리의 말에 대한 내 자신의 의미 부여를 강요받고 있는 것입니다. 공부를 하라고 하는 것은 그것입니다. 그러나 또 우리들의 말이나 나의 말이나 (전체적으로나 개인적으로나), 그 독자적인 의미 부여의 길이 꽉 막혀 있을 때에 우리는 우리의, 그리고 나는 나의, 우리밖에 말할 수 없는, 나밖에 말할 수 없는, 그 무엇을 어떻게 말할 수 있겠습니까. 따라서 우리가 사역할 수 있는 방법은 오직 하나뿐입니다. '아름다움'이라는 정립된 어떤 관념(따라서 고전적인)을 부정하고, 그 정립된 관념의 내용 구성을 안으로부터 무너뜨린다는 것입니다. 그러한 작위의 결과는 전체적 관념을 확산시키는 것이 되었습니다. 따라서 '아름다움'에 대하여 A는 A대로의 의미부여를, B는 B대로의 의미부여를 서로가 고집하게 된 것입니다.

여기서 다시 이 글의 서두로 돌아가면, 그러나 만일 그 A의 '미'의 의미와 B의 '미'의 의미 사이에 하등의 상사치(相似値)가 없을 때에 A와 B는 어떻게 하여 대화가 가능해질 것인가. A는 A대로 혼자서 그대로의 '미'를 고집하고 B는 B대로 혼자서 그대로의 '미'를 고집하면, A와 B는 비록 따로 따로겠지만 만족할 수 있을지도 모릅니다. 그러나 그들 둘 사이에 끼인 '미'라는 관념의 본질은 허무한 것이 되어 버리고 마는 것입니다. 여기까지 와선, '미'가 여태껏 유지해 왔던 고전적인 미학적 논리는 다만 입을 봉할 수밖에 없는 것입니다. '미의 관념'뿐만이 아니라 오늘의 모든 관념이 지니는 이 삼중고는, 관념 자체만이 아니라 관념의 조작으로써 연명하는 작가들에게 중노동을 가하고 있습니다.

나는 '현대의 불안'이니 하면서, 이러한 사태의 중요성을 승화시켜 버릴 만큼 '현대적'이 아닙니다. 현대적이라는 이름으로 현대의 그 무엇이 설명되는 것일까에 대해서도 우미한 나에게는 '의문 부호'만이 남아 있을 따름입니다. 이 '의문 부호'만이 우리들이 의지할 편법입니다. 그렇다고 회의주의니 하는 따위의 안이한 회의와는 질이 다른 것입니다. '나는 회의주의자이다'라고 할 때 의문 부호는 갈 곳이 없습니다. 그 자체가 안심입명(安心立命)의 변명을 해 주기 때문입니다. 그렇게 되면 관념의 양적 다양성은 일방적으로, 그 반사 기능을 발휘합니다. 즉 휘발유처럼 무의미의 극한으로 발산되고 마는 것입니다. 이와 같은 현상은 회의주의뿐 아니라 어떠한 '주의'가 서로의 관념 교섭의 수단이 될 때에 필연적으로 발생하는 일입니다.

무엇을 어떻게 하여 우리는 말하지 않으면 안 되는가. 이 다반사와 같은 의문이 나의 '정신의 음기(陰氣)'가 되어 왔습니다. 지금까지의 몇 년간도 그랬고, 앞으로도 그럴 것입니다. 나는 나의 이 '정신의 음기'를 달래는 수밖에 없습니다. '달랜다'라는 것은 무엇일까. 그 '음기'를 싸고 도는 감정의 순환, 그리고 그 '음기' 앞에 너무나 가혹하게 무력하게 지성, 논리를 방패삼아 그것을 풀어 보겠다는 허망한 의욕을 충만시켜 보겠다는 노력입니다.

2

A는 '아름답다'고 하고 B는 '아름답지 않다'고 한 여성을 대상으로, '시간적'으로는 좀 차이가 있겠지만, 서로가 상반적인 결론을 내렸을 때를 상상하고 이것을 따로 돌리면 어떨까. 그 여성을 어떤 작가의 작품이라고 가정한다고 하면 더 비평의 문제와 상접될 것 같습니다. 그러나 아직 이 구체적인 현실적 사례를 비평이라는 운무 속으로 변환시키지 않는 것이 좋겠습니다. 비평의 운무 속으로 끌어들이기 전에 결판을 내야 할 사실이 아직도 남아 있으니까. 그것은 언어의, 그것을 수단으로 하는 문학의 문제를 더 먼저 고려에 넣어야 하기 때문입니다. 사람들은 작가들이, 사람이 하는 일을 뜯어먹는 줄로만 알고, 작가들은 비평가를, 작가를 뜯어먹는 신세로만 알고 있는, 어리석기 한량없는 선입견을 때려 부수고 싶습니다.

'아름답다'라는 관념의 실체는, 어떻게 생각하면 '아름답다'라는 그러한 언어, 문자의 표기와는 별개의 것인지도 모릅니다. '아름다운', 'beautiful', 'schön', 'belle', 이와 같이 '아름다운'이라는 관념의 실체는 여러 가지의 언어상의, 문자상의 옷을 걸치고 나올 수가 있는 것은 무엇인가. 어떠한 관념의 적나라한 실체는, 외국어와 방언의 전부를 그리고 철학적 연구와 문학에 소모된 전언어량(全言語量)을 전제로 해서만이 '하나'로 귀일되는 것일까. 그 하나로서의 실체는 그렇게도 관용적인 것일까. 그것은 여하튼, 언어와 문자는 어떠한 관념적 실체이며 일종의 표현상 기술입니다. 이 기술로 말미암아 그러나 무한히 많은 오해가 발생합니다.

안경에 비친 얼굴처럼 어떠한 실체는 언어에 비칠 따름입니다. 관념의 광도의 명암은 바로 이것입니다. 그러나 하나의 안경이 반드시 한 사람의 얼굴만을 비쳐 주는 것이 아닌 것처럼 A의 언어가 A의 일방적 독단만을 위해서만이 존재하고 있는 것은 아닙니다. 여기서 문제는 달라집니다. 어떤 대상에 대한 견해의 차이라는 의미 해석의 문제를 떠나서, 그것의 표현 문제가 됩니다.

한 여성을 보고 A가 '아름답다'고 할 때에 B도 똑같이 '아름답다'고 대꾸했을 때를 가정하면 이때 A와 B는 동일한 견해 속에 있는 것입니다. 그러나 그 견해의 내용은 정말 동질의 것일 수가 있을까, 하는 문제입니다. 즉 동일한 관념이 동일한 견해로 말하는 동일한 언어와 언어 간에 교류되는 그 관념의 실질은 같은 것일까. 아니 적어도 같은 것일 수가 있을까. 영국 시인의 '뷰티'와 우리의 '아름다움'이란 외국어 간에는 반드시 언어 감각상의 미묘한 차이가 있습니다. 그 미묘한 차이가 '미의 관념'에 간섭하는 예는 없을까. 외국어가 아니더라도 괜찮습니다. 오늘의 '미'와 이조의 정철의 '미'는 같은 민족

어지만 그 사이에는 무시 못할 간격이 있습니다. 뿐만 아니라 나의 '미'와 내 옆의 가장 친한 친구의 '미' 사이에도 무엇인가 간격이 있습니다. 즉 동일 의미의 이질상 — 바꾸어 말하면 동일 언어 간의 비동의성이란 반갑잖은 결과에 도달합니다. 이쯤 되면 오리무중입니다. 관념이 지니는 그 의미의 양적 다양성의 문제도 골치를 앓게 하는데, 동일한 의미도 사실은 동일한 것이 아니라고 하니 현기증이 날 사태입니다.

3

어떤 정신을 전달하는 언어의 그러한 비약성은 그 전달을 불안전하게 끝내기 쉬운 것입니다. A의 정신과 B의 정신을 상통 내지는 교감하지 못하게 하는 '사소한 사실의 하나'라고 했지만 그것은 상통하는 수단 자체가 — 언어가 벌써 마약제와 같은 것이었습니다. 모든 언어가 열기를 뿜어내고 있습니다.

반신불수의 이런 골치덩어리들을 주워 모아 시인이나 소설가들은 '아름답다'라는, '아름답지 않다'라는 작품을 씁니다. 그것을 앞에 하고 평론가들은 또 '아름답다' '아름답지 않다'고 논평을 합니다. 쇼가 아니면 광기와 뭐가 다름이 있습니까. 문학의 현관을 들어서는 인간이 다분히 좀 광기가 있는 것은 사실이기도 하지만 — A작가가 '아름답다'고 말했을 때에 B작가가 '아름답지 않다'고 했다면 (거의가 이 모양이지만) 이 차이는 단순히 '미'라는 관념의 의미를 따로 해석하고 있는 것에 지나지 않는 것일까. 작가의 언어에는 귀찮지만 더 까다롭고 복잡한 여러 요건이 삽입되어 들어가는 것입니다. 역사, 민족, 사회, 가족, 전통, 유전, 혈통, 개성, 이 이외에도 세상의 삼라만상이 한 작가정신의 움직임에 부단히 교섭되고 있다는 것입니다.

'아름답다'라는 일반 관념이 그 의미의 다양성과 기타 여러 가지 불가피한 사정으로 (전기한) 이미 미궁이 되어 있는데 한 작가의 '아름답다'라는 문학적 표현에는 그와 같이 고리타분한 것들이 또 끼어들어가고 있으니 나의 '정신의 음기'도 이제는 웬만큼 기진맥진입니다. 그러나 일일이 따지지 말고 실지로 작가의 작품의 언어가 비상어(非常語)라면 될 것입니다. 어떠한 관념의 의미의 질감을 찾아 헤매는 언어들의 집단적 고민상 — 이것이 작품이라면 작품일 것입니다.

A작가는 그대로의 어떤 대상에 대한 일방적 독단으로 X라는 작품을 쓸 수 있고, B작가는 그대로의 일방적 독단으로 Y라는 작품을 쓸 수 있습니다. 그렇지만 C평론가는 결코 A나 B처럼의 일방적 독단으로 평론을 쓰지는 못합니다. 왜? 글쎄 그것이 바로 문제인 것입니다. 소설가의 개성이라는 말은 쉽지만 평론가의 개성이라는 말은 쉽게 사용하지 않습니다. 개성이라는 것은 대체로 독단의 다과(多寡), 혹은 그 독단의 보편 타당성 여부로 결정되는 것입니다. 평론가도 독단적이 아니 될 수 없는 숙명을 지니고 있습니다.

그러나 시나 소설의 독단과는 그 성격이 다릅니다. 언어를 밥벌이의 수단으로 하는 한 문학자는 언어에 대하여 더 성실하지 않으면 안 될 것입니다. 그것은 최소한도의 의무입니다. 그러나 그 의무를 성실하게 지킬수록 우리들의 언어는 죽음의 양상을 띠는 것을 우리는 알고 있습니다. 따라서 요령을 부려야 합니다. 그 요령의 문제로서 평론은 시나 소설의 방법과 떨어져 나갑니다. 평론에 있어서는 일정 관념이 일정 언어보다 더 치명적입니다. 예를 들면 시인은 "저 나무는 내 애인의 팔과 같다"라고 쓸 수가 있습니다. 그러나 '나무'와 '애인의 팔'은 관념상 전연 별개의 것입니다. 전연 별개의 관념인 두 개의 언어를 연결하여 하나의 새로운 의미로 그 두 언어의 합동체에 부여하는 것은 예로부터 문학이 소지해 온 최고의 특권입니다.

　그러나 내가 말하고 싶은 것은 그것이 아닙니다. 그것은 고전적 특권, 즉 버리고 싶은 유산입니다. 한 집단의 언어를 연쇄하여 하나의 새로운 문학적 감흥의 '의미'를 재생산하는 것 — 이런 투의 '의미'는 현대에는 통용되지 않습니다. 메타포니 뭐니 하지만 다 헛된 수작이 아닐 수 없습니다. 현대시의 변증은 바로 그것으로부터의 이탈이 불가피하기 때문에 일어나는 부산물입니다.

　요컨대 시인은 언어를, 그 언어에 맺혀 있는 관념을 다소 무시하고 구사할 수가 있지만 평론에 있어서의 언어는 언어가 아니라 관념의 용기입니다. 물론 문학 전체가 언어를 이와 같이 취급을 하고 있습니다. 그러나 평론은 관념을 재편집하지 않으면 안 되는 숙명을 지니고 있는 것입니다. 따라서 언어는 관념의 기술입니다. 이 기술 여부로 관념의 실체를 붙들 수도 있고 놓치는 수도 있습니다.

　A작가가 '아름답다'고 했을 때 그것은 그의 감정의 분배상의 문제인지도 모릅니다. 그 감정 분배가 불공정하게 되었다든가 공평하다든가 해설할 때에도 평론가 자신에게는 비감정적인, 즉 지성, 관념상의 문제가 됩니다. 어느 관념이 언어에 비칠 때에 평론가는 전연 딴관념을 유출해 내올 수도 있습니다. 큰 문제는 여기에 있습니다. 그것은 동일한 관념이 동일한 언어로 표현되었을 때에도 우리는 그것 속에 이질적인 관념을 엿볼 수 있는 기능을 키워 본 업보를 실지로 보았기 때문입니다. 극단적으로 말한다면 '평론가는 작품을 읽고도 아무것도 읽지 않고 있는 것이다'입니다. 자기 자신의 아무것도 아닌 것입니다. 왜 딴 생각을 하지 않으면 안 되는가, 그 이유는 아까 한

바와 같습니다. 평론가는 엄밀히 말해서 아무것도 못 보고 못 읽고 있다고 했습니다. 이 평론가를 문학가들의 전부라고 해도 마찬가집니다. 그렇다면 우리는 무엇을 하고 있는 것일까. 무엇을 하지 않으면 안되는 것일까.

4

어떤 고정화된 의미 이외에 딴 의미를 산출시키지 못하는 언어도 있습니다. '아스피린'과 같은 언어입니다. 그러나 이런 언어는 일반적으로 우리들 정신의 움직임에 비교적 무관계한 경향을 가지고 있습니다. 바꾸어 말하면 우리들의 정에 관계되는 언어는 — 언어의 거의는 무한량의 의미의 자원입니다. 이 무한량의 자원 때문에 우리가 오히려 모든 의미를 상실하게 되었다면 문학의, 아니 언어의 의거점(依據點)을 어디서 찾아내야 할 것인가.

대단히 추상적인 문제입니다. 그러나 추상적이 아닌 무슨 문제가 이 현대 세계에 있을까. 아사한 자 옆에서 시인이 그 아사를 주제로 시를 쓴다면 무엇이 현실적인 문제가 되는 것일까. 그는 죽었다, 나는 살고 있다. 이와 같은 생각도 현대인은 꿈꾸듯이 추상하고 있을 따름입니다. 우리가 파리처럼 매일을 단조음의 동질적인 소리를 지르면서 생활할 수 없는 이상, 무의미한 의미의 집적 속에서 탈주하지 않을 수 없습니다. 적어도 우리는 우리 중의 A가 한 여성을 보고 '아름답다'고 할 때 B는 '아름다울지도 모른다' 정도로는 '아름답다'라는 언어를 다시 재창조하지 않으면 안 됩니다. 문학의 거점은 바로 여기에 있습니다. 백 명의 작가의 작품이 백 개의 엉뚱한 관념을 세상에 내놓을 때에 평론가가 또 하나의 엉뚱한 관념을 가산한다는 것은 졸렬한 것입니다.

언어나 의미나 관념이나 나에게는 변괴처럼만 생각됩니다. 상호간에 상통 내지는 교감 안 되는 관념이란 다만 변괴에 지나지 못합니다. 우리는 무엇을 하지 않으면 안 되는가. 그것은 의사 소통의 길을 닦는 일입니다. 위대한 어떤 관념의 재생산보다는 평범한 자기의 음성을 유통시켜야 하는 일이 나에게는 더욱 중대합니다.

그래서 고전적인 관념에 다시 몰두한다는 것은 어림없는 소리입니다. 부정할 것은 부정되지 않으면 안 됩니다. 제각기의 의미 포용의 수용력을 재조정하는 일밖에 별 도리는 없는 것 같습니다. 그러나 솔직하게 말해서 우리에게는 언어에 대한 엄밀성이 대단히 희박합니다. 그래서 우리에게 있어야 할 어떠한 관념의 광도의 해명성조차 밝혀내지 못하는 것 같습니다. 고로 본질적으로 의타적이 됩니다. '—주의'에 투신하는 것은 그것이 만일 '사회 참여의 문학'일지라도 따지면 자기 도피, 현실 도피가 됩니다. 유일한 희망은 그러나 관념의 광도에만 있는 것은 아닙니다. '실체'에 보다 더 접근해 가는 일이 절망적 양상은 띠였지만 그 가능성은 아직 남아 있습니다.

나의 '정신의 음기'의 집요성에 대하여 말할 때가 왔습니다. 모든 논리와 기존 관념을 살짝 내 정신의 바깥으로 밀어 붙이는 내 감정의 순환을, 그 발자국을 따라왔을 뿐입니다. 물론 내 안에 숨어 사는 나와 동거 생활을 하는 가장 친밀한 최적한 관념은 의문 부호 없이 나의 언어를 수용하고 있는 것입니다. 적어도 나의 관념에는 삼중의 고역이 있다는 것뿐 아니라 나의 관념이 유사 관념을 찾는 규환(叫喚)은 타인의 관념의 내용 구성을 안으로부터 무너뜨릴 만큼 강제적이 아니지만 그러나 비위생적일 만큼은 아니라는 것, 그것을 여기서 밝히

지 않을 수 없습니다. 어떤 관념이라고만 했지 결코 그것을 모종의
관념이라고는 하지 아니 했다는, 여기에 나의 약은 수작이 숨어 있는
지는 모르지만.

비평의 방법 Ⅱ

문제의 발생

비평이 현대 세계에서 가지게 된, 놀라운 보편성이 그러나 이미 상실된 타당성의 반대 급부로서의 것이라면, 현대 비평은 자못 곤란한 처지에 놓이게 된다. 비평에 대한 우리의 공통된 고전적 태도이었고 이상이던 보편 타당성은 현대에 와서는 두 동강이가 나고 말았으니, 비극적 사태의 발생이다.

매스커뮤니케이션의 역사적 발전과 궤도를 같이하여 비평이 여러 가지 형태로 분화 변모됨은 필연적 추세였으나, 이 변화 중의 가장 뚜렷한 점은 보편 타당성이라는 비평의 근본 조건을 파정(破錠)케 했다는 사실이다. 타당성 없는 보편성의 비평이 천하를 잡고 있다. 그렇다면 우리는 타당성의 관념을 돌아오지 않는 강에 버리고 말아야 하는가. 도저히 그럴 수는 없다.

보편성

요컨대 문제의 집점은 현대 비평이 왜 보편성만을 얻고 타당성을 희생시키는가에 있지만, 이 보편성의 사실적 내용은 무엇인가.

"예술이란 예술적 현상을 앞에 두고 우리들의 정신에 떠오르는 모든 이러한 언어를 혹은 압축하고 혹은 부연하고 혹은 날카롭게 하고 혹은 정돈하고 혹은 또 조화시키려고 시도하는 문학 형식이다. 그 영역은 위로는 형이상학적인 것으로부터 아래로는 조매비방(嘲罵誹謗)에까지 이른다." (발레리의 『꼬로에 대하여』에서)

물론 이 말로 발레리의 예술 비평관을 전면적으로 판단할 수는 없으나 어떤 일면만은 현저하다. 이 말에 나는 이십 세기 비평의 보편성을 감지할 수 없다. 예술적 현상을 앞에 하고 정신에 떠오르는 언어의 압축과 부연과 첨예화와 정돈과 조화에의 시도라니 이것이 어찌 형이상학적 전체와 욕지거리까지를 포함하지 않겠느냐 하는 것이다. 발레리의 이 말은 발레리라는 비교적 고전적 비평가에 속하는 사람에게 있어서도 타당성의 관념이 보편성의 그것보다 훨씬 희박하였던 것은 아니었는가 하는 생각을 준다.

말을 바꾸면 비평에 있어서의 보편성은 타당성보다 우위에 있고 핵심적인 것이 아닌가 하는 것이다. 그러므로 이십 세기 비평의 보편성의 일방적 우위는 역사적 전통의 필연성에 의한 것일까. 비평 발생의 원인이 예술적 현상 발생 이후에 있었고 그리고 그것의 설명과 전달에서부터 비롯하였다면, 이 설명과 전달이라는 초기 비평의 기능 속에 벌써 보편성은 큰 자리를 차지하고 있는 셈이 된다.

그러나 보편성의 문제라는 자물쇠가 비평의 기능과의 일치라는 열쇠로는 그렇게 간단하게는 결코 열리지 않는다. 하나의 예를 든다면 현대 매스커뮤니케이션의 확산성과 비평의 보편성과의 대응 관계를 살펴보라.

이것은 비평의 기능으로서의 보편성 때문만이 아니라 독자 일반의 의욕과 지식과 능력에 가만히 순종하고 있는 대중성으로서의 보편성이 출현한다. 이러한 의미의 여러 가지 다른 면의 보편성이 현대 비평에 삼중 사중으로 겹쳐져 있어 결과적으로는 기본 조건으로서의 보편 타당성 가운데서 타당성만을 떼 버리고 말게 된 것이다.

형이상학과 조매비방이 공존된다니 대단한 영역을 현대 비평은 차지한 것이 되었으나 이것은 알고 보면 중심의 비평이 가져온 역사적 발전이다. 이 비평 영역의 판도는 그러면 왜 타당성의 꽃과 나무들을 피워 내지 못하는 불모의 땅으로만 덮이게 된 것일까. 알 수 없는 노릇이지만 알 수 있을 듯도 하다.

타당성

"허나 나는 절망할 수는 없다. 생잔하는 우리들의 낡은 돌은 뭐라고 해도 아직 미를 가지고 있는 것이다. 사람들은 이것들을 없앨 수는 없었다. 이것들의 유물을 주워 모아 보호하는 것은 우리들의 의무인 것이다."(로댕의 『불란서의 성당』에서) 보편성이 현대적 성격 여하에 따라 좌우되기 쉬운 데 대하여 타당성은 고전적 성격을 언제나 지닌다. 보편성이 공간적인 데 비하여 타당성의 시간적임은 부인되지 못한다. 그러므로 보편 타당성이라는 것은 공간성과 시간성의 접합점이다. 따라서 타당성이 고전적 성격을 가진다는 이것으로 현대로부터 실격당하게 된다면!

이같이 횡포한 현대적 보편성에 대한 프로테스트 정신이 '나는 절망할 수 없다' 는 식의 로댕과 같은 말로써 그러나 나타나고 있다는 것은 중대시된다. 뿐만 아니라 '낡은 돌' 을 보호하는 의무를 느끼는 말씨는 로댕에게 있어서는 보편성 대신에 타당성의 우위와 함께, 타당성 쪽이 이니셔티브를 쥐고 있음을 막연히나마 알린다. 이것은 시대 차는 조금 있으나 발레리의 그것과 극히 대조적이 아닌가. 발레리쯤 때가 되어도 이 보편성과 타당성의 상관관계는 로댕과는 정반대가 된다. 고전적 세계에 있어서는 언제나 타당성 쪽이 절대적 권위를 가지고 있었던 것이다. 현대와는 반대로.

왜 그러면 현대인은 이 주객 전도를 시켰는가. 보편성의 세계로서의 현대가 타당성의 세계였던 전시대에 비교하여 얼마만큼의 예술적 창조를 할 수가 있겠는가. 현대적 보편성의 어느 곳에 셰익스피어가 있고 하이네가 있고 이태백과 왕유가 있는가. 타당성만이 예술적 창조의 기초라고는 말하지 못할지도 모른다. 그러나 현실적으로 보편성 일색인 현대 세계가 예술적 창조는커녕 전인의 창조물을 파괴하고 있는 것은 왜인가.

불균등성

나는 보편성도 상세하게는 결코 말하지는 못했으나 요컨대 전세대적 타당성과 현대적 보편성과의 균열이 현대 비평가에게 비평의 기본 조건에서 떨어져 나가게 하고 단순한 다이제스트로밖에 자기 자신의 사명과 의무를 하지 못하게 하고 있다는 것을 말하고 있었을 따름이다. 엄밀한 의미에 있어서의 타당성에 대한 방법론적 자각이 현대 비평가의 비평 정신의 기조가 되기 위해서는 우리는 먼저 보편성과 타당성의 불균등성을 수정하지 않으면 안 된다.

"인간의 문화의 테두리 속에서 시는 그 명확한 공평성으로 해서 인간의 행위에 대해 가장 고도한 표현을 할 수 있는 위치를 차지하고 있다."(트리스탄 짜라 《쉬르리얼리즘과 전후》에서) 트리스탄 짜라와 같은 시인에게도 공평성이라는 이름의 보편성이 시인의 위치를 결정하는 것이라고 할 만큼의 위력을 발휘하고 있다. 이 트리스탄 짜라의 공평성은 오늘 어떤 시인에게 있어서도 모습을 바꾸어 스며들어가 그들의 정신을 흔들고 있다. 이 공평성이란 말은 보편성의 다른 괴물인 것이다. 이 보편성 위주의 불균등성은 시인에게 있어서보다 비평가에게 있어서는 더욱 심한 것이다.

현대 비평가의 비평문의 서론과 본론과 결론, 전부는 '현대'를 싸고 돈다. 동시대에 대한 동시대 비평가의 성실성이 반드시 그 시대를 신격화하는 것으로 된다는 논리는 거짓이다. 현대 비평가가 현대를 논의한다는 점에는 필연성은 있다. 그러나 이 필연성이 반드시 그들의 일치된 보편적인 결론을 타당화시키지는 못한다. 신이 없다고 한다. 하지만 '부재된 신' 대신에 현대인은 '존재된 현대라는 신'을 굳게 믿고 있으니까, 신의 없음에 조금도 서러워하지 않는다. 그런데 현대의 신격화가 누구의 손으로 된 것인가를 생각해 보라. 그자들이야말로 현대의 비평가들이다.

이 일련의 모든 사실은 보편성과 타당성의 불균등성의 결과이다. 이 불균등성의 극복이라는 과제는 참으로 어렵고도 절대적인 것이다. 내가 최근 T. E. 흄의 신고전주의에 비상한 주의를 기울이게 된 것은 이 사람에게 있어서의 이 불균등성의 극복을 감지했기 때문이다. 뿐만 아니라 소수의 비평가들은 이것을 노리고 있다 (흄에 대해서는 다음 항에서 검사하고자 한다).

　현대적인 보편성과 근대적인 타당성의 불균등성이 나의 비평의 방법에 관계되는 것은 이것이 고전에 대한 나의 부채와 현대에 대한 나의 관심과 내 자신의 선천적인 개성에 대한 반성을 방법론적 자각 밑에 통일시킬 수 있는 계기가 되었기 때문이다. 나의 비평의 방법은 고전과 관심과 개성의 밑받침 위에 세워질 것이므로 이하 이 고전에 대하여, 관심에 대하여, 개성에 대하여, 상설할까 한다.

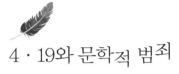

4 · 19와 문학적 범죄

1

고전음악을 위해 나는 4~5년간의 세월을 송두리째 바친 일이 있습니다. '스완 레이크'로부터 시작하여 '그레고리언 성가'에까지 더듬어 간 그 긴 세월을, 그러나 나는 조금도 후회하지 않고 있습니다. 음악의 순수 예술성, 이런 땀냄새 나는 이유 때문에가 아니라 그 기간의 내 자신의 절망적 상황 속에서, 그 최전선에서 그래도 나를 건져 준 것이 바로 음악이기 때문입니다.

브람스, 프랑크, 슈만, 모짜르트, 바하 그리고 조금 현대의 시벨리우스 등등 내가 각별하게 사랑하는 이름은, 문학사의 어떤 작가들의 이름보다도 더 정감적으로 지금도 같이 살고 있습니다.

그 중에 베를리오즈도 아주 깊은 심취 정도는 아니었으나 한 때 꽤 좋아한 일이 있습니다. 그 무렵 베를리오즈에 관한 책(아마 전기물)을 읽다가 이와 같은 대목에 큰 흥미를 느낀 일이 있습니다.

프랑스에서 민중의 혁명이 불같이 일어나고, 격노한 군중의 인파가 베르사이유 궁전으로 밀려 가는 아우성소리를 들으면서 베를리오즈는 그의 대표작이라 할 수 있는 '환상 교향곡'의 마지막 부분을 작곡하고 있었습니다. 이 낭만주의 작곡가는 정의와 자유를 부르짖는 군중의 아우성을 억지로 굳게 참아 들으면서 끝까지 마무리하는 것이었습니다. 그러는 동안에도 민중들의 행렬은 요란한 소리와 함께 계속되고 있었습니다. 그러다가 베를리오즈는 그 '환상 교향곡'의 마지막을 다 작곡하고 펜을 놓았습니다. 펜을 놓고 침착하게 오른쪽 서랍을 열고 그 악보를 넣고, 왼쪽 서랍을 열고 거기 두었던 권총을 집어 들고 그 성난 군중의 행렬 속으로 뛰어들었다는 것입니다.

이 이야기는 예술가 전부에게 '군중의 행렬'과 '그의 작품'과의 연대성의 음미를 덜어내는 관건이 될 수 있습니다. 베를리오즈의 '환상 교향곡'은 위대한 작품입니다. 그리고 이 '환상'은 프랑스 민족의 운명을 일백팔십 도 돌리는 현실의 격동기에 작곡된 것입니다. 베를리오즈의 낭만적 성격은 그 아우성소리에 피끓었을 것입니다. 그러나 그는 '그의 작품'이 다 끝날 때까지 그 행렬에 참가하기를 거부했습니다. '환상 교향곡'을 작곡하고 있을 때의 그에게는 '군중의 행렬'보다 '그의 작품'이 더 중대한 것이었습니다. 그러나 '그의 작품'이 끝났을 때 감연히 즉각적으로 권총을 쥐고 '군중의 행렬'의 한 사람이 되었습니다. 즉 '그의 작품'이 끝났을 때 그는 정의와 자유를 부르짖는 평범한 프랑스의 시민이 된 것입니다.

한국의 작가들에게 이 이야기를 들려 주는 것은 정신의 고문입니다. 한국의 작가들은 (나 자신도 포함해서) 4·19를 전후한 시기를 겪으면서 '그의 작품'도 없었고 '군중의 행렬'에도 없었습니다. 창피스러운 체면입니다. 그러나 더 창피스러운 일은 그 후에 하나 추가되었습니다. 4·19를 마치 저희들의 힘으로 수행한 것처럼 날뛰는 군중들이 머리를 들고 일어서는 것입니다. 나는 그들이 누구누구라고 굳이 밝히고 싶지 않습니다. 다만 그들이 불쌍할 따름입니다. 그것은 여하튼 왜 한국의 작가들에게는 지금 창피만 있는가 문제입니다. 그것은 '그의 작품'이 없기 때문입니다. '그의 작품'이 그에게 없는 것은 그의 정신에 '군중의 행렬' 즉, 현실이 없기 때문입니다. 없는 것 투성입니다. 있는 것은 무엇일까?

속죄밖에 없습니다. 가장 큰 속죄의 제목은 무엇일까.

물론, 한국의 작가들의 정신에 '왜 군중의 행렬'인 현실에 정당한 위치를 잡지 못하는가 하는 제목의 문제입니다. 일전에 대학생들과 같이 한 자리에서 그들 중 한 학생이 한국 작가들의 작품에는 너무 예언성이 없는 것 같다는 말을 하는 것을 들었습니다. 민족의 운명에 너무 무관심 한 것 같다. 그런 이야기도 나오고 있는데 나는 그때 그들 학생들의 말을 들으면서 괴테가 엑켈만에게 한 말을 새삼스럽게 기억하고 있습니다.

"독일의 작가가 된다는 것, 독일의 순교자가 된다는 것이다."

2

4·19 이전의 한국 작가들의 현실관은 (그 이후에도 별 차는 없지만) 고고(孤高)라는 관념에 의해 지속될 수 있었던, 바꾸어 말하면, 신비적인 비현실관, 즉 논리적으로 해설될 여지(자료나 행위)가 거의 없는 형편없는 것입니다. 그러나 현대 한국 문학의 초창기의 작품들은 작품으로서는 현실적이라고 하기엔 어려울지 모르나 현실에의 의욕은

퍽 건강한 경향을 보이고 있습니다.

이광수의 「무정」이나 「흙」은 그런 경향을 나타내 주는 작품들입니다. 그러나 그것은 그 당시의 자연주의의 모방기의 부산물인 냄새가 코를 찌릅니다. 빈곤한 농촌을 그것대로 표현한다는 것은 현실적인 것이 아닙니다. 그들에게 있어서의 (현진건, 김동인, 박종화, 기타 그 시대에 활동한 세대들) 현실은 가시적인 것에 국한된 데에 지나지 못했습니다. 따라서 그들의 문학관은 단순 명료하다고 하겠습니다. 계몽 의식이나 민족 의식을 발판으로 하는 문학관이란 현대 문학적 상식에 의해 설명되기에는 너무나 단색적인 것이 아닐 수 없습니다.

가시적인 현실에 한정되었던 현대 한국 문학의 '현실' 적 출항은 그 후의 지극히 필연적인 경로를 밟아 최근에 이른 것입니다. 그들 후의 세대들은 다만 너무나 단일적이고 단순명료한 전세대의 현실관에 대항하면 됐던 것입니다. 극은 극으로 이르는 것입니다. 그 가시적인 현실은 너무나 비가시적인, 신비적인 현실로 바뀌고 말았습니다.

이상(李箱)의 절규는 그 두 개의 극단을 한꺼번에 실제 체험한 안타까운 목소리였습니다. 그리하여 두 개의 극단적 현실이 그의 목을 졸라 매고 말았습니다. 그 후에 전개된 현실의 양상은 일본의 무력 강점이 망할 때쯤 『문장』지 시대의 작품을 보면 역력하듯이 현실도피로 일관된 것입니다. 현실도피라고는 하지만 어떠한 작품도 현실적 인자가 없을 리 없습니다. 현실의 앙포르메가 역리적(逆理的)으로 회전하고 있었습니다.

이렇게 말하면 이런 책임을 전부 초창기 작가들이 져야 되는 것처럼 되지만 사실은 그런 것이 아닙니다. 한국의 역사 ─ 이것을 계산에 넣어야 합니다. 우리 나라에 한문자를 수입해 들어와서부터의 문화사는 '현실'을 탄압한 기록입니다. 신라의 국교, 불교는 종교의 필연성으로서 현실적이 아니었습니다. 삼천대천(三千大千)세계니 하는 어휘는 비현실적인 피안의 세계입니다. 아마 신라나 고려의 문화인, 인텔리들은 그들이 사는 집값에 초연했을 것입니다. 집값이나 쌀값이 현실적이라기보다는 적어도 공존공론보다는 나을 것입니다.

그 뒤의 이 왕조(그 이후에도 해당되지만)의 유교 전성기에는 유교라는 반(半)종교 때문에 현실은 더욱 맥을 추지 못했습니다. 이 왕가의 유림들은 외우는 데 천재들이었고, 기정도덕(既定道德)의 실천가들이었으나, 그러한 원인 때문에 필요 이상으로 또 현실을 사갈시했습니다. 후기의 실학파들의 손에 정말 손바닥만한 현실적 풍토가 쥐어져 있으나 거대한 비현실적 조류 속에서는 조족지혈에 불과했던 것입니다. 그러다가 근대기에 접어들자 존경할 만한 선구자들은 민족의 계몽자적 사명을 위해 이광수 정도의 구체적 현실을 소화하려 했으나 소화불량증에 걸려 또 엉뚱한 궁지로 몰아넣고 말았던 것입니다. 그것도 그들의 책임이라고만 못할 것입니다. 망국의 입장에서는 현실에 대하여 말한다는 것이 확실히 고통이었기 때문입니다.

이렇게 생각한다면 8·15 이후의 한국 작가들의 고뇌는 동정받을 만한 여유가 있기는 있습니다. 지금까지 역사의 거대한 비현실성이 그들의 정신의 근원에 걸려 있는 까닭입니다. 그러한 그들에게 8·15가 들이닥쳤다는 것은 민족사에 최초로 대현실이 출현한 것입니다. 그러나 이 대현실은 그것을 소화해야 할 정신의 근원에 깊이 잠재되어 있는 비현실성 때문에 정상적으로 그들 정신의 영양분이 되지는 못했습니다. 우수한 많은 작가들이 그들의 정신적 생리와 아주 딴판인 이데올로기에 팔려 간 사실은 이것을 증명하고 있습니다. 그러니까 8·15라는 현실은, 서투른 운전기사가 모는 자동차 앞에 돌연히 불쑥 나타난 나무와 같은 것이었습니다. 수습하기 어려운 정신의 고장을 수정하기도 전에 6·25의 비극이 터진 것입니다.

이 역사적 사실 뒤에는 독재라는 대단히 귀찮은 존재가 버티고 있었습니다. 그리하여 4·19 학생의거가 비로소 한 민족을 정상 상태로 현실적이게 한 것입니다. 8·15, 6·25, 4·19, 이 일련의 역사적 사실을 정당하게 인식한다는 정신의 작용이 한 작가의 작품에 직접적으로 반영되기를 기대한다는 것은 좀 무리한 일입니다. 요컨대 한국 작가에게 있어서의 비현실성은 근원적으로는 그러한 여러 가지 요인의 집적에 그 원인이 있습니다. 그러나 그렇다고 원인으로 내가 그들의 죄업을 변명하고 있는 것은 결코 아닙니다.

3

어느 시대의 대중의 정신적 저변에 흐르는 시대적 진실성을 증명하는 의지의 결여, 이것은 4·19 이전의 작가 모두의 이마팍에 영원히 남을 문학적 죄의 표시입니다. 문학에 있어서 현실의 근본적 의의라는 문제를 떠나서 이것은 작가의 문학적 양심의 최소한의 것입니다. 왜 그러한 의의를 증명하는 데에 주저했을까. 그들이 그 사실을 몰라서 그랬을까. 나 자신도 그랬지만 우리는 죄다 알고 있었다는 것이 사실입니다. 죄악뿐만 아니라 전 사회적 현상 하나하나에 작가의 감각은 비교적 예민한 편입니다. 그렇다면 우리는 왜 침묵하고 있었을까?

4·19 이전의 한국 작가들의 침묵은 아마 한국 문학사의 한 페이지를 씻을 수 없는 오점으로 남길 것입니다. 왜 우리는 침묵하고 있

었을까? 그 원인은 아까 말한 바와 같습니다. 그러나 그 직접적인 원인은 무엇일까? 그것은 섭섭하지만 우리들 전체가 한 시대의 민족적 양심을 배반한 것이라고 하지 않을 수 없습니다.

　나는 문학의 정치성을 송충이보다도 더 기피합니다. 그러나 이것은 결코 문학의 공리적인 문제가 아닙니다. 현실에 대한 문학기능의 문제도 아닙니다. 문학의 근본적 의미 그 존재 이유에 우리가 눈을 가린 것이었습니다. 물론 여기에는 아까 말한 바처럼 현대 한국 문학이 현실적이 되지 않게 하는 역사적 장벽이라는 구실의 일면의 진리도 있지만 이런 구실로 우리들의 작가적 양식의 회한은 가라앉지 않을 것입니다. 그러면 우리는 우리들의 비현실적 성격을 어떻게 하면 극복해 나갈 수 있을 것인가라는 내일의 문제와 결투하지 않으면 안 될 것입니다.

　"독일의 작가가 된다는 것, 독일의 순교자가 된다는 것이다"라는 괴테의 말은 현실에 대한 작가의 한계를 암암리에 나타내고 있습니다. 문자 그대로의 순교자가 아니고 정신적 순교라고 해석한다면 우리는 '한국의 작가'라고 하기에 대단한 용기가 필요할 것 같습니다.

　베를리오즈와 '그의 작품'과 '군중의 행렬'의 연관성은 그가 모든 의미에 있어서 '예술가'였다는 표징입니다. 현실관뿐만 아니라 우리는 우리의 문학적 존재 이유부터 반성할 계절을 맞이한 것입니다.

지성의 한정성

현대시에 있어서

모시인에 대한 글을 쓸 준비로 여러 가지 자료를 모으고 생각던 중에 나는 퍽 흥미있는 하나의 사실을 캐내었다. 서정주의 시집명과 최근의 시를 연대순으로 대략 적으면 『화사집(花蛇集)』, 『귀촉도(歸蜀途)』, 『전주우거(全州寓居)』가 된다. 그런데 전후(2차 대전의) 시인의 이런 시집명의 연대순을 김춘수의 예에서 보면 『구름과 장미』, 『늪』, 『기(旗)』, 『인인(隣人)』이 된다. 또 하나 서정주와 전후 시인간의 두 연대순의 비교에서 내가 캔 그 하나의 사실이 무엇인가를 구안지사(具眼之士)는 벌써 알았을지도 모른다.

『화사집』의 시 세계가 서구적이고 『전주우거』의 그것이 동양적이라고 하면 이 서구적이라는 말과 동양적이라는 말의 일반적 개념은 그렇게 어렵잖게 감지된 것이다. 그러면 서정주는 서구적인 점에서부터 갈수록 동양적인 세계로 그의 시적 과정의 경로를 밟은 것이 된다. 그렇다면 김춘수나 전봉건 등의 일련의 전후 시인은 그들의 시의 이름이 연대순별에서 보듯 왜 서정주의 그 순서는 정반대의 경로를 겪고 있는가 하는 이 사실이 아까의 그 내가 캤다는 사실인 것이다. 엄밀히 따질 때 물론이지만 『전주우거』의 세계가 동양적이라는 의미에서와 같은 의미로 『구름과 장미』나 『사월』이 동양적이라 할 수 없을 지도 모른다. 발상에 있어서나 그 '뉘앙스'에 있어서나 허다한 차이를 우리는 이 둘 사이에 지적할 수가 있다. 그러나 재래의 전통이라는 '먹본'으로 규정짓는다면 『전주우거』나 『사월』이나 『구름과 장미』의 시조합 상호간에는 공통성이 열리고 같은 '카테고리'에 들게 된다. 동양적이라는 개념의 내용이 우리의 재래 전통의 그것과 결코 크게 다른 것이 없는 이상 우리는 『구름과 장미』나 『사월, 연사』를 동양적인 것이라고 불러도 그렇게 실수는 아니다. 그리고 『인인』과 『은하를 주제로 한 봐리아시옹』도 『화사집』이 서구적이라는 의미에 동양적인 데서 출발하여 서구적인 세계로 향하게 되는가. 도대체 어느 쪽의 시적 과정을 선택하는 것이 진지한 시적 태도일까? 나는 여기에 대하여 잘은 모른다. 다만 내가 확인하고자 한 점은 전후에 형성 도중에 있는 신세대의 동양에서 서구에로의 변모를 주목하고 이들이 이런 경향의 결과로서 어떤 사태를 그들의 작품에 일으키고 있는가 하는 데 있다. 문제 초점을 좀 더 해명하기 위하여 이것을 정리한다면 다음과 같은 명제가 된다. 서구적이라는 점에서 추출되는 제일 첫 인상은 주지성에 있으니까 그들의 시에 있어서의 지성은 그들의 시 세계에 무엇을 '플러스'하고 또 무엇을 '마이너스' 시켰는가를 보는 것이라고.

김춘수

처녀시집 『구름과 장미』를 전후한 김춘수와 그의 제2시집 『기』나 넷째번의 『인인』을 전후로 한 최근의 김춘수 사이에는 너무도 큰 차이가 있다. 『구름과 장미』는 그 다음의 『늪』과 함께 김춘수의 재래 전통과의 연속성을 명시하였으나 『기』에 와서부터는 불연속성을 드러내었다. 그의 이 변모는 다른 어느 전후 시인보다도 극명하게 나타나고 정직하게 그 다음에 필연적으로 연속하는 결과를 가르치고 있다. 『구름과 장미』와 『늪』에 있어서의 그 세련된 『리리시즘』은 『기』에 와서까지는 그 자취를 그대로 진하게 지닌 채였으나 『인인』에 와서는 사라져 없어지고 대신에 격한 지성이 노출되어진 '아포리즘'적인 시행의 나열 비슷하게 되었다. 언뜻 읽기에 시가 아니고 그의 사상을 표현하기 위하여 쓰인 최대한도로 급조된 철학적 문장같다. 『인인』 이후에 발표된 그의 시에는 다시 '리리시즘'이 강하게 작용하고는 있으나 워낙 『인인』 이후의 그의 시가 문제된 것이 없고 '그저 시를 지을 줄 아는 사람의 심심풀이' 같아서 오히려 '리리시즘'에 대하여 그의 오점을 논증시켰을 뿐이다. 『인인』은 적어도 전후의 우리 시단의 문제작이지만 여기서 춘수는 결정적으로 큰 잘못을 지었다. 『인인』에는 사상이 없다고 하는데 만일 그의 이 사상이 다름 아니라 시에 있어서 '리리시즘' 대신에 지성을 집어 넣는 대가에 지나지 않는 것이 되면 어떻게 될까? '릴케'의 시의 사상은 그의 시어 여하에 구애하지 않고 시에 있어서의 사상이 된다. 왜 그러냐 하면 '릴케'의 시에 있어서는 '신'이라는 말과 '나뭇잎'이라는 말 사이에는 근본적으로 별개의 것이 아니기 때문이다. '신'이라는 말의 의미가 '나뭇잎'이라는 말의 의미와 같다는 것이 아니라 '신'과 '나뭇잎', 이 두 개의 말이 지성이나 감성 앞에서 언제나 같은 취급을 받는다는 의미에서 같다는 것이다. 나의 표현이 부족해서 똑똑하게 이것을 알 수가 없다고 하면 한국의 실상을 보면 알 수 있으리라. 『인인』에 있어서 쓰이는 '신'이라는 말은 우리에게 있어서는 언제나 지성을 불러일으키는 지성 대상이다. 감성으로써 이 '신'이라는 말은 누가 이 나라에서 대할 수가 있을까? '부재'라는 말도 『존재』라는 말도 같이 우리들의 감성으로써는 도저히 못 따를 어휘들이다. 릴케와 우리 사이의 언어에 있어서의 이 차이를 나는 중시한다. '신'이나 '존재'나 이런 어휘가 우리의 감성 대상이 못 되는 것은 우리들의 선천적 원인도 있고 동과 서 서로의 전통차에서도 온다. 말을 많이 한 것도 어울려 지성의 한계가 된다는 사실이다. 지성의 참가는 서구에 있어서는 현실에서의 시의 접근으로 나타나는데 동양의 이 우리나라에 있어서는 '리리시즘'의 폐기가 되고 따라서 시를 사상의 노예가 되게 한다. 그리고 이 사상은 우리 동양인의 심저에 흐르는 감성과 무관계한 것이라는 점에서 우리의 기본 정신을 건드린다. 동양인으로서의 우리는 서구인과 같이 시의 사상은 감성과 무관계한 것이 아니라는 것을 알고 있고 오히려 릴케에 있어서와 같이 감성이 시에 있어서는 지성보다 우위에 있다는 것을 못 잊는다. 그런데 우리 현대시에 있어서의 시에 표현된 사상은 잘못 인식되어 지성으로써만 표현되는 것으로 알고 있는 것이 아닌가. 그리고 더구나 우리의 '핸디캡'은 시를 사상적이게 하는 데 불가결한 최소한도의 어휘조차 감성으로 다루기에 힘든 말이라는 것을 알 때 놀랄 만큼 우리의 현대시가 사상을 표현함의 위험성을 아니 깨달을 수가 없다. 이 위험성이란 다름 아니라 '리리시즘'이 우리 시에 있어서의 지성과 잘 지내지 못한다는 데 있다. 『인인』에서뿐 아니라 김춘수는 '리리시즘'도 아닌 지성도 아닌 허공에

뜬 무의미한 것을 시로 썼다.

아침마다의 나의 疾走
와 돌아오지 않는
저녁마다의 나의 不在
사이의
─〈꽃의 素描〉

　이 몇 줄 안 되는 구절에서 우리는 무엇을 알 수 있고 느낄 수 있는
가. 솔직하게 말해서 알 것도 없고 느낄 것도 없지 않은가? '리리시
즘'만이 우리를 느끼게 하고 사상만이 우리를 알게 하는 것이다. 그
렇다면 〈꽃의 소묘〉에는 무엇이 있는가. '부재'라는 이 감성으로는
다루기 힘들고 지성으로는 다룰 수가 있으나 그러나 사상과는 전연
무관계한 지성으로 다루어진 말의 무의미성이 우리로 하여금 이 시
를 몰라 보게 할 따름이다.
　우리의 현대시가 사상적이려면 우리에게 주어진 어휘의 한도 내에
서 시어를 선택하라는 이런 말을 나는 하고 있는 것이 아니다. 그리
고 우리 어휘를 지성으로나 감성으로나 다같이 다룰 수 있도록 지성
과 감성을 변화시켜야 한다면 적어도 이것은 전통에의 반항이다. 최
근에서 전통에 와서 반항이라니 중학생같은 유치한 소리이다. 우리
가 유의할 점은 우리의 '리리시즘'이 왜 지성과 잘 지내지 못하는가,
말을 바꾸면 지성의 '리리시즘'을 추방하는가라는 이 문제가 동양으
로부터 서구쪽으로 기울어지고 최근의 전후 시인의 치명적인 과제가
아니면 안 된다는 데 있다. 지성이 시에 참가할 때 '리리시즘'이 그
시에서 소멸한다는 이것이 바로 우리 현대시에 있어서 지성의 한정

성인 것이다. 우리 현대시에 있어서의 지성이 시의 사상성에는 무효과의 것이고 '리리시즘'에 역행하는 것은 무엇인가. 지성은 왜 우리 시에 있어서는 사상을 거부하고 '리리시즘'도 거부하는가.

김춘수의 지성은 『인인』을 철학으로 변질시켰다고 할 만큼 우리 시의 기본 원칙에서 떨어져나가게 되었다. 소위 '모더니스트'라는 이름으로 외자 혼용의 그들의 '모던'한 시가 제일 우리의 전통과 떨어져 나간 것인 줄 알지만 최근의 춘수는 이 지성의 한정성의 마술에 걸려 그들 '모더니스트들' 보다도 백 배나 더 우리의 재래 전통과 떨어져 나갔다. 〈꽃의 소묘〉를 읽으면 알 수 있듯이 이런 시는 뭐라고 말해야 좋을까?

전후 신세대에 있어서 김춘수뿐 아니라 전봉건은 더더욱 이 지성의 한정성의 화학 작용에 녹아 떨어졌다. 그의 〈은하를 주제로 한 봐리아시옹〉을 김춘수에 있어서와는 다른 일면이 있어서 이것은 따로 취급할까 한다. 지성은 이 서구 경향 시에게 무엇을 '플러스' 하였는가? 우리는 시의 폭을 넓혔다. 무엇을 '마이너스' 시켰는가? 시의 가장 중대한 '리리시즘'을 내어 던졌다. 우리의 현대시에 있어서의 지성의 한정성은 극복하지 못하는 것이 아니다. 극복은커녕 왜 인식조차 못하고 있는 것일까. 왜?

제 2 장

작가론 작품론

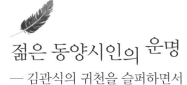

젊은 동양시인의 운명
— 김관식의 귀천을 슬퍼하면서

1

지금부터 몇 년 전이었을까? 정음사에서 『현대시』라는 당시 한국 시인협회의 기관지가 몇 호인가 나왔었던 시절은 기억이 병인 양 약한 나는 그 해가 언제이던가를 잊어 먹었다.

하여튼 김관식의 이름이 거기에 인용되어 있지 않는 걸 보면 아주 오래 되었다. 김관식의 지평이 열리기 전이었을지도 모른다.

그 글에서 나는 참으로 위대한(?) 발언을 했던 것이다. 그때 인용한 시인의 이름은 송욱과 김구용이었다. 그 글의 내용은 대략 다음과 같다.

젊은 동양시인은 기가 막히는 함정에 빠져 있다. 나는 지금 아직도 거기서부터의 탈출구를 찾지 못하고 있다. (이번 김관식의 귀천은 그러한 뜻에서 나에게 큰 충격을 주었다) 우리는 동양인이다. 그런데 생활방식이나 사고방식은 그 99프로가 서구적인 것이며 그리고 그렇게 되길 원하고 있는 것이다. 그러니 우리 나라의 문학도 일본문학의 강한 영향을 초창기에 받은 나머지, 서구화에의 길을 더듬었다. 그러나 우리가 동양인인 이상 우리들의 본질은 '동양'인 것이다. 그런데 20세기의 오늘의 현황은 우리들의 그 본질과는 엉뚱한 교육을 받기 마련이며 따라서 생각하는 것도 그렇게 된다. 그것이 문학에 나타난다. 서구풍 문학이 판을 치기 시작한다. 결론적으로 말한다면 우리들의 방법은 서구인데 우리들의 본질은 동양이라는 이 구렁텅이에서 오늘 우리는 몸부림치고 있다.

송욱과 김구용의 이름을 그때 내가 문제삼은 것은 그들 두 시인의 시작태도에서 그 구렁텅이에 대한 공격을 보았기 때문이다. 그 방법(?)은 서구식인 앙포르메였다. 우리가 배우고 익힌 교육과 교양의 그 역(逆)으로 가서 또 그 역으로 가서 다시 그 역으로 돌아가는 방법을 역이용한 것이다.

송욱도 떨어져 나가고 김구용도 이제는 그러한 노력을 포기했다. 불쌍한 일이다. 우리들의 본질에 들어맞는 방법으로 우리 젊은 동양의 시인들은 슬슬 시를 영영 쓰지 못하는 것인가. 한동안이 지났다. 그 무렵 김관식이 그의 빚을 끌고 등장했을 것이다.

그는 정공법을 썼다. 완전히 한시적(漢詩的)으로 덤벼 온 것이다. 그러면서도 그의 시를 새삼 읽으면, 당시선(唐詩選)의 그 위인들에게 야유를 퍼붓고 있는 것을 본다. 당시조의 현대시를 쓰면서도 그 위대한 시인들을 농간했던 것이다. 그런 식으로 그는 이기려고 했다가 드디어 죽어갔다.

죽어라 김관식, 가거라 김관식, 이제 우리 나라 문단에는 그 '높은 산'을 향하여 항의할 만한 친구가 없어진 것이다.

중국대륙 산동성에 '태산'이라는 위대한 산이 있는 모양이다. 왕조가 아무리 바뀌어도 떳떳한 산. 그런데 우리 나라의 한학자들이나 국문학자들은 끽하면 동방예의지국이란 말을 하기도 하고 쓰기도 하는데 그 말의 참뜻을 알고 하는 소린지 참으로 안타깝다. 동양문화(말하자면 당시선)는 태산 위에 앉아서 사방을 살펴보니 어떤 한 군데서 한자 소리가 들린다.

그래서 "이것 봐라, 저런 어거지 같은 곳에서 소리가 난다. 참으로 우습다. 아하하!"하는 것이 동방예의지국의 참뜻인 것이다. 최고로 효과를 본 씨닉이었던 것이다.

그런 말을 감지덕지하는 요새 소위 학자들이나 옛날 이조 때나 언제 때나의 우리 나라 선비들의 정신을 감정해 보아야겠다고 생각한다.

영문학자라는 것들이 더 큰소리를 한다. 한자보다는 영문이 득세하니까, 동양보다는 서구가 득세하는 판국이니까. 그런데 그 영문학자들의 우리 나라 말 번역을 보면 엉망진창이다. 따라서 자국어를 모르니 외국어인 영어를 외국어대로만 배우고 온다.

'외국어대로만' 이라는 여기에 문제가 있다. 외국어(사실은 서구어)의 세상이 되는 것이다.

서구문화 지배의 현 20세기 문화에서 그리고 그 정치적 영향 밑에서 우리 나라도 또한 빠져나갈 도리가 없었는데, 문학이 또한 그렇다니 이것은 참으로 애석한 일이다.

동양문화에 우리 한국민족은 죽어라 하고 항의하면서도 극복해야 한다. 그런데 그 무기가 서구의 것이니 당해낼 재간이 없는 것이다. 그런데 김관식은 그것을 넉넉히 한다 했더니 요절하고 말았다.

그의 초기시풍에는 섬세하고 질서있는 서구적인 풍경이 없었던 것도 아니다. 〈잠자리〉라는 그의 시는 그무렵의 대표작이다. 그것은 꼭 비단이었다.

그러다가도 그는 기어코 그의 본도를 지켰다.

여기서 다소 말을 바꿔야겠다.

그는 최남선의 수석제자였다. 그의 옛날 집에 갔을 때에는 (아마 세 검동) 최남선이 죽은 후의 책을 많이 선사받았던 모양이다. 그런데 그 최남선은 어떻게 우리 나라 문화를 증명하는 글을 썼느냐?

우리 나라가 그 문화의 식민지라는 것을 알고 있었기 때문이다. 최 남선은 문학자가 아니었고 설명가였을 뿐이다. 요새 미국문화의 진 수(?)인 『리더스 다이제스트』를 보면 그것은 완전히 수박 겉핥기라는 것을 알게 될 것이다.

서구가 천하를 지배하고 있다. 그러나 동양문화의 본질은 죽어도 안 죽는다.

나는 며칠 전에 자유중국 대만에 갔다온 조연현 씨를 만났는데 씨 는 나에게 이렇게 말하더라. "동양문화가 대륙적이고 일본놈들이 수 공예적이란 것은 완전히 거짓말이야!"

그리고 여러 가지 말을 하면서 옛 동양문화에 대한 항복을 일렀다. 대만에만 가 있다가 온 우리 문인 중의 한 사람이 그것을 비로소(?) 직감했던 것이다.

나는 다시 젊은 동양시인의 운명에 대하여 말하겠다. 그들은 갈 곳 이 없다. 나도 그렇고 다 그렇다. 그 한 구멍을 찾아 헤매던 김관식도 이제 가고 없다.

다들 쓰러졌다. 살아 남아 있는 것은 나 하나뿐이다. 그런데 나도 몸이 약하여 오래 살 것 같지 않으니 누가 이 전통과 정통을 이어 받 아낼 수 있다는 말인가.

요새는 영어가 한자를 압도하고 서구가 동양을 지배하고 있다. 그러나 문명보다는 문화가 위라는 것을 나는 죽음으로써 믿고 있다.

　다시 말하겠다.

　우리는 '동양'인 것이다. 서구적인 형식을 따르는 놈들은 우리들의 본질인 '동양'에 대해 웃고 있는 것이다. 허버트 리드는 그의 『예술론집』에서 이렇게 말한 바 있다.

　"미국의 문화는 앞으로 백년을 가도 수습되지 않을 것이다."

　참으로 무서운 말이다. 그것이 문필을 쓰는 사람들의 위대한 양심인 것이다.

　우리가 동양의 본질을 잃고 서구 근처에 가까이 가면 우리의 동양과 본질을 한꺼번에 잃기 마련이다. 서정주 같은 경우에도 그의 초기 시들은 서구풍이었고 격렬했다. 그런데 차차 『귀촉도』로부터 시작하여 동양으로 어거지같이 하강해 오신다. 참으로 안타까운 일이다.

　그런데 요새의 젊은 시인들은 완전무결한 서구 일변도다.

　이러한 마당에 김관식을 잃은 것을 나는 통곡한다.

　다시 말하겠다. 김관식만이 우리 한국문화의 명예를 걸고 중국식 현대시로 중국문화에 침을 뱉은 것이다.

　그리고도 그는 의젓했다.

2

　"나는 동양인이다. 나는 나대로의 눈으로 동양의 자연과 생활을 다시 한 번 성찰하지 않으면 안될 운명에 놓여 있었다."

　이것은 『김관식 시선』 자서에 있는 말이다. 그리고 다시 말하고 있다.

"나는 발레리나 릴케보다는 도연명과 두자미 또는 육방옹 왕마힐(陸放翁 王麻詰)을 더 좋아한다."

그리고 그는 다시 한국에 있어서의 서구문화를 "서양인이 핥아 버리고 지내간 사재조박(渣滓槽粕)"이라고 한다. 이 이상 거만한 정신을 가진 놈이 어디 있었느냐? 그리고 또 곧 연이어 이렇게도 말한다.

"나는 원래 서구의 박래사조(舶來思潮)에 전혀 감염되거나 침범당하지 않은 순수동양의 전통적 사상과 감각과 정서와 지혜와 풍류를 이 나라 민족운율의 기반 위에서, 다시 말하면 노래하는 정신을 잃지 않는 토대 위에서 얼핏 보기에는 무잡하고 치졸한 듯하면서도 창경고아한 시풍을 입법(立法)해 보고자 한 것이 나의 강력한 주안점이요 치열한 의욕이었다."

한 시인이 이렇게도 오만불손한 자기의 시관을 피력한 적이 있었는가? 그는 너무나 외로왔다. 겹겹이 그를 싸고 있는 서구의 그 먹다 남은 찌꺼기가 포위하고 도리여 그를 경멸하려 들었기 때문이다.

나는 지금까지 그의 희귀한 산문의 일부나마 비교적 길게 인용한 것 같다. 그러나 그의 정신의 좌표가 무엇인가를 우리는 증명하지 않으면 안 되는 것이다.

이하 그의 그러한 마니페스토가 그의 작품에 얼마나 반영되어 있는가를 보자.

> 수천만 마리 떼를 지어 날으는 잠자리들은 그날 하루가 다하기 전에 한 뼘 가웃 남짓한 날빛을 앞에 두고 마지막 타는 안씨러히 부서지는 저녁 햇살을
> — 그의 초기시 〈연〉에서

이 〈연〉이라는 시는 나에게 막대한 충격을 주었었다.

여기에는 동양이 서구보다 더한 치밀한 계산법을 쓰고 있다.

'한뼘 가옷 남짓한 날빛을 앞에 두고'라는 이러한 발상법을 쓴 시인은 동양에도 없었고 서양에도 없었다.

이것이 계산이 있는 이상 서구적인 표현인 것이다. 여기에 문제가 있다.

해방 후의 우리 문단에 창창하게 비로소 빛을 발한 것은 『청록집』이었다. 그 소화된 한국적 동양문화가! 김관식은 곧 죽기 전까지도 『청록집』에 수록된 3인의 시인의 시를 암송했다.

그러나 그는 그러한 한국적 동양문화의 그 토속성에 반기를 들기 시작함으로써 그의 시작활동을 하기 시작한 것이다. 그는 일로 동양정신의 중에서 발언하려 했고 그리고 또 했다.

그 중원(中原)에 버티고 있는 시선들을 조금씩은 비꼬아 가면서, 그리고 잡아 먹으려고 들면서…

어젯밤 자고 온 풀시밭을 다시는 내려가지 않으리라고
갓난 애기의 새끼손가락보다도 짧은 키를 가지고
허공을 주름 잡아 가로 세로 자질하며 가물가물 높이 떠돌아다니고
있었다.
　　　　　― 〈연〉에서

김관식의 비극은 여기서부터 비롯되었다. 그는 동양문화의 '잠자리'에 지나지 않았던 것이다. 그 '잠자리'가 한국의 현대문화 위를 날아다녔다. 그런데 현대의 동양문화가 하늘 위로 가면 얼마나 올라갔을까? 기껏 잠자리 정도의 저공비행이었던 것이다.

그것을 그는 착각하여 '가물가물 높이 떠돌아다니고 있었다'라고 했다.

20세기의 비문화적 상황을 너무도 경멸하면서 역진하여 그는 패배했다. 그러나 그의 패배가 승리와 연결될 수 없을까? 그의 죽음이 우리 문학의 위대한 신호가 될 수는 없을까?

한 예를 들겠다.

우리 나라 시인 명단 중에는 고은이라는 놈이 있다.

그는 나와 친구이기는 하지만 나는 그를 경멸한다. 그 경멸도 아주 싸구려 경멸인 것이다.

고은이라는 개새끼는 자기 이름 위에 '聖(성)'자를 받쳐 쓰고 있다. 그러나 이 거지 같은 새끼가 탈속한 고은의 '성'자를 절대로 인정해 주지 않는 것이다.

동양문화의 정수는 유교와 불교였다. 불교에서도 탈락한 놈이 요새 동양에서 서구로 싸구려로 팔려 갔다.

김관식은 그러한 양보를 하지 않았고 끝까지 버티다 지조를 지키는 데서 오는 벌 때문에 그는 요절하지 않았나 싶다.

배반자에게는 배반자에게로 가는 칼이 있다.

말하자면 김관식은 그의 신념으로 태산 위에 올라갔고, 그와 대비되는 전승(前僧) 고은은 예수 그리스도의 십삼 제자의 유다처럼 우리들 '동양의 본질'을 배반한 배역자인 것이다.

3

그런데 그에 대한 이야기 가운데서도 가장 외롭고 슬펐던 것은 그가 현대 문화에 대한 생전의 혐오증이었다.

여기에 그 좋은 본보기가 있다.

> 해 진 뒤 몸 둘 데 있음을 신에게 감사한다!
> 나 또한 나의 집을 사랑하노니
> 자조근로사업장에서 들여온 밀가루 죽이나마 연명을 하고
> 호랑이표 시멘트 크라푸트 종이로 바른 방바닥이라
> 자연 호피를 깔고

이것은 금년 『창작과 비평』에 실린 것이다.

그는 호피(虎皮) 위에 앉아서 동양문화의 정수가 얼마나 위대한가를 알리고 싶었던 것이다.

정통자와 배반자여. 갈라져라.

그는 언제나 가난했으나 마음은 태산과 같았다. 그는 끝까지 서구문화를 기피하고 그 대신 다소의 열등감을 서구문화에 지니고 있었다.

세검정 동네에 그의 집이 있을 때에 나는 그의 집에 가서 머문 적이 있다.

그런데 그와 나 사이에 큰 싸움이 벌어졌었다.

독일의 문인 괴테의 알파벳 표기법에 대하여 그가 나에게 도전해 오는 것이었다. 나는 그때 O위에는 움라우트가 안 붙는다고 했고, 그는 그런 것이 있다고 억지로 덤빈다.

그는 안방으로 들어가더니 대백과사전을 들고 왔다. 결국은 나의 승리였다.

그런데 그 이후 내가 한 번 당한 적은 있다. 휴일에 (몇 년도 몇 년

전이다) 그의 집으로 가서 술을 마시고 있는데 김관식의 방에는 하도 책들이 많은지라 한 권 들었더니 수필집이었다. 그 수필의 내용 속에 알 듯 모를 듯한 한자가 있었다. 그래서 나는 그와 대작하는 단둘이의 자리에서 물었다.

"관식아 이런 글자의 뜻의 진의는 뭐지?"

그러한 나의 질문은 그의 너무나 가혹한 서구적 지식에 대한 빈약성을 얼버무려 주겠다고 한 것이었다.

그런데 그는 그때 환성을 터뜨렸다.

"와! 이새끼는 우리 나라 사람이 쓴 수필도 못 읽는다! 기분 좋다!"

나는 그러한 대답이 나오리라고는, 그리고 그렇게 춤추면서 좋아하리라고는 생각지도 못해서 갑자기 놀라고 말았다.

그것은 그의 서구문화에 대한 한 가지 열등감이 아니었을까.

김관식까지도 만일의 경우 나의 추측대로 서구문화에 대한 향일성은 있었으면서도 동양문화에의 향수를 그 근본에 있어서 그리고 그 많은 외연에 있어서 지키고 있는 놈이 지금 어디로 갔는가!

— 『창작과 비평』 1970년 겨울

비전달의 밀폐성
— 전기수에 대하여

이번 전기수(全基洙) 씨의 작품 네 편을 읽고 나는 시에 대한 소원
감을 더 절실히 느끼지 않을 수 없었다. 시가 독자에게 전달이 안 되
는 까닭을 다시 생각해 보아야 하겠다.

전씨의 이번 작품은 재래종 서정시의 한계를 벗어나지 못한 것이
다. 나는 반드시 이와 같은 정감의 시풍을 부정하는 사람은 아니다.
박재삼, 구자운 등의 시인들이 그 속에서도 자기의 개성을 능히 살리
고 있다는 것을 알기 때문이다. 그런데 여기에는 '자기의 추구', 그
수단으로서의 방법의식을 모색하고 있는 듯이 보인다.

> 당신에게도 오월이 되었으니
> 당신은 언덕에 올라 내 마음을 찾아 보시라.
> — 〈오월이 되었으니〉에서

이것은 다만 자기만족일 따름이다. 안정된 자기만족은 자기밀폐나 다를 바가 없다.

> 헌꽃을 찾아서
> 스스럽게 숲그늘에 들면
> 바위틈에 물새는 소리
> 내마음 거기서 느끼시련가?
> ― 〈오월이 되었으니〉에서

이와 같은 발상은 청록적(靑鹿的) 서정에 대한 계승임과 함께 자연과 인간과의 함수관계를 무시한 시작태도로 보인다. 곧 자연 일반에 대한 경외감이 반영되어 있지 않다는 것이다. 자연에의 자기투입으로써 자기를 정립하지 못한다면 이런 결과가 되는 것이 아닐까.

이와 같은 태도는 〈밤비〉에서도 여전하다. 그러나

> 이 밤을 새우고 나면
> 해묵은 내 귀와 눈이
> 아무래도 새로이 열리고야 말겠네

라는 마지막 구절에서 다소 그 밀폐된 세계 속에 통풍구가 '열리고야 말' 것 같은 생각을 가지게 한다.

재래종, 서정에 대한 반항이나 부정은 여태껏 많은 시인들이 기획했고 그 결과 현대 한국시에 있어서의 자연의 이미지는 단순한 산천초목이나 영풍명월의 경지에서 지양된 지 오래인 지금에 와서 자연일변도적 시작을 한다는 것은 신진시인의 태도가 아닐 것이다.

그런 뜻에서 〈마음〉이라는 작품은 다소 그러한 의식적 조작의 흔적을 엿볼 수가 있다.

꽃잎은 기다렸던 듯이 떨어져서 어느 잎은 물가의 흰 꽃잎과 겹쳐지기도 하고 어느 잎은 고인 물에 가만히 떠 있기도 하였다.

이 구절에서 우리는 자연의 재구성이라는 훌륭한 의도를 취할 수가 있다. 여기에는 우리말의 배합이나 조직에 대한 배려가 깃들여져 있고 언어감각의 섬세와 예민한 감수성이 시현(示現)되어 있다. 그러나 그 내용이 비전달의 밀폐성을 나타내고 있는 것은 아무래도 그 언어들이 '오늘의 언어' 가 아닌 까닭이 아닐까.

새로운 시인의 영광은 새로운 언어, 새로운 정신의 발견에 있다는 것을 거듭 강조하고 싶다. '새롭다' 는 말은 오해받기 쉬운 말일지도 모른다. 그러나 적어도 자기의 정립이라는 목적의식을 추구하는 가운데서 저도 모르는 사이에 우리는 그것과 무관하지 않다는 것만은 사실인 것이다. 시는 기술이 아니라 우리들의 정신의 불이다. 꺼진 불에 매력을 느끼는 것은 좋지만 꺼진 불을 살아 있는 불로 착각하는 것만은 피해야 한다.

전기수 씨의 작품에 대하여 나는 너무 부정적인 소리만 한 것 같다. 그러나 외국의 어떤 평론가가 총명하게도 말했듯이 우리는 부정 속에서만 긍정을 찾고 있는 것이다.

—『시문학』1966년 1월

신동엽의 시

— 그는 묻혔을 따름, 가지는 않았다.

그가 죽자마자 그의 시집 『아사녀』를 새삼 읽어서, 그의 조기함몰의 까닭을 미루어 짐작하고 가슴이 메었다. 그는 병몰한 것이 아니고 전몰한 것이다. 그것을 증언해야 하겠다.

그의 시를 통틀어 일관하고 있는 특징은 '현실에의 투기' 이다. 한동안 사회참여라는 말이 유행했는데 나는 이 말을 송충이보다 더 싫어했다. 사회참여라는 다소 뜻깊은 것 같은 말을 둘러쓰고, 그들은 아무 덧 없는 불평 불만만을 뱉은 것이다. 기만이요 사기였다.

그러나 신동엽의 시의 그 '현실에의 투기' 는 그러한 것들과 전혀 질이 다르다.

우리들 현실의 그 가장 심층부 속을 은밀하게 흐르는 실체가 무엇인가에 대하여 도전하는 태도, 이것이 그였다. 그러한 그에게는 이중, 삼중의 가혹한 부담이 주어지지 않을 수 없었다.

우선 시의 원형을 파괴해서는 안된다. 이것은 그의 다시 없는 과제였다. 속칭 '사회참여파' 들은 그 파괴 위에서 터무니없는 넋두리를 지껄여 대지 않았는가? 그런데 그는 시의 본연의 아름다움을 조금도 다치지 않게, 그리고 그의 구명의 피나는 기록과 고백을 드러내려고 시도했던 것이다.

> 잔디 밭엔 장총을 버려 던진 채
> 당신은
> 잠이 들었죠.
>
> 햇빛 맑은 그 옛날
> 후고구렷적 장수들이
> 의형제를 묻던,
> 거기가 바로
> 그 바위라 하더군요.
> ― 〈진달래 산천〉에서

이것은 그의 시단 데뷔 무렵의 작품의 몇 줄이다. 우리는 여기서 '장총' 이라는 우리 민족의 비극의 대용어와 '고구려' 와 '바위' 가 기묘하게, 질서있게, 조화롭게, 동서하고 있는 것을 본다. 이것은 서정시가 아닐까? 아니다, 서정시이다. 그러면 단순한 서정시일까? 그것은 또 아닌 것이다. 그러면 무엇이란 말인가?

이것은 '현대의 시' 인 것이다. 현대라는 이 괴물같은 현실을 외면하지 않으면서 또한 그의 내면의 미감을 투입해 놓은 것이다.

이 작업과 조작만으로도 커다란 고통이었을 것이며 장벽이었을 것이다.

그런데 그것만이 아니었다. 우리 눈앞의 현실은, 한 사람의 시인이 그 최심층에 들어가서 화석이 되기 전의 생태를 '보는 것'을 강철처럼 가로막고 있는 것이다. 이것은 우리들의 시대적 불행이다. 한 시대와 그 시대의 현실이 손을 꽉 잡고 시인의 진실의 목을 비비꼬고 비틀고 있는 것이다.

우리의 시대, 우리의 현실을, 부정한다는 것은 결코 아니다. 긍정하고 있는 것이다. 그러나 그 긍정하는 방법이 오직 하나뿐이다, 라고 하는 전체주의적 횡포는 시인의 '장총'의 피사체가 될 수밖에 없다.

긍정하는 방법이 많으면 많을수록 정신의 '과수원'은 더 많은 수확을 거두어 들이는 것이다.

그는 그 '더 많은 방법'에의 의지를 가로막는 강철과는 우정을 맺을 것을 단호히 거절했다. 그처럼 우정을 맺기를 즐거워 했으면서도!

그는 그것을 극복하지 않으면 안 되었다. 총을 들고 겨냥하는 싸움보다도 한 인간의 마음 속의 총질은 더 잔인하고 처참한 것이다.

시인에게 있어서의 무엇인가에 대한 극복이란 무엇일까? 시인은 언제나 패배했다. 짐으로써 얻어지는 승리로 못 감을 눈을 감아 왔다. 오늘 살아 있는 무수한 시인들이 입다물고 있을 때 신동엽, 너는 흙 속에 묻힌 좁디좁은 관 속에서 그래도 입을 열어 보려고 애를 쓰고 있는지도 모른다.

이제는 마음놓고 천상의 시를 쓰라, 신동엽!

—『월간문학』 1969년 6월

김현승(金顯承)론

1970년 9월호의 『월간문학(月刊文學)』 지상에 김현승(金顯承) 씨는 「나의 문학백서」를 쓰고 있는데 그 글 가운데서 명백하게 놀라운 말을 적어 놓고 있는 것이다.

"나 자신의 생활과 문학을 어디까지나 시인의 입장에서 단편적으로 고백하려 한다."

이 짤막한 말을 뒤바꾸어 놓으면 어떻게 된단 말인가. '고백' 밖에 더 있는가. 도대체 누가 고백을 못 한단 말인가. 이렇게도 쉽고 용이한 일이 어디 있는가. 이 단순하기 짝이 없는 고백이 문학의 기초요 실마리라고 의젓하게 고백하고 있으니 왜 놀라운 일이 아니겠는가.

천하에 이름을 걸은 딴 시인들은 자기 문학의 바탕이요 기초는 형이상학과 미학이오라니, 세계와 인류라니, 전통과 미래라니 하며 떠벌리면서 억지 질서와 무게를 보태려고 안간힘을 다 쓰지 않는가. 그런데 단순하기 짝이 없는 고백, 그것도 단편적인 고백이 자기 문학의 기초라니 얼마나 솔직하며 단도직입적인가. 여기에 김현승 씨 특유의 문학관이 노출된다.

이 노출의 표백(表白)이야말로 김현승 문학의 내부의 심오인 것이다. 그러나 김현승 씨는 '시인의 입장에서'라고 못을 박고 있지 않은가. 이 시인의 입장이란 무엇이 되지 않으면 안 되는가. 나는 갑자기 제정말기(帝政末期)의 쉐스톱 생각이 절로 났다. 쉐스톱은 어떤 문인론에서 '제3의 눈'이란 소리를 하고 있었다. 즉 문인은 (시인은) 보통 사람의 눈과는 다른 제3의 눈이 박혀 있고 이 눈은 미래와 또한 저승까지도 꽃을 대하고 보듯 볼 수 있다고 한 것이다. 그러니 시인에게는 미래와 현재와 과거가 일치하며 제4차원의 세계를 투시할 수 있어야 한다는 지론이다. 이것이 시인의 입장에서 세상을 흘겨 보는 태도라야 한다는 것이다.

이런 입장에서의 고백이라니 나는 신부님 앞에 가서 하는 고해와 같지 않을까 생각한다. 김현승 씨도 신앙을 문제삼고 있지만 이 고해하는 태도와 일맥상통하는 고백이 아닌가 생각한다. 그러나 일반 신자들의 고해는 죄를 털어놓은 것이지만 시인의 고해는 미를 찬양하여 빛을 내는 것이 다르다면 다르다 할 것이다.

하여튼 고백이 문학의 출발이요 종점이라니 얼마나 용도(勇度) 있는 말이겠는가. 이 용기로써 일상생활의 모든 요소를 아름답게 소화하고 성장한 것이 김현승이라는 인간인 것이다. 김현승 씨가 닥쳐 오는 모든 것을 어떻게 소화했는가를 우리는 엿보지 않을 수가 없지 않은가.

김현승 씨에게는 4권의 시집이 있다. 『김현승 시초』, 『옹호자의 노래』, 『견고한 고독』, 『절대한 고독』이 네 권이다. 제1시집인 『김현승 시초』는 저자에게도 내게도 없으니 없지 않을 수밖에 없지 않느냐 말이다. 그러니 제2시집인 『옹호자의 노래』에서부터 살펴보기로 하자.

시인들이 노래한 일월의 어느 언어보다도
영하오도가 더 차고 깨끗하다.
메아리도 한 마장이나 더 멀리 흐르는 듯…

정월의 썰매들이여,
감초인 마음들을 미지의 산란한 언어들을
가장 선명한 음향으로 번역하여 주는
출발의 긴 기적들이여,
잠든 삼림들이여,
이 맑은 공기 속에 더욱 빨리 일깨우라!

무엇이 슬프랴,
무엇이 황량하랴,
역사들 썩은 가슴에 흙을 쌓으면
희망은 묻혀 새로운 종자가 되는
지금 수림들의 체온도 뿌리에서 뿌리로 흐른다.

피로 멍든 땅,
상처깊은 가슴들에
사랑과 눈물과 스미는 햇빛으로 덮은
너의 하얀 축복의 손이 걷히는 날
우리들의 산하여,
더 푸르고 더욱 요원하라!

도대체 이렇게도 신설(新雪)에 덮인 국토를 애지중지한 시인이나 사람이 있었을까. 은연중에 이 시는 삼천리 금수강산에 대한 사랑의 표출이 아니고 무엇이겠는가.

시인들이 노래한 어떤 언어보다도 영하 5도의 땅이 더 사랑스럽다고 노래하고 출발의 긴 기적인 모든 음향이나 미지의 언어들을 다듬듯이 안아 일으키고 슬픔이나 황량함을 무시하고 부인하고, 역사가들이 아무리 부정적이지만 자기의 가슴팍에 사랑하는 땅의 흙을 문지르면 희망이 되고 새로운 종자가 된다고 노래하다니 얼마나 애토(愛土)의 기막힌 목소리인가. 비록 아무리 피로 물들인 땅이지만 아무리 상처투성이 가슴들이지만 사랑함과 눈물고임에 젖은 땅이 햇빛으로 포근해지는 국토여라고 이 시인은 우렁차게 노래하지 않는가 말이다. 더구나 이 시에서 우리가 놓쳐서는 안 될 것은 새로운 종자가 아닌가 한다. 이 새로운 종자는 앞으로 미래의 왕자가 될 것이 아닌가 한다. 이 미래의 왕자는 오늘의 온갖 혼미와 더러움을 씻고 이 겨레에게 아름다운 산하를 안겨 주게 하고 명예로운 내일을 선물할 것임에 틀림이 없는 것이다. 영원히 가시지 않는 축복의 메아리가 우리 강산을 뒤덮고 잠든 삼림들이 사람인 양 생동하여 일깨우는 날이 시인의 염원이 비로소 풀어지는 날인 것이다. 신설에 덮인 산하를 바라보는 시인은 하얀 눈 같은 건 보이지도 아니한다. 다만 보이느니 신설에 덮인 대지의 실상인 것이다.

시인의 제3의 눈에는 지금 수목들의 체온이 뿌리에서 뿌리로 이동해서 흘러가는 안 보이는 움직임까지 역력히 바라보이는 것이다. 이런 선입관적 투시는 오직 시인만의 특권인 것이다. 이 특권은 바라보이는 모든 풍경을 모조리 찬양하고 축복하는 데만도 바쁠 대로 바쁘다.

우리들의 산하여, 푸르고 요원하라고 이 시인은 애틋하게 희구하여 마지 않지만 시인의 운명은 바로 이 희구에 꼭 사로잡혀 있는 것이다. 출발의 기적을 소리없이 외치는데 바로 이 점이 우리 국토의 대개화기(大開化期) 때를 보겠다는 시인의 운명적 매모드적인 희망이다. 출발은 곧 종점이 아니겠는가. 종점에서 피는 개화를 기대하는 마음이 이 시인을 부풀게 한다.

김현승 씨의 이 따사로운 가슴은 우리 겨레의 범애적인 인간성의 반증이 아니고 무엇이겠는가. 이 지상의 누가 이렇게도 따뜻한 감정으로 이 대지를 노래부를 수가 있을 것인가.

대지는 모든 것을 낳는다. 인간도 동물도 식물도 할 것 없이 대지의 소산이다. 삶도 죽음도 대지로 하여 나오고 거기로 꺼져가니 김현승 씨는 사람이기에 앞서 이 대지의 아들임을 되려 자랑으로 삼는 것 같고 무의식중에 대지의 일부분인 양 자처하는 것이 이 시에 어렴풋이나마 엿보이지 않는가.

이 시는 이것으로 그만둔다고 해도 이렇게도 대지에 대한 애정이 가득 차게 차인 시는 나도 처음이었다. 수목도 인간도 언어도 종자도 따지고 보면 모조리 대지 안의 한 요소인 것이다.

꿈을 아느냐 네게 물으면,
플라타너스,
너의 머리는 어느덧 파란 하늘에 젖어 있다.

너는 사모할 줄을 모르나
플라타너스
너는 내게 있는 것으로 그늘을 늘인다.

먼 길에 올 제,

홀로 되어 외로울 제,

플라타너스,

너는 그 길을 나와 같이 걸었다.

이제 너의 뿌리 깊이

나의 영혼을 불어넣고 가도 좋으련만,

플라타너스

나는 너와 함께 신이 아니다!

수고론 우리의 길이 다하는 어느 날,

플라타너스,

너를 맞아줄 검은 흙이 먼곳에 따로이 있느냐?

나는 오직 너를 지켜 네 이웃이 되고 싶을 뿐,

그 곳은 아름다운 별과 나의 사랑하는 창이 열린 길이다.

　같은 시집의 스물두 번째로 있는 이 〈플라타너스〉라는 시는 언뜻 보기에 비교적 평범한 것으로 보이지만 두고 두고 읽으면 중대한 일면을 엿볼 수 있다.

　우리 인간 사회, 아니 우리 백의민족에게는 흔하디 흔한 나무인데 비해 김현승 씨는 이 플라타너스 나무를 마치 이웃집 동네 사람처럼 대우하고 있는 것이다. 사물을 의인화하는 것은 인간의, 아니 시인의 버릇이지만 김현승 씨는 마치 자기 친구인 양 대하고 있는 점이 다르 다면 다르다. 길을 가다 보면 순하디 순하게 서 있는 이 무생물에게 친밀하게 속삭여 보는 것이다.

꿈을 아느냐고 물으면 플라타너스는 머리 부분을 하늘에 젖히게 해 가지고 마치 꿈을 꾸고 있어요 라고나 하듯이 대구를 하는 듯하다. 김현승 씨의 물음에 마지 못해 치사(致辭)라고 하는 듯하니 얼마나 지혜로운 일이겠는가. 김현승 씨의 범애로운 인자가 플라타너스를 동족화하여 악수라도 할 듯하다.

사모같은 걸 할 줄을 모를 터인데 플라타너스는 오직 하나뿐인 재산인 그늘을 늘여주니 플라타너스도 능히 사모같은 건 할 줄 안다는 격이다. 의인화도 이쯤이면 단순한 의인화가 아니라 친구 취급인 것이다. 이것은 시인으로서도 다소의 월권 행위가 아닐 수 없을 것이다. 그만큼 김현승 씨는 투철한 애정으로써 이 플라타너스를 감싸 주고 아낀다는 뜻일까.

플라타너스의 뿌리 깊이 자기의 영혼을 불어넣고 가도 좋겠다고 그러는데 돌연 이 시인은 양쪽이 다 신이 아니라고 뉘우치는 것이다. 무생물체인 플라타너스에게 사람이 아닌 것을 한탄하기는커녕 절대자인 신이 아니라고 한탄하는 여기에 김현승 씨의 시인 정신이 발동하고도 남음이 있다. 선천적으로 김현승 씨는 시인인가 보다. 그리고 신의 율법에 온몸을 맡기는 김현승 씨의 생활 방식이 여실히 나타나는 것이다.

너와 나는 다 함께 신이 아니니 일대 일이 아니고 무엇인가 하는 태도는 뒤바꾸면 무생물인 것을 떠나서 일치하고픈 욕망이 아니고 무엇인가. 이와 같은 본의적 일치감으로 플라타너스를 대하는 절실한 기원은 인류의 한계까지 훨훨 벗어 버리는 것이 아니고 무엇이란 말인가. 그리고 수고로운 인생이 다 하는 날 플라타너스도 지하로 돌아가겠지만 플라타너스여, 너를 맞아 줄 흙은 아무데도 없고 그저 이웃이 되고 싶을 뿐이라고 하고 아름다운 별과 사랑하는 창(窓)이 영원히 너를 지켜줄 뿐이라고 마지막을 닫는 걸 보면 김현승 씨의 자연사랑이 초탈적(超脫的)이요 진농(眞濃)하다는 것을 밝히고도 남음이 있다.

요컨대 플라타너스여! 너는 남이 아니고 나다, 나 자신이니 왜 남들이 너를 두고 무생물이라고 하는지 모르겠다고 김현승 씨는 얼토당치도 않다고 머리를 설레설레 흔들고 있는 것이다.

통틀어서 말하면 이것은 씨의 사물관찰의 근본 동기가 애정의 테두리를 못 벗어났다는 것과 너와 내가 왜 다르겠느냐라는 범신체의식(汎身體意識)이다. 인도의 타골 같은 시인도 이와 같은 범신체의식을 평생 벗으로 삼았거니와 김현승 씨의 사물 취급도 타골 못지않게 철두철미 유신론상(有神論上)의 견지에서, 자타가 일치되는 공동광장에서, 자기의 정신세계를 질타하면서 유유히 동일화를 노리고 있는 것이 아닐까.

가을에는
기도하게 하소서……
낙엽들이 지는 때를 기다려 내게 주신
겸허한 모국어로 나를 채우소서.

가을에는
사랑하게 하소서…

오직 한사람을 택하게 하소서,
가장 아름다운 열매를 위하여 이 비옥한
시간을 가꾸게 하소서.

가을에는
홀로 있게 하소서……
나의 영혼,
굽이치는 바다와
백합의 골짜기를 지나,
마른 나뭇가지 위에 다다른 까마귀같이.

　같은 시집의 후면에 실려 있는 이 〈가을의 기도〉라는 시는 아마도 김현승 씨의 신앙을 집대성한 감이 없지도 않다. 여러 각도에서부터 시는 이 신앙 문제를 중요시 했다. 유달리 가을을 김현승 씨는 계절 중에서도 가장 사랑하고 아껴 왔지만 그런 뜻에서 미루어 본다면 〈가을의 기도〉라는 이 작품의 제목은 '최고의 기도'가 아니겠는가 말이다.

　애착의 계절에 즈음한 김현승 씨는 오직 바람인 기도밖에 생각이 없다는 것은 다시 말해서 인간의 가장 깊은 곳에 들어가 아무쪼록 삼라만상을 제외하고 순수한 인간핵체(人間核體)가 되게 해 달라는 소망의 자세라고 나는 보지 않을 수가 없다. 이 본연의 극점에 이르르면 인간은 자연스레 절대신의 무릎팍 가까이 간다. 이제는 탁류도 없고 모순도 없는 유일무이한 본향에서 그는 무엇을 부르짖는가.

　'사랑하게 하소서'라고 기도하는데 이것으로 미루어 보아 사랑이라는 감정이 인간세계에 얼마나 귀중한 보석인가를 알겠다. 이 보석은 고귀하다는 것을 넘어서서 생명체인 것이다. 사랑은 생명의 연소이며 핵심인 것이다. 가장 아름다운 열매를 있게 하는 부단한 노고이고 광채로운 결실이다. 이 열매를 위하여 비옥한 시간을 가꾼다는 말은 신 앞에 선 자의 시간은 스스로 비옥하고 풍부하고 절대하다는 것이다.

비옥하고 풍부하고 절대한 시간이라니 이 세상의 것이 아니고 천국의 것이요, 저승의 것이요, 하느님을 친위(親衛)하는 시간이겠다. 신성한 이 시간에 왜 하필이면 이 시인은 '홀로 있게 하소서'라고 신에게 호소하는가. 그것은 '자기의 영혼'을 전세계 위에서 군림하고 싶고 비약하고 싶고 초월하고 싶기 때문이 아니겠는가. 이 시의 의미는 하여튼 신앙의 자기 축제가 아닐까 한다. 까마귀와 같은 미물에까지 신의 은총이 있게 해달라고 비는 성도적(聖徒的) 태도에서도 알 수 있듯이 김현승 씨의 태세는 너무나하게 적극적이다.

신앙은 난해한 형이상학이 아니고 인간의 숨김없는 심정의 길잡이다. 마음 하늘 한편가에서 신이 부르고 있는 것이다. 그 부름에 응보(應報)하기만 하면 성사(成事)를 이룩하기 마련이다.

나는 시집 『옹호자의 노래』의 작품을 비록 세 편밖에 검토하지 못했지만 거의가 다 비슷하기 마련이니 딴 작품들도 유추해주기를 바랄 따름밖에 없다. '고백'이 자기 문학의 바탕이라 하고 더구나 단편적으로 그것을 나타낸다니 인생만반이 왜 차례대로 소화되지 못하겠는가.

대면하는 모든 사상(事象)이 한결같이 광채를 뿜어내면서 문학으로 형상화하고 시의 결정체가 되고 마음의 보석이 되기까지는 김현승 씨가 얼마나 그 사상들하고 냉엄하게 대결했겠는가를 생각해 보라. 그 대결 속에서도 나는 씨의 여유있는 미소를 볼 뿐이니, 얼마나 자신만만하고 윤택한 몸가짐인가. 대자연을 초월하여 한걸음 내달아서 생명체로 승화시켜 버리는 섬세한 기술은 오히려 신의 비호를 받을 만하지 않는가.

제3시집인 『견고한 고독』은 1968년에 출간되었다. 이 시기는 작가가 밝혔듯이 '내 일생에서 가장 중후한 시간'에 해당하는 것이다. 이 중후하고 시도(詩道)에도 능숙할 대로 능숙했을 시기의 시작(詩作)들은 어떠했을까 하는 흥미있는 과제는 대단히 우리들의 주목을 끈다.

> 돌아와 젖은 눈으로/바라 보는/희고/맑은/그의 이마 그 잔잔한 주름에 떨리며 닿을 때/내 뜨거운 입술은/오히려 꽃잎처럼 지고 말 것이다.

> 아름다운 것들은 피가 없다!/그를 바라보는 나의 사랑도 영원의 눈에선 그러하다.
> 죽음이란 썩을 것이 썩는 곳 ─

> 햇빛은/그 다음날/무덤에서 얻은 나의 새 이름을/차가운 돌, 그 깨끗한 무늬 위에/견고하게 견고하게 아로새겨 줄 것이다.

〈돌에 새긴 나의 詩〉, 이 시는 무엇을 의미하는 걸까. 여기서는 김현승 씨의 대역설(大逆說)이 숨을 쉬고 있는 희귀한 작품인 것 같다. 씨에게는 비교적으로 절망적인 넋두리는 없는 편인데 이 시에는 짙게 절조(絕潮)가 풍기어 오는 이것이 역설이 아니고 무엇이란 말인가.

돌에 새기다니 이것은 비명(碑銘)이 아니겠는가. 그러나 사실은 생명(生銘)인 것이다. 엄연한 사실을 냉철하게 바라 본다. 인생의 사방길에서 돌아와서 보는 신의 이마는 세계의 모든 사상(事象)이 속속들이 그 오묘한 진리를 과감하게 '희고', '맑게' 비추고 있는 것이다.

신의 이마와 잔잔한 주름은 이 우주의 영원한 역사이니 인간의 어떠한 동작도 여기에 대조하게 되면 막상 허무로 돌아가고 만다는 것을 '뜨거운 입술'도 '꽃잎처럼 지고 말 것'이라고 은연 중에 암시한다. 이것은 개개의 인간이나 사실들보다 영원한 역사의 한 발자국 한 발자국이 제왕처럼 군림한다는 것을 말하여 주는 것이다.

'아름다운 것들은 피가 없다'는 여기에도 씨의 영원으로만 치닫는 눈이 있다. 인간이나 동물의 아름다움보다 꽃의 아름다움에 보다 영원미가 있다는 강조 용법 속에서 우리는 일시적인 것들의 단편적인 마지막을 본다. 김현승 씨의 대역설이라고 나는 말했지만 이것은 영원한 것을 찬양하고 일시적 생명을 도외시하는 씨의 영원주의자적 태도가 그 도외시를 너무나 쉽사리 포기하기 때문이다.

그 포기 속에 김현승 씨의 시인적 독창성이 만발한다. 이 시는 시종일관 암시성에 가득 차 있어 난해한 것처럼 보이고 그 주변에서 맴돌기가 안성맞춤인 것처럼 되어 있는 것이다. '죽음이란 썩을 것이 썩는 곳'이라고 하는데 이것도 또한 그러한 씨의 지론 그대로가 아닐까. 말을 바꾸면 썩는 것이 아니면 왜 죽이겠는가라는 소리가 아닌가. 변화가 있는 곳에는 기어코 마지막이 닥쳐 오고야 만다는 소리다. 이것은 조금도 죽음 그 자체에 대한 부족이 아니고 사실 자체를 속임 없이 나열해 놓은 것이다.

그 다음은 햇빛을 되려 축복하는 소리다. 왜냐하면 햇빛 또한 영원한 것이기 때문이다. 무덤에서 새 이름을 얻는다는 것은 이세상과 저세상을 구별하지 않고 저 세상에서는 또 다른 이름을 얻어서 다시 산다는 부활을 믿는다는 게 아닌가. 햇빛이 그 새 이름을 차가운 돌 위에 깨끗한 무늬로 견고하게 아로새겨 준다는 말을 뒤바꾸면 햇빛을 마치 한 석공 비슷하게 여기는 자애로운 사고 방식이 정당한 것이다라는 오만한 일면을 아니 볼 수가 없는 것이다.

하여튼 이와 같이 이 시는 영원을 이처럼 담담하게 내포하여 암시적으로 지상의 온갖 변화를 감시하고 내일의 태양의 위력을 극구 찬양한다. 시가 비록 역설적인 표현이기는 하지만 김현승 씨의 본성이 아낌없이 나타나고 있는 것이다. 마지막 부분에 있는 시 한 편을 또 봐야겠다.

조국의 흙 한 줌/ 멀리 계신 어머님께 드리지 말고/ 내가 앉아 생각하는/ 책상서랍에 넣어둘지니

조국의 흙 한 줌/ 멀리 있는 벗에게 보내지 말고/ 내가 심는 꽃나무/ 그 뿌리 밑에 묻어두리니.

조국의 흙 한 줌은/ 세계의 황금보다/ 부드럽고 향기롭게 그대의 살을 기르리니.

조국의 흙 한 줌/ 가슴에 품던 따뜻함/ 코에 스미던 그 짙은 내음을/ 오늘의 우리는 잃어가고 있나니.

이 시에는 김현승 씨의 애국자로서의 일면이 뚜렷이 나타난다. 이 시 〈조국의 흙 한 줌〉에서 우리 나라의 온갖 문제를 이리저리 보살피고 걱정하고 어루만지는 품이 여간이 아니다.

첫 연의 '조국의 흙 한 줌'을 멀리 계신 어머님께 드리지 말자는 것은 지나온 역사의 오점투성이 우리 국사에 구애받지 말고, 네가 앉아 있는 책상서랍, 즉 오늘 전개되는 여러 사정에 알맞는 준비와 상황에 합당하게끔 그 조국의 한 줌 흙을 활용해야겠다는 현재 위주의 생각인 것이다. 디딤돌이 되는 그 한 줌 흙을 왜 함부로 소비하겠느

냐고 반문하는 것과 같다. 그리고 벗에게 그 흙 한 줌까지도 보내지 말자는 것은 내가 심는 꽃나무가 더 중대사이니 되려 자기가 하는 성스러운 과업에 이바지되게끔 사용하자는 자기 위주의 생각이 앞서는 것이다.

또 그 한 줌을 뿌리 밑에 묻어 두어야 된다는 소리는 기초 실력을 양성하여 내일에의 디딤돌로 삼자는 생각에서일 것이다. 다음의, 그 한 줌 흙을 세계의 황금보다 더 고귀한 가치가 있다고 하여 부드럽고 향기로운 육체를 기르는 데 써야 한다는 것이다. 그리고 마지막의, 그 한 줌 흙이 우리 나라의 전통이요 따라서 국력이나 마찬가지인데 그 진가를 오늘 잃어 가고 있다는 말은 역사에 대한 반성으로서 우리는 그것을 잃어서는 안 되고 다시 증식해야 되겠다는 내일에의 깊은 다짐인 것이다.

이 시는 평범한 내용이지만 애국의 마음이 속에 강력하게 품어 나와 있는 것이다. 과거보다는 미래를 더 치중하라는 예언이고 남보다는 자기가 더 귀중하다는 충고요, 황금보다는 육체가 소중하다는 계명(戒名)이고 잃어져 가는 우리의 재산을 잃어서는 안 되고 더욱더 많이 쌓아 올리자는 시인의 안타까운 심정인 것이다. 이러한 조국 찬가는 하기야 우리는 여러 번 들어 왔기는 했지만 이 시에서 김현승 씨는 피로써 쓰고 있지 아니한가. 가슴속에서 스스로 애터지게 조용히 부르는 것이다.

이제는 제4시집인 『절대한 고독』으로 조용히 넘어가자. 이 시집은 1970년 6월에 출간되었다. 인생의 최중요기를 벗어나 세상을 관망하는 여유가 생겨서 인간의 전후 좌우를 쓰다듬듯이 노래하고 고독을 몇 번이나 어루만지고 있다.

내 아침상 위에
빵이 한 덩이
물 한 잔.

가난으로도
나를 가장 아름답게
만드신 주여.

겨울의 마른 잎새
한 끝을
당신의 가지 위에 남겨두신
주여.

주여
이 맑은 아침
내 마른 떡 위에 손을 얹으시고는
고요한 햇살이시여.

　이 〈아침식사〉라는 시에서 나는 시인으로서 대성한 김현승 씨의
업보를 보는 것만 같다. 또 함께 신앙의 깊이가 얼마나 굳센가를 짐
작하고도 남음이 있다.

　밥 위에 놓인 '빵 한 덩이'와 '물 한 잔' 이것은 어김없이 주의 축
복이요 은총이다. 주는 선택의 능력이 탁월하셔서 축복과 은총을 함
부로 베푸는 것이 아니고 주의 안목에서 들어 차는 충실한 인자를 군
중 속에서 점을 찍으셔서 올바르게 엄선하는 것이다. 김현승 씨의 밥

상의 빵 한 덩이와 물 한 잔은 어김없이 주의 이 엄선에 합격되었다는 그 증서나 마찬가지가 아니겠는가? 그리고 가난하면서도 대신에 자기를 이렇게도 가장 아름답게 만들어 준 주에의 귀의는 일변도일 수밖에 없는 것이다. 가장 아름답다는 것은 주에게의 찬송이나 마찬가지가 아니겠는가?

가난을 생각해 본다. 여기서는 인간의 대명사로 쓰이고 있는 것 같다. 그러니까 전능하신 주만이 당자이시고 인간은 한결같이 가난이라는 가면을 쓰고 있는 것이다. 그리고 겨울의 마른 잎새 끝이 당신이라고 감히 불러도 좋을 만큼 친정(親情)한 나뭇가지 위에 남겨지고 있다는 것은 애오라지 아직도 마지막이 아니라는 사실을 강조하는 것이 아닐까 한다. 끝의 연을 풀이하면, 맑은 아침에 '내 마른 떡 위에 손을 얹으시고는 고요한 햇살'의 발견은 그 햇살이 바로 주의 육체이시고 하림(下臨)이라고 경이(驚異)하는 게 아니고 무엇이겠는가?

고요한 저음으로도 김현승 씨는 아낌없이 신앙의 심연을 엿보이게 하는 것이다.

　　이 눈이 끝나는 곳에서
　　그 마음은 구름이 되고
　　이 말이 끝나는 곳에서
　　그 뜻은 더 멀리 감돈다.

　　한세상 만나던 괴롬과 슬픔도
　　그 끝에 선 하나로 그리움이 되고
　　여기선 우람한 기적도
　　거기선 기러기 소리로 날아간다.

지나가버린 모든 시간

잊히지 않는 모든 기억

나는 그것들을 머언 지평선에 세워두고

바라본다

노을에 물든 그 모습들을.

〈지평선〉이란 이 시는 평범함 속에서도 한 풍경의 진미를 잘 나타내주고 있다. 겨울의 눈이 막 끝나는 곳에서는 마음이 구름이 된다는 것은 구름의 방랑성에 마음이 동화되어 간다는 뜻이고 언어가 끝나는 곳에서는, 즉 인간이 인간이기를 그만두고 나면 되려 그 말뜻은 우주 끝까지 회귀할 것이다라는 것이 된다.

인생의 세상만사 일의 괴롬과 슬픔이 끝에 가서는 그리움이 된다는 것은 그만큼 그리움이라는 인류의 공동의식이 괴롬이나 슬픔같은 감정의 모태이거나 그 승화 상태라는 뜻일 것이다. 기적이 왜 기러기 소리로 날아간다는 걸까. 모든 것이 끊임없이 변화해 간다는 뜻일 것이다. 그리고 달통한 명인처럼 한갓 지평선에 지나간 시간과 안 잊히는 시간을 두어 두고 그저 막막히 노을에 물든 모습을 쳐다본다는 것이다.

이제 결론을 맺어야겠다.

김현승 씨는 어떤 시에서는 대지를 사랑했고 무생물과의 본의적(本義的) 일치감을 기약할 만큼 자연에 몰두했고, 오로지 기도로써 모든 것을 초극하려고 했고, 사랑의 고귀성에 머리 숙였고, 자신만만한 태도를 보였고, 역설적인 표현과 암시까지 보였다. 더구나 유의하고 싶은 것은 김현승 씨의 신앙이 시작(詩作)의 대본이 되고 있다는 점이다. 씨는 대학교수이면서도 시에서는 그런 편린도 나타내지 않고 이 신앙의 견지는 유별나게 눈에 뜨인다.

우리 시단에서는 이 신앙의 소리를 조용하면서도 강렬하게 표현한 점에서 박두진(朴斗鎭) 씨와 일맥상통하는 데가 있는 것처럼 보인다. 하여간 다각도에서 보아도 일가(一家)를 이룩했고, 우리 시단의 동굴 속에서 드물게 보는 퓨리탄이다. 청렴결백하고 종신토록 우리 시단의 기념탑이 될 것을 빌어 마지 않는 바이다.

김남조(金南祚)론

1

　크리스찬의 3대 목표와 비슷한 부제를 붙이기는 했지만, 나는 여류시인 「김남조(金南祚)론」을 씀에 있어서 '목숨과 사랑과 소망' 이라는 말을 아니 붙일 수 없었습니다. 그 제일 첫머리에 '목숨' 이라고 한 것에 대하여 말씀드려 볼까 합니다. 그 제일 첫째로 〈남은 말〉이란 시를 한 구절 인용하겠습니다.

　　　불 지핀 엽맥에서 못다 탄
　　　흰 수액의 한방울

　　　남은 말이 있다.
　　　어느 어름진 최종의 날에까지
　　　독문은 버섯처럼 곱고 슬프게 눈떠 있을

네게 못다준 목숨의 말 한마디

〈목숨〉이라는 시에서 김남조 씨는 이렇게 읊고 있습니다. 불에 활활 타는 나뭇가지에서도 아직도 못다 탄 부분의 흰 수액(樹液)의 한방울이라고 말입니다. 나무는 물론 생명이 있다고 말하는 태도이고, 나뭇가지가 타고 있는데 아직도 못다 탄 한방울의 수액에서까지도 생명의 존귀함을 느끼는 김남조 시인의 모습이 역력히 떠오르는 구절입니다.

사람의 목숨도 아닌 가냘픈 나무에게서조차 이 시인은 마지막 남은 생명의 고귀함을 호소하고 있습니다. 꺼져 가는 목숨의 말 한마디를 꼭 이해하고픈데 그것을 알아듣지 못하는 우리 인간들의 이 처절한 안타까움을 김남조 씨는 달래고 있는 것입니다.

다시 말하거니와 이것은 어디까지나 미약한 나무의 목숨입니다. 인간들은 나무를 함부로 베고 또 불태우고 있습니다. 그 나무의 목숨에 있어서까지 이렇게도 애소하고 있는데 진짜 사람의 목숨에 이르러서야 이루 다 말할 수 없을 것입니다. 신문지상에서 보면 살인 사건이 꼬리를 물고 일어납니다. 그런 때 있어서랴 나무의 목숨에 이르기까지 이렇게 애통해 하니 얼마나 목숨의 존귀함을 깨우쳤다는 것입니까? 대단한 일이 아닐 수 없습니다.

기적도 있고서야
내 하느님 설마 너를 살게 하시리라면서
석양처럼 번져나는 설움
깜박 눈이 머는 것 같아짐은
아무래도 어디 기막히는 아픔 끝에

네가 숨져 가는가 보아

〈남은 말〉의 삼절은 이렇게 되어 있습니다. 기적을 바라고 내 하느님조차 들먹이고 있으니 어김없이 하느님을 믿는 태도입니다. 그러나 아무래도 나무가 숨져 가리라고 했습니다. 얼마나 속이 타고 아팠겠습니까? 그러니까 하느님을 믿는 입장에서는 영생을 바래야지 일시적 죽음은 바라지 못할 입장입니다. 그러니 그것을 사람에게서만 바라는 것이 아니라 한갓 나무에게서조차 바라는 김남조 씨의 태도는 너무나 놀라지 않을 수 없고 훌륭한 일입니다.

다음 구절까지 인용하면 이야기가 달라질지 모르니 그만하겠습니다. 하여튼 한갓 나무의 목숨에 있어서까지 이렇게도 애통하니 이것이 어찌 이렇습니까? 〈남은 말〉이 수록되어 있는 시집은 『목숨』입니다. 이것이 시집으로 꾸며져 나온 해는 6·25 전이던가 6·25 무렵입니다. 나한테 처남이 하나 있습니다. 목순복(睦順福)이라는 이름인데 교육 잡지사 등 출판계에 오래 있어서 많은 시인이나 소설가를 알고 있습니다. 이 처남의 말을 빌리면 아래와 같습니다.

"당시 6·25 때는 전쟁터에 나가는 많은 사병들이 많이도 이 『목숨』이라는 시집을 읽었습니다. 목숨을 던지기 위해 목숨의 고귀함을 우리는 알아야 했던 것입니다"고 한 바 있습니다. 그 처럼 6·25 때는 『목숨』이라는 시집이 참 고명한 책이었다는 것입니다. 우선 '목숨' 즉, 생명일체에 대하여 말씀드리겠습니다.

일반적으로 따질 때말입니다. 과학이 아무리 발달해도 과학은 생명을 창조하지는 못할 것입니다. 기껏해야 로보트 정도겠지요. 그러면 생명은 누가 만들었는가 하면 그것은 곧 하느님입니다. 하느님말고는 생명을 부여할 수 없을 것입니다. 목숨의 고귀함에 눈 뜬다는 것은 즉 고귀하신 하느님에게 대한 깨우침입니다. 부제(副題)의 목숨에 따라서 믿음과 무관하지는 않는 말입니다. 생명의 존엄성에 눈뜨자마자 우리는 다 하느님께 대한 사랑에 불타 올라야 될 것입니다.

김남조 씨는 믿음을 가진 뒤에 시를 썼다고 생각되는데 너무나 일찍 하느님께 눈뜬 분이라 생각됩니다. 그러니 이렇게도 좋은 시를 썼다고도 말할 수가 있을 것입니다. 하여튼 김남조 씨의 처녀시집『목숨』은 6 · 25의 동족상쟁(同族相爭)의 유형 속에서 각광을 받은 명시집이었습니다. 동족상쟁 속에서 제일 아까운 것은 생명, 더구나 인간의 생명이었을 것입니다.

신앙심이 깊었던 김남조 씨는 목숨의 고귀함이 동족상쟁 속에서, 헛되게 버려지는 속에서 목숨이 얼마나 고귀하고 아까운 것인가를 소리 높여 외쳤던 시인입니다. 더구나 동족상쟁을 하면서 말입니다.

6 · 25가 일어나던 해에 필자는 요새 말로 하면 고교 3년생이었습니다. 그때 말로는 중학교 6년생이었습니다. 그 당시 필자는 마산에 있었는데 마산 근처에까지 공산군이 쳐들어와 마산은 야단이었습니다. 길거리에서 강제 징병이 있다고 하여 내 아버지는 나를 다락방에 숨어 있으라 해서 있었는데, 어느날 아버지가 날 부르더니 마산 경찰서에 통역 모집이 있으니 응해 보겠는가 해서 나는 응해 보겠다고 했지요. 그래서 시험을 친 결과 필자는 채용되어서 6 · 25 당시 나는 통역을 해서 많은 사병들과 격의 없이 말하고 있을 때였습니다. 그리고 김남조 시인의『목숨』이라는 시집을 부대에서 한가한 틈을 이용하여 읽고 있는데 한 미국인 장교가 와서 묻는 것이었습니다. 무슨 책이냐고 해서 시집이라고 했더니 그 장교가 하는 말이 "어디 한 편 번역해 보렴" 하는 것이었습니다. 그래서 그 중 한편의 시를 더듬더듬 번역해 주었더니 그 장교 하는 말이 걸작이었습니다.

"한국에도 이렇게 훌륭한 시인이 있다니 놀라운 일입니다. 목숨은 그저 고귀한 것만이 아니라 오직 하나의 것이요 절대적인 것입니다. 그렇게 말하는 시인은 세계에서도 드물 것입니다"라고 하는 것이었습니다.

나는 그때 시를 한 편 당시의 『문예(文藝)』(현재 『現代文學』의 전신)에 추천받았기 때문에 그 장교가 그런 말을 할 때 나는 울고 있었습니다. '외국인도 칭찬하는 시인이 우리 나라에도 있었구나' 라는 마음 속 생각이 어찌 나를 울리지 않겠습니까? 지금은 아주 옛날 일이라 그 부대가 어떤 부대고, 어떤 이름의 장교였는지 잊었지만 쇼크를 받은 그 사건은 잊지 않고 있습니다.

결국 그 장교의 말은 목숨은 단 한 개일 뿐 아니라 절대적인 것이라고 강조하고, 하느님만이 목숨을 관리한다는 것이었습니다. 그 미국인 장교도 책을 많이 읽었던 사람이 아닌가 생각되는데 참으로 훌륭한 장교였습니다. 그 뒤 마산 근처에서 그 부대가 떠나자 한사코 종군하라는 권유를 받았으면서도 필자는 아버지 말을 따라 그만두고 부산에 가서 대학에 진학했습니다.

앞에서 말한 바와 같은 일화를 남기고 있는 필자입니다. 그러니 어찌 6·25당시의 시집 『목숨』의 열광을 등한시할 수가 있겠습니까? 내 처남 목 대위의 말을 빌릴 것도 없이 시집 『목숨』에 얽힌 이야기는 대단히 많습니다. 이 나의 처남 목 대위 말을 다소 해야 되겠군요.

목 대위 말을 빌리면 사실은 대위가 아니라 소령까지도 올라간 적이 있었는데 술을 마시고 실수를 하면 당장 대위로 또 강등당하기 일쑤라 별명이 대위가 되었다는 목순복 처남입니다. 그런데 6·25 초창기에는 마산 근처 내 고향, 진동을 방어하기 위해 무진 애를 썼고 그 이후, 소령 때는 대구 주둔 부대의 본부사령이 되어서 본분을 다

했다고 합니다. 본부 사령은 군인 중에서 사병을 더 귀하게 생각해야 한다는 것을 목 대위는 실천한 장교였습니다.

그 당시는 이승만 대통령하의 자유당 시절이었습니다. 본부 사령인 목 소령은 부대의 후생 사업, 즉 트럭을 약 열 대 동원하여 민간 업무를 시켜 돈을 벌었습니다. 목 소령은 그 번 돈으로 사병들에게 좋은 일만 하고 장교들을 위해서는 아무것도 안 했다고 합니다. 그저 사병들의 의식주용으로만 그 돈을 썼다고 합니다. 어쩌다가 이것이 육군본부에까지 알려져 갖은 구박을 받았으나 목 소령은 하등 구애받지 않았습니다. 자유당 때는 상후하박이었는데 오직 목 소령만은 상박하후였던 것입니다.

이런 목순복 씨였으니 그의 말은 믿어도 될 것입니다. 그의 『목숨』 시집에 대한 평론은 어김없이 맞았다고 생각됩니다. 6·25때였으니 민족 시집이요, 민족 시인이었다고 하는 평은 들어도 괜찮다고 믿습니다. 그 『목숨』 시집에는 목숨을 소중히 하라는 말 대신 이런 〈성숙(星宿)〉이라는 시도 있습니다. 그 중간치기 구절을 빼면 이런 대목도 나옵니다.

> 차라리 심장도 함께
> 깨물어 뱉고 싶은 이 험악한 슬픔과 괴로움
> 나에게 한정된 삶에서만이라도
> 태양을 도는 지구를 닮아
> 나도 임만을 뵈올 수 있었으면

하는 구절입니다. '깨물어 뱉고 싶은 이 험악한 슬픔과 괴로움'이란 6·25동란을 말하고 있는 것이 아니고 무엇입니까? 그런데도 '나에게 한정된 삶에서만이라도 나도 임만을 뵈올 수 있었으면' 하는 것은 무엇입니까? 이 경우의 임은 애인일 수도 있으나 오히려 여기에서는 하느님을 뜻하는 것이겠습니다.

하느님을 한번 뵈올 수 있다면 '슬픔'과 '괴로움' 다 벗어나서 차라리 죽고 싶다는 뜻이 아니고 무엇이겠습니까? 이렇게 김남조 씨의 신앙심은 굳고 맹렬했던 것입니다. 『목숨』이라는 제목의 시집에는 목숨이 헛되게 죽는 데 대한 통탄과 비난과 반대와 함께 굳고 확고한 신앙심이 잘 발동되어 있습니다.

> 폭풍이 온다.
> 목숨은 모두 아무렇게나 내던져진 한장의 점괘(占卦), 그 어느 산발한 여인의 질탕한 원한이 엉겼다고 지축은 온통 처절한 오한 또 무참한 진통
> 아무래도 지구가 풍선처럼 찢어져 죽을 것만 같구나. 너 어서 내가 사랑한 오직 한 사람아 달려와 내 허약한 가슴 위에 수정빛 고운 그 노래 불러다오

〈다시 한번 너의 목가 내 그리운 요람의 노래들〉 이런 시 구절도 있습니다. '오한 또 처절한 진통' 속에서도 오직 하느님에게서 숭고했던 것입니다. 우리는 잊어서는 안 됩니다. 시집 『목숨』에는 '오한 또 처절한 진통' 소리만 있는 것은 결코 아닙니다. 하느님에 대한 깊은 신앙과 사랑이 담뿍 들어 있다는 것을 우리는 결코 잊지 맙시다.

절망 속이면 절망 속일수록 김남조 씨는 더욱더 그 절망을 넘어설 수 있도록 하느님에게의 희망과 축복을 빈 것입니다. 그 절망이 얼마나 심했는가 하면 말입니다. 이런 식의 표현이었습니다.

불길이 몰린다.
무엇이고 함부로 와득와득 씹어 넘기는 화염이 서늘한
파도마냥 밀려드는구나

〈다시 한번 너의 목가 내 그리운 요람의 노래들〉의 1절입니다. 이런 정도였던 것입니다. 얼마나 오한이고 처절합니까? 그런데도 김 시인은 함부로 절망하지 않고 떳떳하게 하느님을 희구하고 축복을 빌고 있지 않습니까?

나는요? 이렇습니다. 하느님에게 아침마다 밤마다 하느님의 축복을 비는 것이 아니라 '저에게 고난과 시련과 고통을 주십시오' 라고 기도합니다. 별로 고생 모르고 살아 온 나는 언제나 무사하고 행복했으니 어찌 '고난과 시련과 고통' 을 마다하겠습니까. '고난과 시련' 이 있어야 새 사람, 희망찬 사람이 된다고 합니다. 나에게서는 6·25의 비극은 되려 미군 부대의 통역으로서 좋았지만 김남조 씨에게는 '고통과 시련과 고통' 이었을 것입니다.

김남조 씨는 그 '고난과 시련과 고통' 을 이겨내고 당당하게 요새도 숙명여대 교수로서 다복한 생활을 하고 있습니다. '목숨' 의 시인에게 주님의 은총이 대단한 것은 물론입니다. 다복하다고 했는데 김남조 씨의 부군은 서울 미대 학장을 지낸 분이고 그리고 아들 딸도 적당히 운좋은 가정 생활을 하고 있습니다.

이것으로 제1장을 마치겠습니다. 시집이 제8시집까지 있으니 지금부터가 문제가 되겠지요.

2

잔해에서도 피가 흐르는가

손끝이 저려올수록
희던 흰 국화를 보고 있습니다.

이것은 제2시집 『나아드의 향유』의 〈백국(白菊)〉이라는 시의 두 구절입니다. '잔해에서도 피가 흐르는가' 라고 했는데 이것은 뭐 고약하고 잔인한 목소리가 아니라 흰 국화꽃이 피어 있는데, 그렇지만 이 아름답고 고운 국화가 어찌 나머지 뼈다귀란 말입니까? 도저히 아닙니다. 그저 이렇게 말해 보았을 뿐입니다. 이 하얀 국화가 제발 잔해가 아니기를 빌 뿐이 아니겠습니까?

'손끝이 저려올수록 희디 흰 국화를 보고 있습니다' 라는 말은 손이 저릴수록 흰 국화를 보고 있으면 마음이 가라 앉는다는 뜻이 아니겠습니까. 이 제2시집 『나아드의 향유』는 하나님에게 대한 착실한 신앙심과 소망을 담은 시들로 이루어지고 있는데 흰국화와 같은 생활의 한 토막을 읊은 것도 있습니다.

얼마나 일상생활적으로 싱싱한, 육감적인 시입니까? 이 〈백국〉이라는 시를 읽고 있으면 김남조 씨가 얼마나 생활을 아끼고 사랑하고 있는가를 알게 되고 또 인자로운가를 알 수가 있습니다. 『목숨』이라는 처녀 시집에서는 안타깝고 잔인하고 허전한 소리가 많았지만 『나아드의 향유』에서는 생활의 여유와 더 다져진 신앙생활이 적나라하게 그려져 있다고 봅니다.

신의 이름 앞에
평화의 입을 맞추는
저 나무는
그렇듯 추연히
기도하는 나무일까

    이것은 제3시집 『나무와 바람』에 있는 〈나무와 바람〉이라는 시의 한 절입니다. 나무가 주님 앞에 서서 기도까지 한다고 하는 이 시는 도대체 어떻게 된 것입니까. 인간에게만 주님이 있는 것이 아니고 만물에게도 더구나 나무에게도 있다는 것은 시인으로서는 처음 있는 일이 아니겠습니까?
    성서의 창세기를 보면 만물도 다 하느님이 만드셨다고 되어 있는데 나무는 물론입니다. 그러니까 나무가 하느님에게 기도한다고 하는 것은 이상할 것이 없지만 한 가지 나무도 하느님에게 기도한다는 시는 김남조 씨가 처음이 아닐까 하는 것입니다. 그만큼 김남조 씨는 신앙심이 두텁습니다.

눈으로 나무를 보는
나일 것인가

깊은 속마음 계곡에서
보이지 않는 바람을 맞이하여
스르를 소리 내는
내 영혼의 현금(絃琴)

〈나무와 바람〉이라는 시에서는 이런 구절도 있습니다. 눈으로만 나무를 보는 것은 아니고 영혼이 나무를 보면 나무도 경건하게 기도를 드리고 있다고 말하고 있지 않습니까. 하여튼 사람뿐 아니라 심지어 나무까지도 하느님에게 복종하고 경배하고 믿는다는 소리는 시인 중에서 김남조 씨가 최초의 시인입니다.

이것은 놀라운 일입니다. 동네 사람들에게 전도한다는 것은 교회마다 하고 있지만 나무도 또한 하느님을 믿는다는 소리는 김남조 씨의 세계 시사적(詩史的)인 첫 발견입니다. 그리고 또 『나무와 바람』시집에는 〈연가〉라는 시가 있는데 이것은 하느님을 그리워하고 사랑하는 사람의 노래입니다.

> 짙푸른 수원(水源)일수록
> 더욱 연연히 붉은 산호의 마음을
> 꽃밭처럼 가꾸게 하소서
>
> 별그림자도 없는 어두운 밤이라서
> 한결 제 빛에 요요히 눈부시는
> 수정의 마음을 거울삼게 하소서

인용한 구절은 〈연가〉의 두 구절입니다만 이 구절을 읽어도 이 연가가 애인에게 주는 연가가 아니라 하느님에게 가는 연가인 것을 쉽게 알아 차릴 수 있을 것입니다. 깊고 깊은 바닷물 속이라도 붉은 산호의 마음을 꽃밭같이 가꾸어 달라니 절대자에 대한 신앙심이 아니고 무엇이겠습니까. 산호의 마음이나 수정의 마음이나 모두 깨끗하기 짝이 없는 마음입니다. 김남조 씨는 이러한 깨끗한 마음으로만 하느님에게 소망하고 순종하고 있다는 소리가 아니고 무엇이겠습니까.

> 앞으로 묵도와 축원에 어려
> 깊이 속으로만 넘쳐나게 하소서
> 사랑하는 이여

　마지막 〈연가〉구절입니다. 묵도와 축원에 어려 속으로만 넘쳐나게 하소서라니 얼마나 예의바르고 정직한 태도이며 순종하는 모습입니까? 김남조 씨의 신앙 태도는 이렇게 모순이 없고 순조롭고 다정다감합니다. 얼마나 순결한 자세입니까. 이렇게 열도하는 신도에게는 하나님도 뜨거운 축복을 내리시어 김남조 씨는 남부럽지 않은 생활을 하고 있다고 봄이 어떠합니까.

> 영혼이 살아가는 영혼의 마음에선
> 살결이 부딪는 알뜰한 인인(隣人)
> 우리는 눈물겹게 함께 있어 왔느니라.

　이것은 〈인인〉이라는 시의 한 구절입니다. 물론 『나무와 바람』 속의 시이지요. 영혼이 영혼의 살아가는 알뜰한 인인이라고 말하고 있습니다. 나무와 바람에게도 따뜻한 정을 주어 온 김남조 씨가 어찌 인간을 욕하겠습니까. 영혼과 영혼이라고 하고 그리고 살결이 부딪는 알뜰한 인인이라고 하지 않습니까.
　김남조 씨는 나무와 바람에게도 휴머니스트적이지만 진짜 사람에 대해서는 너무나 너무나 휴머니스트인 것입니다. 그러나 휴머니즘이라는 걸 나는 이렇게 생각하고 있습니다. 나는 김남조 씨에게 묻고 싶습니다. "선생님 살인자도 휴머니즘의 대상이 되겠습니까?"하고 말입니다. 살인자는 죄지은 인간은 아닙니다.

김남조 씨도 잘 알고 있는 일이겠습니다. 『목숨』이라는 시집에서의 공산주의자들에게 뭐라고 말할 수 없는 욕지거리를 했으니까요. 그러나 인인중에서는 그런 살인자는 없었겠지요. 되려 선량하고 착한 마음씨의 사람들이 우글대고 있었겠지요.

목숨의 존엄성을 기어코 존중해야 되겠다는 김남조 씨의 태도를 밝혔으니 이제는 '사랑'에 대해 말하겠습니다. 사랑도 목숨의 존엄성과 마찬가지로 믿음에 그 연유를 두고 있습니다. 하느님에게의 지극한 사랑이 김남조 씨만큼 두터운 사람도 드문 일입니다.

외롬과 뭇 업고(業苦)가 다 하는날에
그의 구속으로
하늘의 영복을 내 누릴지니
베들레헴 가난한 말구유에
단잠 드신 아기여
동정성모(童貞聖母)의
미쁘신 생애의 보람

〈주나신 밤〉의 마지막 구절을 보면 '어둠없는 밤'으로 되어 있습니다. 얼마나 크고도 큰 사랑입니까. 깨끗하기만 했던 성모님의 미쁘신 생애의 보람이 갓 태어난 주님의 어린 모습인 것을!

베들레헴 가난한 말구유에 갓 태어나 단잠 드신 아기 주님에게 대한 김남조 씨의 이 말할 수 없는 경건한 태도는 주님의 축복을 받아마땅할 것입니다.

군성(群星)의 노래
뭇별의 송가(頌歌)

라는 구절도 있는데 이것은 우주 전체가 주님의 탄생을 축복했다는 뜻이 아니고 무엇이겠습니까.

여호와 성부의
오롯이 하나이신 영광의 아들이심을

하고도 있습니다. 여호와 성부님의 오롯이 하나이신 영광의 아드님이 태어나신 밤, 성모 마리아는 얼마나 기뻤겠습니까? 그처럼 김남조 씨는 좋아하고 있습니다.

김남조 씨의 하나님에게 대한 사랑은 이렇게도 태어나신 밤부터 시작되어 골고다 언덕을 지나 오늘에 이르고 있습니다. 〈주 나신 밤〉부터 오늘에 이르기까지의 말은 많을 것입니다. 성서의 연대를 따지면 2천 년입니다. 2천 년도 넘게 주님을 사랑해 왔습니다. 그 사랑의 도가 얼마나 깊겠습니까?

마리아
당신의 아기는 구세의 천주(天主)
빗발치듯 세찬 광채와 기쁨이 모두
그 아기께 비롯함이어도

라는 구절도 있습니다. 〈거룩한 밤에〉라는 이 시는 성모 마리아 님에 대한 찬송의 시입니다만, 아기 예수님을 구세의 천주라고 하고 광채와 기쁨이 모두 그 아기에게 비롯된다고 김남조 씨는 쓰고 있습니다. 아기 예수님에 대한 김남조 씨의 이 사랑의 표백은 2천 년이 지난 지금에도 이어 오고 있습니다. 김남조 씨의 하나님에게 대한 사랑의 강도는 아기 때부터 2천 년이 지난 지금에 이르기까지도 변함이 없습니다.

> 깊은 화평의 숨쉬는 하늘
> 저만치 트인 청청한 하늘이
> 성그런 물줄기 되어
> 마구 마음에 빗발쳐온다.

라고도 하고 있습니다. 김남조 씨는 하나님을 하느님이라고 하고 있습니다. '화평의 숨쉬는 하늘'과 '청청한 하늘'은 다 빗발쳐 온다고 하는 것은 이 〈6월의 시〉가 김남조 시선에서 〈주나신 밤〉과 가까이 있으니 태어나서 얼마 안되어서의 예수님이 마음에 빗발쳐 온다는 말과 무슨 다름이 있겠습니까.

> 겟세마니의 동산
> 홀로 당신께서 기도드리시올제
> 달빛에 피어나는 솜꽃보다도
> 더 흰한 정결이 원광(圓光)으로 받드읍는
> 영복의 등불이야 밝혀졌건만

이 〈야도(夜禱)〉의 일절을 읽으면 예수께서 밤에 기도드린다는 대목인데 김남조 씨는 이 예수님의 기도를 축복하고 또 축복하고 있는 것입니다. 예수님에 대한 이러한 극치적인 사랑이 바로 김남조 씨의 하느님에 대한 사랑인 것입니다. 예수님은 하느님의 독생자로서 다시는 없을 영복, 즉 영원한 복을 받으신 몸이기에 '영복의 등불이야 밝혀졌건만' 다만 한 가지 죄많은 인간 생각으로 걱정이 태산 같으신 분입니다, 하고 김남조 씨는 말하고 있는 것입니다.

　　　　같은 그 밤에
　　　　구석져 달빛을 등진 곳에서
　　　　당신의 형관(刑冠)을 짜던
　　　　검은 손길의 욕됨이여

이렇게 쓰고 있습니다. 그러니까 나쁜 사람들은 예수님을 십자가에 보낼 형관을 짜고 있었다 함은, 즉 사람들은 문제가 많은 족속들이라고 하고 있는 것입니다. 이 인간들 때문에 하느님이 얼마나 고생하실까, 예수님이 얼마나 고생하실까 하고 김남조 씨는 걱정하고 있습니다.

　문제는 여기에 있습니다. 하느님의 창조물인 인간이 죄를 짓고 어떻게 하지도 못할 입장에 있습니다. 그러니 동족으로서 김남조씨는 동족을 향하여 하느님을 믿어라 믿어라 하고 외치고 있는 것입니다. 하느님에게 대한 깊고 깊은 믿음과 사랑만이 인류를 구원한다는 소리는 아무리 강조해도 강조가 아니라고 김남조 씨는 역설하고 있는 것입니다. 하느님에게의 사랑만이 진짜 사랑이고 인간을 구원하는 힘인 것입니다. 하느님 아버지에게의 지극한 사랑만이 우리의 살 길이라고 하고 있습니다.

김남조 씨의 사랑은 이와 같이 하느님에게 쏠리고 있고 역설되고 있다는 것을 우리는 알아야 할 것입니다.

3

마지막 남은 문제는 소망입니다. 이 소망은 또 뭘까요. 소망도 또한 목숨과 사랑과 다를 바가 없습니다. 목숨이나 사랑이나 소망이 똑같다는 이야기입니다. 소망 중에서 다르다면 좋은 시를 쓰고 싶다는 시인으로서의 갈구가 포함되어 있다는 것입니다. 제 4시집 『정념의 기(旗)』에서 잘 나타나고 있습니다.

> 눈길 위에 연기처럼 덮여오는 편안한 그늘이여
> 마음의 기는
> 이제금 눈의 음악이나 듣고 있는가

이것은 무엇을 말하는 것입니까? '편안한 그늘에서 마음의 기는 이제금 눈의 음악이나 듣고 있는가'라는 것은 마음의 기가 눈의 음악을 듣고 있어야만 나는 좋은 시를 쓸 수가 있을 텐데 하는 것과 별반 다름이 없습니다. 요는 '마음의 기'입니다. 마음의 기가 잘 나부껴야 내가 좋은 시를 쓸 수가 있을 터인데라는 김남조 씨의 소망의 일부를 담고 있는 말이 아니고 무엇이겠습니까?

> 나에게 원이 있다면

뉘우침없는 일몰이 고요히
　　꽃잎인 양 쌓여가는 그것이란다.

　이렇게 되어 있습니다. '뉘우침 없는 일몰이 고요히 꽃잎인 양 쌓여가는' 것은 바로 좋은 시를 쓰고 싶어서 하는 소리가 아니고 무엇이겠습니까? 이렇게 〈정념의 기〉에서도 자기가 스스로 좋은 시를 쓰게 해 달라는 욕망은 있으면서도 '때로 기도드린다' 라는 말도 있습니다. 이 말은 무엇인고 하면, '좋은 시를 쓰게 해주십시오' 라고 기도드린다는 뜻이 아니겠습니까. 그러니 결국은 하느님에게 소망은 돌아간다는 것이 아니고 무엇이겠습니까?

　　지고한 이에 이르는
　　어엿한 승천의 기도가 될는지도 모른다.

　〈회춘(回春)〉이라는 시에 이런 구절도 있습니다. 김남조 씨의 소망 중에서 시를 잘 쓰게 해 달라는 소망도 있지만 그보다도 더 소중한 소망은 승천에의 소망입니다. 지고한 이에 이르러야 되겠다는 소망과 같이 깨끗하고 순결한 소망, 즉 승천에의 의욕이 여기에 확실히 엿보입니다. 『정념의 기』라는 제4시집을 보면 좋은 시를 쓸 수 있게 해 달라는 기도와 함께 승천에의 희구를 노래한 시가 많습니다.

　　우리들 이제
　　오랜 이별 앞에 섰다.

　〈후조(候鳥)〉에서 이 구절은 무엇일까요. 사람은 결국은 죽습니다.

그 죽음을 전제로 한 말이 아닐까요? 죽음이 얼마 남지 않았으니 모든 사람들과 결국엔 헤어져야 하는데 나는 다만 천국에 가고 싶습니다! 라는 말이 아니고 무엇입니까. 우리는 이런 시를 쓰는 김남조 씨가 반드시 천국으로 승천할 것을 믿지만 김 시인은 그렇게 되도록 희구하고 있는 것입니다.

> 솔로몬의 영화보다 들에 핀 한송이 백합을
> 높이신
> 당신의 미와 숨결이
> 저의 가슴에서도 피어나게 하옵소서

〈소박한 기도〉를 보면 이런 구절도 있습니다. '당신의 미와 선의 숨결이 저의 가슴에서도 피어나게 하옵소서' 라는 말은 언뜻 들으면 좋은 시를 쓸 수 있게 해 달라는 말처럼도 그만큼 천국으로 불러달라는 소원처럼 들리지 않습니까. 요컨대 김남조 씨의 소망은 천국행입니다. 그런데도 이 세상이 싫다고 하는 소리는 별로 없습니다.

> 밝은 하늘에 걸린
> 커다란 기구와도 같은 탄력있는 기쁨을
> 품고 살기 원이옵니다.

그러니까 '기구와도 같은 탄력있는 기쁨을 품고 살기 원이옵니다' 라는 말은 '그렇게 되어야 하늘에 올라 갈 수 있지 않습니까?' 라는 반문과 다름이 없지 않습니까? 김남조 씨는 이렇게도 천국행을 원하고 있습니다. 천국에 가면 하느님도 뵈올 수가 있고 또 영원한 생명을 달성할 수가 있다는 것이 아니고 무엇입니까?

우리는 다 함께 천국행을 바라마지 않겠지만 김남조 씨의 경우는 다른 것 같습니다. 착실한 생활을 하고 하느님을 더 가까이로만 모시는 김 시인이 왜 이렇게도 천국행을 바라고 있겠습니까? 당연한 일이 아니고 무엇이겠습니까. 그런 것을 그렇게도 희구하다니 놀라운 일입니다. 그만큼 깊고 더 깊게, 두텁고 더 두텁게 하느님을 믿지 않으면 안 된다는 소리가 아니고 무엇이겠습니까? 하느님에게의 길만 오르는 김남조 씨는 아예 걱정할 필요가 없는 것입니다. 제5시집인 『풍림음악』을 보면 인생의 쓸쓸함과 허전함의 노래가 많습니다.

생활이며 시(詩)며
도모지
사치한 상처라 이를밖에

〈종이학〉이란 시에 이런 구절도 있습니다. 생활에서나 시에서나 김남조 씨는 우등생인데 왜 이런 소리를 하게 되었을까요? 사치한 상처가 인생이며 시라는데 어찌 그럴 수가 있을까요? 나는 〈하늘로 돌아 가리〉라는 시가 있는데 그와 같이 김남조 씨도 또한 이 인생이나 시를 영원한 나라에서 잠깐 소풍 온 그 소풍에 지나지 않는다는 말씀이나 아닐까요. 소풍이 아무리 훌륭해도 일시적인 것에 지나지 않는다는 말이 아닐까요? 그러니 그 인생이나 시가 아무리 훌륭해도 영원한 나라에 비하면 결국 일시적이라는 말이 되지 않습니까. 시인 김남조 씨를 대성케 하는 데 김 시인의 모친 되시는 분의 힘이 매우 컸다는 것을 나는 알고 있습니다.

눈물이 많은 어머니로 말하면
눈물은
모성의 샘입니다.

　이 〈모상(母像)〉이라는 시를 읽으면 모친 되시는 분이 다소 고생한 것처럼 되어 있으나 이 말은 억지 춘향이나 마찬가지로 들립니다. 다 복했으리라 생각됩니다. 그러나 한국의 어머니들은 다 고생하시는 것 아닐까요. 눈물이 많다는 건 어머니로서 훌륭한 어머니였다는 것이 아닐까요. 눈물 모르는 우리 나라 어머니는 거의 없습니다. '모성은 고독한 은총의 그 등(燈)입니다'라고까지 하고 있습니다. 김남조 씨도 이제 할머니가 될 나이가 아닌가 생각될 정도의 나이인데도 하도 미인형이라서 도저히 할머니 나이로는 안 보일 지경입니다. 김남조 씨의 그 모성은 어떨까요. 김남조 씨의 소망의 하나는 좋은 모성이 아닐까요? 김남조 씨의 어머니가 훌륭한 모성을 지녔듯이 김남조 씨도 또한 훌륭하기 짝이 없는 좋은 어머니가 아닐까 생각합니다. 좋은 시를 쓸 것을 소망하고, 천국행을 소망하고, 그리고 훌륭한 모성을 소망하는 김남조 씨는 다 그대로 소망을 이루게 되리라고 생각됩니다.
　그 이후에 나온 김남조의 시집을 들추어 봅시다. 제6집 『겨울바다』의 동명의 시 작품을 보면 다음 구절이 있습니다.

기도를 끝낸 다음
더욱 뜨거운 기도의 문이 열리는
그런 혼령을 갖게 하소서

이 구절에서 아직도 겨울 바다에 나갔어도 여전히 기도는 그대로 인 모양입니다. 김남조 씨의 한량없는 기도는 시간을 초월하는 것처 럼 보입니다. 기도도 또한 김남조 씨의 소망인가 봅니다.

> 음악이 좋아
> 아기가 좋아 나 산단다

〈꽃샘 눈〉이란 시에는 이런 구절도 있습니다. 음악이 좋다는 말은 각 시집에 많이 나타나고 있습니다. 음악과 아기가 좋아 산다는 김 시인의 말에서 우리는 김 시인의 일상 생활이 얼마나 풍요한지를 짐 작할 수 있습니다. 풍요할수록 하느님에게 집착하는 김남조 씨는 자 기의 소망이 미완성이 될까 보아서 자꾸자꾸 하느님에게 매달리는 것입니다. 김남조 씨의 소망이 완성되도록 하겠다는 뜻의 김남조 씨 의 기도는 그만큼 깊어 갈 수밖에 없습니다. 그 좋은 한 가지 예가 있 습니다.

제6시집 『겨울바다』에 〈송가(頌歌)〉라는 시가 있는데 그 둘째 줄을 인용하면 다음과 같습니다.

> 조금씩 말배워
> 어린이처럼 유순한 말씨
> 내가 배워
> 그 말로 기도드리게 하소서

이렇게 되어 있습니다. 어린이로 태어나서 조금씩 조금씩 말 배워 나가는 식으로 나도 그렇게 좋은 말로 기도드리고 싶다는 이 순박한 염원이야말로 우리가 많이 배워야 할 것입니다.

어린이에게 자기를 비유하다니 다만 놀라운 일입니다. 어른도 큰 어른인데 어린이에게 말을 배우겠다는, 어린이는 순진하니까 순진함에 내가 되려 배워야겠다는 것이 아니고 무엇입니까? 이것은 어디서 나왔을까요? 〈송가〉의 시절에 이런 구절이 있습니다. '영원한 것만 사랑'이라고 말입니다. '영원한 것만 사랑'이라니, 그러니까 일시적인 것은 사랑도 아니라고 하는 태도가 아니겠습니까. 이런 걱정을 하니 김남조 씨는 크면 클수록 걱정이 되어서 기도에 기도를 거듭하는 바입니다.

이러니까 우리는 대관 김남조 씨의 소망이 뭐라는 걸 알아야겠습니다. 시를 잘 쓴다는 것과 하느님에게 잘 보여 천국행을 달성하겠다는 것과 좋은 모성이 되겠다는 것과 그리고 기도에 기도를 거듭하여 하느님의 미움을 사지 않겠다는 것입니다. 그 소망은 필자가 말했듯이 다 이루어지리라 생각되는데 김남조 씨는 아직도 미완성이라 하여 더욱더 믿음이 강해지도록 기도를 드리고 있습니다. 필자의 생각으로는 그럴 필요가 없다는 것입니다. 김남조 씨쯤 되면 영생은 스스로의 것이라고 거듭 강조하고 싶습니다.

김윤성(金潤成)론

1

우리 나라가 잘 되어 간다는 것은 세계가 인지하고 있는 것이다. 신문을 보면 이것이 잘 나타나 있다. 외국 기자들이나 경제학자들이 다 일치하여 지금의 우리나라가 개발도상국이라고 인정하고 있고, 고무하고 있는 것이다. 김윤성(金潤成) 씨는 너무나 이러한 사실들을 잘 파악하고 있는 것이다. 뿐만 아니라, 그러한 사실들을 고무적으로 받아들이고 무료 선전을 하고 있는 것이다.

> 신호는 가도
> 응답없는 수화기에서
> 갑자기 터져 나오는 홍소(哄笑)
> ― 〈대낮〉 중에서

이 홍소는 어디서 나오는가. 이 커다란 웃음소리는 우리 나라가 뜻대로 잘 되어 나가는 데 대한 커다란 웃음 섞인 반 답변인 것이다. 오늘을 철두철미하게 보고 있으면 있을수록 내일에는 희망이 용솟음쳐 오는 것이다. 이 내일의 희망이 낭만적으로 표현되는 것은 당연한 일이다. 용솟음치는 희망이 낭만적으로 표기되는 건 으레 있을 만한 일이 아니겠는가.

문학이란 무엇인가? 시란 무엇인가? 나는 다시금 자문해 본다. 그것은 어려울 게, 이러쿵저러쿵 궁리할 필요도 없이 내일의 희망인 것이다. 이 희망을 어떻게 표기하느냐에 따라 사실주의도 되고 자연주의도 되고 낭만주의도 되고 실존주의도 되는 것이다. 그런데 김윤성 씨는 서슴없이 사실주의를 택하고 낭만주의가 군데군데 끼어 있는 것이다. 그러니 김윤성 씨는 낭만적 사실주의자라고 해도 괜찮지 않을까? 90%는 사실주의이지만 10%는 낭만주의인 것이다. 그러니 사실주의가 대종률(大宗律)이고 낭만주의는 그 사실 속에서 피어 오르는 꽃인 것이다.

이 꽃은 아름답다. 꽃이 사막에 홀로 피어 있는 것보다 꽃 아닌 잡초 속에 피어 있는 것이 더 아름다운 것처럼 사실 속의 낭만이니까 더 아름다운 것이다.

> 잔잔한 강물이여
> 무한과 나 사이
> 운명의 바람은 불어와
> 녹음이 어지러이 흔들린다.
> ─ 〈나의 정원의 라일락〉 중에서

이것은 사실주의인가. 그러나 낭만주의의 입김이 개미 한 마리만큼 적어도 남아 있다고 생각한다. '잔잔한 강물이여' 라고 하는 말이 어찌 희망적이 아닌가. 희망적인 것이다. '무한과 나 사이/운명의 바람은 불어와' 라고 하는 말들도 희망적인 소리가 아니라고 생각하는가? 아니다. 그런 것이다.

'운명의 바람' 이라고 하지만 이 말은 절망적인 소리가 결코 아니다. 운명은 희망적인 운명도 있고 절망적인 운명이 있다. 운명이라는 말을 할 때는 다소 비관적일 때 많이 쓰지만 김윤성 씨의 이 운명은 다소 희망적인 경우의 그것인 것이다.

'녹음이 어지러이 흔들린다' 라는 말도 희망적이 아니 될 수 없다. 이 4구절은 희망적이지만은 이 〈나의 정원의 라일락〉이라는 시가 27행으로 되어 있는데 이 4행을 빼놓고 12행은 다 사실적인 내용뿐인 것이다.

이만큼 철저하게 현실을 투시하면서도 그 투시 속에서 희망이 얼핏 스치고 지나가듯이 지나가는 행이 끼어 있는 것이다. 이것은 현실 직시 속에서 희망의 미풍이 살랑하고 불어 가는 것이다. 그러니 이 희망은 유달리 가치가 있는 것이다. 이 희망이야말로 진짜 문학의 핵심인 것이다.

문학이 희망이라는 것은 아무리 절망적인 표현에 꽉 차 있다 하더라도 마지막으로 남는 독후감 속의 한 구석에는 희망의 바람이 스치고 지나가는 것이다. 게오르규의 「25시」은 얼마나 절망적인 표현이 많은가. 그 한 장면에는 포로들을 독일 병정들이 트럭에 싣는데 수십 명이 다 탔는데도 총부리로 트럭에 올라탄 포로들을 후려갈겨 한쪽으로 밀어 붙이고 또 땅의 포로들을 트럭에 태우게 한다. 그러니까 한 트럭에서 서 있을 정도로 발이 제대로 트럭에 대이고 있지 못하게 시리 많이 태운 다음에 발차시키는 장면이다.

이만큼 무지하고 몽매하게 포로들을 취급하는 절망적인 묘사가 있다. 그렇지만 독후감은 그렇게 절망적이 아니다. 주인공이 조국의 고향에 돌아가는 장면은 눈물이 나올 만큼 폭신하게 희망적이다. 그것도 있고 「25시」라는 제목이 다소 절망적이지만은 이 25시라는 시간에는 24시라는 평상시가 그 안에 엄연히 내재하고 있는 것이다. 그러니 이 24시는 희망적이 아니고 무엇인가.

아무리 절망적인 문학이라도 독후감은 이렇게 희망적인 것이고 노골적인 희망이 아니라 책을 읽은 후에 마음 속에 따뜻함이 남는 것이다. 이렇게 책을 읽은 후의 감상이 따뜻한 것은 모든 문학의 공통점인 것이다. 무슨 문학이라도 좋은 것이다.

다음은 김윤성 씨의 시 몇 편을 검토해 보기로 한다.

당신과 나는 외나무다리를 건넜다.
넓은 냇가 햇살 속
우리들의 그림자가 물 속에 비치고 있었다.
나는 팔을 내밀어 당신을 붙잡아 주려하고

당신은 잡힐듯 잡힐듯 끝내 잡히지 않은 채
혼자서 다리를 건넜다.

우리들은 미루나무 숲 속에 누워
무수한 잎사귀가 바람에 흔들리는 것을 보았다.

"저 미루나무 잎사귀의 수효는 대체 얼마나 될까."

"사람들 수효만큼이나 많겠지요."
그중의 가장 싱싱하고 잘 생긴 잎사귀를 눈으로 찾아 나는
속으로 그것을 당신이라 여겼다.

캄캄한 어둠 속을 돌아오는 차 속에서
"부디 행복하게 사세요."
당신이 하던 말
아니, 내가 찾아낸 그 미루나무 잎처럼
눈부시게 바르르 떨며 속삭이던 말이다.

훤한 하늘을 배경으로 지금도
바람에 흔들리는 내 머리 속의 미루나무 숲.
그 숲 속에서 유난히 반짝이는
하나의 미루나무잎

이 시 작품은 시집 『애가(愛歌)』의 제일 처음에 있는 시다. 이 시를 읽으면 얼마나 사실적인가를 알 수가 있다. 여기에서 낭만적인 데가 어딜까 하고 굳이 찾는다면 '미루나무 잎사귀의 수효는 대체 얼마나 될까/사람들 수효만큼이나 많겠지요' 라는 문답이다. 그러나 거의 반이 아니라 거의가 사실적이다. 그런데 이렇게 사실적인 대목뿐인데도 희망이 있다.

제일 처음에 냇가가 나오는데 이 냇가가 희망적이다. 그림을 볼 때 그 그림에 강물이 있으면 마음 속이 후련해지고 마음이 싹 풀린다. 그림에게 호감적으로 대하기가 쉽다. 그런데 시도 마찬가지다. 시에 강물이 나오면 희망적이 된다. 제일 첫줄에 그것이 있으니 얼마나 독

자는 희망을 느끼는가. 그리고 그 냇가를 건넌다는 것이다. 건넌다는 것은 하나의 일거리다. 여기 이 시의 주인공인 청년은 사랑하는 아가씨가 "부디 행복하게 사세요"라고 헤어질 때 말하는 이 아가씨와 둘이서 건너는 것이다. 이 건넌다는 일도 희망적이다. 건너서 미루나무 숲속에서 사방의 고요함에 싸이고 주인공 청년은 애인과 함께 '그 숲속에서 유난히 반짝이는 하나의 미루나무잎'에 감동하는 것이다.

그리고 얼마나 좋은 시인가. 아무리 사실적으로 써도 이렇게 감동적이다. 잎사귀의 수효가 사람만큼이나 많다는 것은 다소 과장일지도 모른다. 그러나 잎사귀를 사람에 비한다는 것은 얼마나 잎사귀를 존엄시한다는 말이 되겠는가. 그렇다. 잎사귀는 존귀하고 귀엽다. 사람과 비할 수 있겠다는 것을 느낀다. 애인과의 밀어를 미루나무 숲속에서 주고 받는 이러한 장면은 아름답고도 귀중하다. 연애도 이와 같이 아름답게 진행시키고 싶다.

〈애가 I〉이라는 작품은 21행의 좀 긴 편의 시이며, 어두운 표현을 한 것은 '캄캄한 어둠속을 돌아오는 차속에서'라는 한 구절 뿐인데, 이 말조차 밝게 들리니 얼마나 희망에 찬 노래인가.

전체적으로 볼 때, 이 시는 밝고 찬란한 (내면적으로) 면이 너무 많다. 애인과 둘이서 외나무다리를 건너서 미루나무 숲속에 들어 간다. 그 숲속의 고요함을 만끽하면서 미루나무 잎사귀가 많은 것에 놀라고, 그리고 돌아오는 숲속에서 다정히 나뭇잎이 유난히 반짝이고 있었다고 생각하면서 이 시는 끝난다.

이 시를 읽으면서 우리가 느껴야 할 것은 이 시가 얼마나 행복한 희망에 가득 차 있느냐 하는 문제다. 외나무다리를 건너는 것도 희망적이요, 건너서 미루나무 숲속의 고요를 만끽하면서 나뭇잎이 많은 것에 저으기 놀라는 것도 희망적이요, 행복한 분위기다. 하여튼 읽으면 읽을수록 스스로 흐뭇해지는 시다.

오늘도 저물어 가는 해를 아무도 탓하지 않네.
저 혼자 피었다 저 혼자 시들어 떨어지는 장미,
아무리 둘러보아도 놀라운 것은 하나도 없네.
다음날 또 만나기를 약속하지만
우리들에겐 돌아갈 곳이 없네.
우리들에겐 돌아갈 날이 없네.
아직은 금간 데 하나 없는 영원,
아직은 구김살 하나 없는 무한,
죽음의 홍소보다 더 공허한 무료,
"다만 우리들은 모두
자기 모르게 태어났으니 죽을 때도
자기 모르게 죽고 싶을 뿐"
진정 우리들은 아무도 위로해 줄 수 없네.
두번째 자살하는 진실을 보고
마침내 발광하는 천사들.
그래서 눈이 내리네,
슬프지도 아프지도 않은 눈이
사랑의 부재 속에
소리없는 한숨처럼 내리고 있네.
어데선가
"나는 이 세상을 살지 않았다"고
마지막 숨을 거두면서 외치는 소리,
맨살 위에 떨어져 녹는 '눈물'

단 한 번의 걸음으로 후회없이

현실의 문을 열고 나서는 당신,

그 쓸쓸한 뒷모습 위에

아, 눈이 내리고 있네, 소리없는 한숨처럼.

이 〈애가X〉은 앞에서 인용한 〈애가Ⅰ〉에 비해서 상당히 어렵다. '오늘도 저물어 가는 해를 아무도 탓하지 않네' 라는 제1연은 너무도 당연하다. 저물어 가는 해를 탓하는 사람이 어디 있겠는가. 장미는 혼자 피었다 시들어지고 아무리 둘러보아도 놀라운 것은 아무것도 없는 것이다. '다음날 또 만나기를 약속하지만 우리들에겐 돌아갈 곳이 없네' 라고 한다. 다음날까지 있어야 할 곳이 없다는 말이 안되겠는가, 이것은 물론 심정적인 문제이다.

이 시는 그만큼 심정적인 문제를 다루고 있는 것이다. 돌아갈 곳과 날이 없다고 하는 것은 무엇일까? 이것은 인생의 유한성을 말하지 않았나 생각된다. 인생은 육십이라는 말을 한마디로 이런 식으로 말한 것이다. 그렇지만 '아직은 금간 데 하나없는 영원' 이 영원히 눈앞에 펼쳐져 있는 것이다. 그리고 '아직도 구김살 하나 없는 무한' 이 가로놓여져 있는 것이다. 그러나 이 영원한 영원과 무한한 무한이 있는 시인은 스스로 죽음의 홍소(哄笑)보다 더 공허함 무료함을 안고 있는 것이다. 영원을 대하면서도 거기에 대항하는 것은 무료뿐인 것이다. 이것이 한 시인의 운명이다.

'다만 우리들은 모두가 자기 모르게 태어났으니 죽을 때도 자기 모르게 죽고 싶을 뿐' 이라는 각오가 있을 뿐이다. 이것은 중대한 말이다. 죽음 앞에서는 다 무의미한 것이다. 그러니 '자기 모르게 죽고 싶을 뿐' 이라는 것이다. 적극적인 대책이 있을 까닭이 없는 것이다. 그러니 인생유한이라는 것이다. 이 유한을 넘어서려고 '두 번째 자살하는 진실을 보고—마침내 발광하는 천사들' 이 생기는 것이다.

천사들은 왜 발광하는가. 그것은 인간이 주어진 유한에 만족하지 못하고 '두번째 자살하는 진실을 보고' 그 인간의 무모함에 천사들이 발광한다는 뜻인 것이다. '그래서 눈이 내리네' 라고 하느님의 은광을 빌어 보는 것이다. '슬프지도 아프지도 않은 눈이 사랑의 부재 속에 소리없는 한숨처럼 내리고 있네' 라고 하는 것이다. 그렇다. 눈은 하늘 위의 하느님이 인간 세계가 유한에 멍들까봐 은광처럼 눈을 내리게 하는 것이다.

'단 한번의 걸음으로 후회없이 현실의 문을 열고 나서는 당신' 이 당신이 현실의 문을 열고 나서는 것도 하느님 눈을 비롯해서 은광을 내리기 때문인 것이다. 그렇지만 눈이 '소리없는 한숨처럼' 내리고 있다는 것이 아니고 무엇인가. 무력하기 짝이 없는 우리 인간이 현실의 문을 열고 나설 수 있는 것은 오로지 하느님의 은광 때문인 것이다.

'그 쓸쓸한 뒷모습 위에' 라고 하는 것은 인간은 무력함과 동시에 고독하기 짝이 없는 존재인 것이다. 이 무력과 고독을 달래기 위해 하느님은 인간에게 비를 뿌리게도 해 주시고 눈을 내리게도 해 주는 것이다. 우리 인간이 살아가는 원동력은 다 하느님에게서 나오는 것이다. 우리 인간이 현실의 문을 열고 나설 수 있는 것도 물론 하느님 덕인 것이다. 김윤성 씨는 자기도 모르는 사이에 이렇게 말하고 있는 것이다.

이와 같이 〈애가〉는 3부로 나뉘어져 있다. 제1부가 〈애가〉로서만 되어 있다. 이제 제2부, 제3부를 감상해 보자.

I

동글동글 살찐 열매가
내 꿈 속에 주렁주렁 열려 있었다.

그 떫디떫은 과육이
죽고 싶은 욕망으로 노랗게 익어갈 때

먼먼 지구의 추억인 양
저녁 노을이 깔려 있었다.

슬픔에 젖은 눈동자
낙하를 견디며 번지는 눈물 속에

II

끝없는 하늘로 떠돌아 다니다가
비로소 여기와 머무는 하나의 표류물.

얼어붙은 수액의 덩어리,
이상하게 낯익은 형태를 하고

너는 눈을 뜬다. 이 표류물에서.
회한을 모르는 사랑의 눈.
아 액체로 녹아드는 감미로움이

환각의 무지개같다.

이 〈열매〉에서 우리는 무엇을 감지해야 될 것인가. 쉬운 소리들이요 어려운 말은 전혀 없다. '과일이 노랗게 익어갈 때 먼 먼 지구의 추억인 양' 이라는 데가 재미있다. 과일은 모름지기 동글동글하다. 그 동글동글하다는 데서 지구를 연상하는 것은 당연하지만은 지구의 추억이라니 논리를 너무 비약한다. 지구의 추억이라니 이것은 무슨 말이 되는가. 지구가 영영 없어지고 난 후에 하느님께서 이 지구의 한 때를 추억한다는 것일까. 그런 뜻이 되겠다. 그러니, 한 개 나무에 달린 열매에서 지구의 추억을 연장하다니 이만저만한 논리의 비약이 아니다. 그렇지만 논리의 비약은 시인의 훌륭한 특권인 것이다. 김윤성 씨는 응당한 시인의 특권을 행사하고 있을 뿐이다.

2

과육을 '하나의 표류물' 취급하다니 이 논리의 비약도 이만저만이 아니다. 그 표류물이 정착하여 하나의 열매가 되었다는 결론이다. 얼마나 엄청난 상상력인가. 놀라울 정도다. 열매를 표류물이라 노래한 시인은 세계에서도 김윤성 씨가 처음이 아닌가 한다. 굳은 열매를 표류물이라 하니 물은 무엇이라고 하겠는가. '얼어 붙은 수액의 덩어리' 라고 하는데 이것은 어찌 보면 수긍이 간다. 열매가 수액의 덩어리라니 김윤성 씨의 상상력에는 한계가 없다. 그런데도 '이상하게 낯익은 형태를 하고' 라고 하는데 열매가 동글동글한 형태를 하고 있는 것은 이상할 것이 하나도 없는데 그 보통의 형태가 이상하다니 이것은 할 것이 하나도 없는데 이것은 무엇인가.

　김윤성 씨의 상상력에는 한계가 없는 대신에 보통의 것을 보고 이상하다고 느끼는 초인간적 능력이 있는 것 같다는 것이다. 초인간적이다. '너는 눈을 뜬다, 이 표류지에서 회한을 모르는 사랑의 눈'이라고 다음에 한다. 열매는 동글동글하니까 눈을 닮은 것도 사실이다. 그래서 열매가 '눈을 뜬다'고 하는 것이다. 그리고 마지막 구절은 또 시인적인 비약이다. '액체로 녹아드는 감미로움이 환각의 무지개같다'고 하는 것은 순전히 시인적인 사고라는 것이다.

　　1

　　꿀벌 윙윙 맴돌다 사라진
　　바위 위에
　　천천히 똬리를 푸는 비단구렁이
　　섬뜩한 바람,
　　오래 잊었던 기억이 망각의 밑바닥에서
　　천천히 모습을 나타내듯
　　그것은 나의 심장을 문대고 스쳐간다.
　　산자락만한 두터운 손길,
　　까마득 우러르는 하늘에
　　빙빙 원을 그리는 소리개 하나,
　　이대로 죽음은 어제와 내일 사이에서 잊혀져 간다.
　　까마득 먼 하늘에.

2

시월도 다 저문
어느 날의 햇빛과 파란 하늘 속에
너의 아지 못하는 목소리들이
표류물처럼 생사간을 떠들면서
조금씩 조금씩
영혼이 지배하는 장소로
자리를 옮겨가고 있다.
갈수록 그리운 얼굴들과 이별을 하고서
긴긴 기도를 올리고 있는
그리고 네머리에 은발이 섞이듯
마른잎이 늘어나는 검은 숲속에
잊을 수 없는 말들을 잠재워 놓고
요람처럼 흔들어라
내일의 언어로 노래하는
바람과 새들이여.

3

우뢰 같은 제트기의 폭음이 하늘을 찢는 아래
꿀벌 한마리 노란 국화송이 속에 주둥이를 파묻고
그 언저리만이
태고와 같은 고요의 햇살이 내리고 있다.
여기 내가 혼자 있음은

누구에게 버림을 받아서가 아니라

그 국화 속의 꿀벌처럼

혼자이기 때문이다.

〈어제와 내일 사이〉라는 이 시는 비교적 장문의 시다. 어제와 내일 사이면은 오늘 이 순간을 뜻하는 것이다. 사실적으로 심정의 세계를 잘 파헤치고 있다. 1은 자기의 심정의 분위기를 그대로 읊은 것이고, 2는 그 자기 심정의 주관을 읊은 것이며, 3은 자기가 혼자 있음을 강조하는 부분이다. 이 시에는 할 말이 별로 없는 것 같다. '영혼이 지배하는 장소로'는 무엇인가. 그것은 마음이다. 이 시는 모름지기 마음의 것을 노래하고 있다.

'내일의 언어'라니 무엇일까. 오늘의 언어를 내일 말할 때 그것이 내일의 언어인가, 아니다. 내일 나타날 언어라는 것이다. 미래의 언어를 말하는 것이다. 시인은 다 이 미래의 언어에 갈망해왔다. 바람과 새들이 알고 있는 내일의 언어들이여 하고 이 시인도 갈망하고 있는 것이다. 이 언어들이 나타나야만 전세계가 유토피아가 되고 평화의 번영이 온다는 뜻에서 세계의 전시인들이 그리워하고 있는 것이다.

이 시에 어려운 것은 하나도 없다. 그러나 담담히 써 내려간 이 시에는 미래에 대한 커다란 욕구가 숨어 있다. 정신이 물질 위에 서고 전 인류가 행복을 누리는 유토피아에 대한 잠재적 욕구가 강하다는 것이다.

2에 가서 자기의 고독을 달래고 있음은 시인으로서의 해방감을 원하고 있기 때문이다. 이상으로 이 시는 대개 보아 온 것 같다.

희미한 의식속에

들려오는

카운트 · 다운

— 5 · 4 · 3 · 2 · 1 · 0

순간

아득한 공간으로 사라져 가는 기억의 로켓

신호는 가도

응답없는 수화기에서

갑자기 터져 나오는 홍소,

— 너는 누구냐

오 낮잠에서 깨어나

오월의 푸른 잎을 바라보는

그 순간의

경련과 같은 생명의 아픔

　이 시 〈대낮에〉는 대낮에 낮잠을 자다가 착상한 듯하다. 생명감이 황홀히 나타나 있기도 하다. 희미한 의식 속에 들리는 5 · 4 · 3 · 2 · 1 · 0 이라는 카운트다운 속에서 순간적으로 아득한 공간으로 사라져 가는 기억의 로켓 속에서 기억이 생생하게 되살아난다. 다음 들리는 '홍소(哄笑)'는 무엇일까? 그것은 살아 있다는 생명감의 비약이다. '너는 누구냐' 라고 하는 이것은 자문자답일 수밖에 없다. '나는 나다' 라는 대답밖에 할 수가 없지 않은가.

　이것은 '낮잠' 이었던 것이다. '5월의 푸른 잎을 바라보는 그 순간의 경련과 같은 생명의 아픔' 이라고 하는데 이것이 아픔이 아니라 기

쁨이다. 생명감 있는 비약의 기쁨인 것이다. 이 기쁨이야말로 의미가
깊다. 대낮도 의식도 공간도 기억도 신호도 홍소도 5월도 경련도 초
극한 생명의 기쁨이 있을 뿐이다.

생명은 중대한 것이다. 생명이 있은 다음에라야 다 있는 것이다.
이 생명의 원천적인 기쁨을 노래한 시가 이 시다. 다음에 이 시집의
마지막 시이자, 또 3부의 마지막 시를 보자.

청명한 연휴의 오후
가난한 아버지는
오래간만에 딸의 손목을 잡고
싱싱한 가로수 밑을 거닌다.

사람들은 모두 교외로 나가고
거리는 몹시도 한산한데
가끔 야외복차림의 가족을 태운
차가 질주한다

갑자기
아스팔트 위에
떨어지는 햇살이
눈이 부시다.
"너 아이스크림 사주련?"
"괜찮아, 아버지"
조그마한 딸의 손이
아버지 손아귀에서 꼼지락거린다.

아, 행복이 있다면
행복을 손에 잡을 수만 있다면
그것은 꼭
이 뭉클한 작은 손과 같을 것이다.

이 시는 읽으면 읽을수록 쉬운 말로 된 시다. 어려울 것은 하나도
없다. 제목을 〈아버지의 감상〉이라고 했는데 나는 〈아버지의 행복〉으
로 고치고 싶다. 자기 손에 잡힌 조그마한 딸의 손이 아버지의 감상
일 수는 없는 것이다. 가난한 시인 아버지가 딸을 사랑하는 데 있어
서 이 세계의 누구에게 질 수가 있을 것인가. 이것은 아무리 생각해
보아도 '아버지의 감상'이 아니라 '아버지의 행복'이 아닐 것인가.
이것은 틀림없는 행복인 것이다. 이 행복을 누리고 있는 시인의 명예
조차 느끼게 하는 시다. 행복과 명예를 누리고 있는 시인의 따사로운
감상이란 말이라는 뜻인가?
같은 3부에 있는 〈까닭없는 비상〉이라는 시를 인용해야겠다.

까닭 없는 갈매기의 비상
백지 위의 광란
수없이 나타났다 지워지는
환상의 신비로운 필적.

그중의 가장 확실한 것은
보이지 않는 영혼으로
새로운 미래를 잉태한 여인의 거대한 복부
욕망에 찬 그 그리운 모습

삶은 때로 죽음까지 굴복시키지만
불행은 나 혼자만이면 족하다.
슬픈 존재들이여
나는 너의 존재를 인정하지만
너에게 의지하진 않는다.

이 〈까닭없는 비상〉이란 시는 이 시집 속의 어떤 시보다 어려운 시다. 짤막한 시이지만 내용은 별것이 다 들어가 있다. 첫절은 원고용지 위에 원고를 쓰고 있는 상황을 말하고 있는 것 같다.

'까닭없는 갈매기의 비상' 이라니 해변가에서 갈매기가 날으고 있는가 했더니 백지 위의 광란으로 나타나는 것이다. 그러니 갈매기의 비상이 아니라, 글씨를 써 나가는 것을 뜻하는 것이 아니고 무엇이겠는가. 글자 하나가 갈매기라는 뜻이다. '수없이 나타났다 지워지는 환상의 신비로운 필적' 이라고 끝에 매듭지어져 있지 않은가. 그 글자 가운데서도 가장 확실한 것은 '보이지 않는 영혼으로 새로운 미래로 잉태한 여인의 거대한 복부 욕망에 찬 그 그리운 모습' 이라고 되어 있으니 몰라지는 것이다. 글자 속에서 여인의 거대한 복부가 나타날 리는 없는 것이다. 이러니 어려운 시라고 하지 않을 수 없다.

이것은 무엇일까. 이것은 원고를 메꾸는 어려운 작업 속에서도 이 시인은 복부를 상상하고 있는 것이 아닐까. 원고를 메꾸는 것도 생산적인 일이요, 여인의 (거대한) 복부도 창조적인 것이다. 그런 같은 뜻에서 여인의 복부를 연상한 것이 아니었을까. 그러나 그 연상은 나아가서는 여인의 거대한 복부가 내일의 존재라는 데서 이제는 존재론에 이른다.

'삶은 때로 죽음까지 굴복시키지만' 이라고 했는데 확실히 그렇다.

전쟁 속에서는 우리 편의 승리를 위해 죽음을 각오하고 나아가는 수가 있다. 이것은 삶이 죽음까지 굴복시키는 예가 아닌가.

불행은 나 혼자만이면 족하고 행복한 존재들은 '슬픈 존재들이여'라고 개탄하는 것이다. 그 슬픈 존재들의 존재를 인정하지만 너에게 의지하진 않는다는 이 말은 나는 불행하지만은 그 불행한 존재인 내가 당신들과 같은 슬픈 존재들에겐 절대로 의지하진 않는다는 고함 소리인 것이다.

이 시는 원고지를 메꾸는 일에서 '새로운 미래를 잉태한 여인의 거대한 복부'를 연상하고 거기서 다시 존재성의 이야기로 넘어오는 등 복잡 미묘하다. 참 의미심장한 시이기도 하다.

서정주 씨가 대가 가운데 왕초라면 김윤성 씨는 중진 가운데의 왕초다. 김윤성 씨는 미사여구를 한마디도 안 쓴다. 쓰는 말은 평범한 말 가운데서도 가장 평범하고 쉬운 말을 골라서 쓴다. 한 가지 주목할 것은 그 깊디깊은 의미만은 어렵다는 것이다. 읽기에는 쉽지만 그 깊은 의미를 더듬어 가려면 어렵다는 것이다. 옛날의 대석학 칸트가 자기는 한 번도 올라가 본 일이 없는 산의 꼭대기를 풀어내듯이 김윤성 씨도 아마 그럴 것이다.

허윤석(許允碩)론

사실의 한계

어떠한 변질을 할지라도 문학이 유령으로 될 것이라고는 도저히 생각할 수가 없는 것이다. 그러나 이 땅의 문학에는 그러한 기현상이 일어나고 있는 것이다. 문학, 그러니까 시·소설·평론각 장르의 전후 좌우 상하에는 수백의 유령이 밤낮으로 출몰하고 있는 것이다. 문학으로 강림해 온 유령은 또 많은 다른 귀신과 더불어 문학의 근방을 배회하고 발호하고 도량(跳梁)하면서 괴한 음성으로 축문을 외고 있는 것이다. 이러한 배회와 도량과 발호가 점차로 문학의 핵심에서 얼마 안 되는 거리에까지 도달해가는 것을 볼 때 우리는 단잠을 잘 수가 없는 것이다.

그 기괴한 저주가 문학의 핵심에서 얼마 안 되는 거리의 장소로 침입해 간다는 것은 위기의 도달과 별개의 것일 수가 없는 것이다. 이것은 무서운 일이다. 무서운 일이라고만 할 것이 아니라 문학의 전몰락을 예감하는 이변이 아닐 수 없다. 그러한 이변은 벌써 어디서 요동을 개시하였는지도 모른다. 문학의 위기를 작가의 시간 결핍이나 잡지의 지면 부족이나 이런 일련의 수동적 사실로 인하여 초래되는 것으로 절규하는 소위 문학가가 있다고 하면 그 사람은 문학가가 아니라 실은 유령의 권속이다. 문학의 위기는 귀신의 정체와 진상을 볼 줄 모르는 어른들의 맹목에서 초청되었고 그 초청의 결과로 문학의 위기는 그 원거리를 일부러 그리고 열심으로 오늘 여기까지 걸어온 것이다. 위기의 동인을 목전의 흑판에서만 찾으려는 것은 제2, 제3의 위기를 준비하는 데 지나지 않는다.

문학의 배면에서 방황하는 유령의 정체는 물론 한 가지 두 가지가 아니다. 수백 수천 가지가 되어도 오히려 남는다. 그 중에서도 나는 제일 악질적인 유령부터 먼저 납치해 와야겠다. 그리고 그것이 지금에 있어 가장 절실하고 긴박한 것이기도 하다. 자연주의, 낭만주의, 사실주의, 고전주의 무슨 유파 무슨 기 내지 시대 이러한 일군의 어구를 정확하게 발음할 수가 있는 어떤 사람이 있다면 나는 그 어떤 사람의 말소리를 유령이라고만 알아들었을 것이다. 이러한 개념의 하나하나가 지금까지 얼마나 문학을 탄압했는지 헤아릴 수가 없다. 개탄할 수밖에 없는 것이다. 일군의 개념을 엿 한 가락과 교환할 수가 있다면 나는 일 분 일초도 주저하지 않겠다. 주저는커녕 엿도 안 받고 던져주겠다.

문학은 과실인 것이다. 과실보다도 과실의 알맹이라야 될 것이다. 더 나아가서는 과실의 '생리와 의미'였을 것이다. 그러나 그런 개념의 내용은 한 장의 구름 한 때의 계절 기후 최소한도의 협의에 있어서도 땅덩어리 이상의 것을 규정지을 수는 없는 것이다. '과실의 생리'와 그리고 '계절과 기후'(이것은 진주와 바다라고 해도 좋다) 차이도 이 정도면 아이들도 국민학교에 들기 전에 알아차릴 수가 있다. 그런데 우리 문단의 일부 인사들은 이 정도의 문제도 풀지 못하고 있었던 것이다. 그리하여 그 문단인들은 문학을 문학하기 전에 어떤 것으로 포장하려고 했고 또 그렇게 하여 온 것이다. 그리고 그 포장한 수고의 여택으로 문학생활을 지속해 왔다고 하면 거짓말일 것 같으나 정말이다. 광란도 푼수가 있다. 그리하여 그 포장에 사용한 도구가 유령이라는 것을 알 때 작품을 내놓으면 맨 처음에 그런 유령들에게 영접을 받아야만 되었던 작가들의 재난에 동정을 금할 수가 없는 것이다. 그러나 그런 동정에 선행하는 것은 증오감이다.

근래 그 몇몇의 맹인들이 그러니까 유령의 권속들이 하반신을 상실한 채 문학의 위기다 빈곤이다 부진이다 역사다 건설이다 라는 것을 곁눈질 할 때 나는 돈 주고 곡예단에 갈 필요가 없다는 것을 느끼는 것이다. 유령과 유령의 전대미문의 쟁투술, 이런 광고만 내어 걸어 버려 돈벌이는 문제없다. 그러나 나의 증오심은 이런 비근한 예에서보다 더 근원적인 문학의 제조건에서부터 촉발된 것이다.

오늘 이 땅의 소설문학이 시골의 3등 도로처럼 사실일로로 지향해 온 엄연한 현실을 대하고 서서 우선 나는 당혹하지 않을 수가 없다. 탄복할 뿐이다. 한두 개의 감탄사를 가지고는 모자란다. 그러나 그러한 탄복과 감탄사의 연발 뒤에 그 노상에서 다시 유령과 해후하게 되자 나는 나의 탄복과 감탄사의 전부를 즉 우울한 3등 도로를 가는 시골 우차를 찬양할 모든 가능을 파기해야 하는 것이다. 이 우차를 끌고 가는 것은 인간이 아니고 수천년 간의 유령이었던 것이다. 이 안익과 무식과 주저와 안심입명. 노쇠한 한 마리의 소와 같은 고식과 정체와 권태와 속성의 만연 진실로 역사적 사실이다. 그러나 나는 소설과 사실과의 관계식을 부인하지는 않을 것이다. 소설과 사실과의 관계는 자본과 이윤의 관계와 같이 아마 쉽게 소모되는 법은 없을 것이다. 소설이 문장의 형식을 거역할 때까지는 사실의 대의명분은 소설가들을 납득시킬 힘을 유지해 갈 것임에 틀림없다.

소설과 사실의 이러한 내연에 그러나 사실을 소설에 강제하는 그런 권위를 주어서는 안 된다. 사실은 소설의 한 개의 방법론에 불과하다. 지금에 와서는 이 방법론의 신용은 일 세기 전만 비교해도 땅에 떨어지고 있다. 땅에 신용이 떨어진 이유는 소설을 위한 그 이외의 제2의 방법론과 그 실천 제3의 방법론과 그 결과 이러한 변천이 현실적으로 기도되고 그리고 그 기도의 3분의 1 정도는 그것의 분야를 형성하고 있는 것이다. 불란서에서는 지금 와서 프루스트를 새롭다고 할 문학 청년은 한 사람도 있지 않을 것이다. 그런데도 이 땅의 소설가에게는 프루스트는 기상천외의 이단이라고만 보여질 것임에 틀림없다. 그러나 그 이단은 정확하게 말하면 우리의 소설에게 정확하게 붙일 레테르인 것이다.

사실은 고발되지 않으면 안 된다. 환언하면 한국적 소설 사실은 규탄을 받아야 한다. 한국적 소설 사실은 소설과 사실의 정상적인 관계에서 요청된 사실이 아니고 즉 사실적 수법이 아니고 부패한 사실의 변태다. 원래 소설과 사실과의 관계에는 일정한 균형이 작용해 있어야 하는 것이다. 그럼에도 불구하고 소설 자체의 이력은 그렇게는 단순하지 않는 데 반하여 사실은 전연 옴짝달싹도 하지 않고 견디고 온 것이다. 간단하게 쓰면 소설은 운동을 하려는데 사실은 왜 영양실조에 걸리게 되었느냐는 것이다. 이 영양실조의 사실은 동시에 독화되어 갔던 것이다. 독화의 사실. 이런 종류의 사실 속에 농성하여 왔던 소설 작가들이 건강할 수는 없는 것이다. 나는 3년간의 작가들의 대다수한 일종의 자실 상태에 빠졌다는 것을 감지한다. 독화의 사실 속에서 자기 자신을 파기한 상태일 것이다. 유독성의 사실의 수심 속에 처식하는 심해어가 되어진 것 같아 천편일률의 소위 소설을 적어 온 것이다.

그러면 유독성의 사실이란 어떤 사실일까? 유령의 품에서 되어 나온 사실일 것이다. 유령이 끌고 가는 우차 뒤에서 낮잠만 자는 작가들의 사실이다. 유령을 경계한 몇 사람의 작가를 제외한 대부분의 작가들의 사실이 독성을 띤 채로 지금 있는 것이다. 한 편의 단편에는 그것이 잘 나타나 있는 것이다. 한 편의 단편에는 문학과 소재와 '문장'의 3요소를 보여주어야 되는 것이다. 물론 이것이 예술성과 작가의 눈과 기술이라는 것은 설명할 필요도 없다. 그런데 우리 소설의 일반적 풍조는 그렇게 되어 있질 않는 것이다. 그런 작가의 작업에는 5할의 소재와 문장화한 활자의 나열이 있고 문장이 어디로 갔는지 행방불명이다. 5할의 소재와 활자의 나열만이 주인을 찾을 줄 모르는 견군과도 같은 소설의 범람이라는 차마 볼 수 없는 참경이다. 이런 경우의 사실은 벌써 사망 신고라도 내어야 되었던 사실이다. 5할 점거의 (최대한도로 잡아서) 소재는 작가의 두 눈이 맹목이라는 증거다. 그리고 활자의 나열이란 중독증에 걸린 문장일 것이다. 이 맹목과 중독증이 독화된 사실의 진태다. 소설을 되는 대로 읽어 보라. 이 맹목과 중독적 문장이 아마 백두산같이 태연히 우리 소설 문학의 중앙에 서 있는 것을 안 볼래야 안 볼 수가 없는 것이다.

그러므로 이 땅의 창작이 인생의 삽화나 기담에서 별로 벗어나지 못했다는 것은 당연하다면 이렇게도 당연한 귀결은 없을 것이다. 문학은 인생의 삽화나 기담과의 절연을 하루빨리 행동하지 않으면 안 된다. 그러한 맹목과 중독에 문학은 일보도 타협해서는 안 되는 것이다. 그런 위치로 타협한 문학을 우리는 문학이라고 부를 수는 없다.

이리하여 나는 그러한 사실을 근멸케 하기 위하여 사실 전체에 대한 반역을 의도해야 한다는 논의가 가급적 빨리 우리 작가들의 입에 오르내릴 것을 갈망하는 것이다. 이러한 사실의 근멸이 통분한 시기를 경과만 한다면 그 후에 우리는 사실의 실체를 규명할 수 있을 것이기 때문이다. 그 실체를 정당하게 이해한다는 것이 유독의 사실에서 작가가 해방되는 유일한 길일 것이다.

　유독적 사실의 수심 속에 처식하는 심해어는 바다의 심해어와 동종의 심해어일 수가 없다. 바다의 심해어는 안구가 대단히 발달해 있는데도 유독적 사실 속의 심해어는 맹목인 것이다. 그리하여 바다의 심해어와 사실의 심해어 사이의 공통점은 하나뿐이라는 것을 알게 된다. 바다 속의 심해어가 수면에 떠오르면 파열하듯이 사실의 심해어도 사실에서 잠시라도 떠나면 파열한다는 이 파열이란 점에서 같다고 할 수가 있다.

　작가의 파열. 이것은 여러 가지 이유에서 앞으로의 문학을 살찌게 하는 영양일 것이다. 무능한 작가의 문학 중지의 촉진이란 사실에서도 그것은 영양이 될 수가 있다. 그러나 보다 더 중요한사실은 작가의 파열을 작가의 시련으로 대치케 하는 노력과 의도가 점차로 응집해 가고 있다는 그것이다.

　허윤석 씨는 작가의 파열을 작가의 시련으로써 대치한 작가의 한 사람이다. 그리고 허윤석 씨의 시련이 어느 작가의 그것보다도 클로즈업되는 것은 씨의 시련이 전형적인 형태로 행동을 개시하였기 때문이다. 그러나 씨의 문학적 경력에서 찾는다는 것은 별로 신통한 일이 아니다. 이십 년 동안 그리고 그중의 대부분을 침묵해 왔다는 씨의 이력은 씨의 시련을 더욱 특징지우는 것이지 딴 것은 아니다. 왜 그러냐 하면 씨는 그러니까 이십 년 동안을 그 시련을 위한 준비와 지반을 발견하는 데 소비했을 것이다라고 나는 예측하고 이 예측을 믿어 마지 않는 것이다.

　대부분의 작가가 사실의 부패 속에 감금되어 있는 동안 씨는 문학을 개방한 채로 두었던 것이다. 씨의 이십 년의 침묵은 씨의 이십 년의 문학의 개방이었던 것이다. 그리하여 씨의 문학 개방은 씨의 문학을 성과 있게 한 것이 아닐까. 「문화사대계」, 「옛마을」, 「해녀」 기타 씨의 작품의 독특한 풍모는 씨의 장난이 아닐 것이다. 그리고 그것이 하루아침에 이루어진 것으로 생각한다면 그것은 사십 세의 성인을 보고 당신은 한 살 먹은 아이다라는 것과 다름이 없는 것이다. 문학은 유형의 것이 아니고 보다 무형적이다. 씨의 침묵이 씨의 고차적인 문학이었다는 것은 이것을 입증하고도 남음이 있다. 독화된 사실의 구렁 속에서 작가들이 미동도 못하고 있는 이때에 씨가 씨의 신선한 작품을 거리낌없이 내놓는다는 것은 고귀한 차림전이었는가를 알려주는 것이다. 그러면 씨의 작품이 씨의 문학적 시련을 시현한다면 우리는 씨의 작품의 어떤 면에서 그것을 보는 것일까?

　그것은 씨의 사실의 중간에서 무수한 균열(龜裂)을 발견한 이 발견이 그것일 것이다. 사실과의 중간에서 씨가 애써 만들어 놓은 균열을 발견한다는 것은 씨의 문학적 시련을 발견한다는 것이다. 그러나 이것은 문학에 대한 불경이나 불손은 될 수가 없는 것이다. 오히려 이 시련은 문학에 대한 신뢰와 헌신에서부터 시작되는 것이다. 문학에의 신뢰와 헌신은 문학에의 순종에서보다 배반에서 선례를 받는다는 것을 알아야 한다.

　그러면 그 무수한 균열은 어떤 것일까. 이 균열을 전개하는 것이 이 글의 목적이기도 한다. 그것은 무엇보다도 씨의 문장이다. 씨의 문장은 씨에게로 가는 관심의 약 8할을 점유하고 있는 것이다. 그만큼 씨의 문장의 성격은 딴 작가의 문장과는 이질적인 것이다. 문장이라고 여기서 지목하는 문장은 '작가의 문장' 이다. 일반적 문장과 '작가의 문장' 은 동일한 것이 될 수가 없다. 그럼에도 불구하고 이 땅의 작가들은 작가의 문장을 무슨 약속이나 했듯이 무시 모멸하고 있는 것이다. 이 무시와 모멸이 그러나 나무 위의 과실을 먹고 싶으면서도 따먹을 수가 없는 저능아의 불만이 '저것은 맛이 없다' 고 하는 그런 것과 똑같은 것이라고 생각할 때 치유할 수 없는 환자를 연상할 뿐이다. 작가의 문장을 못 가진 불행한 작가가 소설을 문장을 갖고서가 아니라 이야기 줄거리로 적어 왔다는 것은 아이들의 산술과 그 답과 같은 간단한 인과 관계의 덕택이다. 이 일은 작가들의 문장을 빈약케 하는 데 박차를 가한 것이다. 황순원 씨와 계용묵 씨의 문장은 그러나 적당한 '작가의 문장' 을 보여 주고 있다. '작가의 문장' 이 전연 없는 것은 아니다. 「별과 같이 살다」의 전(全) 장의 몇 페이지만 읽어도 황순원 씨의 작가의 문장이 얼마나 적합한 문장인가를 알 것이다. 그리고 이 황순원 씨의 문장이 씨의 소설과 문학을 얼마나 재미있게 하고 있는가 그 적당한 일례일 것이다.

허윤석 씨의 문장은 새로운 작가의 문장의 좋은 예의 하나이다. 씨의 문장은 작가의 문장으로서 우위에 속하는 것은 아니다. 미완성이다. 그러나 이 미완성은 씨의 문학의 미완성과 같이 국한된 미완성이 아니고 완성을 향하여 있는 미완성이다. 그리고 이러한 미완성이란 항상 문학의 아름다운 가장 아름다운 자세이다.

비에 쫓긴 새소리가 소낙비를 뒤에 달고 비보다 앞을 서 산속으로 쪽쪽 몰려왔다. 구름이나 머리에 감고 앉았던 듬성한 산이었건만 어느덧 풀어진 마음이 적은 새와 마주 이야기를 주고 받으며 산은 저대로 수다를 떨었다. 굴뚝새가 울어도 산은 탐내 울었다. 노루가 우는 골 안은 후들후들 목을 떨어 울기까지 했다.

현배는 마음을 지피우고나자 얼굴부터 확확 달아왔다. 득심이는 현배의 기색을 떠 보잘 것 없이 주먹다짐으로 대들었다.

"진작 할 말이 있담 그만 걸 툭 털어뵐 기벽두 없나요. 나같은 계집애한테 눈칠 채두룩 끙끙 앓기나 하구 남 비나 맞히구 다니구 그게 채신없는 사내지 뭐야요."

득심이란 열에 뜬 게 아니라 현배도 어지간히 싸질대웠다. 이러면서도 현배는 창을 앞으로 받을 게 아니라 넌즈시 뒤통수로 돌려 놓는 것이 아닌가.
―「문화사대계」 중에서

여기에 되는 대로 인용한 글은 되는 대로 즉 손쉽게 우연히 인용한 글이면서도 허윤석 씨 문장의 독특한 스타일을 잘 보여주고 있다.
씨의 생리는 씨의 문장을 구성하는 데 주도적 역할을 어김없이 다하고 있다. 문장과 작가의 생리는 여기에 와서 일치되어져 있고 그리고 이 일치에는 조금도 부자연한 무리가 없는 것이다. 순서와 질서를 따라 생리는 문장을 지도하고 문장은 생리를 표현하고 있는 것이다. 문장과 작가 생리의 일치와 협동 이것은 현실적인 사실이 아닐 수 없다. 허윤석 씨의 사실에 대한 하나의 초석이기도 하고 한 개의 귀갑을 발견한 셈이다.
인용한 문장 중의 전자의 문장은 우리를 다음과 같이 생각하게 하는 것이다. 그것은 문장의 속도라는 것이다. 문장의 속도뿐만 아니라 사실의 속도 그리고 문장의 속도라는 것이다. 사실을 현실의 어느 정도의 결정이라 하고 문장을 사실의 기술이라고 하면 이 세 속도 간에는 균형관계가 성립하여 있지 않으면 안 될 것이다. 현실이 현실적으로 변화하고 행동하고 운동하는 한 현실의 속도는 부정할 수가 없는 속도다. 고정한 현실이라는 것은 생각만 해도 우습다. 그런데 우리의 작가들의 눈에는 현실이 마치 미술 전람회의 벽에 걸린 몇 폭의 그림처럼 부동의 것으로 보인 것이다. 그 결과는 현실적 수법을 고정적 수법으로 변동케하고 고정적 수법은 문장을 동맥경화증에 걸리게 하는 데 결정적인 역할을 담당했다고 할 것이다. 그러므로 현실을 유전 전환 부당의 운동체로서 보고 인식한다는 것은 작가의 구출을 조속히 할 것임에 틀림없다. 이러한 현실의 생태가 문장을 사실의 독에서 해방케 하는 동력이라는 것을 잠시라도 잊어버려서는 안 된다. 현실적 속도를 올바르게 파악함으로써만이 사실도 문장도 속도를 갖게 되는 것이다. 이 세 속도의 균형의 획득은 작가의 노력의 전부 아니면 대부분이라야 하는 것이다. 허윤석 씨의 문장에는 그것이 얼마만큼의 조화가 구비되어 있다. 이것도 구별의 하나다.

인용한 문장 중의 후자의 문장은 심리의 사실이다. 심리의 사실만 갖고서 할 말이 너무나 많다. 심리 사실의 양을 우리의 전작품에서 얻으려면 조그마한 바구니 하나만 들고 가서도 모조리 담아 올 수가 있다. 그만큼 적은 수량이다. 있기는 있다. 없는 것은 아니다. 그러나 이럴 때의 있다고 함은 그 수량이 얼마나 미량인가를 강조하는 이외는 아무것도 알리는 것이 없다. 심리 사실의 도인(導因)은 빈곤한 이 땅의 소설에 무한한 가능을 가져올 것이다. 그렇다고 하여 극단적인 심리파 소설을 창작하라는 것은 아니다. 그것은 소설이 아니라 신경의 난무가 되고 말 위험이 다분히 있는 것이다. 「문화사대계」의 여러 장면에는 시의 정신의 사실이 군데군데 드러나고 있는 것이다. 이러한 심리묘사도 균열의 하나로 계산할 수 있을 것이다.

이리하여 씨의 문장의 간단한 인용에서 우리는 사실(독성의)에 대항하는 무수한 기능을 지적할 수 있는 것이다. 「옛마을」, 「해녀」의 문장은 거진 같은 말을 되풀이할 수가 있다. 그러나 「옛마을」, 「해녀」의 문장은 「문화사대계」의 문장과 조금 다른 몇 가지의 차를 찾아낼 수가 있다. 이 차에서 작가 허윤석 씨의 맹점을 말할 수가 있다. 허윤석 씨의 맹점은 그러나 문장 자체에서는 탐지할 수가 없다. 문장에도 얼마만큼의 책임이 없는 작품 「길주막(吉酒幕)」을 나는 그러한 의미에서 씨의 유일한 작품이라 하고 싶은 것이다. 이 작품에서의 문장과 소설의 유리는 훨씬 좁아 들고 있는 것이다. 그리하여 보기에 얼마 안 되는 문장으로써 묘사되어 있는 설희에게 나는 씨의 딴 어떤 인물에게보다도 문학적 향기를 느끼는 것이다. 설희뿐 아니라 봉이도 역시 인간적임을 느낀다.

길주막에 산그늘이 옮아올 무렵에서 안마을 초시댁에서는 오동나무 치는 도끼소리만이 낭자하게 들려왔다.

이 최후의 부분이 얼마나 거리가 있는지 모른다. 이 인생의 엄숙성을 알리는가. 이 문장과 앞에 인용한 문장과는 얼마나 거리가 있는지 모른다. 이 거리가 좁아지면 질수록 씨는 문학과 소설을 수확해 갈 것이다.

'인생의 극단을 별로 사지 않습니다'라고 씨는 나에게 말한 적이 있다. 그러나 씨의 이 말은 씨가 지금 전력을 다하여 동맥경화증의 우리 언어와 격투하고 있다는 그것을 말하는 것이 아닐까. 씨의 격투는 그러나 아직도 대단히 미온적이다. 이 미온적인 격투를 백열적인 그것으로써 보여달라고 원하는 사람은 오늘 나뿐만이 아닐 것이다. 미온적인 태도만으로 그친다면 우리 문학은 다시 씨와 같은 작가를 또 몇 년이나 지나서 만날런지 예상할 수가 없는 것이다. 소설 속에 인생의 극을 담으려는 소설 원래의 목적을 모멸해 버려도 좋으니까 우리는 씨에게 독화된 사실에 용감하게 대항하라고 성원하고 싶은 것이다.

씨는 그러나 좀처럼 그 격투를 그치려는 것 같지 않다. 미온에서 중지하는 그런 씨의 문장일 것 같지는 않다. 그것은 씨가 나에게 한 다음과 같은 말에서도 충분히 나타나고 있는 것이다.

"사색력은 무제한이라고들 생각하고 있지만 기실 우리의 사색 세계란 늘 용어의 제한을 받고 있습니다. 그러므로 언어의 빈곤은 즉 사색의 빈곤을 가져오게 됩니다."

이 말은 허윤석 씨를 이해하는 데 큰 열쇠가 되는 것으로 나는 생각한다. 씨의 사상은 이 말에 그 전모가 표현되고 있다. 씨의 소설이 소설이 아니라 문장이라고 하는 것은 조금도 씨에게 대한 작가로서의 마이너스를 의미하는 것은 아니다. 씨는 씨 자신이 그것을 원하고 그리고 그 원하는 길에 씨가 서 있는 것을 잘 알았을 것이다. 사람에게 언어가 있을 뿐이다라고 하는 씨의 사상은 결국 한 개의 성과를 지우고 마는 것이다. 문장과 소설이 분리한 씨의 작품에 우리가 문학을 감지하는 것은 씨의 문장이 그만큼 매혹력을 가졌다는 것도 있을 것이다.

散文　제3부
　　　기타 산문

나의 시작(詩作)의 의미

　시작(詩作)의 의미를 대체로 밝히겠다. 한 편 한 편의 시작 노트를 밝힐 수는 지면관계로 쓸 수가 없지만 전체적인 시작 과정을 쓸 수 있다. 나는 시를 문학의 왕이라고 생각한다. 문학이라고 하면 장르도 많다. 소설도 있고 수필도 있고 아동문학도 있고 희곡도 있고 가지가 지다. 그런데 시는 그 중에서도 으뜸이라는 것이다.

　시는 가장 진실하다는 것이다. 거짓말하는 시는 시가 아니다.

　시는 가장 진실의 진실이다. 우리는 진실을 떠나서는 살 수 없다. 기쁨도 진실의 의미이다. 나는 웃음을 좋아한다. 김주연이라는 평론가는 시평에서 나의 시를 두고 웃음이 안 나올 수 없다고 평했지만은, 웃음이 나는 시를 나는 일부러 쓴 적이 없지만 그래도 유머를 감각할 수 있는 모양이다. 여러 독자들이여, 우리는 진실을 위하여 살고 있다. 인생의 진실은 여기저기에 깔려 있다. 이것을 표현하는 것이 시이다. 시를 읽고 짜증을 낸다면 그 시는 가짜이다. 나는 이런 시는 쓰지 않았다. 되도록이면 인생의 참뜻을 알리려고 했다.

나는 시를 단시간에 쓰는 편이다. 그러나 쓸 때만이 단시간이지 그 시를 구상하는 데는 많은 시일이 걸린다. 한번 착상을 하면 이렇게 쓸까, 저렇게 쓸까 하고 많은 시일이 걸린다.

시작 노트는 그 시의 생명이다. '이렇게 되어서 이 시가 생겼소' 하고 말하는 것은 쉬운 일이 아니다. 그것은 본질을 말하는 것이기 때문이다.

나는 시를 인생의 본질이라고 말했다. 우리는 한 가지 일에 충실해야 한다. 그래서 우수한 작품이 만들어질 수가 있는 것이다. 나는 아이가 없어서 그런지 더욱 고독하다. 이 고독을 극복하자면 자연히 든든해야 한다. 그러자면 자연히 굳세어야 한다. 그래서 언제나 센 마음으로 이 인생을 솔직하게 대하고 굳세어야 하는 것이다. 굳세자니 책을 많이 읽어야 하는 것이다. 책을 많이 읽는 것뿐만 아니라 생각도 많이 하기 마련이다. 그래서 여러 가지 생각을 해야 한다. 그래서 시와 가깝게 지내고 있다. 가깝게 지내자니 자연히 시와 관계가 많아진다. 그러니 시인이 된 지도 모른다.

시인인 내가 조심해야 할 것은 아무것도 아닌 가치가 없는 일에 사로잡힐까 그것이 걱정이다. 되도록 인생에 큰 무게를 주는 사실에 치중하여 그것을 시에 반영해야 하는 것이다. 나는 고독해야 하기 때문에 언제나 음산할 수밖에 없을 것이라고 생각하기 쉽지만 그렇지 않다. 하느님이 계시기 때문이다. 나는 하느님을 믿는다. 하느님은 나의 절대한 존재이다. 나는 고독할 때면 언제나 하느님을 생각하고 고독해지지 않으려고 한다.

그러니 어떻게 생각하면 언제나 고독하지 않다고 생각할 수도 있다. 내가 시에서 무고독을 생각하는 것은 일면의 진실이 있다. 우리는 언제나 있는 하느님을 믿음으로써 고독하지 않다. 하느님은 언제나 나를 위로해 주신다. 나는 언제나 시를 나의 생활 주변에서 찾는 것이 버릇이다. 생활 주변은 항상 시에 가득 차 있는 것이다.

여러분도 똑똑한 눈으로 생활 주변을 보면 시가 구르고 있는 것이다. 생활은 넓다. 가만히 혼자 있어도 시는 있는 것이다. 눈을 뜨고 있는 한 시는 언제나 구르고 있는 것이다. 이것을 잡기만 하면 시는 태어난다. 나는 생활을 사랑한다. 하잘 것 없는 일상에서도 무엇을 느끼게 하는 것은 많은 것이다. 이런 일상의 습성에서 나는 용케도 시를 잡는 것이다. 일상생활의 하잘 것 없는 물건이나 사건에서조차 시를 찾는 나는 풍부한 시적 소재를 잡는 것이다. 모든 것에서 많은 테마를 얻는 것이다.

나의 가족이라고는 아내 단 한 사람 뿐이고 쓸쓸한 편이지만, 모든 것을 사랑하라는 하느님의 말씀에 순종하는 나는 외롭지 않다. 너무 외로우면 시를 못 쓰는 것이다. 이거나 저거나 다 나와 무관하지 않다는 생각에 나는 행복한 것이다.

돈도 못 벌고 아내밖에 없는 내가 비교적 낙관적인 것은 이 때문이다. 생활은 복잡하지만 그래도 정신을 가다듬고 정리하면 아주 단순한 것이다. 생활을 단순하다고 생각하는 사람은 드물겠지만 나는 그 중의 한 사람이다. 시의 소재는 의미있는 일에만 있는 것이 아니다. 아무렇지도 않은 일에서 나는 깊은 의미를 찾는 버릇이 있는 것이다.

하여튼 나는 나의 생활 주변에서 일어나는 모든 일에서 멋을 찾고 그리고 그것을 형상화한다. 그래서 하찮은 일이 나의 시가 되는 것이다. 될 수 있는 대로 나는 맑은 눈으로 생활을 직시하고 있는 것이다. 그래서 하찮은 것들에서 나는 시를 찾고 있다. 그래서 생활은 나의 시인 것이다.

나는 음악을 사랑하고 있다. 그것도 고전음악을 말이다. 그래서 나는 시를 쓸 때면 언제나 KBS의 FM방송을 틀고 귀를 기울인다. 이 방송은 하루종일 고전음악을 방송하는 것이다. 음악 없는 나의 시는 생각할 수조차 없다. 아름다움은 시의 생명인 것이다. 세계는 복잡하다. 전쟁도 있고 평화도 있는 이 세계의 소용돌이야말로 우리 생활 감정을 복잡하게 하지만은 정신만 똑바로 세우면 간단한 것이 된다. 그 영향이 생활에 미쳐지게 되는 것이다.

이런 세계적인 일에서 생활은 영향을 아니 받을 수 없다. 이 영향 관계도 생활 속에 미쳐지고 있는 것이다. 그러니 생활을 직시하면 이런 것들이 모두 판가름나게 된다. 하여튼 생활을 직시할 일이다. 인생은 생활인 것이다. 인생의 진실이란 생활 안에 있고 그리고 그 표적인 것이다.

내 옛날의 시에 〈푸른 것만이 아니다〉란 시가 있다. 푸른 빛깔 속에는 푸른 빛깔만이 아닌 색깔도 있다는 시다. 그래서 나는 한가지 사물 속에는 한 가지만이 아닌 것들이 있는 것으로 생각한다. 어쨌든 나는 나의 믿음과 생활이 나의 시의 근본이라고 말했다. 이것은 곧 나의 시적 태도이며 근본인 것이다.

우리는 시를 읽으면서, 어렵다고 생각해서는 안 된다. 쉽게 판단해야 한다. 어렵다고 생각되는 시는 시가 아니다. 수필적으로 읽을 수 있는 시가 좋은 시라고 나는 생각한다. 사소로운 일에서 인생의 근본을 생각케 하는 것이 시다. 믿음과 생활은 시의 근본이라는 것이 나의 생각이다. 어려운 말이 개입할 여지가 나에게는 없는 것이다.

믿음은 절대자에 대한 신앙이다. 이 세계의 근본과 본질을 모르고 우리가 어떻게 살 것인가. 절대자가 있는데 어떻게 우리가 모른 체 살 수가 있겠는가? 믿음은 나의 인생의 최고 원리이다. 이 원칙을 빼고 어떻게 시를 쓸 수 있단 말인가. 나로 말하면 이 원리 없이는 너무나 무력한 존재인 것이다. 가난하고 불쌍한 시인이지만 나는 후회 없이 열심히 살고 있다.

사랑이야말로 인생의 행복인 것이다. 나는 가난하고 슬퍼도 행복하다. 그 나의 행복의 결과가 이 시집으로 태어난 것이다. 행복이란 다른 것이 아니다, 언제나 가슴 뿌듯하게 사는 것이 행복인 것이다. 사소한 일에서도 의미를 찾을 수 있고 그리고 기쁨을 느낀다면 그건 행복이다.

내가 그런 것이다.

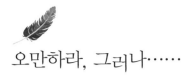

오만하라, 그러나……

　외우(畏友) 김관식은 요새 작품도 잘 안 쓰고 술에 의한 일종의 병고 때문에 새까맣게 말라 빠진 얼굴로 가끔 바람처럼 나타났다가는 한바탕 구설(口舌) 태풍을 일으켜 놓고는, 남의 간만 뒤집어 놓은 채 사라져 간다. 우리 시단의 풍운아라면 바로 그다. 그러나 남들은 그렇게는 잘 생각이 안 가는 모양으로 다만 귀찮은 존재처럼 잘못 널리 인식되기 마련인가 보다.

　그가 그렇게 잘못 인식된 데는 여러 가지 사유가 얽히고 설키고 있지만, 한마디로 말한다면 그것은 그의 함부로 내뱉는 극언과 직언으로 말미암은 것이다. 그로 하여금 우리 시단의 '귀찮은 존재'이게 한 까닭이 그의 말많음에 있다면 그것은 그의 죄(?)라고만 할 수 있을까.

　극언과 직언, 이것은 바로 시의 정도가 아닌가. 그것이 듣기 싫다 하여 그를 귀찮게 생각한다면, 우리 시단에 무슨 결함이 있는 것임에 틀림없다. 그 결함이 바로 관식의 구설의 밥이니 그의 입장에서 보면 시단 쪽이 오히려 '귀찮은 존재'가 되고 만다.

그러나 한도라는 것이 있다. 그 한도를 벗어나면 광대가 되고 마는데 관식은 가끔은 그냥 여세를 틈타 끝내는 반드시 그 한도를 살짝 벗어나는 게 일쑤다. 그러나 그것을 변호하기는 쉬운 일이다. 그러한 현상은 어느 때나 의식불명 지경에서만 행하여지는 것이니까.

그로 하여금 그와 같은 경지에 빠뜨리게 하는 장본은 물론 술이다.

지난 문협총회 때의 일이다. 그런 자리에는 잘 출석치 않는 내가 나간 것은 그날 바로 그 자리가 김종문 씨의 한국문학상 수상식이기도 했기 때문이다.

가 보니 그 총회가 한창인데 관식이 고래고래 고함을 지르기도 하고 고함을 좀 참는 틈을 타서는 바지 포켓에서 진로 소주병을 끄집어 내어서는 빨고 있는 것이 아닌가. 대경실색하여 일단 퇴장했다가 한참만에 다시 들어갔더니 그 수상식도 끝나고 파티가 벌어지고 있었다.

그런데 관식은 이미 만취를 넘어 니취(泥醉)라고 할 정도였는데 우리들 세대끼리 모여 있는 데는 오지 않고 주로 대가들 틈에 끼어서 그 한도를 벗어난 지랄을 떨고 있었다. 특히 월탄옹(翁)에게 별의별 귀찮은 수작을 하고 있는 것이 아닌가.

보다 못한 월탄옹이 관식에게 다음과 같은 말로 손을 내밀며 휴전을 제의했다.

"김군, 나는 자네를 무척 좋아하네."

그 말이 떨어지자마자 그가 월탄옹의 손을 잡으면서 한다는 소리가

"박옹, 나도……"였다.

만좌(滿座)는 아연실색, 나는 옆에서 듣고 있다가 웃음을 참느라고 엉뚱한 딴 표정을 지어야겠다고 생각하면서 월탄옹을 봤더니 이 노

대가는 그저 담담한 미소로 대하고 있을 뿐이었다.

결국 이영순 씨가 가까스로 그를 달래어 차에다 실어 집으로 보냈다는 소식을 다음날에야 들었지만 그날 밤과 같은 현상이 바로 그 한도를 넘어섰을 때의 그의 생태의 일부인 것이다.

지금은 옛날이 되었지만 그가 도상(都商)의 접장으로 있을 때 하루는 그의 취중수업에 견디다 못한 교장이 아침 출근 때에 그를 교장실로 불렀다. 그리고 타이르기 시작했다. 술은 몸에 해롭습니다. 좀 삼가하는 것이 좋지 않겠습니까, 어쩌고 저쩌고 훈시를 하고 있는 중인데 교장 책상 앞에서 얌전하게 듣고 있던 그는 갑자기 "으윽, 으윽" 하는 소리를 내더니 "우왁!"하고 교장 책상 위에 어젯밤 먹은 일절의 만물을 토해 내어 거기에 한 더미 백화점을 지어 놓았다.

이를 두고 내가 그를 풍운아라고 하는 것은 결코 아니다. 그러나 그처럼 시에 미치고 또 그만큼 술에 미친 사나이, 따라서 극언과 직언을 때와 장소를 안 가리고 뱉어내는 사나이는 그 이후 세대엔 없는 것이 매우 서운한 것이다.

문학과 투표

모 주간지에서 〈오늘의 작가〉 다섯 사람을 선정하기 위해 문인을 포함한 백 명의 지식인들에게 다섯 사람씩 천거할 것을 청하여 그 결과가 발표되었다.

그리하여 영광의 자리를 차지한 다섯 작가의 이름이 화려하게 선전되었다.

그 결과에 대하여 아무도 이의나 불만을 말하지 못한다. 왜냐하면 그것은 투표에 의한 다수결의 결과이기 때문이다.

생각하면 우리 나라의 민주주의도 꽤 장족의 발전을 한 모양이다. 정신의 가치까지도 투표로써 결정할 지경에 이르게 되었으니까. 물론 모든 심사라는 것의 코스는 결국 다수결로써 결정되는 것이지만 이번 경우는 조금 다르지 않는가 생각된다. 열 사람의 심사위원이 한 개의 작품을 골라야 하고 또는 수상작가를 선정할 경우에는 다소나마 책임을 지기 마련이다.

그런데 이번 경우에는 예를 들면 어떤 외국계 신부는 그가 아는 한국작가가 한 사람 뿐이었는지(추측이지만 사실일 것이다) 한 사람만 적었다는 사실에서도 미루어 알 수 있듯이 '오늘'에 대해서도 '작가'에 대해서도 아무런 책임감 없이 되어진 일이 아닌가 생각된다.

니체는 민주주의의 한 표와 한 표가 같은 효과밖에 없다는 사실에 반박하여 "내 한 표와 촌부의 한 표가 어떻게 같을 수가 있느냐?"라고 노발대발 했다지만 민주주의가 판을 치는 요즘 세상에 이런 소리 했다가는 미친놈 소리 듣기 알맞을 것이다.

우리 나라의 고명한 (나만 빼고) 백 명의 지식인들조차 시세에 거의가 동조적이었다는 사실은 결코 우리 나라 문학의 오늘 아닌 내일을 위한 뒷받침이 되리라고는 생각되지 않는다.

그 다섯 가운데의 하나로 뽑힌 바 있는 이호철의 『문학』(9월호)의 글을 보면 시세불능주의에 가득 찬 소리로써 심지어 독자의 다과(多寡)로써 작가의 가치가 정해지는 것처럼 말하고 있다. 못 된 소리다. 이따위 소설쟁이가 문학의 원리원칙을 두고 '문학청년' 시하는 것은 어쩌면 당연한 일일런지도 모른다.

　—『시문학』1966년 11월

내부감각의 함정

"글자 몇 개 모아 놓은 걸 가지고 사상이다, 예술이다, 하니 참 어처구니가 없다."

이것은 구상 씨가 전에 한 말이다. 시인조차 시를 버린 상태인가, 아니면 시인의 본능적인 '시'의 방위인가.

시의 포기와 방위 이 두 가지 엄숙한 작업을 한꺼번에 요새 시인들은 해내고 있다. 구상 씨의 그 말은 그러한 이율배반을 단적으로 뱉은 것이다.

오른손으로는 원고지 위에 시를 쓰면서, 왼손으로는 그것을 쓰레기통에 집어 넣는 광경은 생각만 해도 가소롭지만, 냉정하게 따져들면, 우리는 그 짓을 되풀이하고 있다.

그 가소로운 자기 모습을 명석하게 의식하고 있는 시인이 더러는 있는 모양이다.

그 하나는 김수영이다. 그의 〈어느 고궁을 나오면서〉(문학춘추 1965년 12월호)라는 시는 쓰레기통 냄새가 짙다. 그는 시를 '버린 것이다'. 그러나 그는 그 '버리는 수속'을 바로 시로 만드는, 막힐 때까지 막힌 골목에서, 그래도 자기를 정립한다. 캐리커처의 정신이 비로소 생기를 발하는 까닭이기도 하다.

쓰레기통이라는 말을 오해하지 말기를 바란다. 우리 현대시의 저류는 아직도 '상수도적이 아니다', '하수도적이다'라는 관점에서 나는 말하고 있을 따름이다. 물론 내 자신만은 '상하수도적'이라고 믿고 있는 '행복한 시인'들도 더러는 있다. 그러나 그들이 믿고 있는 '상수도'에 물이 통하지 않고 있다는 것을 알고 있을까?

막힐 때까지 막힌 '하수도'에서가 아니면 '상수도'에의 가능성이 열리지 않을 것이다, 라고 한다면 그것도 또한 어리석은 낙관론이다. 그러나 나는 '행복한 시인'보다는 어리석은 낙관이 피우는 바보같은 웃음이 오히려 재미있는 것이다.

또 하나는 신동문이다. 그의 작년말의 〈모작 오감도〉는 시를 버리기는 그냥 시를 버리는 자기조차 버린 상태였다. 이것은 갈 데까지 간 것이 아니라 안 갈 데까지 간 것이다.

이상의 형태를 빌렸다고 안타까워할 만큼 나는 인색한 모럴리스트는 아니다. 다만 우리 시의 내부붕괴가 한창인 최근에 와서 적시안타처럼 이것이 튀어나왔다는 것은 매우 기쁘고도 유감된 일이었다는 것뿐이다.

그러나 그 내부붕괴의 양상이 데드라인까지 왔다고는 나는 생각하지 않는다. 김수영의 시니시즘이나 신동문의 자기도괴가 아무리 심각한 사태라고 할지라도 그것은 이 두 시인의 그 내부붕괴에 대한 의식적 저항의 반응현상이라는 사실을 잊어서는 안되겠다.

문제는 바로 이 '의식'인 것이다. 지기 마련인 이 싸움에 질 줄 뻔히 알면서도 스스로 지고 들어간 시인은 이 이외에도 또 더러는 있었다.

김종문의 『신시집』을 읽고 난해하다는 시인이 있었다.

그 난해는, 그 이율배반적인 내부붕괴에 대하여 조금씩은 저항했던 그 아니 남길 수 없었던 흔적이 아니었을까.

그런 뜻에서 본다면, 조금은 긍정적일 수도 있는 난해가, 그러나 나에게는 못마땅하기만 했다. 그 까닭은 그 난해라는 비전달성이, 이미지네이션의 확산과 소멸만 돕고 있기 때문이다.

오른손이 시를 쓰고, 왼손이 그 시를 버리는 이율배반이 필연적으로 시인의 내부붕괴를 초래했고, 그것을 조금이라도 극복하겠다고 나선 '의식의 시인'들이 기막힌 함정에 빠졌다는 사실을 나는 말했다.

그들이 함정에 빠진 까닭은 무엇일까.

나는 확신한다.

그들은 그 붕괴감각을 그들 자신의 것으로 생각하지 않고 타의의 것으로 생각하고 있는 때문이라고.

글자 몇 개 모아 놓은 걸 가지고, 사상이다, 예술이다, 하니 참 어처구니가, 없다,

라는 이 말은, 사상과 예술에서의 시의 고독과 함께, 사상과 예술에서조차 추방되어 버린, 오늘의 시인들의 진공상태를 말하고 있었던 것이다.

그 진공상태 속에서, 시인은 지금 무중력 상태의 정신을 겨누지 못하고 있다. 그래서 허망과 백지의 용력(勇力)을 그런대로 한 번씩 시도하고 있는 것일까.

시를 부정하는 수속 속에서 한 편의 시를 제작하는 그 자기 정립의 과정은 비정립의 과정이나 조금도 다를 바 없었다.

그 속에서는, 속으로는 미소하고 밖으로는 냉소하는 시니크가 생겨날 계기도 마련될 수 있었을 것이며, 남의 얼굴 위에 자기의 얼굴을 겹치면서 두 얼굴을 다 말살하겠다는 조작도 결코 헛되지 않았던 것이다.

'상수도'와 '하수도'는 일체무별의 것이다.

그런데 우리에게는 오른손의 '상수도'와 왼손의 '하수도'가 함께 이것 아니면 저것이다.

그러면서 그 오른손과 왼손의 상극, 이것을 차라리 나는 하나의 가능성이라고 생각한다.

이것 또한 함정인가!

─『현대시학』1966년 4월

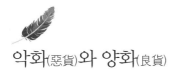

악화(惡貨)와 양화(良貨)

저번 본지 2월호의 신인등용에 관한 좌담회에서 박목월 씨는 현재의 우리 나라의 시인 수는 그리 많은 편인 것은 아니라는 뜻의 말을 하고 있다. 3백 명이다 4백 명이다 하는 자조와 냉소의 문단 여론을 뒤에 두고도……

원칙적으로는 필자도 또한 동감이다. 많아서 나쁠 까닭은 없다. 백화만발 속에서 시를 만끽할 수가 있다면야 그 이상 바랄 것은 없지 않는가.

그런데 문제는 바로 여기에 있다. 그 백화들이 모조리 시든 꽃이요 잡초와 거의 다름없는 집단일 때, 그것의 만발현상은 다만 무익할 따름이라는 생각이, 우리 나라의 시인 수를 다룰 때 제일 먼저 머리에 떠오르는 실정이다. 이것은 과연 필자만의 독단일까?

대가, 중견, 신인, 이 세 계층 가운데서 대가들은 이미 '정평(定評)'이라는 커텐이 둘린 방에서 낮잠 자고 있고, 중견들은 그러한 대가들의 전철을 아쉬운 대로 밟으려 하는 중이며 오직 기대를 걸 만도 한 신인들 가운데서조차 별다른 유망주가 눈에 띄지 않을 때, 어찌 안심하고 우리 나라의 3, 4백 명의 시인 수에 태연히 낙관적일 수가 있을까.

문학은 양이 아니라 질이라는 속론을 다시 끄집어 내올 필요도 없이 지금 우리 시단이 갈망하는 것은 백 편의 넋두리보다는 한 편의 절구이며 백 포기의 잡초보다는 한 포기의 명화인 것이다. 그러한 갈증을 달래 주는 보람 있는 일이 최근엔 영 없다시피 됐다. 왜 그럴까?

악화가 양화를 내쫓는다는 그레샴의 법칙은 이미 상식이지만 우리 시단에서도 그러한 현상이 일어나고 있는 것은 아닐까. 문학은 육상경기와는 달라서 그 우열이 객관적으로 나타나지 않아서 누가 악화이며 또 누가 양화인지의 구별이 모호하다는 핸디캡이 있는 것만은 사실이다. 제 나름대로 '내가 제일이다' 라는 자부의식을 평생 버릴 수 없는 것이 시인의 갸날픈 한 특권일지도 모른다.

그러므로 우리 시단에는 양화(?)만 범람하게 되었다. 문제는 여기서 더 커지는 것이다.

자기의 방법을 남에게 강요하는 뻔뻔한 태도도, 천편일률적인 매너리즘도, 이단적인 시풍에 대한 발악적인 반발 등등 모두가 그 양화 의식의 소산인 것이다. 스스로 악화를 자처하고 자기에게 주어진 사명을 묵묵히 견디어 내고 있는 시인이 참으로 아쉽다.

이렇게 되면, 양화가 되려 악화라는 말이 되고 악화가 오히려 양화라는 결과가 되지만, 여하튼 문학에 있어서의 악화와 양화는 종이 하나 사이인 것이다.

3백~4백 명의 시인들이 모조리 양화를 자처한다면, 우리는 악화편에 더한 기대를 걸 것이고 그 반대라면 양화 편에 설 것이다. 이것은 곧 외적조건의 어떠한 변화에도 불구하고 자기의 세계를 끝까지

지킬 줄 아는 시인에 대한 희구인 것이다. 이 희구를 충족시켜 줄 만한 시인이 오늘 몇이나 되는가. 즉 진짜 양화를 우리 시단은 몇 푼어치나 지니고 있는가.

그것은 측정할 가치기준마저 아직 애매한 모양이지만 그러나 '아는 사람은 아는 것이다.' 여기에서, 무지한 만 명의 독자보다는 '아는' 한 사람의 독자를 위한 기본자세가 바로 잡혀져 가는 것은 아닐까. 그렇다고 내가 아나크로니즘적인 소위 '고독한 시인'에 대한 경외의 뜻을 표하고 있는 것은 아니다. 그러한 '고독한 시인'이 진짜 양화가 되기에는 우리들의 시대는 너무나 소란하기 때문이다. 오늘은 고독보다는 소란을 택해야 할 때이다.

3, 4백 명의 시인 가운데서 자기의 세계에 대한 신념과, 너무나 비시적인 현실의 소란 속에서 우리 시대의 진실 하나를 추출해 내올 수 있는 능력을 가진 시인은 몇 사람이나 될까 할 때 다만 섭섭한 생각만 앞선다.

양으로는 풍년일지 몰라도 질로는 아주 흉년인 것이다. 이 풍년과 흉년의 병행현상 때문에 일어나는 것은 혼란뿐이다. 우리 시단은 통틀어 지금 행선지를 서로가 묻고 있는 것 같은 대꾸(작품)만 하고 있는 것 같다.

그런데 박목월 씨가 우리 나라에 그렇게도 많다는 시인들의 수에도 불구하고 뭐 그리 많지 않다는 뜻의 말을 했을 때의 저의는 무엇이었을까.

한마디로 말해서 그것은 양화의식이요 더 유추하면 정상의식의 발로라고 나는 생각한다. '一將功成萬骨枯'의 일장의식이라고 하면 실례가 될 것인가. 잡초 우거진 들판에 한 떨기 백합이 피어 있는데 잡초가 많을수록 그 백합은 더욱 빛을 낼 것이다 하는 것과 같다.

물론 씨가 고의로 그렇게 생각해서 그렇게 말했다는 것은 아니다. 그러나 씨 또래의 세대의 일반적 경향의 일단이 우연히 수면상에 떠오른 것으로 볼 수 있다.

　　그런데 한 가지 말해 둘 것은 씨 옆에서 이름없이 자라는 잡초일지라도 그 백합을 결코 꽃으로 보고 있지는 않다는 사실이다. 그들의 눈은 벌써 다음의 지평선을 모색하면서 성장하고 있다.

　　—『현대시학』 1966년 5월

문단사

　무슨 표절 사건으로 문단이 톡톡히 창피를 보더니 그런 표절 이상의 창피를 다름아닌 문단고위층(?)에서 저질러 놓고 말았다. 모처럼 정부에서 시상한다는 〈오월문예상〉의 본상 후보심사에서 선정된 5명이 하필이면 그 자리에 참석한 20여 명의 출석자 가운데에서만 뽑혔다는 사실이다. 백 보를 양보해서 비록 문협이사 가운데에서도 그날 출석 안 한 이사 한 사람쯤이라도 선정되었더라면 이런 소릴 덜 들었을 것이 아닌가?

　어떤 상의 심사위원이 되려 그 상의 수상자가 되는 것은 원칙적으로 나쁠 까닭은 없다. 좀 석연치 않는 느낌을 줄지라도 그러나 5명의 후보를 불과 20명 남짓한 문협이사회의 출석자 중에서만 독점해 버린 처사는 정녕코 농단(壟斷)의 비난을 면치 못할 것이다. 문협이사라는 감투를 쓰지 않으면 무슨 상과 담을 쌓아야 하는가. '이사'가 반드시 그의 '문학적 역량'을 보증한단 말인가. 그날 선정된 5명의 개인에 대해서 불만이 있다는 것은 아니다. 그러나 알고 보면 그 5명의 태반이 여태껏 이런 상 저런 상을 탄 경력자들이라는 데서 감투병과 수상병의 이중일치라는 검은 그림자를 드리우고 있다.

이러한 그들 고위층 자부자(自負者)들의 주책 없고 염치 없는 짓은 한 사람 두 사람의 개인 플레이로 비롯된 문단의 체면 손상보다도 더 타기할 노릇이다. 그들이 선정한 신인장려상 후보는 비교적 공정했다고 본다. 그러나 그것이 일단 그들 자신에 관한 문제가 되면 지성을 잃고 눈을 뒤집고 만 것인가. 참으로 애석한 일이다.

몇 작품들

「사랑의 거리」(자유문학 5월)는 박영준의 오랜만의 작품인데 이것은 작품이라기보다도 작자가 즐겨 쓰는 신문소설의 예비 노트라고 보아 두는 것이 안성맞춤이다. 나는 신문소설과 대중소설을 경멸하는 사람은 아니다. 내가 경멸하는 것은 어떤 종류의 작품일지라도 그 작품에 대한 성실성의 결핍이다. 속성의 속된 문장으로 적당히 어물어물 얼버무린 이게 소설일까. 거세한 노마같은 오목사의 신앙에 빙자한 속물행세기라는 인상조차 빨리 머리 속에서 지워 버리고 싶다.

박연희의 「개미가 쌓은 성」(현대문학 5월)은 그 구성적 의도에 비해 내용의 비중이 산만적이다. 비록 보일러 화부요 소제부라 할지라도 신문사에 직장을 가진 장서방이 목전에 진행중인 4·19 데모의 진상을 '짐작'으로밖에 인식할 수 없었다는 것도 수긍되지 않고 또 그런 단순한 짐작으로 데모군에 휩쓸려 든다는 것도 피상적이다. 그런 무식한 사람의 눈을 통한 데모 묘사일지라도 그 배후에 '작가의 눈'을 통한 광채가 없어 초점 없는 묘사가 되고 말았다. 더구나 그 회화들이 압축되지 못해 자연스럽게 한다는 것이 오히려 파격이 되어 있는 것이다. "경무댈 가자……. 폭정은 이적이다!"라고 고함을 지르며 뛰어간다는 것인데 실지로는 그럴지 몰라도 작품에서는 "경무댈 가자!" 한마디로 충분한 것이 아니든가. 이뿐 아니라 필요없는 구절들이 많아서 군중묘사가 드라마틱해야 할 텐데 너무나 평면적인 것이 돼 버렸다. 그리고 동장도 지내고 과수원도 경영하고 달필의 솜씨를 가진 장서방이 그렇게도 무식자로 취급되고 있다는 것도 모순이다. 이런 결점을 하나 하나 들추어 내면 한이 없으나 그러나 이 소설에는 어떤 사회적 현실에 대한 작가의 작가적 양심의 직접호소라는 점에서 살 만하다. 뒷골목의 값싼 비애나 희극을 다룰 줄밖에 모르는 것이 일반적인데 도심도로(都心道路)의 육체와 정신의 선혈을 보인 박연희의 '작가의 눈'이 그러나 좀더 현실배후에의 투시력이 예리해지기를 빈다.

최미나의 「만학선생」(현대문학 5월)은 호품. 한 시골 선비가 지금까지의 시대를 살아온 기록을 한자, 일어, 영어, 한글에서 다시 한자로 전전하면서 실체험하는 생활사(史)로 엮은 것이다. 경쾌한 시대비평이기도 하고 만학선생 또래 세대에 대한 신랄한 인간비평이기도 하다.

시에서는 김차영의 「장미기」(자유문학 5월)는 어떤 정감미를 발산한다. 그러나 내가 이 시인에게 하고 싶은 것은 이런 말이 아니다. 한때의 그의 투철하고 혈흔 섞인 대상의식은 지금은 어디로 갔는가. 나는 이 시인을 그 가능성을 장미를 노래하는 미학의 온실에 가두어 두고 싶지 않다. 우리 시의 질적양상이 격화하고 소용돌이치는 이때에 씨와 같은 총명한 시인이 어찌 온실의 창을 두드린단 말인가.

석용원의 「소록도시초」(자유문학 5월)는 르뽀타쥬 의식을 탈피 못한 상태이다. 그 소재의 심연성 때문에 오히려 시정신이 압도되고 위축되어 있다면 보고 이외의 무슨 의미가 있는가.

육종숙의 「속죄」(현대문학 5월)는 그 시적논리의 치밀과 정확한 리듬의 내재성으로 충분한 효과를 내고 있다. 어쩐지 외국시의 영향이 꽤 풍기는데 이것은 그의 단점인지 장점인지 알 바 없으나 한국적 토착미도 좀 가미되면 더 효과적이 아닐까.

「괴물」(현대문학 5월)은 문덕수의 시 가운데서는 설득력이 있는 작품이다. 현대생활에 대한 이같은 울부짖음의 부정적 자세도 이렇게 사진찍어 놓으면 실감이 난다. 그러나 이같은 직유에 의한 직선적 표현은 그 전달의 명절로 말미암아 지적 상해를 입기 쉽다는 허점도 있다.

이추림

『역사에의 적의』라는 시집을 읽고 나는 현대 한국시가 그 괴로웠던 진통기 속에서 하나의 소산을 탄생시켰음을 알고 감동했다. 그것은 이 시집과 시인에게의 감동이 아니다. 오랜 진통기의 고뇌를 견디고 이겨낸 한국의 현대시인들의 영광 앞에 머리를 숙인 것이다. 역사에 우연과 기적은 없고 필연을 피할 어떤 힘도 없는 것이다.

이추림의 이 시집에 흠과 티가 없는 것은 아니다. 우리 시의 여러 가지 결함과 악요인이 오히려 집약적으로 응결되어 있기도 하다. 그러나 추림은 그것들을 외면하지 않고 정직면에서 굴복하려고 덤빈 상처 투성이의 맨몸을 가리지 않고 백주에 드러내놓고 있다. 그래서 그는 고독했다.

잉크

잘

흘

르는

만년필

촉같은

조합원의

고독

   그는 그의 고독을 이렇게 표현한다. 이것은 감정의 생활의 지성의 광장의 그런 고독이 아니다. 그 자신만에 한한 고독도 아니다. 아니 이것은 고독 자체도 아닌 것이다. 역사를 냉혹한 눈짓으로 직시하고 섰는 단일자가 그의 존재를 의식하는 순간의 에스프리다. 그러나 이것은 시간적으로 순간적으로 오래 가지 못한다. 그래서 그는 고독이라고 명칭한 것이다. 사실은 그 에스프리를 고독이라고 이름지은 그만큼 타협한 셈이지만 이 정도의 타협은 불가피했을 것이다.

   단일자적 존재가 역사 앞에서 적의를 품는 것은 당연지사이다. 그러나 이 적의는 살의를 동반하는 그런 것이 아니다. 한 대상에 대한 인식에의 필사적 결의가 아닐까. 추림은 모든 것을 일단 인식하고 그 순간에 그것을 부정한다. 그에게는 마이너스도 플러스도 없고 오직 원리에 대한 원리적 저항이 있을 따름이다. 그러니까 추림에게는 대상에 대한 일절의 애정도 거부하고 미련도 죽인다. 있는 것은 다만 진공같은 무색투명한 작열의 연속뿐이다.

   이 장시의 첫 줄과 마지막 줄의 전편을 동조율로 명멸하는 그 작열의 순수지속 때문에 우리는 현기증에 걸린다. 그 현기증의 장본인이 배후에서 개웃음을 웃고 있는 것을 의식하지 않을 수 없으면서도.

　이것은 아마 전위회화의 앙티 앙폴멜의 경지로 돌입한 시적 상황이 아닐까. 순백한 명절과 에스프리의 혼돈적인 난조가 결투하는 두 결투사처럼 번뜩이고 있는 이 시집과 저자 이추림에게 뜨거운 인사를 보낸다.

　—『자유문학』1962년 6월

창작월평

이무영, 「시신과의 대화」 – (문학예술 3월호)

　지식인을 특히 대학교수를 주인공으로 삼는 작품이 근래에 부쩍 늘었다. 황순원 씨도 지난 달에 내세웠는데, 이무영 씨는 이것이 처음이 아니라 몇 번짼가는 된다. 대학교수라는 직명이 지식계급의 제일 티피컬한 상징이 되기 쉽다는 점에 착안한다면, 이것은 사실에 있어서 대학교수가 아니라 '지성'이다. (이것은 근래의 지성적이려는 풍조의 작가적 반응일 것인지.) 「시신과의 대화」에서도 이 지성을 문제의 키로 봐야겠는데, 이무영 씨는 최대한의 능력으로써 이 작품에 지성미를 풍기게 하려고는 하였으나 물 위의 기름이 되고 말았다. 불치의 암이라는 확정적 진찰을 받고도 간밤에 꾼 꿈이 아닌가 하는 태도, 아내의 우연한 예감의 실현에 대하여 무엇인가 운명적인 것을 느끼는 태도, 온 가족을 위하여 자살하겠다는 순봉건성 의식이 빚어낸 비인간적인, 아내의 희생결심을 순리적으로 조리있게 설득시키지 못하고 돈과 아이들의 눈물로써 기껏 그것을 그만두게끔 하는 태도, 요컨대 이런 바람에 나부끼는 갈대와 같은 태도는 지성인으로서의 대학교수가 취할 태도가 못된다. 이것은 이무영 씨의 부주의로써 이렇게 된 것이 아니라, 이무영 씨 자신의 멘탈 레벨이 원인인 것 같다. 그러나 이 작품은 지성이 직접적으로 대사회적 관심과 연결된다는 사실을 밝혔다는 점에 있어서 의미 깊다. 사랑하기 때문에 아들을 죽였다는 농부의 재판, 이 역설적 애정과 자살을 결심한 아내의 이것과를 조금만 더 관련시켰더라면 사회성을 띤 하나의 문학적 과제가 크게 한번 떠올랐을 것인데…….

오영수, 「나비」 – (현대문학 3월호)

비평이 아무런 소용이 없는 작품이 있다. 어떻다는 이유도 모르고 나는 수년래에 걸쳐 오영수 씨와 방기환 씨의 팬이었다. 이 작품에서 억지로라도 흠을 잡으라면 명애가 너무 숙자의 반대개념처럼만 되어 버렸다는 것과 선이 섬세한 것은 좋으나 여학생들의 감정적 단순성밖에 붙들지 못했다는 것이 티라면 틸까. 이러한 아름다운 미소의 세계는 언제나 '절망의 노래터'인 이 나라의 문단에서는 퍽 청신하다. 그러나 오늘, 나비와 같은 마음으로 소설을 쓰고 싶은 작가는 많지만 나비와 같은 마음으로 소설을 읽고 싶어 하는 사람은 없다. 거창스럽게 말한다면 현대소설은 이미 미학의 대상이 아니라 철학의 대상이다.

박경리, 「전도(剪刀)」 – (현대문학 3월호)

숙혜의 피살 원인은 물론 주인 사나이의 정욕이지만, 숙혜 자신의 운명 속에 이미 그것은 있었다. 한 독신여성의 대사회적 무력성이, 여성(인간성 가운데의)이 선천적으로 지닌 본질과 뒤섞여 숙혜로 하여금 죽음의 길로 집어 넣었다고 생각되는데 작자는 이 점을 소홀히 하였다. 이런 점이 그 피살 원인으로서의 사나이의 정욕과 같은 정도로 치중되었더라면 더 박력이 있었을 것이다. 실직(숙혜의 대사회적 단절)이라는 외부 사실이 숙혜의 내면에서 불러일으키는 반작용이, 숙혜로 하여금 과거와 여성의 운명에 대한 체념 속으로 빠지게 하는 과정이 정확하게 묘사되고 있다. 그러나 숙혜가 자신의 죄스러운 과거에 대한 가책심이나 수치심이 윤의 입을 통해 알게 된 후에만 발로된다는 것은 너무 소설적이다. 숙혜와 같은 내성적인 여성이라면 그 전에도 반성되어야 옳은데, 이것이 없다. 그리고 130매의 태반이 실직에만 걸리고 있으나 실직 후의 대부분이 더 디테일 했어야 했다. 또 직접 숙혜를 죽이는 주인 사나이가 너무 그늘이 엷다. 여하튼 달의 역작이다.

기타

박용구 씨의 「산울림」(현대문학 3월호)은 전연 이미지가 떠오르지 않는다. 산이나 숲이라는 명사는 문법에서는 보통명사일지 모르나 현대문학상에서는 추상명사화 한 지 이미 오래이다. 좀더 정확하게 세밀하게 쓸 필요가 있지 않을까. 그러나 취재된 것이 아니고 역사소

설로서의 픽션이라는 점이 다른 사람의 것과 다르다. 오유권 씨의
「삼인군상」(문학예술 2월호)은 읽어서 박력이 없으니 웬일일까. 박력
이라는 것이 반드시 문장이나 사건 스토리에 의존하는 것은 아니나
독자로 하여금 조금씩은 정신을 긴장케 해도 좋을 텐데. 최상규 씨의
「농군」(현대문학 3월호)은 완전한 아나크로니즘. 문장도 돼먹지 않았
다. 제1장을 읽을 흥미조차 안준다.

김구용, 「소인(消印)」 – (현대문학 3월호)

150매로 된 산문시라니 문학사적 사건이다. 이 작품이 산문시가
아니기를 비는 마음이 그러나 간절하다. 석탄광산을 연상케 하는 시
꺼먼 한자어를 어찌 이렇게 요령있게 나열해 놓을 수가 있었는지 이
것이 걱정이다.
솔직하게 말해서 김구용 씨는 현대시를 그 가장 중대한 면에서 착
각하고 있는 것 같다. 그렇지 않으면 이 김구용 씨의 정력을 풀 길이
없다. 이 문제에 대해서는 다음에 상세하게 논의할 생각이므로 이로
써 둔다.

—『현대문학』 1957년 4월

작품을 읽고 Ⅰ

뜻한 바 있어 월평이나 시평 따위 잡역을 아예 손대지 않으려 했고 또 이 오륙 년간 특별한 경우를 빼고는 그 일을 하지 않았으나 재차 뜻한 바 있어 이 칼럼을 앞으로 맡게 되었다.

왜 생각을 다시 했을까. 첫째 한때 내가 이런 종류의 일을 하면서 골탕을 먹은 과거에 비하면 문학적 수준이 우리 다리의 길이만큼 장족의 발전을 이뤘고, 둘째 내 문학계의 자리가 하도 게으름뱅이 신세로 인하여 꺼져 드는 이 판국에 이런 지면의 빈틈이라도 메우면서 그 마지막 뒷자리 한 좌석을 확보해 보자는 심산에서요, 셋째 문단 통합이 비록 명목상으로나마 이뤄진 최근 월평과 분파를 결부시켜 그 아귀다툼의 지수(指數)로 지목될 우려가 덜해졌기 때문이다. 그리고 이제는 여하간 남의 말에 쉽사리 흔들릴 그런 내 자신이 아니니 '제멋대로' 한 번 씨부렁거리고도 싶어졌다…….

'문인협회'가 어찌 이렇게도 생소한지 모르겠다. 우리들의 단체라는 의식이나 친밀감이 통 우러나지 않는 것이다. 태어난 지 얼마 안

된 아이를 놀리거나 물어뜯고 싶은 생각은 아예 없으나 그 주변에 문학적 분위기를 언제나 발산하고 우리들의 물심 양면의 초조를 달래 줄 그런 단체가 아니라면 무슨 의미가 있단 말인가.

어쨌든 이 무관심을 일깨워 줄 '일'을 하루빨리 하든지 해서 그 존재함을 표시할 때이다. 기관지 하나 장만하지 못할진대 전날의 별별 단체들과 무슨 차이가 있는가. 실속없는 감투나 배급하고 허울좋은 간판이나 달고 있다는 것이 통합의 상징이라면 구슬픈 일이다.

'독자적인 그룹 활동을 이것으로 꽉 막고 있으니 되려?' 하는 감불금(感不禁)이다. 이러쿵저러쿵 하는 소릴 듣기 싫거든 문협은 정신차려 일할 일이다. 오륙 년 전에 비해서 문학적 수준이 달라졌다고 아까 말한 것 같은데 이 달의 작품들을 읽으며 후회막심이다.

내 머리에 떠 있던 단편들은 손창섭의 「신의 희작(戲作)」, 오영수의 「은넷골 이야기」, 손소희의 「그날의 햇빛은」, 안수길의 「북간도」, 최인훈의 「광장」 들이었는데 이러한 작품들을 읽고서 수준이 달라졌느니 발전했느니 어쩌니 한 모양인데 4월의 작품들은 그러한 내 꿈을 송두리째 쓸어 버렸다. 우선 최인훈의 「구운몽」은 읽어 갈수록 안티 픽션이 이런 거라고 생각한다면 큰 착각이다. 오역조의 문학도 너무나 우리 언어의 리얼리티를 죽이고 있을 뿐만 아니라 구성적 배려가 너무나 안일하다. 시(그것도 상당히 길다)가 몇 편이나 끼어 있는데 무엇 때문에 시를 집어 넣었는지 알 까닭이 없고 또 그것이 만일 이 작품의 주제와 연관성이 있다면 그것을 따로 발표해서 이 작품을 이렇게 쓸 필요가 없었다. 안티 픽션의 입체적 표현술은 그 작자의 정신의 입체적 구조미의 결실로서 나타나는 것인데 이 「구운몽」에는 부수적 현상의 무의미한 우연과 돌발의 질주밖에 없다. 그리고 덧붙여서 할 말은 주인공 독고민이 「광장」의 주인공의 사진이라는 점이다.

그러나 「광장」의 주인공에게는 그가 떨어지지 않으면 안 되었던 필연적 환경이 있는 데 비해 독고민에게는 무의미한 고민만 알쏭달쏭할 따름이다. 그러나 여하튼 선구자의 길은 험악한 법이다. 안티픽션까지 우리의 소설이 발전(?)할 수 있다면 그것은 최인훈의 공과가 될 것인가?

그리고 강신재의 「상(像)」은 무슨 소설이 다 이럴 수가 있는가 싶다. 어린아이의 미묘한 심리를 분위기적으로 묘사한 것일까. 그런대로 그 아이가 소녀인지 소년인지조차 알 둥 말 둥이고 (소년이긴 하지만) 아버지, 어머니, 목사들이 작품 속에 존재하는지 아니 하는지도 모를 만큼 희미하고 (할머니만 어떻게 묘사되었지만) 도대체 무슨 말인지 도무지 깨닫지 못한다. 신비 소설인가?

오유권의 「수리산」이 이 달에 읽은 소설 가운데는 우수한 편이었는데 그래도 달갑지 않다. 아들이라는 자가 무슨 성인처럼 사람같지 않게 되어 있다. 아무리 시골 청년이라 해도 군대밥도 먹은 놈이 어떻게 부모 앞에 '불효'라고만 외면서 머리만 수그린단 말인가. 감정적으로 일말의 반발이 없을 수 없을 텐데 성격 약탈자처럼 돼 버렸다. 오히려 아내 편이 더 인간적이다. 악인이거나 성인이거나를 막론하고 인간에게는 악마적 심층 심리가 있다. 현대 소설의 주인공 노릇할 자격이 없는 것이다. 묘사력에서 얻은 리얼리티보다는 인물의 성격형에서 오는 리얼리티가 더 감각적이라는 것을 상기시키고 싶다.

시에 있어서 김현승의 〈1962년〉에 대해서 할 말이 있다. 시 자체에 대해서가 아니라 이와 같은 청교도적 자세에 이젠 영 질려 버렸다는 것이다. 매너리즘이니 하는 상투적인 말로는 표현할 수 없을 만큼 시종일관된 김현승의 그 자세는 규율적이다. 좀 어떻게 안 될지 모르겠다.

『60년대 사화집』의 제3집에 대하여 시단이 비교적 잠잠한 것 같은데 좋건 나쁘건 이것은 한국 시단의 유일한 신인들의 동인지이다. 푼푼이 모아 계간으로 내는 이 시지(詩誌)는 우리 시의 최첨단적 위치를 잡고 있는 것 같다. 그러나 그 위치 때문에 작품이 옹호될 성질의 문제는 아니다.

1집에서 3집까지 계속될 동안의 이 작품들의 유형적 특색은 모놀로그적인 경향이었는데 3집째는 그것이 코를 찌른다. 냄새가 날 지경이다. 물론 모놀로그적이 아닌 시는 없다. 그러나 그것이 탈색된 상태로 표현되어야지 이렇게 모자식으로 맨 앞에 나선다면 현대시의 병독을 풀어헤쳐 놓는 것과 같다. 비판 정신의 화염과 그 소화 과정을 보여 주는 것도 좋다. 그러나 결코 우는 소리 같은 단순한 모놀로그적 발상에서 끝나면 안된다.

'그러면 나는? 내 이 말없는 사랑은' 구자운의 〈질의〉에서 하는 이 말은 우는 소리와 뭐가 다른가.

산소와도 같은 너
깨지 마라 단잠에서 눈뜨지 마라
제일 가까이 나는 있다.

이제하의 〈사랑이〉에서도 우는 소리다.

이와는 달리 박희진, 성찬경, 신기선, 이종헌의 작품들은 비교적 독백조가 덜 하지만 그러나 너무 기술적이라는 인상을 받는다. 기술적 허무감 같은 말이 있다면 꼭 그것이다. 공허한 관념의 회전이 빠른 속도로 이리저리 굴러다니고 있는 상황이다. 특정 정신의 정리와 청산을 바랄 그런 시대나 환경을 우리는 물론 갖지 못했다. 그러나 우리들의 정신의 여러 양상을 분석하고 추구하는 과정에서 어떤 필연적인 하나의 결론(작품)이 얻어질 때 그 과정의 순도의 율에 그 결론의 순도도 결정된다는 것을 명심할 필요가 있다.

부산에서 『시기(詩旗)』가 보내져 왔다. 부산에 사는 시인들의 이것도 동인지인데 『60년대 사화집』에 비하면 그 기교에 있어서나 조사에 있어서 좀 뒤떨어지지만 그러나 건전한 의욕과 가능성을 보여주고 있다. 손경하, 서림환, 이민영, 김규태, 윤일, 조순의 작품들은 소박한 감정의 발로로서 그 건전한 의욕이 다른 결점을 커버하고 있다.

이와 같은 동인 활동은 내일의 우리 문학을 살찌게 하는 데 필수 조건이다. 중단하지 않고 계속되기를 빈다.

쓰긴 쓰되 역시 쓰고 싶지 않다. 비평 가운데서도 월평은 최하급의 잡역임엔 틀림없다. 충고도 못 될 일을 알면서 좌충우돌해야 하니 속이 편할 리 없는 것이다. 고충만 남는다. 그러나 이 고충이 이런 걸 쓰는 내 비평 의식의 마지막 불티라면 달게 받아야 한다.

작품을 읽고 Ⅱ

전쟁이 비참하다는 것은 서로가 죽이고 살리고, 국가적 대손상과 문명의 파괴를 초래케 하는 까닭만은 결코 아니다. 전쟁은 사람을 근본적으로 변화시킨다. 선량한 사람을 악한 사람으로, 악인을 사형수로 만들게 하고 때로는 악인을 선량한 사람으로 고치는 예도 있으나 대개의 경우에 있어서 선한 사람을 악한 사람으로 만드는 것이 일반적이다. 전후라는 말이 특수성을 띠는 것은 이것 때문인 것이다.

6·25 동란이 이 민족의 민족성에 얼마만큼의 강도로 영향을 주었는가 하는 것은 실로 큰 문제이다. 황순원 씨의 「소리」를 읽고 나는 비로소 6·25 동란이라는 사실이 이 나라의 문학에 진실성을 띠고 스며들게 되었다는 것을 알고 참으로 기뻤다.

선량한 농촌 청년이었던 덕구가 격렬한 전장에서 싸우다가 쓰러져, 한쪽 눈을 잃고 제대하여 집으로 돌아와 차차로 악한 사람으로 되어 간다. 그러나 아내의 순산으로 인해 무엇인가 인간적 감정을 느끼게 된다. 이, 그의 감정으로 덕구가 그 즉시 옛날의 그처럼 선한 사람으로 되지는 않겠지만 중대한 것은 이러한 그의 감정이 전쟁전의 덕구의 어떤 선한 심성과도 무관계한 전장의 초연 속에서 피어난 감정이며, 또 잃은 한쪽 눈의 대가라는 사실이다. 그러나 좀더 중대한 것은 전쟁이라고 하는 사실과 덕구가 아내의 순산 소식을 듣고 인간 감정을 느낀다고 하는 사실과의 일치가 결과적으로 보아서 전쟁에 대한 인간성의 우위를 밝혔다는 점이다. 신파조로 말한다면 우리 민족의 민족성은 6·25 동란의 초연 속에서도 그 순결성을 버리지 않았다는 것이다.

황순원 씨의 이 작품은 먼저 쓴 작품의 「내일」에 비해서 뿐 아니라 그밖에 다른 작가의 어떤 다른 6·25를 소재로 한 작품에 비해서도 빛나고 있다. 욕심을 말한다면 좀더 상세하게 써 주었더라면 하는 것은 있으나 뭐 대수로운 욕심도 아닌 것 같다. 전쟁을 직접 그리는 것만이 전쟁이 아니다. 이런 의미에서라면 이 작품은 좋은 전쟁문학이요, 가장 리얼한 '6·25'이다.

박영준의 「어떤 노화가」, 곽하신의 「분노」, 이 두 작품이 같이 육십 세가 된 노인을 다루고 있다. 노인이 소설에 취급되기 쉬운 것은 그들에게는 과거가 있기 때문이며 과거에의 미련과 애착이 안일한 문학미를 주기 때문이 아닐까. 「어떤 노화가」의 노인은 그의 지금까지의 업적이 무의미한 것으로 알게 된다. 그리하여 이 무의미하게 느껴진 업적이 이 노인의 과거에 대한 자신의 미약한 불띠 같은 반발을 불러 일으키지만 결국 그것을 이겨내지 못하고 만다. 이러한 분위기를 박영준 씨는 비교적 잘 그려내고 있다. 그러나 이런 노화가에게 작가가 너무 현실에 대한 지식을 두지 않았다는 것은 아무래도 이상하다. 고집불통같은 데가 있어야 하고 노화가대로의 망령 같은 아집이 있었다면 더 이 작품에 무게를 주었을 것이었다.

곽하신의 「분노」는 워낙 주제가 단순할 뿐만 아니라 또 너무 직선적이라 심하게 말한다면, 좀 속되다는 인상을 받았다. 삼 년째 앓아 누워 있었고 앞으로도 또 얼마나 오래 더 앓아야 될지 모를 노인을 두고, 이 노인을 간호해 온 아들 부부, 이 세 사람의 심정을 쓴 것이다. 그런데 작자는 버림받는 노인의 분노를 강조했지만 왜 아들과 며느리의 분노를 더 따지고 들지 못했을까. 노인의 그 노여움은 아들과 며느리에게 쏟아지는 것이지만 아들과 며느리의 그것은 아버지를 단념하지 않으면 안 된다는 인간의 운명 같은 데 대한 노여움이 될 수가 있었다. 이 세 사람은 제각기 제 혼자의 타당성에만 집착하는 나머지 세 사람이 모두 함께 심리적 타당성을 가지고 있다는 것을 모른다. 그래서 노인의 노여움과 아들의 단순한 감정의 흥분이 되고 말았다.

　만일 그 중의 한 사람이라도 제 혼자만 옳은 것이 아니라 세 사람이 모두 옳다는 것을 알게 되었다면 분노는 어떤 노인에게가 아니라 인간 자체에 폭발되었을 것이고 또 그것은 더 비극적이었을 것 아닌가.

　염상섭의 「절곡」을 읽고 이 작품이 지닌 리얼리티가 내 심장에까지 스며 오는 것 같았다. 이 노(老)작가의 한결같은 소시민층의 생활 묘사라는 작품 세계는 독자적은 아니지만 그 리얼리티의 심도에 있어서 이 문단에 그 유례가 없다. 영탁 영감과 마누라, 병든 딸과 며느리, 이 넷을 싸고 있는 형제들이 풍기는 생활 상태는 오려낸 것같이 선명하다. 전형적인 이 나라의 소시민 생활을 그린 르포르타즈인 것 같은 착각을 줄 만큼이다.

　그러나 이 노작가의 작품을 대할 때마다 이 리얼리티가 이 나라의 최근의 소시민 생활의 실태와의 단순한 근사성에 유래하는 것이라고 하면, 그리고 비슷한 소재들, 많은 시간에 걸쳐 취재하는 작가에게 주어지는 자연적인 결과라고 하면 어떻게 될까 하는 의문을 갖는다. 꿈과 터무니없는 허구에도 실제 생활 이상의 리얼리티가 있다는 것은 이미 상식이다. 영탁 영감의 행동에는 생활하는 인간의 필연성만 있다. 필연성만의 세계에서 살고 있는 사람들이란, 우리가 보내는 실지 생활만으로 충분하다.

　그리고 문학 정신이 만일 그 작가가 추구하는 작품 세계를 끝까지 지켜 나가는 것으로 현현하는 것이라고 하면 염상섭 씨의 문학 정신은 외로울 만큼 높다. 그러나 문학 정신이 만일 그가 지켜온 작품 세계를 부단히 지양, 탈피하려는 노력으로써 현현하는 것이라고 하면 염상섭 씨의 문학 정신은 저조한 것이라 하지 않을 수 없으니 보살펴잘 유의해 주십시오.

　탈피라고 하면 황순원 씨의「내일」은 씨의 하나의 의사 표시가 될 것 같다. 먼저 작품만 해도 황순원 씨의 소설의 인물은 소년과 노인이었고 풍경은 목가적인 농촌이나 기껏 교외 정도였던 것이다. 황순원 씨의 문장이 이런 내용에 잘 조화되어 대개의 작품이 성공한 것이었다. 그런데 이「내일」에서는 피로하였으나 아직도 의욕적인 중년의 대학 교수와 영문학 교수를 하다가 중도에 그만둔 여자와의 관계를 썼으니, 놀라운 변화라고 해도 과언이 아니다. 그러나 먼저의 소년이야기와 대학 이학년때까지의 부분에서 황순원 씨다운 맛을 주었을 뿐, 후반의 부분은 실패였다.

　입술을 빨기까지 그렇게 무던한 애를 쓰고도, 입술을 빨고 난 후에 왜 그림자와 함께 내일의 불안을 향해 걸음을 옮기는지 알 수 없다. 중년의 연애는 무엇이든지 젊은 사람의 그것과 딴판이라면 몰라도,「내일」에는 이런 종류의 부자연스럽고 어색한 대목이 가득 찼다. 나는 중년들에게는 좀 더한 심리의 음영이 있는 줄로 알고 있는데 「내일」의 대학 교수에게는 소년의 소박성 같은 것밖에 없다.

손소희의 「거래」를 읽으면서, 나는 남성 작가로서의 손소희를 느끼지 않을 수 없었다. 주부라는 것이 이렇게도 감정의 긴장 속에서만 살고 있다니 이럴 수가 있을까. 세밀한 심리 작용이 잘못하면 말초 신경을 건드리는 예가 많다. 그러나 읽고 난 후에 무엇인가 내가 내 신경이 건드려졌다고 느끼는 것은 손소희 씨의 문장이 확실히 산문이기 때문인 줄은 나도 알고 있다. 한무숙 씨의 「감정이 있는 심연」은 담긴 재료가 너무 많다는 감이 든다. 정신병원, 비자, 성의 문제, 외국인 등등 이 무수한 재료 때문에 주제가 흐려졌다. 이 많은 주제를 많은 재료를 써서 추구하려면 중편 소설의 길이로 썼어야 했을 것이 아니었던가. 그리고 설교조의 이지적인 문장이 비교적 많이 쓰여 있는데 이 이지성은 이러한 내용의 작품에는 불가피한 것일지 모르나, 스스로 주제를 모호하게 하는 우려가 있는 것이다. 어쨌든, 이러한 다루기 어려운 테마를 추구하겠다는 의도는 작가로서 보기 드문 일이다.

서정주 씨의 시 작품 중에서 인물을 노래한 시는 자연을 노래한 시에 비하면 훨씬 적다. 뿐만 아니라 흥미있는 일은 자연을 노래한 시에 비해 인물을 노래한 시가 훨씬 떨어진다는 점이다. 최초의 〈광화문〉이나 여타의 시에 비해 〈백결가〉는 어려운 일을 하다가 휴식하는 사람의 숨소리처럼밖에 들리지 않는다.

동양의 시인은 인간을 노래하지 못하고 자연을 노래할 수밖에 없는가. 이것은 우리 젊은 시인의 가능성의 문제로서 크게 한 번 논의할 만한 일거리다.

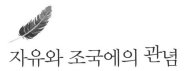

자유와 조국에의 관념

자유에의 길

4월은 잔인한 달일까. 한국의 1960년, 그 4월의 잔인성은 이 나라의 시인들에게 현대시사 이래 비로소 정신의 자유를 던져 주었다. 부끄러운 일은 학생들이 던져 준 것을 시인들이 감수했다는 그 일이다. 정신적 부자유, 이것이 바로 이 나라의 현대시 전개상의 장벽이었고, 파괴제가 아니었던가. 나는 되려 묻고 싶다. 그 4월의 일은 누구의 힘에 의하여 된 것이었을까, 라고.

시인이 저희들의 자유를 그들 스스로의 힘에 의해서가 아니고 남들의 힘에 의하여 처음으로 가능해졌을 때 시인이란 무엇이 되지 않으면 안 되는가.

여하간 정신의 자유는 우리들의 주권이 되어 다시 돌아왔다. 그러나 우리는 근본적으로 반성하지 않으면 안 될 지경에 놓여 있는 것이다. 일제 치하 삼십육 년 간에 걸친 저네들에 대한 시적 저항도가 기껏 이상화의 〈빼앗긴 들에도 봄은 오는가〉하는 정도였으니 시인의, 아니 문학가 일동의 체면을 위해 무슨 염치로 문학사적 사명이니 의무니 할 자격을 우리 각자가 지녔더란 말인가. 그런 뜻에서 공짜로 얻어진 정신의 자유이지만 그 공짜로 얻어진 자유를 비싸게 팔아먹겠다는 시인들을 보면 나는 슬프다. 그런 안타까운 심정으로 지금 나는 이 글을 쓰고 있다.

자유에의 길은 험준하고 멀고 아직도 아득하다. 내일에의 시련의 본 무대에 올라선 시인들의 긴장된 표정을 바로 보면서 나는 비판하고 싶지 않고, 오히려 환영하고 싶다. 그러나 시의, 시인의 사명은 크고 중대한 것이다. 금년도 시단의 움직임에 반(4월 이전)과 반(이 이후)을 두고 내일에의 지침을 암시하겠다는 나의 노력은 결코 나 혼자만의 헛된 수작이 되지는 않을 것이다. 앞으로 우리가 사수할 것은 자유를 지켜 나간다는 일이다. 타의로 얻어진 것이긴 하지만 1960년은 그 사실 하나만으로도 이 나라 현대시의 역사적인 해가 된다. 초창기부터 지금까지의 약 오십 년 간의 정신적 부자유를 극복한 이제부터는 시인들은 그 자유를 다치는 개인이나 집단에게 다시는 굴복되어서는 안 된다. 얻은 것을 다시는 빼앗기지 말아야겠다.

자기 붕괴 감각

"내가 저지르고 싶은 것은 낙서뿐이다"라고 그 4월 직전에 박성용 씨는 가냘픈 소리를 질렀다. 그 구절은 몇 해 전에 고 박인환 씨의 시 '슬픈 곤충이여 너의 울음이 도시에 들린다' 라는 대목을 연상케 하는 '정신의 자유' 이하의 자기 붕괴 감각의 표출이었다. 권일송 씨의

〈이 땅은 나를 술 마시게 한다〉라는 작품도 자기 붕괴 감각의 육성이었다. 뿐만 아니라 전봉건 씨의 〈곰 한 마리 바닷가에〉의 발상의 그 니힐한 메타포에 의한 절망적 사념은, 우리들의 안일한 감상을 합리화시키기에 알맞을 뿐이었다. 신동문 씨의 작품 〈우산〉도 그 자기 붕괴 감각을 외롭게 달래고 있는 괴로움의 표현이었고, 박재삼 씨의 〈사리〉는 세대적 존재를 빙자한 사회적 도피감의, 아니 사회 내 존재로서의 자기 방임의 표현이었고 김수영 씨의 〈파밭가에서〉는 '벗겨지다' 라는 말의 중복으로 나타나 있듯이 벗겨지는 자기의 내부 심층 의식을 드러내었고 김남조 씨의 〈사진 없는 감정〉은 제목 그대로 착잡해지기만 하는 심리를 일방적으로 누구에게 호소하는 것이었다. 이러한 일련의 현상은 무엇을 말하는가. 시인으로서의 자기를 사회적 존재로서 정립시키지 못하는 데서 오는 비현실적 감각의 소산이 아니었을까. 시적 사고는 그 자체의 자율성에 의하여 조작되지 않으면 넋두리의 반복에 그치기 쉽다. 사회적 존재로서 자기 자신을 정립하지 못하면 시인은 시를 자의식 과잉의 산문으로 왜곡해 버린다.

4월 이전의 이런 현상은 그리하여 현대 한국시의 단말마적 상황을 암시하고 있었던 것이다. 박남수 씨의 〈공석〉의 '벗들은 모두 선거 유세로 가고 찾을 곳도 없는 거리를 방황한다' 라는 구절은 시에 있어서의 최저한도의 로마네스크나 리리시즘을 전연 외면하고 있지 않은가. 퇴적된 사회적 억압의 결과가 빚어낸 자의식의 공전으로 말미암아 그들은 거의 허탈 상태에 떨어져 있었다.

조국에의 관념

4월이 오고 4월은 사라졌다. 그러자 박두진, 조지훈, 김춘수, 고원, 황금찬, 신동문, 장만영, 박목월 등 이들은 일제히 4월을 노래불렀다. 『흘린 피는 영원히』라는 사화집도 출판되었다. 한결같이 그들은 피의 숭고성을 외치고 가상의 비조국애적 시인들에게 조국애의 관념을 상기시키려 애썼다.

나는 그 일 자체를 비판하고 싶지는 않다. 그러나 그 허탈 상태에서 정상적인 정신의 자유를 얻은 순간 조국의 관념에 의탁해 버렸다는 것은 나에게는 잘 납득이 가지 않는다. 현실 자체로서의 조국이 아니고 조국에의 관념을 선창한다는 일이 과연 그 정신의 자유에 합당한 일이었을까. 그러나 여하튼 조국에의 관념에 대한 몇 시인들의 그 작품들은 시로서가 아니고 시인의 입장에서 따진다면 의미가 없는 것은 아니다. 자의식의 공전을 거듭하기만 한 그들에게 열린 창가는 자기가 아닌 대상을 부르지 않으면 안 될 필연성이 있었기 때문이다. 좋은 의미에 있어서의 외적 사상의 영향은 시를 살찌게 한다. 자유의 증언으로서의 책임감을 느낀다면 우선, 조국에의 관념에 대한 관심을 충족시켜야 될 일일지도 모른다.

그러나 내가 말하고 싶은 것은 왜 그 많은 애국시들이 〈부다페스트에서의 소녀의 죽음〉만큼의 레벨을 지키지 못했을까라는 문제이다. 김춘수 씨의 자신의 몇 작품도 전년의 레벨을 못 지키고 있다. 우리가 아직 자유라는 것을 이해 못하고 있는 것은 아닐까. 부자유의 해에 쓰인 작품보다 더 성실하지 못했다면 이것은 무엇으로 설명될 일인가. 얻은 자유를 썩히고 있는 것을 보는 것은 슬픈 일이다.

근대의 치환

작년에서 금년에 걸쳐 현저한 일은 시단의 주류가 완전히 치환되었다는 사실이다. 연대 시인 총서 발행 이후 김윤성, 김춘수, 전봉건, 김수영, 여기에 김종문, 송욱, 고원, 정한모, 김남조, 김구용, 이원섭 등 이외의 다른 이름들을 추가하면 이 사람들이 주류를 이루고 있다. 김광섭, 서정주, 유치환, 박목월, 박두진, 박남수, 김현승, 구상, 장만영 등 이들이 아직 건재하다고는 하나 이미 신세대들에게 끼칠 영향력에 있어 뒤떨어지고 말았다. 이 주류의 치환 현상은 앞으로의 우리나라 현대시를 위해 반가운 일이다.

개평 (個評)

박종화, 김광섭 두 분이 금년에 몇 편의 시작을 발표하여 노익장한 기풍을 보였다. 박종화 〈푸름이 좋아서〉는 담백한 고아를 풍겼고, 김광섭 〈퇴근〉 〈사랑의 관념〉 〈너와 나의〉는 현대성에 접근하려는 적극적인 의도가 표현되고 있다.

모윤숙 씨는 〈축배〉와 〈검은 바위 옆에서〉의 두 편을 발표하고 있다. 〈축배〉는 현실을 새 타이어와 아이러니컬한 눈으로 바라본다. 목이 메인 시민들은 당황하고 세월은 희미한 승리에 신음한다.

신석정, 장서언, 함윤수 들도 시를 발표했으나 이렇다 할 문제성은 없었다. 서정주의 〈내 영혼은〉은 그의 정신의 심도를 역력히 명시한 작품이었다. 간략한 어휘로써 이러한 풍요한 사념을 발표한다는 것은 놀라운 일이다. 시대적 현실 여하에 불구하고 시로를 정진하는 서정주의 것으로서 부끄럽지 않은 작품이었다. 유치환의 〈지령〉〈귀로에서〉의 작품들은 금년 이전에 비해 별다를 것이 없었으나 그러나 그 의지의 강인성의 지속은 여전히 우리 시단의 주목을 끌고 있다.

김현승 씨는 금년에 매우 많은 작품을 냈다. 〈속죄양〉〈1960년 연가〉들이다. 김현승 씨의 꾸준한 정열과 긍지에 경의를 표한다.

장만영, 박두진, 조지훈 등 이들은 4월의 노래를 주제로 한 많은 시 작품들을 발표했으나 그 열의에 비교하면 작품은 그렇게 문제되지 못했다. 계몽적인 작품이었다고나 할까. 박목월 〈찻잔〉 외 기타 작품들은 생활 밀착형의 즉물적인 정신적 분위기를 표현했으나 실감으로 오지 않고 유머러스하게 느껴진 것은 웬일일까.

김춘수의 〈속 타령조〉는 산만하고 세밀하지 못해 김춘수의 작품중에서는 뒤떨어지는 작품이다. 그러나 4월의 일을 노래한 시들 가운데서 김춘수 씨의 몇 편의 작품들이 빛나고 있었다고 기억한다. 김윤성 〈산정에서〉와 기타 작품들은 김춘수의 그 정신적인 산보 취미를 벗어나는 것이 아니었다. 에스프리를 고의로 회피하고 있다는 인상을 주는 데 기묘한 일이다. 자기 내부의 데몬과 악수를 하고만 있을 것이 아니라 상극해야 할 것이다.

전봉건 〈옥수수 환상가〉〈곰 한 마리 바닷가에〉의 두 편은 금년도 시단의 수확이요, 문제작이었다. 〈옥수수 환상가〉의 '흙'과 '로켓'을 이미지로 연결시키는 기교는 전봉건의 독자성의 하나이다. 〈곰 한 마리 바닷가에〉는 절망적 현실의 심적 반영상으로 받아들일 수 있는 작품인데 전봉건 씨의 구성의식에 대한 지나친 관심 때문에 그것이 흐려졌다.

김수영 〈거미잡이〉〈아리조나 카우보이〉〈파밭가에서〉 등의 작품은 한결같이 김수영 씨의 특성인 해학을 노출한 것들이었다. 시인에게 있어서 가장 중요한 현실은 실제 현실이 아니라 내부에 실재하는 현실이다. 김수영 씨는 왜 이 내부 현실에 눈을 감고 있는지 모르겠다.

신동집 씨도 여러 편의 시를 써서 금년에 눈에 띄게 활약하였다. 〈눈을 위한 시〉 〈빈 숟갈만〉 등은 수작이다. 김차영 〈아름다움은〉은 이 한국 모더니즘 운동의 최후의 잔존자가 아직 꾸준히 노력하고 있음을 알렸다. 신동집 씨의 거의의 동지들이 중도에 다른 이즘으로 넘어간 데 비하면 어려운 작업을 하는 셈이다.

김종문 〈만추〉도 가작이었다. '소년의 망상에서 시작된 생애들이 묘비 뒤에 누워 기다리는 영원'의 구절에 나타나 있듯이 지금까지의 김종문 씨의 시에 계산되고 건축된 언어 구성의 영토를 벗어나 인생과 세계에 대하여 여분의 감정을 빼고 정관하는 자세를 갖고 있다. 그러나 조노병세의 징조가 되지 않기를. 송욱 〈해변 연가〉 〈우주 가족〉 〈한일자를〉의 여러 작품들은 작년의 송욱의 작풍 그대로다. 언제쯤 지적 감정 배합의 알레고리 답사가 끝날 것인지 물어 보고 싶다. 송욱의 독자들은 이미 그의 기술에 싫증이 난 지 오래다.

김규동의 〈자본〉과 기타의 작품은 의욕도 정감도 없이 쓰여진 것처럼 무미건조하기만 했고, 이인석의 시극 〈잃어버린 얼굴〉은 그 아까운 노력에도 불구하고 문제시되지 못했다. 시단은 좀더 이러한 특수 분야에 대해서도 관심을 가져야 할 줄 안다.

박재삼 씨는 〈광명〉 〈사리〉 등 세 편밖에 발표하지 않았으나 여전히 한국적 정신의 광택을 내용으로 하고 있었다. 심재언 씨의 〈너〉는 금년의 시단을 장식한 작품이다. 치열한 내부 세계를 그만큼 조화시킬 수 있다는 것은 특기할 만하다. 이종학 씨의 〈빛의 노래〉 기타도 노력한 작품이었다. 그 면밀한 구성성이 내포하는 감정은 이종학 씨의 사고의 결실일 것이다. 김구용 씨는 금년에 별로 이렇다 할 문제를 띄우지 못했다. 〈아리랑〉〈불협화음의 꽃〉과 같은 작품도 작년에 보던 그 난독성을 그대로 담고 있었다. 김종삼의 〈토끼똥 꽃〉〈소품〉기타의 작품들은 김종삼 씨 특유의 정신적 실체험의 명등처럼 생각된다. 유니크한 시인이다. 김광림 씨는 작품 몇 편과 〈이신의 곡〉을 발표했다.

이상 개평은 그만두고 금년에 들어 작품 활동을 한 시인들의 이름을 예를 들어 기록하면 다음과 같다.

신석정, 설창수, 장호, 장수철, 이현우, 김해성, 정공채, 송영택, 이희철, 한무학, 권용태, 이준영, 석용원, 황금찬, 이활, 김용제, 김원태, 박경용, 원영동, 이성교, 김선현, 홍윤기, 박용래, 박봉우, 고원, 조향, 이경순, 오홍찬, 정벽봉, 임진수, 김숙자, 박치원, 장국진, 황명, 조효송, 이중, 성춘복, 강춘장, 송혁, 허연, 구경서, 하희주, 강상구, 신동준, 박거형, 성찬경, 유경환, 한성기, 문덕수, 이유경, 김규태, 서임환, 주명영, 황운헌, 조영서, 최계락, 민영, 정재완, 박화목, 김경수, 이경남, 최승범, 김용팔 등이다.

읍참마속 (泣斬馬謖)
— 조태일형에의 회신

대답하겠다.

그런데 지저분한 소리는 먼저 해 버리는 것이 좋겠다. 너는 요새 두 번이나 나를 욕보였다. 먼저 것은 무슨 신문에 발표한 너의 시에 내 이름을 그대로 적어 넣어 가지고, 그렇잖아도 시름시름 앓아서 다 죽어가는 나의 수명을 더구나 단축시켰다. 단축시켜야 할 것은 우리 나라 마라톤 기록이지 남의, 목숨이어서는 안 된다.

두 번째가 본지 전전호의 나에게의 편지인데 도대체 상식에 어긋나고 있다.「다시 순수로」라는 글을 나는 아직 쓴 적이 없다. 그러니 발표될 리가 없다. 그것은 다만 나의 희망이요 예정이었을 뿐이다. 남의 가슴 속의 희망에 왜 도전해 오는가!

혹시 내가 그것을 쓴 원고를 너에게 보여주었다고 하더라도, 활자가 되기 전에는 문제삼아서는 안 된다. 이와 같은 상식을 너는 공공연히 위반했다. 이 두 가지 죄목만으로도 당장 목을 잘라서 서울 야구장의 라이트 시설 위에 매어달아도, 내 속이 풀리지 않겠거니와, 다소 시간을 주는 까닭은 네 궁금증의 일부는 풀어 주기 위해서다. 공명보다도 내가 도량이 있는 셈이다.

황순원의 어떤 단편소설에 이런 대목이 있었다고 기억난다. 곰사냥을 가는데 곰이 새끼를 데리고 계곡으로 온단다. 와서는 큰 바위를 들어 올린다. 그 바위 밑에 자질구레한 새끼곰의 식물이 있는 모양이다. 그때를 노려 총을 쏜다. 그러면 어민지 아빈지도 모를 큰 곰이 그 소리에 놀라서 손을 바위에서 뗀다. 새끼곰은 물론 그 바위 밑에 깔려 죽는다. 그것을 알자 그 죽은 새끼곰을 끄집어 내어서 갈기갈기 찢어 버린다.

참으로 미련한 애정이다. 다음 곰 이야기도 황순원에게서 들었는지, 아니면 딴 분에게서 들었는지 완전히 모르겠다. 해동기에 나무꾼 한 사람이 산으로 가는데 큰 나무둥치 속에서 곰의 다리가 하나 뻗어져 나와 있더란다. 도끼로 자꾸 찍어서 그 다리가 떨어질까 말까 하는데, 그 다리를 쑥 뽑아 넣더니 딴 다리를 내어 놓더란다.

관상으로도 그렇고 그 덩치도 그렇고 하여 나는 일찍부터 너를 곰이라고 했다. 그런데 왜 정신까지도 곰이란 말인가. 이하 너라는 호칭을 곰으로 개칭한다.

이 미련한 곰아!

내가 요새 구상하는 '순수'에 대하여 드디어 말하여 주겠다. 우리나라 해방문학사에 있어서 그 '순수'가 어떻게 생겼으며, 무엇인지도 모르며, 그리고 요새 와서 '순수'라는 사람들의 작품이 어거지라고, 곰아 너는 말했다.

나는 틀림없이 '다시 순수로'라고 말했을 것이다. 그 '순수'는 전에 한 번 있었다는 뜻이다.

1945년의 해방으로부터 6·25 사변까지의 기간의 실상을 잘 모르고 있는 모양이다. 좀더 구체적으로는 『문예』(주간 조연현)의 창간 때까지라고 해도 좋다.

　그것은 우리 민족문학과 좌익문학과의 피나는 투쟁으로 점철되었다. 당시의 정세로는 우리 민족문학이 소수파요 좌익이 다수파였다.

　소수가 다수에게 이기기 위해서는 무슨 이념 하나를 내세워서 굳게 뭉쳐 있을 수밖에 없다. 당시 우리 진영의 논객이었던 김동리, 조지훈, 조연현 이 세 분의 어느 입에서 제일 먼저 '순수'가 튀어나왔는지 나는 잘 모른다.

　다만 내가 어김없이 알고 있는 것은 그 '순수'가 불란서의 폴 발레리의 순수시 개념의 그 순수와는 전연 별개의 것이라는 것이다.

　많은 사람들이 이 사실을 곡해하고 있다. 그 당시 '순수'는 민족의 문학이라는 뜻이었다. 경향문학이어서는 안 된다는 것이었다.

　따라서 자유와 조국에의 의지였다. 그 순수개념을 당시의 논객들이 정리정립하지 못한 것은 워낙 사태가 위급했기 때문이라고 나는 생각한다.

　그러나 부르짖어야만 했다. 김동리는 '제3 휴머니즘'인가 하는 허술한 논리를 펴기는 했으나 아무도 납득하지는 않았던 모양이다. 그래도 휴머니즘과 결부시킨 데 일리가 없는 바 아니다. 컴니즘과 투쟁하는 마당에 휴머니즘을 얼떨결에 내세웠을 것이다.

　다시 말하지만은 그것은 민족이요 조국이요 그것을 사수하겠다는 결의의 표명이었다. 그 세 분의 그러한 엄호사격을 받으면서 우리 문학의 진수는 차차 고개를 들기 시작했다.

　청마 유치환의 '나의 눈을 뽑아 북악에 걸라'라는 일련의 민족시가 발표되어 갔고 서정주의 '눈물 아롱아롱 피리불고 가신 님의 서역

삼만리'를 비롯한 주옥이 쏟아졌다.

더구나 결정적이던 것은 앤솔로지 『청록집』의 출간이었다. 거기에는 우리들 백의의 가슴 속에 연연히 흘러온 미의 광맥에서 한 줄기 온천수가 뿜어올라와 있었다. 요새의 안목만으로 읽지 말고 그러했던 현실사태를 염두에 두고 다시 한 번 읽어 주기 바란다.

우리 진영에도 다소의 화기(和氣)가 맴돌기 시작했다. 소설에서도 염상섭, 김동리, 황순원 등의 몇 사람들이 조용조용히 말하기 시작했다.

총명한 조태일 씨, 이렇게까지 말하면 조금은 알 수 있을 거요. 그 당시의 '순수'는 문학이론이 아니라 마지막으로 기댄 그들의 무기였으며 모토였다는 것을.

그리하여 그들은 이겼다. 그런데 내가 형에게 '다시 순수로'라고 말했을 때의 그 순수는 그 혈통을 받고 있는지는 몰라도 그 목표가 다르다.

민족과 조국이 잘되려고 발버둥치고 있는 이때에 문학도 '잘 되려고' 바득바득 애를 써야 옳다. 그런데 요새 우리 나라 문학은 이상현상을 일으켰고 그 바람은 확대일로에 있다.

문학을 돈으로 계산하는 것이다. 집깨나 장만한 유행작가(래야 신문소설쟁이)들이 외람되게도 자기가 진짜인 줄로만 안다. 작가들이 저널리스트에게 아첨을 한다. 우리 문단의 아량과 도량의 꽃밭을 수라는 토족(土足)으로 짓밟는다.

눈을 뜨고는 볼 수가 없다. 그런데 이렇게 된 데는 원인이 없는 것은 아니다. 그것은 처음의 '순수' 개념을 제대로 정립하지 못한 데 있는 것이다. 그들이 그것을 무기로 좌익과 싸우고 있을 때 이외의 복병이 또한 그들을 괴롭혔다. 앞문의 호랑이와 대적하고 있는데 뒷문에선 여우새끼들이 짖어댄 것이다.

같은 좌익이면서도 '순수'가 못되는, 다시 말하면 진짜가 못되는 칠류(七流)들이 괴롭힐 대로 괴롭힌 것이다.

그런데 그 '순수'는 다소 안정이 되자 민족문학론이라는 물줄기가 되어 결국 사라졌다. 그리고 그 여우들은 또 이상하게도 모더니즘인가 하더니 그것이 또 바뀌어 앙가주망이란다. 모더니즘이 나쁠 까닭이 없고 앙가주망이 나쁠 것이 없다. 그러나 우리 문단사에서는 이렇게밖에 설명되지 못한다.

요새 우리 문학과 문단의 어지러움증은 이래서 그 비대와 더불어 날로 빨리 늘어났다.

이제는 마지막 말만 하겠다. 나는 '문학'을 끝까지 지키겠다. 민족과 문학이 바뀐 '순수'지만은 우선 나는 그렇게 말해 보았을 뿐이다.

김지하나 김준태는 순수냐 아니냐라고 묻고 있다. 한 마디로 말하겠다. 순수다! 전자는 민족과 조국에 대한 직언으로서이며 후자는 그의 가능성 때문이다. 이것은 내가 말하는 '문학'과 언제나 상반되는 것이 아니다. 눈치나 살피면서 앙가주망(?)의 시를 쓰는 것은 어거지다. 그러나 떳떳하게 직언하는 용기는 문학이 아니면 줄 수가 없다.

거의 모두가 이제는 금전망자(金錢亡者) 아니면 벼슬지상으로 갔다. 그러나 나는 끝까지 '문학'을 지킨다. 굶어 노두(路頭)를 헤매더라도 쓰러져 있더라도 선배들의 뒤를 따른다. 이것이 나의 '다시 순수로'인 것이다.

주여! 이 가시밭길을 가는 저에게 힘과 용기는 주시지 않더라도 가난과 신고만을 내리시는 것은 다소 생각해 주십시오.

—『월간문학』1970년 12월

작가의 책임

　최만리 일파가 한글 반대론을 펴고 있을 때의 상소 중에 '하필이언 문역운이후인개방지(何必以諺文譯云而後人皆倣之)'란 구절이 있다. 나는 이 구절을 그대로 현대 한국 작가 모두에게 바치고 싶다. 이 논리의 비약성은 대단하다. 그러나 이 말이 비록 역설이긴 하나 현대를 역설 시대라고도 하니 내 마음은 그렇게 무겁진 않다. 나는 자기류의 해석을 함부로 현대에 강요할 만큼의 기력도 없고 또 그런 따위의 고상한 기품과 고집도 싫다. 하지만 사실 자체의 움직임에 무관심할 정도로 내 머리는 빈 칸이 아니다.

　역사가는 노상 우긴다. 현대를 알기 위해선 과거를 알아야 한다고. 이미 통속화된 진리이니 한 번 따라 볼 만도 하다.

　집현전을 설립하여 세종 대왕이 중국 말과 다른 우리말을 연구할 때 그때의 집현들이 누구였던가 하면 최만리, 정창손들인데 그들이 손을 들어 잔소리를 늘어놓을 때, 세종 대왕이 그들을 평해서 '속유배(俗儒輩)'라고 했다지만 그 '속' 자를 뺀 '유배'들이었다. 내 생각

같아서는 최만리나 그 패들이 오히려 유교에 정통이었다는 걸로 안다. 그 집현 유배들 가운데의 정예론자였던 정인지나 신숙주 녀석들이 만종 사건 때 얼마나 유교 정신을 아름답게 피웠느냐를 본다면 최만리가 유교적 견해에 충실했다는 걸 그렇게 나무랄 것이 못 된다. 그때의 시대 조류는 몇 사람들의 개인적 반대론 따위로는 한글 반포 실행을 막을 수는 없게 되어 있었으니까.

민주주의의 이름으로 집현들의 수고를 추켜 올려 주는 것도 좋은 일이다. 그러나 민주주의의 이름으로 주자를 비난할 수가 없는 것처럼 최만리를 욕할 수도 없는 일이 아닌가. 우선 시대가 다르다, 시대가…

서구의 Gutenberg(이 분의 한글 표기법을 잘 모르지만 활자를 발명했다지 아마……)가 활자 인쇄를 시작한 해가 1438년이지만 이때부터 오년 후가 되는 1443년의 일이 훈민정음 스물여덟 자 제정의 일이었으니 동서양을 문제삼을 것도 없이 역사적 조류의 방향을 짐작 못 할 리가 없다(부분적이나마). 그 거대한 역사적 조류를 최만리 몇 놈들이 팔을 벌리고 막으려고 해 봤자 별 소용이 없을 것이 뻔하다. 그러니까 문제는 그런 용기를 그들에게 줄 수 있었던 그 유교에 있지 딴 데 있는 게 아니거든.

우리 나라에 한자가 중국에서 스며들기는 고구려 왕조의 산상왕 때니 뭐니 하지만 여하튼 삼국시대 때인 것 같다. 그러다가 고려가 건국되자 송의 성리학, 다시 말하면 주자학이 유배들의 머리를 까놓았다. 선죽교를 피로 물들인 정몽주 선생도 주자학도였지만 이성계를 편들어 고려 왕조에 반역한 정도전, 권근 등도 주자학도였음에 어김없는 일이다. 어느 쪽이 이길 수 있었던지는 불문하고 여하튼 그 후의 한국 역사는 주자학 천하가 되기 마련이었다. 이경(二京)에 대학이 서고, 각지에 문묘, 향교가 열렸다. 그리하여 그후는 그들이 이조 문화를 붙들고 늘어졌다.

주자의 글에 대한 평설은 주자어록중의 《논문류취(論文類聚)》에 수록되어 있거니와, 주자는 이한의 《한퇴지문집서》 중의 일절 '문자관도지기야(文者貫道之器也)'를 반박해서 이르기를 '이 말은 사이부지(似而不至)이다. 도를 꿰뚫는다 할지면 그것은 어디까지나 도는 도, 문은 문이 되어, 도와 문이 일치하지 못하는 결과가 되는데 실제는 그런 것이 아니고, 문은 도 가운데서 흘러나오는 데 불과한 것이다. 그러므로 도를 관통하기 위해서 문을 짓는 것이 아니다. 문은 곧 도라야 하며 문을 배우는 것은 도를 배우는 것이다. 소위 문이라 하면 명도(明道) 외에 그 능력이 없으며 일언 일구 모두 도의 발로라야 한다' 라고 말했다. 원문은 주자가 말하길 '도자문지근본 문자도지지엽 유기근본호도 소이발지어문개도야 삼대성현문장개종기심사야 문편시도야(道者文之根本 文者道之枝葉 惟其根本乎道 所以發之於文皆道也 三代聖賢文章皆從基心寫也 文便是道也; 이상은 김사엽의 저서 『개고국문학사(改稿國文學史)』 중에서)' 이다.

문에 대한 주자의 이 평을 지루하게 늘린 것은 이게 바로 내 말의 중요한 주제이기 때문이다. 보시다시피 주자는 결코 문학 지상주의자가 아니었다. '문자도지지엽' 이라고 하였으니까 좀 외람되긴 하지만 (주자가 도를 도덕이나 도통, 혹은 수도 편으로 그 뜻을 비교적 한정시켰음을 모를 리 없지만) 나는 이 도에 현대적 의미의 옷을 입히고 싶다. 조금 양보해서 도덕이란 뜻으로 해석해도 상관없다.

현대 한국 작가들에게 (당신들의 피에는 당신들도 모르게 유교가 스며 있습니다) 묻고 싶다. 현대적 도덕이란 도대체 무얼 말하는 건가?

'문자도지지엽' 을 달리 갖다 붙이면 '현대 문학은 현대적 도덕의

지엽이다'가 된다. 도덕이라고 하니까 기분이 안 좋다면 일상 용어식으로 '현대의 모랄'이라고 해도 괜찮다. 이렇게 해석하는 것은 내가 상놈이 돼서, 무식해서일까? 그렇다고 해도 또한 괜찮지만 이렇게 해석할 수 있다고 한 번 가정이라도 해보라. 그때 당신들의 머리가 좀 아찔해지지 않을까 나는 생각한다.

'현대 문학은 현대의 모랄의 지엽이다'고 현대 작가가 말하고 있다면 픽 웃고 말겠지만 누군고 하니 주자가 이렇게 말씀하시니 큰일이다. 현대의 모랄과 거의 등을 댄 현대 한국 작가들에게 다시 '현대의 모랄'이 무엇이라고 말하기조차 꺼려진다. 아마 당신네들처럼 '현대'를 사갈시 하는 작가도 없을 것이니 '모랄'이 또 무슨 소용일까. 무슨 당신들은 이 '현대'를 소재시 하고는 있다. 그러나 '현대 안에서 작가의 시대적 책임'을 어떻게 할 것인가 하는 점에 책임있는 발언을 할 수 있을까.

유능한 현대 작가들은 (고전에서도) 희곡을 썼다. 이 희곡 상연이 소설이나 시보다 더 사회와 밀접할 수 있고 쉽게 이해될 수 있기 때문이 아니었을까. 이런 예는 너무 많으니 조금만 주위를 살피면 밝게 증명이 될 것이다. 영원이니 동양이니 하면서 공연히 '현실 세계를 무시하고 있는 작가들에게 주자뿐 아니라 그들이 은근히 믿고 기대고 있는 동양이 그들을 거부한다.

문의 의의에 대해서는 《주역 계사하전(繫辭下傳)》에 '물상잡고일문(物相雜故日文)'이라 했다. 곧 한 개로써는 문을 구성할 수 없고 많은 물상이 서로 착잡해서 문이 된다는 것이니 (김사엽 著 『개고국문학사』 중에서)… 물상이 섞인 것을 문이라 한다니 이 말이 어찌 현실 세계와 현실 문학과의 깊은 연관성을 강조하는 것이 아니고 무엇인가.

연관성 따위가 아니라 동양의 고전, 주역은 '현실 세계가 섞인 것이 아니면 문학이라 하지 못한다'라고 명증하고 있는 것이다. 그런데도 영원한 노래만 (뒤에 밝히겠지만 이건 사실은 영원이고 뭐고 아무것도 아니고 성기 숭배가 될 수도 있는 샤머니즘올시다) 읊조리고 화조풍월이나 한다면 (물론 소재로서가 아니고 그의 작가정신이) 얼마나 괴로운 모습이 될 것인가.

소설이라는 두 글자가 보이는 제일 오래된 책은 한서의 예문지인데 패관(稗官)의 '가담항어 도청도설(街談巷語 道廳塗設)'을 소설이라 했다고. 이 '가'와 '항'과 '도'가 어찌 꽃이니 달이니 하늘이 될 것인가. 현실 세계란 뜻이라고 해서 조금도 무리 없다. 주자의 그 도를 이렇게 단순히 길이라고 왜 못 하겠는가. 이 패관(소설가겠지)이라는 직책은 지배자가 민간의 풍속을 알기 위하여 이야기해 주는 역할을 맡았다는데 (김사엽 씨의 『개고국문학사』 중에서) 현대 소설가에게 있어서의 현대 풍속의 진의는 그 시대보다 훨씬 더한 무게로 걸리고 있다.

'어리석은 결론이 나오는 제일의 원인은 방법의 결여에 있다'고 홉스는 말했다지만 현대 한국 작가의 작품이 언제나 어리석은 결론이 아니라고 할 사람도 없고 또 그렇게 되니 자연히 방법이 문제가 되는데, 글쎄 현실 세계라는 그 방법의 제공처를 떨구고 문학적으로만 오물어 들어가니 뭘 어떻게 하겠다는 것인지 모르겠다.

'하필이언문역운이후인개방지'의 이 언문을 문자 그대로 한글로만 하지 말고 언문을 언문학이라고 비꼬아서 해석한다면 최만리의 이 말에는 진리가 있다.

동양의 고전들이 나타내고 있는 '작가에의 교훈'을 알지도 못하니 어찌 '개방지'라고 하지 않을 수 있을까. 비록 그 내용은 같지만 나는 한글이란 말은 좋지만 언문이라는 말에는 구역질이 난다. 다시 먼저 인용한 구절을 읽어라. 그러면 무엇인가 소름 끼치는 것이 느껴질 것이다. 그 느낌이 무섭다면 나의 이 잡론도 무엇인가 문학의 털끝같이는 될 게다.

— 『르네상스』 1989년 6월

散文 부록

老詩人의 일기
(1989년 8월 13일부터)

8월 13일(일)

오늘 비로소 아내한테서 일기책을 구했다. 내가 바라던 두터운 일기책이니, 내 마음에 썩 들었다. 이제 매일같이 상세하게 일지를 쓰게 되었다. 참으로 보람있는 일이 아니고 무엇이겠는가? 명색이 시인이랍시고, 그저 빈둥빈둥 놀아서야 뭐가 시인이겠는가!

이렇게 매일같이 일지라도 써서, 그날그날을 정리해 보는 일도 유의한 뜻이 있을 것이다.

8월 14일(월)

내 친구이자 제자인 노광래 군은, 나이는 만으로 34인데, 1930년 1월 29일생인 나를 서양식으로 따져서 59세라 우기는데, 그에 반하

여 나는 동양식으로 따져서 60세라 우긴다. 서양식 나이에 반하는
이유는 다음과 같다.

"광래야 요놈아! 잘 들어라. 남자의 정자가 여자의 난자와 결합해
서 생명이 되자마자 뱃속에서 나온다던? 만삭이란 말은 뭔가? 더구
나 태교란 말은 무엇을 말하는 말이냐? 적어도 엄마 뱃속에서 10개
월은 자라는데, 서양사람들은 그 약 1년 가까운 세월을 몽땅 빼고, 엄
마 뱃속에서 나오는 날을 왜 생명의 기원으로 삼느냐 말이냐? 도대
체 어느 쪽이 합리적이냐 말이야?"

8월 15일(화)

새벽에 잠이 깜짝 깨어 너무나 놀랐다. 내가 자고 있는 사이에 푸
른 하늘이 보이더니, 모습은 안 보이고 소리로만 낭랑하게 그리고 의
젓하신 말씀이 "한반도에도 통일될 날이 오리라"하고 말씀하시더니
그치는 것이었다.

그러니 어찌 놀라 깨지 않으리. 하나님께서 어찌 이렇게 말씀하실
까? 지난 일요일의 KBS 제1방송에서 이한빈 박사님이 10년 안에 통
일이 된다고 하시더니 그 말씀이실까?

아니다! 아니다 라고 고쳐먹어야지. KBS 요인들이 중국 상해로 가
서 옛날 임정의 요지들을 살피던데, 앞으로 그런 일이 북한에서도 이
루어지지 않을까 한다. 그렇게 되면 김일성이도 개방정책을 쓰지 않
으면 안 될 것이다. 외국인인 중공인들까지 문호를 개방하는데 어찌
김일성인들 거북이같이 안으로만 숨어 살 수 있겠느냐 말이다. 고르
바초프도 등소평도 다 개방정책이고 동구권도 그런데 우리가 할 일

은 김일성의 마음 하나에 달려 있다.

8월 16일(수)

오늘 '세느' 다방에 오랜만에 다녔다. 카운터 마담도 다르고, 레지도 전부 중의 오양만 남아 일하고 있었다. 그 오양이 단골 손님이라고 라이터를 주는데, 어찌 안 받을 수가 있겠던가!

그리고 혜화동에 와서 시립독서실을 찾으니 김경민 씨는 없고 아랫사람이 돈 천원을 준다. 열음사에 전화를 했더니 사장님은 안 계셨다. 한 여섯시가 되었으니 할 수 없었다. 근처의 카페 쇠죽가마에서 박중식 기타 사람과 경남이도 어찌 알았는지 와 있었다.

조그만 병 하나로 맥주 마시고 나왔다. 집에 오니 7시 50분이었다. 신문을 보니 영등포 을 선거가 재선거인데도 왜 이리도 비합리적인지? 그래서 나는 정치가 싫다는 거다.

그렇지만 노대통령께선 민정당 청년국장을 시켜 내 시화를 20만원 주고 사셨고, 강영훈 국무총리는 군의 군단장 숙소로 우리 문학가협회 일행 30여 명이 가서 재미나는 일도 있었다. 명목은 군 위안인데도 우리는 다만 강 군단장님 숙소에서 점심을 맛있게 먹고, 또 강 군단장님께서 우스갯소리로 "군의 운전병들은 앞으로만 갈 줄 알지 뒤는 못 간다"는 농담을 듣고 즉시 내가 "아이구 큰일났네"라고 했더니 자리가 대소(大笑)의 판이 됐었더랬다.

김재순 국회의장님은 내 상대(商大) 선배로 재학생 때부터 나를 아끼고 사랑해 주셨고, 국회의원이 됐어도 몇 번 만났는데, 꼭꼭 천원씩 주신 후한 선배였다. 너무 높아서 찾아갈 수 없고 관운을 빌

뿐이다.

오늘 김경민 관장하고 쇠죽가마로 갔다.

8월 18일(금)

새벽에 깨니 다섯시였다. 옆방으로 가서 쿨쿨 자는 아내의 백을 들고 와 살피니 육만 몇천원 있었다. 그중에서 21,000원을 빼내서 5시 30분에 바깥으로 나왔다. 청진동 해장국집으로 가고 싶어서였다. 6시부터 새마을 버스가 있으니, 걸어가야 했다. 파출소까지 가는데 3번이나 길바닥에 앉아서 쉬어가야 했다. 마침 택시가 와서 나를 청진동까지 실어다 주었다. 경비는 4,000원이었다. 청진옥에서 해장국을 1,800원에 사 먹고, 나와서는 바로 앞의 카페에서 커피를 한 잔 마시고 자리를 옆방으로 길가 방으로 옮겨 갔다. 주인이 깨우니 6시 30분이었다. 영 밝았다. 걸어서 '귀천' 있는 동네 인사동으로 걸어와서 '세느' 다방으로 갔더니 어제도 준 라이터와 큰 성냥갑을 또 미스오가 준다. 아홉시 반이 되어 '귀천'에 갔더니, 아니다 그런 것이 아니다. '귀천'에 가기 전에 동네 단골가게에서 사이다를 마신 후 맥주를 한 병 사서 마시니 그렇게 기분이 좋았다. 그 다음 '세느' 다방으로 가서 시간을 보내다가 9시 30분에 '귀천'에 간 것이다. 최정자 시인도 만나고, 이야기를 많이 하다가 들으니 미국에도 거지가 있더란다. 서울에는 없는 거지가 뉴욕에는 있더라니 희한한 일이다. 아내가 내가 21,000원 중에서 11,000원을 쓰고 10,000원 남은 것을 저축하라 한다고 손님들에게 말하니 가가대소한다.

노명순 부인이 우리 집까지 보내 준다. 참 고맙다. 6시 30분쯤에 돌아가시다.

8월 19일(토)

오늘 아침 아내가 나가는데 같이 가다가 나는 혜화동 시문화회관에 갔다. 혜화동 로터리의 국민은행 밑 제일다방을 들러 미스 리를 만나고… 미스 리도 참 고운데 딴 고운 아이도 나를 주목하기 시작한다.

시문화회관에 갔더니 김경민 관장은 없고 밑의 놈 하나와 관장 부인과 스텔라가 반가이 맞이한다. 거기서 또 쇠죽가마로 가서 돈 천원내고 맥주 조그만 놈을 마시다. 상욱이(6)와 소냐(9)라는 귀여운 아이들 때문에 200원 뺏기다. 이제 갈 때마다 소냐를 찾아야지. 김관장 부인이 돈 천원 달라는데 3,000원 준다. 이 일도 기억에 남겨야지.

'귀천'에는 많은 손님이 왔다. 금년 7월에 창간되는 잡지에 나와 아내의 기사와 사진이 실려 있었다. 집에 가져왔다.

심태완이란 동양화가(?)와 둘이서 경인미술관 찻집에서 나와 잔디 뜰에서 맥주 한 통씩을 마시고 또 병술도 사서 혼자서 또 마시다. 기분이 너무나 좋다. 내일도 반드시 와야지. 전시회가 두 군데서 있었는데 다 사인하다.

이준 뭐라는 화가는 진짜 중의 진짜다. 이준 무슨 병이라고 하는데 오늘 가서 이름을 수첩에 적어야지.

나웅배 씨 영등포 을 보선에서 당선 유력!

8월 20일(일)

아침을 먹고 시내로 나가다. 아내는 박물관 답사로 몇 번째인가 나가서 없다. 아침을 먹고 그 없는 틈을 타서 나갔다. 진이는 미리 와서 문을 열고 있었고 (귀천) 나는 경인미술관 찻집에서 차를 마시고 그전에 국민은행 밑 제일다방에서 차를 한잔 했다. 있다가 쇠죽가마로 갔으나 문이 열려 있지 않아서 일단 '귀천'에 온 것이다.

오후에 집에 온다고 처음에는 시문화회관에 가서 좋게 아이들과 놀다가 무던히도 전화를 했다. 염대하와 전화 연락된 건 천만다행이다. '귀천'에서 곧 만나게 되리라 믿고 있다.

경인미술관 찻집으로 맥주를 사 가지고 가서 마신다. 비도 오고 기분 만점이다.

KBS의 사회교육방송을 열심히 듣다. 오늘 12시에 잠들었다가 3시 30분에 일어났다.

8월 21일(월)

나갈 때는 비우산을 안 갖고 나갔는데, 비는 없었으나 비우산을 갖고 집으로 오다.

경인미술관 찻집에서 이쁜 그 아이는 며칠 전에는 그렇게 다정했는데 오늘은 모른 척했다. 모르겠다.

돌아와서 동네 할아버지에게서 100원짜리 와이키키바를 먹으니 빛깔도 좋고 썩 마음에 들었다. 이제부터는 언제나 와이키키바를 먹어야겠다. 100원이니…

할아버지 가게에서 돌아올 때 한 살짜리 아이가 몇 번 나를 보고 웃었다. 썩 기분이 좋았다. 딴 아이들도 웃어 주었고…

열두시에 잤다가 커다란 꿈에서 깨니 그 꿈이란 수녀원의 늙은 수녀님이 성화를 나를 위해 그려 주시는 꿈이었다. 약 열 장 가까이 그리다가 꿈을 깨었다. 너무나 너무나 훌륭한 수녀님들의 성스러운 꿈이었다. (새벽 2시 42분)

8월 22일(화)

김락영 씨와 만나다.

오늘은 우산 없이 나가서 김락영 씨를 만났다. 약 1개월 만의 만남이다. 오후 네시경에 만나서 우이동 그린파크 호텔 근처의 약수터로 가서 약수도 몇 달 만에 한 잔 마셨다. 앞으로는 때때로 여기로 와서 약수를 마시기로 했다. 돈 2,000원도 빌리고 그리고 도서출판 뿌리에 가서 김수엽 씨로부터 15,000원 빌렸다.

김락영 씨는 나를 취재한 잡지도 들춰 봤다. 마지막으로 맥주 한 병을 둘이서 마시다.

영등포 을구에서 나웅배 선배가 당선되었다. 참 축하하는 바이다.

오전 두시부터 잤잤으나 도무지 잠이 안 와 다시 일어나서 KBS를 들었더니 양악이 들린다.

오늘 자동차로 집으로 오는 길에서 김락영 씨로부터 박성원 저 『표준 일본어교본』을 빌렸다. 내 소원이 풀린 셈이다. 내가 일본어 교사가 되어서 한 달에 토요일 3시간씩 2년에 『文藝春秋』를 읽도록 해야겠다.

그러면 1년에 240만 원 버는 꼴이 된다. 또 고료가 있지 않은가?

8월 23일(수)

지금 다섯시 정각이다. 라디오는 뉴스가 한창이다. 평민당의 김총재가 뉴스의 초점이다. 오늘은 한숨도 못 잤다. 하나님은 방의 녹색을 보라고 하시는 모양이다.

박상윤 씨가 곧 연락이 있어야 할 터인데 왜 없는지 모르겠다. 내일부터 개인전 아닌가?

오늘은 최유진의 날이다. 나보다 25회 아래 마고생(馬高生)이다. '귀천'에서 인사하고 의기투합하여 명동성당 근처의 '소터'의 구(具)라는 유진의 애인 집에 갔는데 너무나한 미인이다. 나에게 전자식 음반을 선물해 준다. 그전에 유진이는 선글라스를 선물해 준다. 10년 만에 명동성당 구경이다.

성모자상에 참회 고해하다.

하여튼 오늘부터는 최유진의 시대다.

8월 25일(금)

미련(美聯)도 큰 나라지만 일본은 지금 그 미련을 잡고 세계 제1위의 부국이 되려는 뜻으로 노력하고 있지만 일본 사람들의 그러한 노력을 나는 헛된 꿈이라고 생각하고 있다. 우선 나라가 너무 작다. 그 작은 나라에 1억 5,000만 명이 살자니 그런 헛된 꿈을 일 지식인들은 꾸는 것일까? United states니 어찌 USA가 미련(美聯)이 아닌가? 미련의 중앙은행을 연방준비은행이라고 부르지 않는가? 그런데 우리나라선 왜 미국이라고 하는가?

미국이 아름다운 나란가. 서울에는 거의 없는 거지가 미국에는 많더란다. 미련은 큰일났다. 일찍이 세계 제1위를 굽혀야 한다.

나는 앞으로 미국이나 미련이라 하지 않고 USA라고 하겠다. 아니다. 미련이라 하자.

오늘은 1시 15분에 노명순 부인과 함께 명동을 답사하다. 맥주를 Live에서 한 병 하고 옛날의 '심지' 다방 근처의 카페에서 1,800원 주고 맥주 마시고 노 부인의 단골 옷집에도 갔다. 쁘렝땅 백화점 지하실을 거쳐 '귀천'에 오다. 오늘은 혼자서 오다. 25년 만의 명동행이었다. 너무나 달라졌다. 다방도 없고 다 카페고 영영 달라졌다.

8월 27일(일)

새벽 3시 45분에 눈을 뜨다. 12시에 자고 2시에 눈뜨고, 다시 자서 요 모양이다. 약 3시간 30분 잔 셈이다.

그런데 왜 내가 눈을 떴는고 하니 먼저 천국에 간 전봉건 형이 체신부의 일일장(一日長)으로 취직이 되어 있는데 나도 또한 체신부 일일장이 되고파서 먼저 가신 아버지께 물으니 아버지는 천국 체신부의 윗사람을 잘 안다는 데서 잠을 깬 것이다.

하나님! 참말씀인지 죽으면 천국에 가서 체신부 일일장이란 일꾼밖에 되진 못하는지요? (4시 10분) 체신부의 일일장이란 하루만의 장관이라는 뜻이 아니고 말단직원이었다.

MBC 텔레비전 장학퀴즈에 심아진이라는 마산여고 학생이 나왔다. 삼 번이었다. 안델센 동화 〈빨간 구두〉를 보다(텔레비전).

고 은　「50년대」(청하, 1988)

김성욱　「새의 오뇌 - 천상병의 시」(『시문학』 1972. 8)

김우창　「순결과 객관의 미학」(『창작과 비평』 1972. 봄호)

김재홍　「천상병 시인을 찾아서」(『시와 시학』 1992. 가을호)

　　　　「천상병 귀천」(『현대시학』 1992년 가을호)

　　　　「무소유 또는 자유인의 초상」(『현대문학』 1993. 6)

김 훈　「아름다운 운명」(『괜찮다 괜찮다 다 괜찮다』,

　　　　강천, 1990)

민 영　「천상병을 찾아서」(위책)

이건청　「전쟁과 시와 시인」(『현대시학』 1974. 8)

이양섭　「천상병시연구」(경희대 대학원 석사논문, 1992)

조태일　「민중언어의 발견」(『창작과 비평』 1972. 봄)

최동호　「천상병의 무욕과 새」(『아름다운 이 세상 소풍 끝내는

　　　　날』, 미래사, 1991)

하인두　「우리 시대의 괴짜」(『월간중앙』 1989. 4)

홍기삼　「새로운 가능성의 시」(『세계의 문학』 1979. 9)

작가 연보(年譜)

· 1930년 1월 29일(양력) 일본 효고 현 嬉路市에서 부 천두용(千斗用)과 모 김일선(金一善) 사이의 2남 2녀 중 차남으로 출생. 間山市에서 국민학교를 마치고 중학교 2년 재학중 해방을 맞음.

· 1945년 일본에서 귀국, 마산에 정착함.

· 1946년 마산중학 이년에 편입.

· 1949년 마산 중학 5년 재학중 『죽순』에 시 「피리」, 「空想」을 발표.

· 1950년 미국 통역관으로 6개월간 근무.

· 1951년 전시중 부산에서 서울대 상과대학 입학, 송영택, 김재섭 등과 함께 동인지 『처녀』誌를 발간.

· 1952년 『문예』誌 1월호에 시 「강물」이 유치환에 의해 1회 추천되었으며, 5~6월 합본호에 「갈매기」가 모윤숙에 의해 천료되어 추천이 완료됨.

· 1953년 『문예』誌 신춘호 「신세대 사유」란에 「나는 거부하고 저항할 것이다」와 11월호에 「寫實의 限界−허윤석 論」이 조연현에 의해 추천완료 되어 본격적으로 평론활동을 시작함.

· 1954년 서울대 상과대학 수료.

· 1956년 『현대문학』지에 월평 집필, 이후 외국서를 다수 번역하기도 함.

· 1964년 김현옥 부산시장의 공보비서로 약 2년간 재직.

· 1967년 동백림 사건에 연루되어 체포, 약 6개월간 옥고를 치름.

· 1971년 고문의 후유증과 심한 음주로 인한 영양실조로 거리에서 쓰러짐. 행려병자로 서울 시립 정신병원에 입원됨. 그러나 이 사실이 알려지지 않은 채 행방불명, 사망으로 추정되어 유고시집 『새』가 조광출판사에서 발간됨. 이로써 살아 있는 시인의 유고시집이 발간되는 일화를 남기기도 함.

· 1972년 친구 목순복의 누이동생인 목순옥과 김동리 선생의 주례로 결혼.

· 1979년 시집 『주막에서』(민음사)를 간행.

· 1984년 시집 『천상병은 천상 시인이다』(오상출판사)를 간행.

· 1985년 천상병 문학선집 『구름 손짓하며는』(문성당)을 간행.

· 1987년 시집 『저승가는 데도 여비가 든다면』(일선출판사)을 간행.

· 1988년 만성간경화증으로 춘천의료원에 입원함. 의사로부터 가망이 없다는 진단을 통고받았으나 기적적으로 소생.

· 1989년 3인 시집 『도적놈 셋이서』(인의)를 간행.

　시선집 『귀천』(살림)을 간행.

· 1990년 산문집 『괜찮다 괜찮다 다 괜찮다』(강천)를 간행.

· 1991년 시선집 『아름다운 이 세상 소풍 끝내는 날』(미래사)을 간행.

　시집 『요놈 요놈 요 이쁜놈!』(답게)을 간행.

· 1992년 시집 『새』(답게)의 번각본 간행.

· 1993년 동화집 『나는 할아버지다 요놈들아』(민음사)를 간행.

· 1993년 4월 28일 오전 11시 20분 의정부 의료원에서 숙환으로 별세.

　유고시집 『나 하늘로 돌아가네』(청산)가 출간됨.